# LAS NIEBLAS DE AVALON

## ACERVO CIENCIA/FICCION
(Ciencia ficción y Fantasía)

Directora de la Colección: ANA PERALES

1. FLORES PARA ALGERNON. Daniel Keyes
2. LA LUNA ES UNA CRUEL AMANTE. R. A. Heinlein
3. EL MUNDO DE LOS NO-A. Alfred E. van Vogt
4. DUNE. Frank Herbert
5. EL TIEMPO INCIERTO. Michel Jeury
6. INCORDIE A JACK BARRON. Norman Spinrad
7. QUE DIFICIL ES SER DIOS. Arkadi y Boris Strugatski
8. LOS JUGADORES DE NO-A. Alfred E. van Vogt
9. LOS AMANTES. Philip Jose Farmer
10. EL MUNDO INTERIOR. Robert Silverberg
11. FLUYAN MIS LAGRIMAS, DIJO EL POLICIA. Philip K. Dick
12. LA OPCION. Leonard C. Lewin
13. CANDY MAN. Vincent King
14. EL MESIAS DE DUNE. Frank Herbert
15. ANTOLOGIA NO EUCLIDIANA/1
16. VIAJE A UN PLANETA WU-WEI. G. Bermúdez Castillo
17. ¡HAGAN SITIO! ¡HAGAN SITIO! Harry Harrison
18. LLEGADA A EASTERWINE. R. A. Lafferty
19. LOS SEÑORES DE LA GUERRA. Gérard Klein
20. MAS VERDE DE LO QUE CREEIS. Ward Moore.
21. EL VUELO DEL DRAGON. Anne McCaffrey
22. LA BUSQUEDA DEL DRAGON. Anne McCaffrey
23. LOS MUNDOS DE DAMON KNIGHT
24. HIJOS DE DUNE. Frank Herbert
25. RUTA DE GLORIA. Robert A. Heinlein
26. LA QUINTA CABEZA DE CERBERO. Gene Wolfe
27. SALOMAS DEL ESPACIO. R. A. Lafferty
28. LLORAD POR NUESTRO FUTURO. Antología no euclidiana/2
29. LA NAVE DE LOS HIELOS. Michael Moorcock
30. LA BARRERA SANTAROGA. Frank Herbert
31. EN LA SUPERFICIE DEL PLANETA. Daniel Drode
32. DARE. Philip Jose Farmer
33. LA ROSA. Charles L. Harness
34. DOCTOR BLOODMONEY. Philip K. Dick
35. NOCHE DE LUZ. Philip Jose Farmer
36. TODOS SOBRE ZANZIBAR. John Brunner
37. A CABEZA DESCALZA. Brian W. Aldiss
38. UNA MIRADA A LA OSCURIDAD. Philip K. Dick
39. HISTORIA DEL FUTURO 1. Robert A. Heinlein
40. AVISPA. Eric Frank Russell
41. HISTORIA DEL FUTURO 2. Robert A. Heinlein
42. ESCALOFRRRIOS. Robert Bloch
43. EL REBAÑO CIEGO. John Brunner
44. EL DRAGON BLANCO. Anne McCaffrey
45. EL SEXTO INVIERNO. D. Orgill y J. Gribbin
46. EL SER MENTE. Fredric Brown

47. TIEMPO DE FUEGO. Poul Anderson
48. EL MARTILLO DE LUCIFER. L. Niven y J. Pournelle
49. JURAMENTO DE FIDELIDAD. L. Niven y J. Pournelle
50. MUNDOS. Joe Haldeman
51. EL CASTILLO DE LORD VALENTINE. R. Silverberg
52. LA RUINA DEL AMO EXECRABLE. (Libro I de *CRONICAS DE THOMAS COVENANT EL INCREDULO.*) Stephen R. Donaldson
53. CRONICAS DE MAJIPUR. Robert Silverberg
54. EL ASESINO DE MENTES. Spider Robinson
55. SOLO UN ENEMIGO: EL TIEMPO. Michael Bishop
56. LA GUERRA DE ILLEARTH. (Libro II de *CRONICAS DE THOMAS COVENANT EL INCREDULO.*) Stephen R. Donaldson
57. RECONSTITUIDA. Anne McCaffrey
58. EL PODER QUE PRESERVA (Libro III de *CRONICAS DE THOMAS COVENANT EL INCREDULO.*) Stephen R. Donaldson
59. ALMAS. Joanna Russ. *Premio Hugo 1983*
60. MORETA: DAMA DE DRAGON DE PERN. Anne McCaffrey
61. LA ESTACION DOWNBELOW. C. J. Cherryh. *Premio Hugo 1982*
62. ELLOS DOS. Joanna Russ
63. COCOON. David Saperstein
64. SUPERLUMINAL. Vonda N. McIntyre
65. LOS AÑOS DE LA CIUDAD. Frederick Pohl. *Premio Campbell Memorial 1985*
66. LOS ARBOLES INTEGRALES. Larry Niven. *Premio Locus 1985*
67. TIK-TOK. John Sladek
68. EL REINO HERIDO. (Libro I de *SEGUNDAS CRONICAS DE THOMAS COVENANT.*) Stephen R. Donaldson
69. EL ARBOL UNICO. (Libro II de *SEGUNDAS CRONICAS DE THOMAS COVENANT.*) Stephen R. Donaldson
70. EXPERTA EN MAGIA. (Libro I de *LAS NIEBLAS DE AVALON.*) Marion Zimmer Bradley
71. LA REINA SUPREMA. (Libro II de *LAS NIEBLAS DE AVALON.*) Marion Zimmer Bradley
72. EL REY CIERVO. (Libro III de *LAS NIEBLAS DE AVALON.*) Marion Zimmer Bradley
73. EL PRISIONERO EN EL ROBLE. (Libro IV de *LAS NIEBLAS DE AVALON.*) Marion Zimmer Bradley
74. EL PORTADOR DEL ORO BLANCO. (Libro III de *SEGUNDAS CRONICAS DE THOMAS COVENANT.*) Stephen R. Donaldson
75. MAREA ESTELAR. David Brin. *Premios Hugo y Nebula*
76. EL CARTERO. David Brin. *Premio Campbell Memorial*
77. GOLCONDA. Gabriel Bermúdez Castillo
78. LOS ASTRONAUTAS HARAPIENTOS. Bob Shaw
79. LA REBELION DE LOS PUPILOS. David Brin. *Premios Hugo y Locus 1988*
80. LA ESPADA DE SHANNARA. Terry Brooks
81. EL CORAZON DEL COMETA. Gregory Benford y David Brin
82. LAS ASTRONAVES DE MADERA. Bob Shaw
83. TE CON EL DRAGON NEGRO. R. A. MacAvoy. *Premios J. W. Campbell y Locus*
84. LAS PIEDRAS ELFICAS DE SHANNARA. Terry Brooks
85. SOBRE UN PALIDO CABALLO. Piers Anthony

86. LA ANTORCHA. Marion Zimmer Bradley
87. EL AMANECER DEL DRAGON. Anne McCaffrey
88. EL CANTAR DE SHANNARA. Terry Brooks
89. REINO MAGICO EN VENTA... ¡VENDIDO! (Libro I de *EL REINO MAGICO DE LANDOVER*.) Terry Brooks
90. EL UNICORNIO NEGRO. (Libro II de *EL REINO MAGICO DE LANDOVER*.) Terry Brooks
91. MAGO EN APUROS. (Libro III de *EL REINO MAGICO DE LANDOVER*.) Terry Brooks
92. LA LLEGADA DEL REY (I). Nikolai Tolstoy
93. LA LLEGADA DEL REY (II). Nikolai Tolstoy
94. LOS MUNDOS FUGITIVOS. Bob Shaw
95. PEQUEÑOS HEROES. Norman Spinrad
96. LOS RENEGADOS DE PERN. Anne McCaffrey
97. LOS VASTAGOS DE SHANNARA. Terry Brooks
98. TODOS LOS WEYRS DE PERN. Anne McCaffrey
99. EL MOLINO Y LA SANGRE. Elena Aldunate
100. EL DRUIDA DE SHANNARA. Terry Brooks
101. LA REINA ÉLFICA DE SHANNARA. Terry Brooks

## OTRAS OBRAS DE TERRY BROOKS

### LA TRILOGIA DE SHANNARA

Libro I   La Espada de Shannara
Libro II  Las Piedras Élficas de Shannara
Libro III El Cantar de Shannara

### EL REINO MÁGICO DE LANDOVER

Libro I   Reino mágico en venta... ¡vendido!
Libro II  El unicornio negro
Libro III Mago en apuros

### LA HERENCIA DE SHANNARA

Libro I   Los vástagos de Shannara
Libro II  El druida de Shannara
Libro III La reina élfica de Shannara

*Si no las encuentra en su librería, diríjase a nosotros por carta o por teléfono, y se las enviaremos contra reembolso sin cargo de gastos de envío*

Marion Zimmer Bradley

# LAS NIEBLAS DE AVALON
## Libro I
## Experta en magia

EDITORIAL ACERVO

Título original de la obra: THE MISTS OF AVALON
Book one: MISTRESS OF MAGIC

Traducción de: FRANCISCO JIMÉNEZ ARDANA

Cubierta: GUSTAVE DORÉ
Dibujo realizado para «Idylls of the King»
de Alfred Tennyson.

Diseño cubierta: J. A. LLORENS PERALES

© 1982 by Marion Zimmer Bradley
Derechos exclusivos de edición en castellano reservados
para todo el mundo y propiedad de la traducción
© Editorial Acervo, S. L., 1986

1.ª edición: Febrero 1987
2.ª edición: Octubre 1989
3.ª edición: Noviembre 1991
4.ª edición: Diciembre 1994
5.ª edición: Diciembre 1998

ISBN: 84-7002-390-X

Ninguna parte de esta publicación, incluido el diseño de la cubierta, puede ser reproducida, almacenada o transmitida en manera alguna ni por ningún medio, ya sea eléctrico, químico, mecánico, óptico, de grabación o de fotocopia, sin permiso previo del editor.

«... El hada Morgana no estaba desposada, mas fue a instruirse a un monasterio, donde se hizo una gran experta en magia.»

Malory, *Morte d'Arthur*.

# Agradecimientos

CUALQUIER LIBRO de esta complejidad conduce al autor a demasiadas fuentes como para ser enumeradas en su totalidad. Probablemente debiera citar en primer lugar a mi difunto abuelo, John Roscoe Conklin, quien me facilitó por primera vez un viejo y estropeado ejemplar de la edición Sidney Lanier de *Los cuentos del Rey Arturo*, el cual leí tan repetidas veces que virtualmente lo memoricé antes de llegar a los diez años de edad. También alentaron mi imaginación fuentes varias tales como el semanario ilustrado *Cuentos del Príncipe Valiente*. A los quince años me escabullía de la escuela con mayor frecuencia de lo que nadie sospechaba para esconderme en la biblioteca del Departamento de Educación de Albany, Nueva York, donde leí una edición de diez volúmenes de *La Rama Dorada*, de James Frazer, y una colección de quince volúmenes sobre religiones comparadas, incluyendo uno enorme sobre los druidas y las religiones célticas.

En atención directa al presente volumen, debo dar las gracias a Geoffrey Ashe, cuyos trabajos me sugirieron varias direcciones para investigaciones ulteriores, y a Jamie George, de la librería Gothic Image, de Glastonbury, quien, además de mostrarme la geografía de Somerset, el emplazamiento de Camelot y del reino de Ginebra (a los propósitos del presente libro, acepto la teoría corriente de que Camelot era el castillo de Cadbury, sito en Somerset), me guió en el peregrinar por Glastonbury. También atrajo mi atención sobre las persistentes tradiciones en torno al

Chalice Well en Glastonbury y la perdurable creencia en que José de Arimatea plantó la Santa Espina en Wearyall Hill. Asimismo, allí encontré muchos materiales que exploraban la leyenda céltica de que Jesucristo fue iniciado en la religión de la sabiduría en el templo que una vez se halló en Glastonbury Tor.

En cuanto a los materiales de la cristiandad preagustiniana, he utilizado, previo permiso, un manuscrito de circulación restringida titulado «The Preconstantine Mass: A Conjecture», del padre Randall Garret. También consulté materiales de las liturgias siriocaldeas, incluyendo el Holy Orbana de San Serapio, junto con materiales litúrgicos de grupos locales de cristianos de Santo Tomás y católicos anteriores al Concilio de Nicea. Los extractos de las Escrituras, especialmente el episodio del Pentecostés y el Magnificat, me fueron traducidos de los Testamentos Griegos por Walter Breen. También debo citar *La Tradición del misterio en occidente*, de Christiane Hartley, y *Avalon del Corazón*, de Dion Fortune.

Todo intento de recuperar la religión precristiana en las Islas Británicas se tornó conjetural, debido a los obstinados esfuerzos de sus sucesores por extinguir todo vestigio. Es tanto lo que difieren los eruditos que no me excuso por seleccionar, de entre las distintas fuentes, aquellas que mejor cumplen las necesidades de la ficción. He leído, aunque no seguido sumisamente, los trabajos de Margaret Murray y varios libros sobre Garderian Wicca. Siguiendo con el ceremonial, me gustaría expresar mi más sincero agradecimiento a los grupos neopaganos locales; a Alison Harley y el Pacto de la Diosa; a Otter y al Morning Glory Zell; a Isaac Bonewits y a los Nuevos Druidas Reformados; a Robin Goodfellow y a Gaia Willwoode; a Philip Wayne y al *Manantial Cristalino;* a Starhawk, cuyo libro *La Danza Espiral* logró serme de inestimable ayuda para deducir mucho sobre la preparación de una sacerdotisa; y, por su sustento personal y afectivo (incluyendo consuelos y alientos) mientras escribía el presente libro, a Diana

Paxson, Tracy Blackstone, Elisabeth Water y Anodea Judith, del Círculo de la Luna Oscura.

Finalmente, debo expresar amorosa gratitud a mi marido, Walter Breen, quien dijo, en un momento crucial de mi carrera, que había llegado la hora de dejar de jugar a lo seguro escribiendo a destajo por dinero y me proporcionó el apoyo financiero para que pudiera hacerlo. También a Don Wollheim, que siempre creyó en mí, y su esposa Elsie. Sobre todo, y siempre, a Lester y Judy-Lynn del Rey, quienes me ayudaron a mejorar la calidad de mi escritura, asunto siempre temible, con agradecido amor y reconocimiento. Y por último, aunque no menos importante, a mi hijo mayor, David, por su cuidadosa preparación del manuscrito final. •

# Prólogo

HABLA MORGANA

En mis tiempos me llamaron muchas cosas: hermana, amante, sacerdotisa, hechicera, reina. Ahora, ciertamente, me he tornado en hechicera y acaso llegue el momento en el que sea necesario que estas cosas se conozcan. Pero, bien mirado, creo que serán los cristianos quienes digan la última palabra. Perpetuamente se separa el mundo de las Hadas de aquel en el que Cristo gobierna. Nada tengo contra Cristo sino contra sus sacerdotes, que consideran a la Gran Diosa como a un demonio y niegan que alguna vez tuviera poder sobre este mundo. Cuando más, declaran que su poder proviene de Satán.

Y ahora que el mundo ha cambiado y Arturo —mi hermano, mi amante, que fue rey y rey será— yace muerto (la gente dice que duerme) en la Sagrada Isla de Avalon, el relato ha de ser narrado como lo fue antes de que los sacerdotes del Cristo Blanco llegaran cubriéndolo todo con sus santos.

Porque, como ya digo, el mundo mismo ha cambiado. Hubo un tiempo en el que un viajero, teniendo voluntad y conociendo sólo algunos de los secretos, podía adentrar su barca en el Mar Estival y arribar, no al Glastonbury de los monjes, sino a la Sagrada Isla de Avalon. Porque en aquel tiempo las puertas de los mundos se difuminaban entre las nieblas y se abrían, una a otra, cuando el viajero poseía la intención y la voluntad. Pues éste es el gran secreto, que era conocido por todos los hombres cultos de nuestra época: basándonos en el pensamiento de los hombres, creamos el mundo que nos rodea, diariamente renovado.

Y ahora los sacerdotes, creyendo que esto infringe el mandato de su Dios, que creó el mundo de una vez y para siempre, han cerrado tales puertas (las cuales nunca existieron excepto en la mente de los hombres) y el camino no conduce más que a la Isla de los Sacerdotes, que la han protegido con el sonido de las campanas de sus iglesias, alejando toda idea del otro mundo que yace en la oscuridad. Realmente, dicen que tal mundo, en caso de existir, pertenece a Satán y es la puerta de entrada al Averno, si no el Averno mismo.

No sé lo que su Dios pueda o no haber creado. A pesar de los relatos que se narran, nunca supe mucho de los sacerdotes y nunca me atavié con la negrura de una de sus monjas de clausura. Si los de la corte de Arturo, en Camelot, decidieron así considerarme cuando llegué hasta allí (dado que siempre ostento los oscuros ropajes de la Gran Madre en su función de hechicera), no les saqué de su engaño. Y, ciertamente, hacia el final del reinado de Arturo habría sido peligroso hacerlo y humillé la cabeza ante lo conveniente, cosa que mi señora nunca hubiera hecho. Viviane, la Señora del Lago, en tiempos fue la mejor amiga de Arturo, exceptuándome a mí, y luego su más siniestra enemiga, de nuevo con mi excepción.

Mas la contienda ha terminado. Por fin pude saludar a Arturo, cuando yacía moribundo, no como a mi enemigo y enemigo de mi Diosa, sino simplemente como a mi hermano y como a un hombre agonizante con necesidad de la ayuda de la Madre, adonde todos los hombres van a dar finalmente. Incluso los sacerdotes saben esto, ya su Virgen se torna en Madre del Mundo a la hora de la muerte.

Y así yace al fin Arturo con la cabeza en mi regazo, sin verme como a una hermana, amante o rival, sino tan sólo como a una hechicera, sacerdotisa, Señora del Lago; y así descansó en el seno de la Gran Madre, de la que vino *a nacer y en la que, al igual que todos los hombres, tendrá su fin. Y acaso, cuando conduje la barca que se lo llevó, esta vez no a la Isla de los Sacerdotes, sino a la Verdadera Isla Sagrada del mundo en tinieblas más allá del nuestro, esa Isla de Avalon a la que ahora pocos además de mí pueden ir, se arrepintió de la enemistad que había entre ambos.*

SEGÚN VAYA RELATANDO ESTA HISTORIA, *hablaré a veces de cosas acaecidas cuando era demasiado joven para comprenderlas, o de cosas acaecidas sin estar yo presente. Y el oyente quizá se distraerá, pensando:* Esta es su magia. *Pero siempre he tenido el don de la Visión y de escrutar en el interior de la mente de hombres y mujeres. Y en todo este tiempo he estado cerca de ellos. De tal modo que, en ocasiones, todo cuanto pensaban me era conocido de una u otra forma. Y así relataré esta historia.*

*Ya que un día también los sacerdotes la contarán, tal como ellos la conocían. Acaso entre ambas versiones, algún destello de la verdad pueda vislumbrarse.*

*Porque es esto lo que los sacerdotes no saben: que no hay nada semejante a una historia cierta. La verdad tiene múltiples facetas, como el viejo camino hasta Avalon; depende de tu propia voluntad e intenciones, adónde el camino te lleve y adónde por último arribes, si a la Sagrada Isla de la Eternidad o entre los sacerdotes con sus campanas, muerte, Satán, Averno y condenación... Mas tal vez esté siendo injusta con ellos. Incluso la Señora del Lago, que odiaba la túnica de los sacerdotes tanto como a una serpiente venenosa, y con buenos motivos además, me reprendió una vez por hablar mal de su Dios.*

*«Ya que todos los Dioses son un solo Dios», me dijo entonces, como lo hizo muchas veces anteriormente y como yo les he dicho a mis novicias tantas veces, como toda sacerdotisa que venga después de mí volverá a decir, «y todas las Diosas son una Diosa, habiendo un único Ini-*

*ciador. Para cada hombre su propia verdad y el Dios que hay en el interior de ésta».*

*Y así, tal vez, la verdad flote en alguna parte entre el camino a Glastonbury, la Isla de los Sacerdotes, y el camino a Avalon, perdida siempre en las nieblas del Mar Estival.*

*Pero ésta es mi verdad. Yo, Morgana, te digo estas cosas; Morgana, que en los últimos tiempos fue llamada el Hada Morgana.*

# Libro uno
# EXPERTA EN MAGIA

# I

Incluso bien entrado el verano, Tintagel era un lugar fantasmal. Igraine, la esposa del Duque Gorlois, miraba al mar desde el promontorio. Mientras escrutaba nieblas y brumas, se preguntaba si alguna vez tendría conocimiento de cuándo la noche y el día igualaban su duración, para poder guardar la Fiesta del Año Nuevo. Aquel año las tormentas primaverales habían sido desacostumbradamente violentas; el batir del mar resonaba noche y día en el castillo hasta que ningún hombre o mujer pudo dormir, e incluso los perros aullaban lúgubremente.

Tintagel... quedaban aún quienes creían que el castillo había sido construido sobre los riscos, al final del largo arrecife que penetraba en el mar, por la magia del antiguo pueblo de los Ys. El Duque Gorlois se reía de esto diciendo que de tener algo de su magia, la habría utilizado para evitar que el mar se apropiara año tras año de las tierras de la costa. En los cuatro pasados desde que llegó allí como desposada de Gorlois, Igraine había visto tierra, tierra buena, desaparecer en el mar de Cornish. Largos brazos de negra roca, aguda y escarpada, se adentraban en el océano desde la costa. Cuando el sol brillaba, el paisaje llegaba a ser bello y luminoso, el cielo y el agua tan resplandecientes como las joyas con que Gorlois la colmó el día en que le manifestó que iba a tener su primer hijo.

Pero a Igraine nunca le había gustado ponérselas. La alhaja que ahora pendía de su cuello le había sido entregada en Avalon: una piedra lunar que a veces reflejaba el esplendor azulado del cielo y el mar. Pero que hoy, entre las brumas, parecía grisácea.

En la niebla, los sonidos atravesaban largas distancias. A Igraine le pareció, mientras se hallaba en el arrecife dando la espalda a la tierra, oír cascos de caballos y mulas, y sonido de voces; voces humanas allí en la aislada Tintagel, donde nada vivía excepto cabras y ovejas, los pastores con sus perros, las damas del castillo con unas cuantas sirvientas y varios ancianos para protegerlas.

Lentamente, Igraine se volvió y comenzó a andar hacia el castillo. Como siempre, inmersa en su sombra, se sintió empequeñecida por la presencia de aquellas viejas piedras al final del largo paso que se extendía hacia el mar. Los pastores creían que el castillo había sido construido por los Arcanos de las tierras perdidas de Lyonesse e Ys. En un día claro, eso decían los pescadores, sus viejos castillos podían verse bajo las aguas. Pero a Igraine le parecían torres rocosas, arcaicas montañas y colinas cubiertas por el siempre encrespado mar que las erosionaba, incluso ahora, en los riscos inferiores al castillo. Allí en el fin del mundo, donde el mar devoraba interminablemente a la tierra, era fácil creer en tierras anegadas al oeste. Había relatos de una gran montaña ígnea que explotó muy al sur, tragándose una gran extensión de tierra. Igraine nunca supo si creer en tales relatos o no.

Sí, ciertamente oía voces entre la niebla. No podían ser los jinetes salvajes de más allá del mar, o de las agrestes costas de Erin. Mucho tiempo había pasado desde que tuviera que sorprenderse necesariamente con cada sombra o ruido extraño. No era su esposo el Duque; estaba muy al norte luchando contra los sajones al lado de Ambrosius Aurelianus, Rey Supremo de Bretaña; de haber proyectado regresar, hubiera enviado un mensaje.

Y no tenía por qué temer. Si los jinetes eran hostiles, los guardas y soldados de la fortaleza al final del paso, situados allí por el Duque Gorlois para proteger a su esposa e hija, los habrían detenido. Hubieran necesitado un ejército para atravesarlos. Y, ¿quién enviaría un ejército contra Tintagel?

Hubo una época, recordó Igraine sin amargura, encaminándose lentamente hacia el patio del castillo, en la que hubiera sabido quién cabalgaba hacia allí. Tal pensamiento la entristeció un poco. Desde el nacimiento de Morgana no había vuelto a llorar por su hogar. Y Gorlois era amable con ella. Había apaciguado sus primeros miedos y odios, colmado de joyas y cosas hermosas obtenidas como trofeos de guerra, rodeado de doncellas que la acompañaban. Siempre la trató como a su igual, excepto en los consejos de guerra. No podía pedir más, a menos que se hubiese casado con un hombre de las Tribus. Y en esto no había tenido elección. Una hija de la Isla Sagrada debe hacer lo mejor para su pueblo, ya sea entregarse a la muerte en sacrificio o renunciar a su virginidad en el Sagrado Matrimonio, o casarse donde se pensara que se cimentarían alianzas. Esto es lo que había hecho Igraine al casarse con el Duque romanizado de Cornwall, un ciudadano que vivía, aunque Roma había desaparecido por completo de Bretaña, a la usanza romana.

Se quitó la capa de los hombros. Hacía calor en el patio, protegido del lacerante viento. Y allí, cuando la niebla se arremolinó y despejó, una figura se irguió ante ella durante un instante, materializándose a partir de la niebla y la bruma: su hermana, Viviane, la Dama del Lago, Señora de la Isla Sagrada.

—¡Hermana! —Las palabras tremolaron, e Igraine supo que no las había dicho en voz alta sino susurrado, llevándose las manos al pecho—. ¿Te veo realmente aquí?

La expresión era reprobadora y las palabras parecían perderse en el ulular del viento al otro lado de los muros.

*¿Has renunciado a la Visión, Igraine? ¿Por voluntad propia?*

Ofendida por semejante injusticia, Igraine replicó:

—Fuiste tú quien decretó que debía casarme con Gorlois...

Pero la silueta de su hermana se había esfumado entre las sombras, no estaba allí, nunca había estado. Igraine parpadeó; la breve aparición se había ido. Se volvió a poner la capa porque sintió frío, un frío glacial. Sabía que la visión había extraído la fuerza del calor y vida de su propio cuerpo. Pensó: *No sabía que aún pudiera ver de esta forma, estaba segura de que no...* Y entonces se estremeció, sabiendo que el Padre Columba consideraría aquello obra del Demonio y tendría que confesarlo. Era cierto que allí, en el fin del mundo, los clérigos eran permisivos; pero una visión inconfesada seguramente se consideraría algo impío.

Frunció el ceño, ¿por qué habría de considerar una visita de su propia hermana como obra del Demonio? El Padre Columba podría decir cuanto quisiera, pero su Dios debía ser más sabio que él. Lo que, pensó Igraine reprimiendo una risita, no sería muy difícil. Quizá el Padre Columba se había convertido en sacerdote de Cristo porque ninguna escuela de druidas habría aceptado a un hombre tan estúpido entre sus filas. A Cristo no parecía importarle si un sacerdote era estúpido o no, mientras pudiese balbucear en latín y leer y escribir un poco. Ella misma, Igraine, poseía más dotes clericales que el Padre Columba y hablaba mejor el latín cuando quería. No se consideraba a sí misma culta; no había sido lo bastante voluntariosa para estudiar la profunda sabiduría de la Vieja Religión o para penetrar en los Misterios más allá de lo estrictamente necesario en una hija de la Isla Sagrada. Sin embargo, aunque era una ignorante en cualquier Templo de los Misterios, podía pasar entre los romanizados bárbaros por una dama bien educada.

En la pequeña estancia que daba al patio, donde el sol se introducía en los días buenos, su hermana menor, Morgause, en la flor de sus trece años, llevando una saya de lana sin teñir y una vieja capa sobre los hombros, estaba hilando ausente con un huso, pasando el hilo desigual por la holgada rueca. En el suelo, cerca del fuego, se hallaba Morgana enrollando un viejo huso para hacer una madeja, observando los erráticos dibujos que formaba el desigual cilindro, dando golpecitos aquí y allá con gordezuelos dedos.

—¿No he hilado ya bastante? —se quejó Morgause—. ¡Me duelen los dedos! ¿Por qué debo hilar, hilar, hilar durante todo el tiempo, como una doncella de compañía?

—Toda dama debe aprender a hilar —la reprendió Igraine como sabía que tenía que hacerlo—, y tu hebra es desastrosa, a veces fina, a veces gruesa... Tus dedos perderán su torpeza cuando los acostumbres a trabajar. Los dedos doloridos son señal de que has sido perezosa, de que no están endurecidos por la tarea.

Tomó la rueca y el huso de Morgana y empezó a enrollar con gran celo; la desigual hebra, en sus experimentados dedos, se tornó una madeja perfectamente uniforme.

—Mira, una puede hilar con este hilo sin obstruir la lanzadera. —De repente se cansó de comportarse como debía—. Pero ya puedes dejar el huso; los invitados llegarán a media tarde.

Morgause la miraba.

—No he oído nada —dijo—, ni siquiera a un jinete con un mensaje.

—No me sorprende —dijo Igraine—, porque no lo ha habido. Fue un Enviado. Viviane está en camino y Merlín viene con ella. —No supo esto último hasta haberlo dicho—. Por tanto, puedes llevarte a Morgana con su aya, y ve a ponerte el vestido de gala, el de color azafrán.

Morgause soltó el huso con presteza, pero se detuvo para mirar a Igraine.

—¿Mi traje azafrán? ¿Para mi *hermana*?

Igraine la corrigió con sequedad.

—No es para tu hermana, Morgause, sino para la Dama de la Isla Sagrada y para el Mensajero de los Dioses.

Morgause desvió la mirada hacia el trazado del suelo. Era una muchacha alta y fuerte que empezaba a desarrollarse y a madurar hacia la femineidad; su cabellera era rojiza como la de Igraine y su piel moteada de pecas, que permanecían allí aunque se lavase con suero de mantequilla y rogase a la herbolaria que le preparara ungüentos y le diese friegas. A sus trece años era ya tan alta como Igraine y algún día lo sería aún más. Fue a recoger a Morgana con expresión de fastidio.

Igraine dijo a sus espaldas:

—Dile al aya que le ponga la ropa de gala a la niña y luego puedes volverla a bajar. Viviane no la ha visto.

Morgause comentó cáusticamente que no veía por qué una suma sacerdotisa querría encontrarse con una mocosa, pero lo dijo en voz baja, de forma que Igraine tuvo una excusa para ignorarlo.

Al final de las angostas escaleras, su propia cámara hallábase fría; no encendían ningún fuego allí, salvo en lo más crudo del invierno. Cuando Gorlois estaba lejos, compartía el lecho con la doncella de compañía, Gwennis, y las prolongadas ausencias de éste dábanle un pretexto para tener a Morgana en su cama por las noches. A veces también dormía allí Morgause, compartiendo los cobertores de piel contra el enconado frío. El gran lecho de matrimonio, doselado, protegido por cortinajes de las corrientes, era lo bastante grande para tres mujeres y una niña.

Gwen, que era ya vieja, dormitaba en un rincón e Igraine se abstuvo de despertarla. Se quitó las prendas de diario de lana sin teñir, se atavió con un hermoso traje y se puso en el cuello una cinta de seda que Gorlois le había llevado como presente de Londinium. Se adornó los dedos con los anillos de plata que conservaba desde que era una jovencita... sólo le entraban ahora en los más pequeños... y se abrochó una gargantilla ambarina obsequio asimismo de Gorlois. El traje estaba teñido de un color cobrizo y portaba una sobretúnica verde. Cogió el peine de asta tallada y comenzó a pasárselo por el cabello, sentándose en una banqueta para desenredarlo pacientemente. De otra estancia llegó un agudo grito, y supuso que el aya estaba peinando a Morgana y ésta protestaba. Los gritos cesaron de repente y dedujo que la habían mandado a callar o, quizá, como ocurría a veces cuando Morgause se encontraba de buen humor, ésta se había ocupado personalmente de cepillarla con sabios y pacientes dedos. Era éste el motivo por el que Igraine sabía que su joven hermana podría hilar bastante bien cuando se lo propusiera, ya que tenía manos hábiles para todo lo demás, ya fuera peinar, cardar o hacer dulces de Pascua.

Igraine se alisó el pelo, se lo recogió sobre la cabeza con un pasador dorado y prendió un broche de oro auténtico en un pliegue de la capa. Se miró en el viejo espejo de bronce que su hermana, Viviane, le regaló al casarse, traído, según decían, directamente de Roma. Supo, al abrocharse el vestido, que sus senos de nuevo estaban como habían estado antes: Morgana había sido destetada hacía un año y sólo estaban un poco más suaves y henchidos. Supo que había recuperado su antigua esbeltez porque se casó con aquel vestido y ahora no le apretaba ni siquiera un poco.

Gorlois, cuando volviera, desearía llevársela a su lecho de nuevo. La última vez que la había visto, Morgana seguía tomando el pecho y hubo de ceder a sus súplicas para que pudiese continuar amamantando a la niña durante la estación estival, en la que tantos niños morían. Sabía que estaba descontento porque la criatura no había sido el hijo que anhelaba. Los romanos cuentan su linaje por la línea paterna, en vez de hacerlo, con mayor sensatez, por la materna. Era algo estúpido, porque, ¿cómo puede ningún hombre saber con exactitud quién ha engendrado el hijo de una mujer? Por supuesto, los romanos se preocupaban extraordinariamente por saber quién se acostaba con sus mujeres, y las encerraban y espiaban. No era necesaria tal vigilancia con Igraine; un hombre era ya algo bastante malo, ¿quién querría otros que podían resultar peores?

Pero, aun cuando ansiaba un hijo, Gorlois había sido indulgente, permitiéndole que tuviese a Morgana en su cama y continuase amamantándola, incluso apartándose de ella para yacer por la noche con su sirvienta de cámara,

Ettarr, a fin de evitar que volviese a quedar encinta con la consiguiente pérdida de la leche. También él sabía cuántos niños morían al ser destetados antes de poder masticar carne y pan duro. Aquellos que eran alimentados con atole enfermaban y, con frecuencia, la leche de cabra escaseaba en verano. Los niños alimentados con leche de vaca o yegua frecuentemente vomitaban y morían, o padecían diarrea, que al final los llevaba también a la muerte. Así pues, dejó que Morgana siguiera tomando el pecho, posponiendo el hijo que deseaba al menos otro año y medio. Aunque sólo fuera por eso, debía estarle agradecida y aceptar que volviese a dejarla embarazada.

Ettarr quedó preñada en aquella visita, enorgulleciéndose de sí misma. ¿Sería ella quien tuviera un hijo del Duque de Cornwall? Igraine ignoró su actitud; Gorlois tenía otros hijos bastardos, uno de los cuales le acompañaba ahora en el campo de guerra, Uther. Pero Ettarr cayó enferma y abortó, e Igraine tuvo la suficiente intuición como para no preguntarle a Gwen por qué parecía tan complacida con el suceso. La vieja Gwen sabía demasiado de hierbas como para que Igraine no sospechase. *Algún día*, decidió, *haré que me cuente qué es lo que puso exactamente en la cerveza de Ettarr.*

Bajó a la cocina, arrastrando la larga falda por los escalones de piedra. Allí estaba Morgause con sus mejores ropajes; le había puesto a Morgana el traje de gala, de apagado color azafrán, así que la niña parecía sombría como un picto. Igraine la tomó, sosteniéndola con deleite. Pequeña, morena, delicadamente formada, de huesos tan leves como un pajarillo. ¿Cómo podía ser suya aquella niña? Morgause y ella eran altas y de cabellera rojiza, del tono de la tierra, al igual que todas las mujeres de las Tribus; y Gorlois, aunque moreno, era romano, alto y delgado y aquilino; endurecido por años de lucha contra los sajones, demasiado imbuido de su dignidad romana para mostrar excesiva ternura a su joven esposa, y nada excepto indiferencia por la niña que llegó en lugar del hijo que ella debía haberle dado.

Pero, se recordó a sí misma Igraine, estos romanos consideraban un derecho divino el poder de vida y muerte sobre sus hijos. Había muchos, cristianos o no, que habrían exigido que una niña no fuese amamantada, para que sus esposas quedaran libres para darles un hijo. Gorlois había sido bueno con ella y le permitió cuidar a su hija. Acaso, aunque no le daba demasiado crédito a tal idea, sabía lo que ella, una mujer de las Tribus, sentía por una hija.

Mientras daba órdenes para el acomodo de los invitados, para que subieran vino de las bodegas y asasen la carne, no de conejo, sino buen cordero de la última matanza, escuchó el cloquear y revolotear de las gallinas asustadas en el corral y supo que los jinetes habían cruzado el paso. Los sirvientes parecían asustados, pero la mayoría de ellos habían aceptado resignadamente el hecho de que la señora tuviera la Visión. Esto era lo que había pretendido Igraine valiéndose de astutas conjeturas y unas artimañas; resultó tan bien que todos continuaban sintiendo temor ante ella. Ahora pensaba: *Puede que Viviane esté en lo cierto y yo aún posea la Visión. Puede que me equivocara al creer que había desaparecido, ya que en los meses anteriores al nacimiento de Morgana me sentí muy débil y falta de energías. Ahora he vuelto a recobrarme. Mi madre fue una gran sacerdotisa hasta el día de su muerte, aun habiendo tenido varios hijos.*

Pero, le respondió su mente, tu madre dio a luz a sus hijos en libertad, como debe hacerlo una mujer de las Tribus; y de los padres que ella eligió, no como una esclava de algún romano cuyas costumbres le dan poder sobre mujeres e hijos.

Con impaciencia, apartó tales pensamientos, ¿qué diferencia había entre que poseyera realmente la Visión o sólo lo simulara si, de ambas formas, mantenía a los sirvientes en orden?

Salió despacio hacia el patio, que Gorlois llamaba atrium, aunque no se pareciese en nada a la villa en que había vivido hasta que Ambrosius le nombró Duque de Cornwall. Encontró a los jinetes desmontando, y su mirada se dirigió de inmediato a la mujer, una mujer más baja que ella, cerca aún de la juventud, que vestía una túnica masculina y calzones de lana, y se cubría con capas y chales. Sus miradas de salutación se encontraron a través del patio, pero Igraine, en atención al protocolo, fue a inclinarse ante el alto y esbelto anciano que estaba desmontando de una huesuda mula. Llevaba las azules prendas de un bardo y un arpa sujeta al hombro.

—Le doy la bienvenida a Tintagel, Señor Mensajero. Su presencia supone un honor y una bendición para nuestro hogar.

—Gracias, Igraine —respondió con voz resonante, y Taliesin, Merlín de Bretaña, druida, bardo, unió las manos ante su rostro, para luego extenderlas hacia Igraine en un gesto de bendición.

Habiendo cumplido con su deber por el momento, Igraine corrió hacia su hermana, y se habría inclinado para recibir su bendición también, pero el ademán de Viviane la disuadió.

—No, no, hija, ésta es una visita familiar, ya habrá tiempo después para que me hagas los honores si...
—Abrazó fuertemente a Igraine y la besó—. ¿Y ésta es la criatura? Es fácil ver que tiene la sangre del Viejo Pueblo. Se parece a nuestra madre, Igraine.

Viviane, Señora del Lago y de la Sagrada Isla, contaba más de treinta años; hija mayor de la anterior sacerdotisa del Lago, había sucedido a su madre en el santo oficio. Tomó a Morgana en brazos, sosteniéndola con las experimentadas manos de una mujer acostumbrada a los niños.

—Se parece a *ti* —dijo Igraine, sorprendida, y luego se dio cuenta de que debía haberse apercibido antes. Pero hacía cuatro años que no había visto a Viviane, exactamente desde el día de su boda. Y habían ocurrido tantas cosas desde que la pusieron en manos de un hombre mucho mayor que ella, cuando sólo tenía quince años y se sentía aterrorizada.

—Pero, entrad al vestíbulo, Lord Merlín, hermana. Allí se está más caliente.

Sin las capas y los chales, Viviane, Señora de Avalon, era una mujer sorprendentemente menuda, no más alta que una niña normalmente desarrollada de ocho o diez años. Con la holgada túnica anudada a la cintura, de la que pendía una daga envainada, y los amplios calzones de lana, parecía muy pequeña, una niña con ropas de persona adulta. Su rostro era delicado, moreno y triangular; su frente estaba medio cubierta por el pelo negro como las sombras de los riscos. Sus ojos también eran oscuros, y demasiado grandes para una cara tan pequeña. Igraine nunca se habría apercibido de cuán menuda era.

Una sirvienta les llevó la copa de los invitados: vino caliente, mezclado con las últimas de las especias que Gorlois le había enviado de los mercados de Londinium. Viviane la cogió entre las manos e Igraine le hizo un guiño. El gesto con el que tomó la copa la hizo parecer de pronto alta e imponente. La sostuvo entre las manos, como si hubiera sido la sagrada copa de la Santa Regalía, llevándosela lentamente a los labios musitando una bendición. Probó su contenido, y se volvió dejándola en manos de Merlín, que la aceptó con una grave inclinación y se la llevó a los labios. Igraine, que apenas se había adentrado en los Misterios, percibió que, de alguna forma, también era parte de esta hermosa solemnidad ritual cuando, llegado su turno, tomó la copa de sus invitados, bebió y pronunció las palabras formales de bienvenida.

Luego dejó a un lado la copa y, con ella, la emoción del momento. Viviane volvió a ser solamente una menuda mujer de aspecto fatigado, y Merlín un encorvado anciano. Igraine les condujo hacia un sitio más cercano al hogar.

—Ha debido resultaros cansado viajar desde las costas del Mar Estival con este tiempo —dijo, recordando cuando ella hizo el trayecto, recién desposada, asustada y odiando en silencio, en pos del extraño marido que, aún ahora, era sólo una voz y un temor durante la noche—. ¿Qué os trae por aquí en época de tormentas primaverales, mi hermana y señora?

*¿Y por qué no viniste antes, por qué me dejaste sola,*

*aprendiendo a ser esposa, y a dar a luz con temor y añoranza? Y, si no pudiste venir entonces, ¿por qué lo has hecho ahora que no te necesito puesto que ya me he sometido?*

—La distancia es realmente larga —dijo Viviane con suavidad; e Igraine supo que la sacerdotisa había escuchado, como siempre, tanto las palabras pronunciadas como las que no lo habían sido—. Y ésta es una época peligrosa, hija. Durante estos años te has hecho una mujer, aunque hayan sido años de soledad, de una soledad tan absoluta como la que se precisa para convertirse en bardo o —añadió, con una sonrisa evocadora—, para ser una sacerdotisa. Habiendo escogido ese camino, lo habrías encontrado igualmente solitario, mi Igraine. Sí, por supuesto —dijo reclinándose, suavizando la expresión al mirar a Morgana—, puedes sentarte en mi regazo, pequeña.

La cogió ante la perplejidad de Igraine, ya que Morgana se mostraba generalmente ante los extraños como un conejillo asustado. Con un sentimiento en el que se mezclaban los celos y la admiración, observó a la niña sentarse en el regazo de Viviane. Esta parecía demasiado frágil para sostenerla con seguridad. Pero era una mujer portentosa, una mujer del Viejo Pueblo. Y, ciertamente, Morgana podría llegar a parecerse mucho a ella.

—¿Y Morgause, ha mejorado desde que te la envié hace un año? —preguntó Viviane, mirando a Morgause con su traje azafranado. Esta se hallaba con gesto resentido entre las sombras que producía el fuego—. Ven y dame un beso, hermana pequeña. Ah, serás alta como Igraine —dijo, levantando los brazos para estrechar a la muchacha, que se acercó hosca como un cachorro desconfiado—. Sí, siéntate a mis pies si quieres. —Morgause lo hizo, reclinando la cabeza en el regazo de Viviane, e Igraine pudo ver que tenía los ojos llorosos.

*Nos tiene a todas en sus manos. ¿Cómo puede poseer semejante poder sobre todos nosotros? O, quizá, lo que ocurre es que ella es la única madre que Morgause haya conocido. Era ya una mujer cuando nació Morgause, siem-*

*pre ha sido una madre, al tiempo que una hermana, para nosotras.* Su madre, que ya era demasiado vieja para dar a luz, murió al nacer Morgause. Viviane había tenido un hijo poco antes; su hijo murió y tomó a Morgause para criarla.

Morgana se había ovillado en el regazo de Viviane; Morgause recostaba su cabeza cubierta por sedoso pelo rojizo en la rodilla de Viviane. La sacerdotisa sostenía a la pequeña con un brazo y con la mano libre acariciaba el cabello de la joven.

—Habría venido a verte cuando nació Morgana —dijo Viviane—, pero yo también estaba embarazada. Tuve un hijo ese año. Lo está educando una madre adoptiva y puede que se lo envíe a los monjes. Es cristiana.

—¿No os importa que sea educado como cristiano? —preguntó Morgause—. ¿Es hermoso? ¿Cómo se llama?

Viviane sonrió.

—Le llamo Balan —dijo—. Su madre adoptiva llama Balin a su propio hijo. Sólo se llevan diez días, así es que, sin duda, crecerán como gemelos. Y no, no me importa que sea educado como un cristiano. También su padre lo fue y Priscilla es una mujer buena. Decías que el viaje hasta aquí es largo; créeme, hija, ahora lo es más que cuando te casaste con Gorlois. No quizá desde la Isla de los Sacerdotes, en la que crece la Santa Espina, pero es mucho, mucho más largo desde Avalon...

—Y ésa es la razón de que hayamos venido —dijo Merlín de súbito, y su voz resonó como el tañido de una gran campana, e hizo que Morgana se incorporara repentinamente y empezara a gimotear asustada.

—No lo entiendo —dijo Igraine, inquieta—. Las dos islas se hallan muy cerca una de otra...

—Las dos son *una* —dijo Merlín, que estaba rígidamente sentado—, pero los seguidores de Cristo han preferido decir, no que *ellos* no tienen otros dioses salvo su Dios, sino que no *hay* ningún otro Dios. Este creó el mundo en solitario, en solitario lo rige y en solitario hizo las estrellas y toda la creación.

Igraine, de inmediato, hizo el signo santo contra la blasfemia.

—Pero eso no es posible —dijo—. Ningún Dios único puede gobernar todas las cosas... Y además, ¿qué ocurre con la Diosa? ¿Qué de la Madre...?

—Creen —dijo Viviane, con suave tono bajo—, que no hay Diosa; porque el principio de la mujer, eso dicen, es el principio de todo mal; mediante la mujer, afirman, el Mal penetró en este mundo; hay un relato judío acerca de una manzana y una serpiente.

—La Diosa los castigará —dijo Igraine, estremecida—. ¿Y aun así me casaste con uno de ellos?

—No sabíamos que su blasfemia era tan enorme —dijo Merlín—, porque ha habido seguidores de otros Dioses en nuestra época. Pero respetaban los Dioses de los demás.

—Y, ¿qué tiene eso que ver con la longitud del camino desde Avalon? —preguntó Igraine.

—Por fin llegamos al motivo de nuestra visita —dijo Merlín— porque, como los druidas saben, son las creencias de la humanidad las que configuran el mundo y toda la realidad. Hace mucho tiempo, cuando por primera vez los seguidores de Cristo llegaron a nuestra Isla, supe que aquello sería un considerable hito en el tiempo, un instante que cambiaría el mundo.

Morgause miró al anciano con ojos dilatados de espanto.

—¿Estabais allí, Venerable?

Merlín le sonrió, y dijo:

—No con mi propio cuerpo. Pero he leído mucho en la gran sala que no se halla en este mundo, donde se escribieron los Anales de Todo lo Existente. Y, también, *vivía* entonces. Los Señores de este mundo me permitieron regresar, pero en otra envoltura carnal.

—Esos temas son demasiado abstractos para la pequeña, Venerable Padre —dijo Viviane, reprendiéndole levemente—. No es una sacerdotisa. Lo que Merlín quiere decir, hermanita, es que ya vivía cuando los cristianos llegaron aquí por vez primera y que decidió, siéndole permitido, reencarnarse de inmediato para proseguir su obra. Estos son Misterios que no tienes por qué tratar de entender. Continúe, Padre.

—Supe que éste era uno de esos momentos en los que cambia la historia de la humanidad —dijo Merlín—. Los cristianos pretendían borrar toda la sabiduría anterior para preservar la suya; y en tal contienda están desterrando de este mundo todas las formas de misterio que no concuerdan con su fe religiosa. Han considerado una herejía el que los hombres vivan más de una vida, lo cual cualquier campesino sabe que es cierto.

—Pero, si los hombres sólo creen en una vida —protestó Igraine, turbada—, ¿cómo podrán evitar desesperarse? ¿Qué Dios crearía a unos hombres miserables y a otros felices y prósperos, si no tuviesen más que una vida?

—No lo sé —dijo Merlín—. Quizá quieran que los hombres se desesperen por tan duro destino, para que así caigan de rodillas ante ellos. No sé en qué creen los seguidores de Cristo o qué esperan. —Entrecerró los ojos un instante y las arrugas de su rostro se acentuaron—. Pero, sea lo que sea, las visiones que sustentan están alterando este mundo, no sólo en el plano espiritual, sino en el material. Niegan el mundo espiritual y los reinos de Avalon, y tales reinos dejan de existir para ellos. Por supuesto, siguen existiendo, mas ya no en el mismo mundo en que moran los cristianos. Avalon, la Isla Sagrada, no está muy lejos de donde estaba cuando nosotros, los de la Vieja Fe, permitimos a los monjes levantar su capilla y su monasterio en Glastonbury. Pero nuestra sabiduría y su sabiduría... ¿Tienes muchos conocimientos de filosofía natural, Igraine?

—Muy pocos —dijo la joven, agitada, mirando a la sacerdotisa y al gran druida—. Nunca me enseñaron.

—Es una lástima —dijo Merlín—, porque has de entender esto, Igraine. Trataré de simplificártelo. Mira —le dijo, quitándose el collar dorado del cuello y extrayendo luego la daga—. ¿Podrían este bronce y este oro ocupar el mismo lugar al mismo tiempo?

Igraine parpadeó, mirándolo sin comprender.
—No, por supuesto que no. Se pueden poner juntos, pero no en el mismo lugar, a menos que retires antes uno de ellos.
—Así ocurre con la Isla Sagrada —dijo Merlín—. Los sacerdotes nos hicieron el juramento hace cuatro siglos, incluso antes de que los romanos llegaran hasta aquí con afanes de conquista, de que nunca se levantarían contra nosotros amenazándonos con las armas; porque nosotros estábamos aquí antes y ellos eran los débiles y suplicantes. Y han cumplido tal juramento, he de concedérselo. Pero, en espíritu, en sus oraciones, nunca han dejado de rivalizar con nosotros para que su Dios expulsara a los nuestros y su sabiduría imperase sobre la nuestra. En nuestro mundo, Igraine, hay sitio suficiente para muchos Dioses y Diosas. Pero, en el universo de los cristianos, ¿cómo lo expresaría?, no hay lugar para nuestra visión o sabiduría. En su mundo hay un único Dios; no sólo debe prevalecer sobre los demás, sino que debe hacer como si éstos no existieran, como si nunca hubieran existido otra cosa que falsos ídolos. Así pues, creyendo en El, todos los hombres pueden salvarse en esta vida. Esto es lo que creen. Y, cuando los hombres creen en algo, así se configura su mundo. De este modo los mundos que una vez fueron uno, se están separando.

»Existen ahora dos Bretañas, Igraine: la suya; y junto, con y detrás de ésta, el mundo en el que la Gran Madre aún gobierna, aquél donde el Viejo Pueblo eligió vivir y adorar. Esto ha ocurrido ya antes. Llegó un momento en el que el pueblo de los duendes, los Esplendentes, se retiraron de nuestro mundo, adentrándose más y más en las brumas, de forma que sólo un vagabundo casual puede pasar ahora la noche entre los elfos y, de hacerlo así, el tiempo no pasa por él. Puede, tras una sola noche, encontrar a todos sus congéneres muertos, ya que esa noche puede haber durado una docena de años. Te aseguro, Igraine, que de nuevo está ocurriendo. Nuestro mundo, gobernado por la Diosa y el Astado, su consorte; el mundo que conoces, el de las muchas verdades, está siendo apartado del curso principal del tiempo. Incluso ahora, Igraine, si un viajero parte sin guía hacia la Isla de Avalon, a menos que conozca bien el camino, no podrá llegar; se encontrará únicamente con la de los sacerdotes. Para la mayoría de los hombres, nuestro mundo se halla ya perdido entre las nieblas del Mar Estival. Aun antes de que los romanos nos abandonaran, comenzó a suceder. Ahora que las iglesias cubren toda la Bretaña, nuestro mundo se distancia cada vez más. Por eso hemos tardado tanto tiempo en llegar hasta aquí; van reduciéndose las ciudades y caminos del Viejo Pueblo que quedaban para guiarnos. Los mundos aún están en contacto; uno junto al otro, como amantes. Mas se van desgajando y, de no ser detenido este proceso, llegará el día en que haya dos mundos y nadie podrá ir y venir entre ambos...

—¡Dejemos que se marchen! —le interrumpió Igraine, colérica—. Sigo creyendo que debemos dejarles marchar. No quiero vivir en un mundo de cristianos que niegan a la Madre...

—Pero, ¿qué será de todos los otros, de aquellos que vivirán en la desesperación? —La voz de Merlín de nuevo resonó como un gran tañido—. No, debe quedar un pasaje, aun cuando sea secreto. Hay partes del mundo que continúan siendo una. Los sajones están en ambos mundos, pero la mayoría de nuestros guerreros son cristianos. Los sajones...

—Los sajones son bárbaros y crueles —dijo Viviane—. Las Tribus solas no pueden alejarlos de las costas; y Merlín y yo hemos visto que Ambrosius no seguirá por mucho tiempo en este mundo y el duque de la guerra, el Pendragón, ¿no le llaman Uther?, le sucederá. Mas son muchos en este país los que no se unirán al Pendragón. Ninguno de los mundos sobrevivirá mucho tiempo al fuego y la espada de los sajones, independientemente de lo que le ocurra al nuestro en el plano espiritual. Antes de librar la batalla para evitar que los mundos se separen, debemos preservar el corazón de Bretaña de ser asolado por el

fuego sajón. Y no sólo nos asaltarán los sajones, sino también los jutos y los escoceses, todos los pueblos salvajes que descienden desde el norte. En todas partes, incluso en la misma Roma, se van haciendo más poderosos, hay gran cantidad de ellos. Tu marido ha estado luchando toda su vida. Ambrosius, Duque de Bretaña, es un buen hombre, pero sólo tiene la lealtad de aquellos que una vez siguieron a Roma. Su padre ostentó la púrpura y Ambrosius también ambicionó ser emperador. Necesitamos un líder que convoque a todo el pueblo de Bretaña.
—Pero... queda Roma —protestó Igraine—. Gorlois me dijo que cuando Roma hubiese resuelto todos los problemas de la Gran Urbe, las legiones retornarían. ¿No podemos solicitar ayuda de Roma contra los salvajes pueblos del norte? Los romanos fueron los mejores guerreros del mundo, construyeron una gran muralla en el norte para rechazar a los salvajes jinetes...
La voz de Merlín resonó con ese tono hueco que era como el tañido de una gran campana.
—Lo vi en el Manantial Sagrado. El águila ha volado y nunca volverá a Bretaña.
—Roma nada puede hacer —dijo Viviane—. Debemos encontrar nuestro propio líder, uno que mande sobre toda Bretaña. De otra forma, cuando vengan en masa contra nosotros, Bretaña caerá y durante cientos de años yaceremos bajo las ruinas oprimidos por los bárbaros sajones. Los mundos se separarán irrevocablemente y el recuerdo de Avalon no permanecerá ni en leyendas que puedan alimentar la esperanza de los hombres. No, debemos tener un líder que comande fielmente a todos los pueblos de ambas Bretañas, el de los sacerdotes y el mundo de las brumas, regido desde Avalon. Salvados por este Gran Rey —la voz cobró el claro y místico tono de lo profético—, los mundos volverán a unirse, y formarán un solo mundo que albergue a la Diosa y a Cristo, el caldero y la cruz. Ese gran jefe lo logrará.
—Pero, ¿dónde encontraremos a semejante rey? —preguntó Igraine—. ¿Quién nos proporcionará tal jefe?

Luego, de repente, tuvo miedo; un estremecimiento recorrió su espalda cuando Merlín y la sacerdotisa se volvieron a mirarla. Sus ojos quedaron tan quietos como los de un pajarillo bajo la sombra de un gran halcón y comprendió por qué al mensajero profético de los druidas le llamaban Merlín.

Mas, cuando Viviane habló, lo hizo con voz muy suave.

—Tú, Igraine. Tú concebirás a ese Gran Rey —dijo.

## II

La estancia se hallaba en silencio, salvo por el débil crepitar del fuego. Después de un rato, Igraine se oyó a sí misma suspirar profundamente, como si acabase de despertar.

—¿Qué me estás diciendo? ¿Que Gorlois será el padre de ese Gran Rey? —Escuchó el resonar de las palabras en su mente como un eco y se preguntó por qué no había esperado un destino tan excelso para Gorlois. Vio cómo su hermana y Merlín intercambiaban miradas, y también el breve ademán con el que la sacerdotisa silenciaba al anciano.

—No, Lord Merlín, una mujer ha de contarle esto a otra mujer... Igraine, Gorlois es romano. Las Tribus no seguirían a ningún hombre nacido de un hijo de Roma. El Gran Rey a quien han de seguir debe ser un hijo de la Isla Sagrada, un verdadero hijo de la Diosa. Tu hijo, Igraine. Pero no bastarán las Tribus para rechazar a los sajones y a los demás pueblos salvajes del norte. Necesitaremos el apoyo de romanos, celtas y cimbrios, y éstos sólo seguirán a su propio duque de la guerra, su Pendragón, hijo de un hombre en quien confían para guiarlos y gobernarlos. Y el Viejo Pueblo, asimismo, pretende el hijo de una madre regia. Tu hijo, Igraine, pero el padre será Uther Pendragón.

Igraine los miraba, tratando de asimilar sus palabras, hasta que la ira lentamente fue abriéndose paso entre el aturdimiento. Entonces, les gritó:

—¡No! ¡Tengo un marido y le he dado una hija! No permitiré que juguéis de nuevo con mi vida. Me casé como me ordenasteis y nunca sabréis... —Las protestas se agolparon en su garganta. Nunca encontraría la forma de explicarles lo que fue para ella aquel primer año; ni siquiera Viviane llegaría a saberlo. Podría decir: *Tenía miedo*, o *estaba sola y aterrorizada*, o *la violación me habría sido más fácil porque más tarde podría haberme alejado para morir;* pero todo esto serían sólo meras palabras, que expresaban únicamente una mínima parte de cuanto había sentido.

Aun cuando Viviane lo hubiese conocido todo, sondeando su mente para descubrir lo que ella no podía contar, la hubiese mirado con compasión e incluso algo de desprecio, pero sin cambiar de opinión ni exigir menos de ella. Se lo había oído decir repetidamente a Viviane cuando aún creía que Igraine llegaría a ser sacerdotisa de los Misterios: «*Si pretendes evitar tu destino o postergar el sufrimiento, sólo te condenarás a soportarlo doblemente en otra vida*».

Así pues, nada dijo de tales cosas, y se limitó a mirar a Viviane con el resentimiento acumulado en los cuatro últimos años, en los que había cumplido con su deber sola y valientemente, sometiéndose a su destino sin más lamentaciones de las que cualquier mujer se hubiese permitido. Pero, ¿otra vez? *Nunca*, se dijo Igraine, *nunca*. Movió la cabeza con obstinación.

—Escúchame, Igraine —dijo Merlín—. Yo te engendré, aunque eso no me dé ningún derecho; es la sangre de la Dama la que confiere realeza, y tú eres de la más antigua sangre regia, descendiendo de hija en hija de la Isla Sagrada. Está escrito en las estrellas, hija, que sólo un rey procedente de dos linajes reales, uno de las Tribus que siguen a la Diosa y el otro de quienes miran hacia Roma, liberará a nuestra tierra de esta contienda. La paz ha de llegar cuando los dos dominios puedan convivir, una paz lo bastante grande como para que el caldero y la cruz puedan compartirla. Si se da un reinado así, Igraine, incluso aquellos que siguen a la cruz tendrán el conocimiento de los Misterios para que los conforten en sus oscuras vidas de sufrimiento y pecado, y su creencia en una breve vida en la que se elige para toda la eternidad entre Cielo o Infierno. De otro modo, nuestro mundo se perdería entre las nieblas y pasarían siglos —milenios quizá— en los cuales la Diosa y los Sagrados Misterios quedarían olvidados por toda la humanidad; conocidos sólo por los pocos que pueden ir y venir entre los mundos. ¿Dejarás que la Diosa y su obra desaparezcan de este mundo, Igraine, tú que naciste de la Dama de la Sagrada Isla y de Merlín de Bretaña?

Igraine inclinó la cabeza, guareciendo su mente contra la ternura de la voz del anciano. Siempre había sabido, sin que lo hubiesen dicho, que Taliesin, Merlín de Bretaña, compartió con su madre el lapso de vida en el que fue engendrada, pero una hija de la Isla Sagrada no habla de tales cosas. Una hija de la Señora sólo pertenece a la Diosa y al hombre en cuyas manos la Señora decide dejar su cuidado, generalmente su hermano y sólo rara vez el hombre que la ha procreado. Hay una razón para esto: ningún hombre piadoso reclamaría la paternidad de una hija de la Diosa y todas las nacidas de la Señora eran así consideradas. Que Taliesin utilizara este argumento la turbaba profundamente, pero la conmovía también.

No obstante, dijo pertinaz, rehusando mirarlo:

—Gorlois podría haber sido elegido Pendragón. Seguramente Uther no se vea respaldado por tantos como decís. Si debéis contar con alguien así, ¿por qué no habéis usado vuestros hechizos para que Gorlois fuera proclamado duque de la guerra de Bretaña y Gran Dragón? Entonces, al nacer nuestro hijo, tendríais a vuestro Gran Rey...

Merlín movió la cabeza, mas fue de nuevo Viviane quien habló; y esta silente confabulación encolerizó aún más a

Igraine. ¿Por qué actuaban tan concertadamente contra ella?

Viviane dijo quedamente:

—No concebirás ningún hijo de Gorlois, Igraine.

—¿Eres tú acaso la Diosa, dispensando fertilidad a las mujeres en su nombre? —preguntó Igraine con dureza, sabiendo que sus palabras eran infantiles y su tono inadecuado—. Gorlois ha tenido hijos de otras mujeres, ¿por qué no habría yo de darle uno en matrimonio, como es su deseo?

Viviane no respondió. Se limitó a mirar fijamente a Igraine preguntando a su vez con voz suave:

—¿Amas a Gorlois, Igraine?

Igraine miraba al suelo.

—No tiene nada que ver con eso. Es una cuestión de honor. Fue generoso conmigo... —Se detuvo, pero sus pensamientos se precipitaban desenfrenados: *Generoso conmigo cuando no podía recurrir a nadie, cuando estaba sola y abandonada, cuando incluso tú me abandonaste a mi destino. ¿Qué es el amor comparado con eso?*

—Es una cuestión de honor —repitió—. Se lo debo. Me dejó a Morgana, sabiendo que ella era cuanto tenía en mi soledad. Fue amable y paciente, y para un hombre de su edad no debe ser fácil. Desea un hijo, lo considera crucial para su vida y honor, y no se lo negaré. Si tengo un hijo, ha de ser del Duque Gorlois y de ningún otro hombre. Esto lo juro por el fuego y...

—*¡Silencio!* —La voz de Viviane fue como el fuerte tañido de una gran campana, y apagó las palabras de Igraine—. Te lo ordeno, Igraine, no hagas ningún juramento si no quieres tener que renegar de él para siempre.

—¿Por qué estás tan segura de que no iba a mantener mi juramento? —le preguntó Igraine—. Me educaron en la verdad. También yo soy hija de la Sagrada Isla, Viviane. Puede que seas mi hermana mayor, mi sacerdotisa y la Señora de Avalon, pero no me has de tratar como a una niña, como a Morgana, que no puede entender ni una palabra de lo que se le dice, ni conocer el significado de un juramento.

Morgana, al oír pronunciar su nombre, se incorporó en el regazo de la Señora. La Dama del Lago sonrió acariciándole el oscuro cabello.

—No pienses que la pequeña no comprende. Los niños saben más de cuanto imaginamos; no pueden revelar lo que piensan y por eso creemos que no lo hacen. En cuanto a tu hija, bueno, eso es cosa del futuro y no lo mencionaré ante ella; pero, quién sabe, quizá algún día sea también una gran sacerdotisa.

—¡Jamás! No, aunque tenga que convertirme al cristianismo para evitarlo —clamó Igraine—. ¿O pensáis que os dejaré conspirar contra la libertad de vida de mi hija como lo habéis hecho con la mía?

—Paz, Igraine —dijo Merlín—. Eres libre, al igual que cualquier hijo de los Dioses. Hemos venido a suplicarte, no a obligarte. No, Viviane —dijo, levantando la mano cuando la Dama iba a interrumpirlo—. Igraine no es un juguete en manos del destino. Aunque creo que cuando lo sepa todo, decidirá lo correcto.

Morgana había comenzado a inquietarse en el regazo de la Dama. Viviane empezó a acunarla lentamente, acariciándole el cabello, y ésta se calmó. Pero Igraine se levantó arrebatándole a la niña, enojada y celosa de los casi mágicos poderes de Viviane para sosegarla. En sus brazos, Morgana se sintió extraña, como si el tiempo pasado en brazos de Viviane la hubiese cambiado, alterándola, alejándola de algún modo de Igraine. Igraine sintió lágrimas ardientes en los ojos. Morgana era cuanto tenía, y también ahora ella le estaba siendo arrebatada. Su hija estaba siendo víctima, como tantos otros, de los encantos de Viviane, del hechizo que podía convertir a cualquiera en un indefenso peón de su voluntad.

Le dijo cortantemente a Morgause, que seguía teniendo la cabeza apoyada en el regazo de Viviane:

—Levántate en seguida, Morgause, y vete a tu habitación. Eres casi una mujer y no debes comportarte como una niña mimada.

Morgause levantó la cabeza, retirando la cascada de rojo cabello de su bonito y malhumorado rostro.

—¿Por qué has de escoger a Igraine para tus planes, Viviane? —dijo—. No quiere tomar parte en ellos. Pero yo soy una mujer, y también hija de la Isla Sagrada. ¿Por qué no me eliges a mí para Uther Pendragón? ¿Por qué no puedo yo ser la madre del Rey Supremo?

Merlín sonrió.

—¿Por qué volar tan precipitadamente ante la faz del destino, Morgause?

—¿Por qué ha de ser Igraine la elegida y no yo? No estoy desposada...

—Habrá un rey en tu futuro y muchos hijos; con tal, Morgause, debes contentarte. Ningún hombre o mujer puede vivir el destino de otro. Tu suerte y la de tus hijos dependen de este Rey Supremo. Nada más puedo decirte —dijo Merlín—. Ya es suficiente, Morgause.

Igraine, poniéndose en pie, con Morgana en los brazos, recobró el aplomo.

—No estoy siendo muy hospitalaria, hermana, mi señor Merlín —dijo, con voz apagada—. Dejad que mis sirvientes os conduzcan a las cámaras de los invitados ya preparadas, donde hay vino, y agua para lavaros. La cena estará dispuesta al anochecer.

Su voz resultaba formal y correcta, e Igraine, por un momento, se sintió aliviada; volvía a ser la dueña de su propio corazón, no una niña pasiva sino la esposa de Gorlois, Duque de Cornwall.

—Hasta el anochecer entonces, hermana mía.

Pero Igraine captó la mirada que Viviane intercambió con Merlín y pudo leerla tan claramente como si fueran palabras: *Déjémoslo por ahora. Ya la convenceré, como siempre he hecho.*

E Ingraine sintió que su rostro se petrificaba. *Es verdad, es lo que ha hecho siempre. Mas esta vez no será así. Me doblegué a su voluntad una vez. Siendo niña nada*

43

mejor me era dado. Pero ya he crecido, soy una mujer, no tan dócil como la niña que entregó en matrimonio a Gorlois. Ahora haré mi voluntad y no la de la Dama del Lago.

Los sirvientes acompañaron a los invitados. Igraine, ya en su cámara, dejó a Morgana sobre el lecho y se puso a trajinar nerviosamente a su alrededor, con la mente ocupada por cuanto había oído.

Uther Pendragón. Nunca lo había visto, pero Gorlois encomiaba con frecuencia su valor. Era un pariente cercano, hijo de la hermana de Ambrosius Aurelianus, Rey Supremo de Bretaña, pero, a diferencia de Ambrosius, Uther era un bretón de bretones, sin una gota de sangre romana, de modo que los Cymry y las Tribus no dudarían en seguirlo. Era innegable que Uther sería elegido Rey Supremo. Ambrosius no era joven y tal día no podía estar demasiado lejano.

*Y yo sería reina... ¿En qué estoy pensando? ¿Traicionaría a Gorlois y a mi propio honor?*

Al coger el espejo de bronce, vio a su hermana en el umbral, a su espalda. Viviane se había despojado de los calzones que llevaba para cabalgar y se había puesto una holgada saya de lana sin teñir; el pelo suelto, suave y oscuro como la lana de una oveja negra. Parecía menuda, frágil y avejentada, y los ojos eran los de aquella sacerdotisa en la cueva de la iniciación, tiempo atrás y en otro mundo... Igraine desechó tal pensamiento con impaciencia.

Viviane se le acercó y le acarició el pelo.

—Pequeña Igraine. Ya no tan pequeña —dijo con ternura—. ¿Sabes, querida?, te puse ese nombre: Grainné, por la Diosa de los fuegos de Beltane... ¿Cuánto tiempo ha pasado desde que serviste a la Diosa en Beltane, Igraine?

La boca de Igraine se distendió sólo un poco; un apenas mostrar los dientes.

—Gorlois es romano y cristiano. ¿Crees realmente que en su casa se celebran los ritos de Beltane?

—No, supongo que no —dijo, Viviane divertida— aunque, si yo fuera tú, no estaría dispuesta a jurar que tus sirvientes no se escapan en el solsticio de verano para encender fuegos y yacer juntos bajo la luna llena. Pero el señor y la señora de una casa cristiana no pueden hacerlo, no ante la mirada de sus sacerdotes y de su rígido y severo Dios...

Igraine dijo secamente:

—No has de hablar así del Dios de mi marido, que es un Dios del amor.

—Eso es lo que tú dices. Y, aun así, ha hecho la guerra a todos los demás Dioses —dijo Viviane—. Bien, podría conminarte en nombre de los votos que hiciste a acceder a lo que te pido en nombre de la Diosa y de la Isla Sagrada.

—¡Qué extraño! —dijo Igraine, sarcástica—. Ahora la Diosa exige de mí que haga el papel de ramera, y Merlín de Bretaña y la Dama del Lago actúan como alcahuetes.

Los ojos de Viviane llamearon; dio un paso adelante y, por un instante, Igraine creyó que la sacerdotisa le cruzaría el rostro.

—¿Cómo te atreves? —dijo Viviane, y aunque el tono de voz era suave, pareció levantar ecos en toda la estancia, haciendo que Morgana, que empezaba a dormirse bajo el manto de lana de Igraine, se incorporara gritando, súbitamente atemorizada.

—Ya has despertado a mi hija —dijo Igraine, sentándose en el borde del lecho para acallar a la niña.

Gradualmente, la airada expresión fue borrándose del rostro de Viviane. Se sentó junto a Igraine y le dijo:

—No me has entendido, Grainné. ¿Crees a Gorlois inmortal? Te digo, pequeña, que he procurado leer en las estrellas los destinos de aquellos que serán vitales para la integridad de Bretaña en los años venideros, y te digo también que el nombre de Gorlois no estaba allí escrito.

Igraine sintió que las rodillas le temblaban y las articulaciones de todo el cuerpo estaban debilitándose.

—¿Lo matará Uther?

—Te lo juro: Uther no tendrá parte alguna en su muerte. Cuando Gorlois muera, Uther se hallará lejos. Mas piensa, pequeña. Tintagel es un gran castillo. Cuando Gorlois no pueda mantenerlo, ¿crees que Uther Pendragón se demorará en decir, *toma el castillo y a la mujer que lo gobierna*, a alguno de sus duques de la guerra? Más vale Uther que alguno de sus hombres.

*Morgana. ¿Qué será de mi hija y de Morgause, mi hermanita? En verdad la mujer que pertenece a un hombre debe rogar que éste viva para protegerla.*

—¿No puedo retornar a la Isla Sagrada y continuar mi vida en Avalon como sacerdotisa?

—No es ése tu destino, pequeña —dijo Viviane. De nuevo había ternura en su voz—. No puedes escapar a tu sino. Te es dado tomar parte en la salvación de esta tierra, mas el camino a Avalon por siempre se ha cerrado para ti. ¿Aceptarás recorrer el sendero de tu destino, o deberán los Dioses arrastrarte por él contra tu voluntad? —No aguardó la respuesta de Igraine—. Será muy pronto. Ambrosius Aurelianus está agonizando. Durante muchos años ha conducido a los bretones y ahora sus duques se reunirán para elegir al Rey Supremo. Y no hay nadie, salvo Uther, en quien puedan confiar. Así pues, Uther será a la vez duque de la guerra y Rey Supremo. Y necesitará un hijo.

Igraine sintió como si una trampa se cerrara sobre ella.

—Si en tanto valoras eso, ¿por qué no lo llevas a cabo tú misma? Si es tanto lo que puede obtenerse siendo la esposa del duque de la guerra y Rey Supremo de Bretaña, ¿por qué no procuras atraer a Uther con tus encantos y concebir tú misma a ese anunciado rey?

Para su sorpresa, Viviane se quedó pensativa durante un buen rato antes de contestar:

—¿Acaso crees que no lo he considerado? Mas te olvidas de cuán vieja soy. Soy mayor que Uther y él ya no tiene la edad de los guerreros. Yo contaba veintiséis años cuando nació Morgause, ahora tengo treinta y nueve, Igraine, y he dejado de ser fértil.

En el espejo de bronce, que aún conservaba en la mano, Igraine vio el rostro de su hermana distorsionado, deformado, como reflejado en un agua que se moviera. La imagen se aclaró repentinamente para luego nublarse y desaparecer.

—¿Eso crees? —preguntó Igraine—. Te digo que darás a luz a otro hijo.

—Espero que no —contestó Viviane—. Soy más vieja que nuestra madre cuando murió al nacer Morgause, y ya no podría esperar escapar a tal suerte. Este es el último año en que tomo parte en los ritos de Beltane; después cederé mi puesto a alguna mujer más joven y me convertiré en Hechicera. Esperaba transmitirle mi cargo ante la Diosa a Morgause.

—¿Por qué, entonces, no la mantienes en Avalon y la adiestras para que sea sacerdotisa tras de ti?

La expresión de Viviane era de pesar.

—No es apropiada. Sólo ve poder bajo el manto de la Diosa, y no el interminable sacrificio y sufrimiento. Por tanto, tal camino no es para ella.

—No me parece que tú hayas sufrido —dijo Igraine.

—Tú no sabes nada de eso. Y tampoco decidiste recorrer ese sendero. Yo, que he entregado mi vida a él, sigo diciendo que es más fácil ser una campesina, que trabaja como una bestia de carga y pare cuando llega el momento. Me ves vestida y coronada como la Diosa, triunfante junto a su caldero; no ves la oscuridad de la caverna ni los abismos del mar... No fuiste llamada para eso, querida niña, y debes agradecer a la Diosa que tu destino se halle en otra parte.

Igraine dijo para sí: *¿Crees que no sé nada de sufrir y aguantar en silencio tras estos cuatro años?*, pero no pronunció las palabras en voz alta. Viviane se había inclinado sobre Morgana con dulce expresión, acariciando el oscuro y sedoso pelo de la niña.

—Ah, Igraine, no puedes saber cómo te envidio, he deseado tanto tener una hija durante toda mi vida. Morgause era como mi hija, la Diosa lo sabe; pero siempre la he sentido tan ajena como si hubiese nacido de una extraña y no de mi propia madre... Anhelaba una hija en cuyas manos pudiera dejar mi cargo —suspiró—. Pero sólo tuve una hija, y murió. Y mis hijos se alejaron de mí —pareció estremecerse—. Bien, ése es mi destino, que he tratado de cumplir como tú debes cumplir con el tuyo. No te pido más que eso, Igraine, y el resto se lo dejo a aquella que es señora de todos nosotros. Cuando Gorlois vuelva a casa, partirá para Londinium para elegir a un Rey Supremo. Debes ingeniártelas de algún modo para acompañarlo.

Igraine prorrumpió en una carcajada.

—No pides más que eso, y es más difícil que cualquier otra cosa. ¿Crees que Gorlois obligará a sus hombres a escoltar a su joven esposa hasta Londinium? Me gustaría ir, ciertamente, pero Gorlois sólo lo permitirá cuando los higos y las naranjas del sur crezcan en el jardín de Tintagel.

—No obstante, debes ingeniártelas para ir y encontrarte con Uther Pendragón.

Igraine volvió a reír.

—Y supongo que me darás un bebedizo que lo hará caer profundamente enamorado de mí, sin resistencia alguna.

Viviane acarició su rizado pelo cobrizo.

—Eres joven, Igraine, y no te das cuenta de lo hermosa que eres. No creo que Uther necesite de ningún bebedizo.

Igraine sintió que su cuerpo se contraía en un curioso espasmo de temor.

—Quizá sea mejor que yo lo tome para no tener que huir de él.

Viviane suspiró. Tocó la piedra lunar que Igraine llevaba colgada del cuello, y dijo:

—Esto no es un regalo de Gorlois.

—No. Me lo entregaste tú cuando me casé, ¿recuerdas? Me dijiste que era de mi madre.

—Dámelo. —Viviane alcanzó la cinta bajo el rizado pelo de Igraine y la desató—. Cuando esta piedra te sea devuelta, Igraine, recuerda cuanto te he dicho, y haz lo que la Diosa te sugiera.

Igraine miró la piedra, ahora en las manos de la sacerdotisa. Suspiró, sin exteriorizar ninguna protesta. *No le he prometido nada*, se dijo a sí misma furiosa, *nada*.

—¿Irás a Londinium cuando elijan al Rey Supremo, Viviane?

La sacerdotisa negó con la cabeza.

—Iré a las tierras de un rey que aún no sabe que deberá luchar al lado de Uther. Ban de Armónica, en la Baja Bretaña, será elegido Rey Supremo de su tierra, y sus druidas le han dicho que deberá realizar el Gran Rito como señal. Me envían para oficiar el Sagrado Matrimonio.

—Pensaba que Britania era una tierra cristiana.

—Y lo es —dijo Viviane, indiferente—, y sus sacerdotes tocarán las campanas, y lo ungirán con los santos óleos. Pero el pueblo no aceptará a un rey que no haya hecho por sí mismo el voto del Gran Sacrificio.

Igraine suspiró profundamente.

—Es tan poco lo que sé.

—En los días de antaño, Igraine —dijo Viviane—, el Rey Supremo estaba ligado con su vida a los avatares de su tierra y se comprometía, como todo Merlín de Bretaña se compromete, a que si sobre la tierra se cernían desastres o tiempos de infortunio, moriría para que la tierra pudiese vivir. Y, si rehusaba el sacrificio, la tierra perecía. Yo no debería hablarte de esto, es un Misterio; pero a tu manera, Igraine, estás ofreciendo tu vida por la salvación de esta tierra. Ninguna mujer sabe, cuando yace para dar a luz, si la vida se le irá o no en manos de la Diosa. También yo me hallé postrada e indefensa, con un cuchillo en la garganta, sabiendo que si la muerte llegaba, mi sangre redimiría la tierra... —Su voz vibró hasta quedar en silencio. Igraine, asustada, también permaneció silenciosa.

—Una parte de la Baja Bretaña también se ha perdido entre las nieblas, y el Gran Fulgor de las Piedras ya no puede ser encontrado. El sendero que conduce al fulgor ya no existe, a no ser que se conozca el Camino a Karnak —dijo Viviane—. Pero el Rey Ban se ha comprometido a evitar que los mundos se separen y las entradas a los Misterios permanezcan cerradas. Y por ello contraerá el Sagrado Matrimonio con la tierra, en señal de que si es necesario su sangre se derramará para alimentar las cosechas. Es apropiado que mi último servicio a la Madre, antes de ocupar un lugar entre las hechiceras, sea el de vincular su tierra a Avalon, por lo que para él seré la Diosa en este Misterio.

Quedó en silencio, pero para Igraine la estancia estaba llena de los ecos de su voz. Viviane se reclinó para tomar a la dormida Morgana en sus brazos, sosteniéndola con gran ternura.

—Ella no es aún una doncella, ni yo hechicera —dijo—, mas somos las Tres, Igraine. Juntas formamos a la Diosa y ésta se halla presente entre nosotras.

Igraine se preguntó por qué no había nombrado a su hermana Morgause, y se hallaban tan juntas que Viviane escuchó las palabras como si Igraine las hubiese pronunciado en voz alta.

Igraine la vio estremecerse, cuando dijo susurrando:

—La Diosa posee una cuarta faz que es secreta y debes rogarle, como yo lo hago, que Morgause nunca ostente esa faz.

## III

A Igraine le parecía que siempre había estado cabalgando bajo la lluvia. El viaje a Londinium era como un viaje al fin del mundo.

Poco había viajado antes, excepto, hacía mucho, desde Avalon a Tintagel. Comparó a la asustada y angustiada niña de aquel primer viaje consigo misma en el presente. Ahora cabalgaba al lado de Gorlois y, cuando éste se veía en dificultades para explicarle algo sobre las tierras que atravesaban, ella reía y se burlaba de él y, por la noche, ya en la tienda, se dirigía resueltamente a su lado. Pensaba en Morgana continuamente, preguntándose cómo lo estaría pasando, qué estaría haciendo, si lloraría durante la noche por la ausencia de su madre, si comería cuando Morgause le diera de comer. Mas era agradable aquella recobrada libertad, cabalgar en compañía de tantos hombres, consciente de sus miradas de admiración y sus deferencias. Ninguno de ellos se hubiese atrevido a dedicar a la esposa de Gorlois algo más que una mirada de admiración. De nuevo era una muchacha, pero no una muchacha asustada y temerosa del extraño que era su esposo y a quien debía complacer. De nuevo era una muchacha, pero sin las pueriles torpezas de la auténtica doncellez; y lo estaba disfrutando. Ni siquiera le preocupaba la incesante lluvia que oscurecía las lejanas colinas hacia las que cabalgaban envueltos en un leve entorno de niebla.

*Podríamos errar el camino en esta niebla, extraviarnos en el reino de las Hadas y no retornar nunca a este otro mundo, donde el agonizante Ambrosius y el ambicioso Uther hacen planes para salvar a Bretaña de los salvajes invasores. Bretaña podría hundirse como Roma bajo los bárbaros, y nunca lo sabríamos ni nos importaría...*

—¿Estás cansada, Igraine? —La voz de Gorlois era amable y mostraba interés. Ciertamente, no era el ogro que le había parecido en los primeros y terroríficos días de aquellos cuatro años. Ahora era sólo un hombre avejentado, de pelo y barba canosos (aunque se afeitaba cuidadosamente a la usanza romana), curtido por los años de lucha y conmovedoramente ansioso de complacerla. Quizá, si ella no hubiese estado tan asustada y rebelde en aquellos días, podía haber comprendido que también entonces estaba ansioso por complacerla. Nunca había sido duro con ella, y si en alguna ocasión le pareció brusco fue a causa de su ignorancia sobre el cuerpo de una doncella y de la forma de tratarlo. Ahora sólo le parecía torpeza, no crueldad. Recordaba que cuando le decía que le estaba haciendo daño, procuraba ser más cuidadoso. La joven Igraine había creído que tenían que estar presentes el miedo y el dolor. Ahora era más sabia.

Le sonrió afablemente cuando dijo:

—No, en absoluto. Creo que podría seguir cabalgando eternamente. Mas, con tanta niebla, ¿cómo puedes saber que no hemos errado y que llegaremos a Londinium?

—No tienes por qué temer eso —le respondió gravemente—. Mis guías son muy buenos y conocen cada palmo del camino. Antes del anochecer llegaremos a la vieja calzada que lleva al corazón de la ciudad. Así, pues, esta noche dormiremos bajo techo, en una cama adecuada.

—Me agradaría volver a dormir en una cama adecuada —dijo Igraine, con expresión recatada; y vio, como supo que vería, un repentino rubor embargando el rostro y la mirada de su esposo. El intentó ocultarlo, casi como si temiese a Igraine, que, habiendo descubierto tal posibilidad, disfrutaba con ella.

Cabalgó a su lado, reflexionando sobre el súbito afecto que sentía por Gorlois, un afecto mezclado con remordimientos. Era como si ahora, sólo cuando sabía que iba a perderlo, se convirtiera en algo querido para ella. De una u otra forma, era consciente de que sus días junto a él estaban contados; y recordó cómo supo por vez primera que iba a morir.

Llegó un mensajero para advertirla de su llegada. Aquel mensajero lo escrutaba todo con ojos suspicaces, diciéndole sin palabras que si él hubiese tenido una esposa tan joven, habría regresado al hogar sin previo aviso, esperando sorprenderla en algún delito o negligencia. Igraine, consciente de su recto comportamiento, de su competente administración y el orden de su cocina, ignoró la impertinencia de las miradas de aquel hombre y le dio la bienvenida. Le dio la posibilidad de interrogar a los sirvientes, ya que sólo podía descubrir que, salvo su hermana y Merlín, no había recibido huéspedes en Tintagel.

Cuando el mensajero hubo partido, Igraine, al volverse para cruzar el patio, se detuvo; y una sombra cruzó sobre ella en plena luz del día, provocándole un miedo inmotivado. En aquel momento vio a Gorlois, y se preguntó dónde estarían su montura y su cortejo. Parecía más viejo y delgado, de modo que por un instante apenas lo reconoció. Tenía la cara enjuta y macilenta, y en la mejilla una cicatriz producida por el corte de una espada que no recordaba haber visto antes.

—¡Esposo mío! —gritó—. Gorlois... —Y entonces, turbada por el indecible quebranto de su rostro, olvidó el miedo que le tenía y los años de aislamiento, y se apresuró a su encuentro para hablarle como lo hubiera hecho a un hijo.

»Oh, amado, ¿qué te ha sucedido? ¿Qué te trae hasta aquí solo y desarmado? ¿Estás enfermo? —Se detuvo, y su voz se desvaneció en el aire. Allí no había nadie, sólo un parpadeante resplandor tamizado por las nubes, el mar y las sombras; y el eco de su propia voz.

Durante el resto del día, procuró tranquilizarse y pensar que sólo había percibido a un Enviado, cómo el que le advirtió de la llegada de Viviane. Pero sabía que no era así: Gorlois no poseía la Visión, ni habría creído en ella, ni por consiguiente usado, en el caso de que la hubiese tenido. Lo que había visto, y lo sabía aunque no tuviese experiencias similares, era el hálito de su marido, su doble, la sombra y el precursor de su muerte.

Cuando por fin llegó él en persona, sano y salvo, intentó borrar aquel recuerdo, diciéndose que había sido una treta de la luz lo que le hizo ver aquello que había visto, con el corte de espada en la cara y el indecible pesar en los ojos. Pero, en la realidad, Gorlois no se hallaba herido ni desalentado; al contrario, estaba de muy buen humor y le llevaba regalos, entre los que se incluía un collar de pequeñas cuentas de coral para Morgana. Rebuscó en las alforjas de lo arrebatado a los sajones y le entregó a Morgause una capa roja.

—Sin duda, perteneció a alguna ramera sajona, de las que siguen a los campamentos, o quizá a una de las vociferantes espadachinas que combaten junto a sus hombres, medio desnudas en el campo de batalla —dijo, sonriendo y dándole golpecitos a la muchacha en la mejilla—, pero creo que igualmente podrá llevarla una decente doncella bretona. El color te sienta bien, hermanita. Cuando hayas crecido un poco serás tan bella como mi esposa.

Morgause sonrió afectadamente e inclinó la cabeza, al tiempo que se probaba la nueva capa.

Más tarde Gorlois había dicho, cuando él e Igraine se aprestaban a ir al lecho y Morgana había sido trasladada a la habitación de Morgause, a pesar de sus gritos:

—Debemos casar a esta muchacha en cuanto podamos, Igraine. Es una criatura que mira lascivamente cualquier cosa con forma de hombre, ¿te has fijado cómo posa la mirada no sólo en mí, sino en los jóvenes soldados? No quiero que alguien así deshonre mi familia o ejerza influencia sobre mi hija.

Igraine le dio una respuesta evasiva. No podía olvidar que había visto la muerte de Gorlois y no quería discutir con un hombre condenado. Y también estaba avergonzada por el comportamiento de Morgause.

*Así pues, Gorlois va a morir. No hace falta demasiado don profético para prever que un hombre de cuarenta y cinco años, que lleva luchando con los sajones la mayor parte de su vida, no vivirá para ver crecida a su hija. No permitiré que esto me haga creer el resto de la absurda historia que ella me contó, o deberé pensar que Gorlois va a llevarme a Londinium.*

Pero al día siguiente, en la sobremesa del desayuno, mientras ella estaba remendándole un gran desgarrón en su mejor túnica, él le habló directamente.

—¿No te has preguntado qué me ha traído aquí tan repentinamente, Igraine?

Tras la pasada noche, tenía confianza para sonreír ante su mirada.

—¿Por qué cuestionar la fortuna que trae a mi esposo al hogar después de un año de ausencia? Espero signifique que las costas sajonas están libres y en manos bretonas nuevamente.

El asintió ausente y sonrió. Luego la sonrisa desapareció.

—Ambrosius Aurelianus está agonizando. La vieja águila pronto partirá y no hay aguilucho que vuele en su lugar. Es como si las legiones se fueran de nuevo; ha sido Rey Supremo durante toda mi vida, y un buen rey para quienes aún esperábamos el retorno de Roma un día. Ahora ya sé que ese día nunca llegará. Los reyes de toda la Bretaña han sido convocados para una reunión en Londinium al objeto de elegir el Rey Supremo y jefe militar. Yo también debo ir. Ha sido una larga jornada para quedarme tan poco tiempo, ya que debo partir de nuevo dentro de tres días. Mas no iba a pasar tan cerca sin llegarme a veros a ti y a la niña. Será una gran reunión, Igraine, y muchos de los duques y reyes llevarán a sus esposas, ¿querrás venir conmigo?

—¿A Londinium?

—Sí, si pudieras hacer tan largo viaje —dijo—, y si

pudieras decidirte a dejar a la pequeña. No creo que haya impedimento para que la dejes. Morgana tiene buena salud y hay bastantes mujeres aquí para cuidar a una docena como ella; y aunque yo hubiera logrado dejarte otra vez encinta —captó la mirada de ella con una sonrisa que ésta difícilmente hubiera imaginado en su cara— eso aún no te afectaría para cabalgar. —Había una ternura en su voz que ella nunca habría esperado, cuando añadió—: No me gustaría volver a separarme de ti durante algún tiempo, al menos, ¿vendrás, esposa mía?

*De alguna forma debes ingeniártelas para ir con él a Londinium.* Había dicho Viviane. Y ahora Gorlois hacía innecesario incluso el pedirlo. Igraine sufrió un súbito acceso de pánico, como si montara sobre un caballo desbocado. Tomó una copa de cerveza y se la llevó a los labios para ocultar su confusión.

—Ciertamente iré, si así lo deseas.

Dos días más tarde estaban en camino cabalgando hacia el este, en dirección a Londinium y al campamento de Uther Pendragón, y del moribundo Ambrosius, para elegir al Rey Supremo.

A media tarde, llegaron a la calzada romana y pudieron avanzar con mayor ligereza; y aquel mismo día llegaron a ver los alrededores de Londinium y a oler las turbulentas aguas que bañaban sus orillas. Igraine nunca había imaginado que pudiera haber tantas casas juntas en un solo lugar; por un momento sintió, tras los gélidos aires de los páramos del sur, que se le hacía difícil respirar y las casas se cerraban sobre ella. Cabalgaba como en trance, con la sensación de que las calles y paredes de piedra le arrebataban el aire, la luz y la misma vida... ¿Cómo podía la gente vivir tras aquellos muros?

—Dormiremos esta noche en casa de uno de mis soldados. Aquí, en la ciudad —dijo Gorlois—. Y mañana nos presentaremos en la corte de Ambrosius.

Aquella noche le preguntó, sentada ante un fuego que le parecía un lujo por la proximidad del solsticio de verano:

—¿Quién crees tú que será el próximo Rey Supremo?
—¿Qué puede importarle a una mujer quién gobierne la tierra?

Ella le sonrió de soslayo; se había soltado el cabello y pudo percibir su entusiasmo ante la sonrisa.

—Aun siendo una mujer, Gorlois, tengo que vivir en esta tierra y me gustaría saber a qué clase de hombre mi marido habrá de seguir en la paz y en la guerra.

—¡Paz! No he conocido la paz en toda mi vida —dijo Gorlois—. No con esos salvajes pueblos que arriban a nuestras ricas costas. Debemos reunir todas nuestras fuerzas para defendernos. A muchos les gustaría llevar el manto de Ambrosius y conducirnos en la guerra. A Lot de Orkney, por ejemplo. Es un hombre rudo, mas de confianza; un gran jefe, un buen estratega. Sin embargo, es aún soltero; sin descendencia. Es demasiado joven para Rey Supremo; pero es ambicioso, nunca he conocido a nadie de su edad que fuera tan ambicioso. Y Uriens, de Gales del Norte. No tiene problemas dinásticos, puesto que cuenta con hijos. Pero no tiene imaginación. Quiere hacer las cosas como ya se han hecho; afirma que lo que una vez resultó, volverá a resultar. Y sospecho que no es un buen cristiano.

—¿Cuál sería tu elección? —preguntó Igraine.

Suspiró.

—Ninguno —dijo—. He seguido a Ambrosius toda mi vida y seguiré al hombre que Ambrosius escoja; es cuestión de honor y Uther es el favorito de Ambrosius. Es tan simple como eso. No es que me guste Uther. Es un hombre lujurioso con una docena de bastardos, y ninguna mujer está segura cerca de él. Va a misa porque el ejército va, y porque es algo que hay que hacer. Preferiría que fuera un honesto pagano que un hombre que sólo es cristiano por los beneficios que comporta.

—Empero, tú le apoyas...

—Oh, sí. Es lo bastante buen soldado para ser un César; los hombres lo seguirán hasta el infierno, si tienen que hacerlo. No escatima esfuerzos para ser popular entre la tropa. Ya sabes lo que es eso; recorre el campamento probando el rancho para asegurarse de que es comestible, dedica su tiempo de descanso a hablar con el comisario para conseguir una licencia destinada a un viejo veterano desdentado, duerme en el campamento con los hombres antes de la batalla... Sus soldados morirían por él, y de hecho así ocurre. Tiene mucho talento e imaginación. Consiguió un acuerdo con los mercenarios para que lucharan en nuestro beneficio el otoño pasado. Tiene una mentalidad demasiado sajona para mi gusto, pero por eso sabe bien cómo piensan los sajones. Sí, le apoyaré. Pero eso no quiere decir que me guste.

Igraine, según escuchaba, concluyó que Gorlois revelaba más de sí que de los otros candidatos a Rey Supremo. Finalmente dijo:

—¿Nunca has pensado, tú que eres Duque de Cornwall y estimado por Ambrosius, que podrías ser elegido Rey Supremo?

—Créeme, Igraine, yo no ambiciono la corona. ¿Acaso deseas ser reina?

—No lo rehusaría —repuso, acordándose de la profecía de Merlín.

—Hablas así porque eres demasiado joven para saber lo que significa —le dijo Gorlois con una sonrisa—. ¿Realmente te gustaría gobernar un reino como gobiernas a tus sirvientes en Tintagel, presta a toda súplica y demanda? Hace tiempo quizá, cuando era más joven, pero ahora no quiero pasar el resto de mi vida en la guerra. Ambrosius me concedió Tintagel hace años, Igraine; hasta hace cuatro yo no tenía el tiempo suficiente para llevar una esposa a mi hogar. Defenderé estas costas mientras pueda sostener una espada, pero deseo un hijo que juegue con mi hija y disfrute de alguna paz para pescar en las rocas y cazar. Y entonces sentarme al sol observando a los labriegos recoger las cosechas y, tal vez con el tiempo, llegue a ponerme en paz con Dios, para que él pueda perdonarme cuanto hice en mi vida de soldado. Pero ni siquiera cuando hay paz en la tierra, el Rey Supremo la disfruta, ya que cuando los enemigos abandonan nuestras costas, empiezan a contender los que antes eran amigos, aunque sólo sea por su favor. No, no habrá corona para mí y te alegrarás de ello cuando alcances mi edad.

Igraine sintió un escozor en los ojs mientras Gorlois hablaba. Así pues, aquel rudo soldado, aquel hombre al cual había temido, sentía ahora la suficiente confianza hacia ella como para revelarle parte de sus pensamientos. Deseó con todo el corazón que pudiera pasar sus últimos años como quería, con los hijos jugando a su alrededor; pero incluso allí, ante el chisporroteo del fuego, creyó ver la ominosa sombra de la fatalidad que lo perseguía.

*Es mi imaginación. Dejo que las palabras de Merlín me hagan pensar tonterías,* se dijo; y cuando Gorlois bostezó y se desperezó, confesando que estaba fatigado por la cabalgada, se acercó con rapidez para ayudarle a despojarse de la vestimenta.

Apenas durmió en aquel lecho extraño, volviéndose e incorporándose según oía el quedo respirar de Gorlois; una y otra vez la estrechaba en sueños y ella le apretaba contra su seno como lo hubiera hecho con su hija. *Quizá,* pensó, *Merlín y la Dama se hallaban asustados por sus propias sombras, acaso Gorlois pueda envejecer al sol.* Tal vez, antes de dormirse hubiera sembrado en su vientre la semilla del hijo que nunca podría criar. Pero casi al amanecer, Igraine cayó en una pesadilla sobre un mundo de niebla, en el que las costas de la Isla Sagrada iban adentrándose más y más entre las brumas. Ella navegaba en una barca, cansada y exhausta, buscando la Isla de Avalon donde la Diosa, con el rostro de Viviane, la aguardaba para preguntarle si había cumplido con cuanto de ella requiriera. Pero, aunque la costa le era familiar y también los manzanos que habían plantado en las orillas antes de que ella las dejara, en el templo de su sueño no estaba la Diosa sino un coro de aquellas monjas cristianas de negros hábitos entonando uno de sus dolientes himnos. Cuando empezó a correr en busca de su hermana, el sonido de las campanas de la iglesia apagó sus gritos. Despertó

llorando angustiosamente, y se incorporó al escuchar el tañido de campanas de iglesia por todas partes.
Gorlois se incorporó también en el lecho, a su lado.
—Es la capilla en la que Ambrosius oye misa. Vístete deprisa, Igraine, e iremos juntos.

Mientras se estaba ajustando un apretado corsé de seda sobre un camisón de lino, un extraño sirviente llamó a la puerta diciendo que quería hablar con Lady Igraine, esposa del Duque de Cornwall; Igraine fue hasta la puerta y le pareció reconocerlo. Este hizo una reverencia y entonces ella recordó haberlo visto, años atrás, conduciendo la barca de Viviane. Aquello le hizo recordar el sueño y sintió frío en su interior.

—Su hermana le envía esto de parte de Merlín —dijo él—, invitándola a ponérselo en recuerdo de su promesa. Nada más. —Le entregó un pequeño bulto envuelto en seda.

—¿Qué es esto, Igraine? —preguntó Gorlois, frunciendo el ceño y situándose a sus espaldas—. ¿Quién te envía presentes? ¿Reconoces al mensajero?

—Es uno de los hombres de mi hermana, de la Isla de Avalon —dijo Igraine, desenvolviendo el atado; pero Gorlois siguió hablando ásperamente.

—Mi esposa no recibe presentes de mensajeros que me sean desconocidos. —Y se lo arrebató con rudeza. Ella abrió la boca indignada; toda su reciente ternura por Gorlois se desvaneció en un parpadeo. ¿Cómo se atrevía?

—Es la piedra azul que llevabas cuando nos casamos —continuó Gorlois, perplejo—. ¿De qué promesa se trata? ¿Cómo tu hermana, si realmente viene de ella, consiguió esta piedra?

Haciendo acopio de ingenio lo más rápidamente posible, Igraine le mintió deliberadamente por primera vez.

—Cuando mi hermana me visitó —dijo—, le entregué la piedra y la cadena para que arreglase el broche; ella conoce a un orfebre en Avalon mejor que ninguno de Cornwall. Y la promesa a la que se refiere, es la de que cuidaré mejor de mis alhajas, dado que ya soy una mujer y no una niña inconsciente que no tiene cuidado con las cosas de valor. ¿Puedo recuperar la gargantilla, esposo mío?

El le entregó la piedra lunar.

—Tengo orfebres a mi servicio que te lo hubieran arreglado sin hacerte un reproche que tu hermana ya no tiene derecho a hacerte. Viviane se extralimita; puede haber sido una madre para ti cuando eras niña, pero ya no estás a su cuidado. Debes esforzarte más por ser una mujer adulta, menos dependiente de tu casa.

—Ya son dos las lecciones recibidas. Una de mi hermana y otra de mi esposo, como si efectivamente fuera una niña atolondrada.

Le parecía seguir percibiendo la sombra de la muerte sobre la cabeza de él, la espantosa señal de los condenados. Súbitamente deseó, con apasionado anhelo, que no la hubiese dejado encinta. No quería llevar el hijo de un hombre condenado... Sintió un frío glacial.

—Vamos, Igraine —la consoló, alargando la mano para acariciarle el cabello—. No te enfades conmigo. Sólo intentaba recordarte que eres una mujer de diecinueve años y no una jovencita de quince. Vamos, debemos prepararnos para la misa real y a los sacerdotes no les gusta que haya gente yendo y viniendo cuando empieza la celebración.

La iglesia era pequeña, hecha de argamasa y adobe, y las lámparas interiores mitigaban la fría humedad. Igraine se alegró de llevar un grueso manto de lana. Gorlois le susurró que el sacerdote de pelo cano, tan venerable como cualquier druida, era el propio capellán de Ambrosius que viajaba con el ejército y que aquél era un servicio de acción de gracias por la vuelta del Rey.

—¿Está el Rey aquí?

—Acaba de entrar en la iglesia, en el banco que está ante el altar —le susurró Gorlois inclinando la cabeza.

Lo reconoció en seguida por el oscuro manto rojo que llevaba sobre una oscura túnica de pesados bordados y la espada con incrustaciones en el cinturón. Ambrosius Aurelianus debía tener, pensó, cerca de los sesenta años. Era una alta y enjuta figura con el pelo cortado a la romana, aunque encorvado, caminando como si tuviese alguna herida interna. En otros tiempos, quizá había sido apuesto; ahora tenía la cara arrugada y amarillenta, marchito el oscuro bigote, ya griseando como su pelo. A su lado se hallaban dos o tres de sus consejeros o reyes coaligados; quiso saber quiénes eran, pero el sacerdote, al ver entrar al rey comenzó a leer su gran libro y ella, mordiéndose el labio, guardó silencio, atendiendo a una celebración que incluso ahora, después de cuatro años de instrucción del Padre Columba, no comprendía del todo. Sabía que era de mala educación mirar a su alrededor en la iglesia, como cualquier campesino, mas escudriñó bajo la caperuza del manto a algunos de los hombres situados en torno al rey: a uno que supuso era Uriens de Gales del Norte y a otro de ricos ropajes, esbelto y apuesto, con pelo negro y corto a la romana. Se preguntó si sería Uther, compañero de Ambrosius y aparente sucesor. Permaneció muy atento durante el prolongado servicio al lado de Ambrosius; y cuando el anciano rey se tambaleó, el cetrino individuo le ofreció su brazo. Mantuvo la mirada muy fija en el sacerdote; pero Igraine, hábil en leer los pensamientos tras el rostro de la gente, supo que los suyos no estaban realmente pendientes del sacerdote o del servicio, sino que iban por otros derroteros. En una ocasión, volvió la cabeza para mirar directamente a Gorlois y sus ojos se encontraron brevemente con los de Igraine. Eran negros, bajo espesas cejas del mismo color, y ella sintió una repentina repulsión. Si aquél era Uther, decidió, nada tendría que ver con él; una corona sería un precio demasiado bajo por estar a su lado. Debía ser más viejo de lo que aparentaba, porque no parecía tener más de veinticinco años.

En un momento de la celebración, se produjo un pequeño ajetreo cerca de la puerta y un hombre alto y marcial, de anchos hombros, con un grueso sayo de lana como los que se usan en el norte, entró en la iglesia seguido de cuatro o cinco soldados. El sacerdote prosiguió, impasible, mas el diácono levantó los ojos del libro de los Evangelios frunciendo el ceño. El hombre alto se descubrió la cabeza, revelando un pelo claro que iba escaseando, especialmente en la coronilla. Atravesó por entre los fieles congregados, el sacerdote dijo *Oremus;* y mientras se arrodillaba, Igraine vio al hombre alto y a sus soldados muy cerca de ellos. Los soldados se arrodillaron alrededor de los hombres de Gorlois y el propio individuo se mantuvo cerca. Cuando se hubo arrodillado miró rápidamente a su alrededor para ver si sus hombres estaban bien situados, luego inclinó piadosamente la cabeza para escuchar al presbítero.

Durante el prolongado servicio no levantó la cabeza; incluso cuando los congregados empezaron a aproximarse al altar para recibir el pan y el vino consagrados, permaneció en su sitio. Gorlois tocó en el hombro a Igraine y ésta caminó a su lado. Los cristianos sostenían que una esposa debe seguir en la fe a su marido. El Padre Columba había discutido mucho con ella acerca de la oración y preparación adecuadas, e Igraine se convenció de que nunca estaría adecuadamente preparada. Pero Gorlois se enfadaría y, después de todo, no podía interrumpir el servicio para discutir con él, ni en susurros.

Al volver a su lugar, vio que el hombre alto levantaba la cabeza. Gorlois le hizo un cortés saludo y continuó. El hombre miró a Igraine y, por un momento, le dio la impresión de que estaba sonriéndole a ella, y también a Gorlois; Igraine sonrió involuntariamente. Tras un gesto de censura de Gorlois, ella le siguió y se arrodilló dócilmente a su lado. Pero aún podía percibir que el hombre del pelo claro la observaba. Por el sayo de hombre del norte supuso que podría tratarse de Lot de Orkney, a quien Gorlois había calificado de joven y ambicioso. Algunos de los norteños eran rubios como los sajones.

El salmo final había comenzado; escuchó las palabras sin prestarles mucha atención.

*Trajo la redención a su pueblo según la alianza eterna...*

*Su nombre es sagrado y terrible; el temor de Dios es el principio de la sabiduría.*

Gorlois inclinó la cabeza para recibir la bendición. Estaba aprendiendo tanto de su marido en tan pocos días. Ya sabía que era cristiano cuando se casó con él; de hecho, la mayor parte del pueblo era cristiano por aquellos días y, en caso de no serlo, lo mantenían escrupulosamente en secreto, salvo en las inmediaciones de la Isla Sagrada donde reinaba la Vieja Fe, o entre los bárbaros del norte o los sajones. Mas nunca se había apercibido de que era auténticamente piadoso.

La bendición había terminado; el sacerdote y sus diáconos partían, portando la gran cruz y el Santo Libro. Igraine miró hacia donde el rey se hallaba; parecía macilento y cansado, y al volverse para abandonar la iglesia se apoyaba pesadamente en el brazo del cetrino joven que había permanecido a su lado, sosteniéndolo durante toda la ceremonia.

—Lot de Orkney no pierde el tiempo, ¿verdad, mi señor de Cornwall? —dijo el hombre alto y rubio del sayo—. Siempre está pegado a Ambrosius por estos días, y no falta al servicio.

*De modo que*, pensó Igraine, *éste no es el Duque de Orkney, como creía.*

Gorlois masculló algo, ausente.

—¿Su señora esposa, Gorlois?

Renuente, con brusquedad, Gorlois dijo:

—Igraine, querida, éste es nuestro duque de guerra: Uther, al que las Tribus llaman Pendragón, por su estandarte.

Ella le hizo una reverencia, parpadeando asombrada. ¿Uther Pendragón, este hombre desgarbado y rubio como un sajón? ¿Es éste el cortesano que se supone ha de suceder a Ambrosius, este hombre balbuciente que entra a trompicones interrumpiendo la santa misa? Uther miraba, no a su cara, notó Igraine, sino más abajo; y ella se preguntó si tendría manchado el vestido, pero en seguida se dio cuenta de que observaba la piedra lunar que llevaba en la pechera del manto. ¿Es que nunca habría visto una con anterioridad?

También Gorlois había notado la dirección de su mirada.

—Me gustaría presentarle mi esposa al Rey —dijo—. Tened buen día, mi señor Duque. —Y se fue sin esperar la despedida de Uther. Cuando estuvieron donde no podían ser oídos explicó—: No me gusta el modo en que te miraba, Igraine. No es un hombre que una mujer decente deba conocer. Evítalo.

Igraine repuso:

—No me miraba a mí, esposo mío, sino la joya que llevo. ¿Ambiciona riquezas?

—Lo ambiciona todo —dijo Gorlois de improviso. Caminaba con tal ligereza que los finos zapatos de Igraine tropezaban en el empedrado de la calle, adelantaron a la comitiva real.

Ambrosius, rodeado de sus sacerdotes y consejeros, parecía un viejo enfermo sin relevancia que volvía de misa, deseando desayunar y sentarse. Andaba sujetándose el costado con una mano, como si le doliese. Pero sonrió a Gorlois con sincera afabilidad, e Igraine supo por qué toda la Bretaña había dejado sus disputas para servir a este hombre y arrojar a los sajones de sus costas.

—Gorlois, ¿por qué has vuelto tan rápidamente de Cornwall? Tenía pocas esperanzas de verte aquí antes del Consejo, o de nuevo en esta vida —dijo con voz débil y ronca, pero extendió los brazos hacia Gorlois, quien le abrazó con cuidado.

—Estáis enfermo, mi señor, debisteis quedaros en cama —le reprochó.

Ambrosius respondió con una leve sonrisa.

—Me quedaré bastante pronto y, me temo, para mucho tiempo. El obispo me dijo lo mismo y me hubiese traído los santos sacramentos al lecho de haberlo deseado, pero quería dejarme ver entre vosotros de nuevo. Ven a desayunar conmigo, Gorlois, y cuéntame cómo va todo en tu tranquila campiña.

Los dos hombres paseaban e Igraine iba en pos de su esposo. Al otro lado del rey caminaba el menudo y cetrino individuo vestido de escarlata: Lot de Orkney, recordó. Cuando hubieron entrado en la casa real y Ambrosius tomado asiento en lugar confortable, el Rey Supremo le hizo una señal a Igraine de que se adelantara.

—Bienvenida a mi corte, Lady Igraine. Vuestro esposo me ha dicho que sois hija de la Sagrada Isla.

—Así es, señor —dijo Igraine tímidamente.

—Algunos miembros de su pueblo son consejeros en mi corte; a mis sacerdotes no les gusta que vuestros druidas sean equiparados a ellos, pero les digo que todos sirven al Altísimo, sea cual sea su nombre. Y la sabiduría es sabiduría de cualquier modo que se presente. A veces pienso que vuestros dioses exigen más sabiduría en sus servidores que el nuestro —dijo Ambrosius, sonriéndole—. Ven, Gorlois, siéntate a mi lado en la mesa.

A Igraine le pareció, al tomar asiento en el mullido banco, que Lot de Orkney merodeaba por las cercanías como un perro que ha sido apartado y desea volver con su dueño. Si Ambrosius se rodeaba de hombres que lo amaban, estaba bien. Pero, ¿era amor lo que Lot sentía por su rey o tan sólo deseo de estar junto al trono para que el poder se reflejase en él? Se dio cuenta de que Ambrosius, aunque invitó a sus huéspedes cortésmente a comer el buen pan de trigo, la miel y el pescado fresco dispuestos en la mesa, sólo tomó sopa de pan y leche. Advirtió, también, el débil color amarillo que teñía el blanco de sus ojos. Gorlois había dicho: *Ambrosius está agonizando.* Había visto a suficientes moribundos en su vida para saber que decía la verdad y Ambrosius, según se podía deducir de sus palabras, también lo sabía.

—Me ha llegado la noticia de que los sajones han hecho algún pacto, matando a un caballo y jurando sobre su sangre o alguna porquería semejante, con los del norte

—anunció Ambrosius—, y la batalla puede trasladarse a Cornwall esta vez. Uriens, tú habrás de conducir nuestros ejércitos en las tierras del oeste; tú y Uther, que conoce las colinas galesas como el puño de su espada. La guerra incluso puede llegar a tu pacífica campiña, Gorlois.

—Pero tú estás protegido, como nosotros en el norte, por las costas y los riscos que bordean tus tierras —dijo Lot de Orkney con su calmosa voz—. No creo que una horda de salvajes llegaran a Tintagel a no ser que conociesen las rocas y los puertos. E, incluso desde tierra, Tintagel podría ser defendida desde aquel largo arrecife.

—Es cierto —respondió Gorlois—, pero hay puertos y costas que pueden ser alcanzados con una embarcación y, aunque no llegasen al castillo, existen granjas, tierras fértiles y cosechas. Yo puedo defender el castillo, mas ¿qué será de los campesinos? Soy duque porque puedo defender a mi gente.

—Me parece que un duque o un rey deberían ser algo más que eso —alegó Ambrosius—, pero no sé qué. Nunca he estado en paz para descubrirlo. Acaso nuestros hijos puedan. Quizá durante tu vida, Lot, tú que eres el más joven de nosotros.

Se produjo un repentino bullicio en las habitaciones exteriores y luego el alto y rubio Uther entró en la sala. Llevaba un par de perros sujetos de una correa y ésta se enredaba cuando los animales se entrecruzaban gruñendo. Permaneció en el umbral desenredándola con calma, luego se la pasó a su sirviente y entró.

—Llevas toda la mañana molestándonos, Uther —dijo Lot maliciosamente—. Primero al sacerdote en la santa misa y ahora al rey en su desayuno.

—¿Os he molestado? Presento mis disculpas, señor —dijo Uther sonriendo, y el rey extendió la mano sonriendo también como ante el hijo preferido.

—Estás perdonado, Uther, pero echa a los perros, te lo ruego. Bueno, ven y siéntate aquí, hijo mío —dijo Ambrosius, levantándose torpemente. Uther abrazó al rey; Igraine observó que lo hizo con cuidado y deferencia. Ella pensó: *Así pues, Uther ama al rey y no es meramente un cortesano ambicioso que pretende su favor.*

Gorlois intentó cederle su lugar junto a Ambrosius, pero el rey le hizo una señal para que permaneciese en su sitio. Uther estiró su larga pierna hacia el banco y pasó sobre él para sentarse al lado de Igraine. Esta apartó sus faldas, sintiendo embarazo cuando él se tambaleó. *¡Qué torpe es! ¡Como un enorme y amistoso cachorro!* Tuvo que sujetarse con una mano para evitar caer directamente sobre Igraine.

—Perdone mi torpeza, señora —le dijo con una sonrisa—. Soy demasiado grande para sentarme en vuestro regazo.

Contra su voluntad, le devolvió la sonrisa.

—Aun vuestros perros son demasiado grandes para eso, mi señor Uther.

Se sirvió él mismo pan y pescado, ofreciéndole miel al tomarla de un cuenco. Ella rehusó cortésmente.

—No me gustan los dulces —dijo.

—No los necesitáis, mi señora —le contestó y ella advirtió que de nuevo miraba hacia su pecho. ¿Nunca habría visto antes una piedra lunar? ¿O estaba mirando la curva de sus senos? Se hizo repentina y agudamente consciente de que sus pechos ya eran otra vez tan altos y firmes como lo habían sido antes de amamantar a Morgana. Igraine sintió que el rubor le subía al rostro y tomó con rapidez un sorbo de leche fresca.

Era alto y rubio, la piel lisa y sin arrugas. Podía oler su sudor limpio, fresco como el de un niño. Y, aunque aún era joven, su rubio pelo ya iba escaseando sobre su curtido cráneo. Sintió un extraño desasosiego, algo que no había experimentado antes; su muslo estaba junto al de ella en el banco y era muy consciente de esta circunstancia, como si fuera una parte separada de su cuerpo. Bajó la mirada tomando un poco de pan con mantequilla, escuchando a Lot y Gorlois hablar de lo que ocurriría si la guerra llegase al oeste.

—Los sajones son luchadores, sí —afirmó Uther, uniéndose—, pero contienden de manera civilizada. Los del norte, los escoceses, los salvajes pueblos de las tierras de más allá, son locos; arremeten desnudos y entre alaridos en la batalla y lo importante es entrenar a las tropas para que aguanten de firme y no se diseminen por el miedo ante su carga.

—Es ahí donde las legiones tenían ventaja sobre nuestros hombres —dijo Gorlois—, porque eran soldados voluntarios, disciplinados y adiestrados para luchar, no granjeros y campesinos que van al combate sin conocimientos y vuelven a sus granjas cuando el peligro ha pasado. Lo que necesitamos son legiones para Bretaña. Acaso si se las solicitáramos de nuevo al emperador...

—El emperador —adujo Ambrosius con una leve sonrisa— tiene sus propios problemas. Necesitamos jinetes, legiones de caballería; pero si queremos legiones para Bretaña, Uther, habremos de entrenarlas nosotros mismos.

—Eso no puede hacerse —dijo Lot con resolución—, porque nuestros hombres pelearán en defensa de sus hogares y por lealtad a sus propios jefes de clan, mas no por ningún Rey Supremo o Emperador. Y, ¿para qué luchan si no es para volver a sus hogares y disfrutarlos cómodamente después? Los hombres que me siguen, me siguen a *mí*, no a ningún ideal de libertad. Tuve algunos problemas para conseguir que vinieran tan al sur; sostienen, con cierta razón, que no hay sajones donde ellos están y, por tanto, ¿por qué habrían de pelear aquí? Dicen que cuando los sajones alcancen su tierra, habrá tiempo de combatirlos y defenderse, pero los de las tierras bajas deben asumir la defensa de su propio país.

—¿No pueden darse cuenta de que si vienen aquí a detener a los sajones éstos nunca llegarán a su país...? —empezó Uther fogosamente y Lot levantó una delgada mano riendo.

—¡Calma, Uther! Yo lo sé, son mis hombres quienes no lo saben. No obtendrás ninguna legión para Bretaña, ningún ejército permanente, Ambrosius, de los hombres al norte de la gran muralla.

Gorlois dijo roncamente:

—Quizá la idea del César fuera la correcta entonces; quizá debiéramos volver a guarnecer la muralla. No como él hizo, no para mantener a los salvajes del norte alejados de las ciudades, sino para controlar a los sajones desde tu tierra natal, Lot.

—No podemos desperdiciar tropas en eso —alegó Uther con impaciencia—. No podemos desperdiciar ningún soldado entrenado en eso. Tenemos que dejar a los aliados defender las costas sajonas y establecer nuestra posición en la zona oeste, contra los escoceses y norteños. Creo que deberíamos situar nuestro puesto principal en el País Estival; así, en el invierno, no serían capaces de bajar a saquear nuestros campamentos como hicieron hace tres años, porque no conocen el camino que rodea a las islas.

Igraine escuchaba atentamente, puesto que ella había nacido en el País Estival y sabía cómo en invierno los mares avanzaban inundando la tierra. Lo que era transitable, aunque pantanoso, en verano, en invierno se convertía en lagos y mares interiores. Incluso un ejército invasor hallaría difícil el paso en tal terreno, excepto entrado el verano.

—Eso es lo que me dijo Merlín —intervino Ambrosius—, y nos ha ofrecido sitio para que nuestros ejércitos establezcan un campamento en el País Estival.

Uriens habló con ruda voz:

—No me gustaría abandonar las costas sajonas a las tropas aliadas. Un sajón es un sajón y mantiene un juramento sólo mientras le conviene. Creo que el mayor error de nuestras vidas fue cuando Constantino hizo un convenio con Vortigern...

—No —repuso Ambrosius—, un perro que es en parte lobo luchará más vigorosamente contra otros lobos que ningún perro. Constantino dio a los sajones de Vortigern su propia tierra y ellos la defendieron luchando. Es eso cuanto desea un sajón: tierra. Son granjeros y luchan hasta la muerte para conseguir que su tierra esté a salvo.

Las tropas aliadas han peleado valientemente contra los sajones que vinieron a invadir nuestras costas.

—Pero ahora son tantos —dijo Uriens—, que demandan ampliar las tierras pactadas y nos han amenazado con que si no les entregamos más, vendrán a tomarlas. Ahora, pues, por si no fuese bastante luchar contra los sajones del otro lado del mar, hemos de combatir contra aquellos que Constantino trajo hasta nuestras tierras...

—Basta —dijo Ambrosius levantando la mano, e Igraine pensó que parecía terriblemente enfermo—. No puedo remediar los errores, si lo fueron, cometidos por hombres que murieron antes de yo nacer; tengo bastante con remediar mis propios errores y no viviré lo suficiente para hacerlo correctamente. Pero haré cuanto pueda mientras viva.

—Creo que lo primero y mejor que podríamos hacer —afirmó Lot— sería expulsar a los sajones de nuestros reinos y luego fortificarnos contra su vuelta.

Ambrosius contestó:

—No creo que podamos hacer eso. Muchos de ellos llevan viviendo aquí desde la época de sus padres, abuelos y tatarabuelos y, a no ser que estuviéramos dispuestos a matarlos, no abandonarían una tierra que con todo derecho llaman suya. No debemos violar el pacto. Si hay luchas entre nosotros en el interior de las costas de Bretaña, ¿qué fuerza o armas tendremos para combatir cuando seamos invadidos? Además, algunos de los sajones de las costas aliadas son cristianos, y lucharán a nuestro lado contra los salvajes y sus dioses paganos.

—Me parece —repuso Lot sonriendo irónicamente— que los obispos de Bretaña estaban en lo cierto cuando rehusaron enviar misioneros para salvar las almas de los sajones de nuestras costas, alegando que si los sajones iban a ser admitidos en el Cielo, ellos no querrían parte de él para sí mismos. Tenemos bastantes problemas con los sajones ya en esta tierra, ¿debemos seguir aguantando sus intempestivas groserías en el Cielo?

—Creo que yerras la naturaleza del Cielo —repuso una

voz familiar, e Igraine sintió una extraña y profunda alerta en su interior. Miró a través de la mesa al que había hablado, que llevaba una lisa túnica gris de corte monacal. No había reconocido a Merlín con tal atavío, pero reconocía su voz en cualquier parte.

»¿Realmente piensas que las disputas e imperfecciones de la humanidad proseguirán en el Cielo, Lot?

—Bueno, en cuanto a eso, nunca he hablado con nadie que haya estado allí —alegó Lot—, ni creo que usted, Merlín, lo haya hecho. Mas habla con tanta sabiduría como cualquier clérigo. ¿Ha tomado las Santas Ordenes a su avanzada edad, señor?

Merlín sonrió y dijo:

—Nada tengo en común con sus sacerdotes. Me he pasado mucho tiempo tratando de separar los asuntos humanos de los de la Divinidad y, cuando he llegado a hacerlo, encuentro que no hay tanta diferencia. Aquí en la Tierra no podemos verlo, pero cuando nos hayamos librado de este cuerpo, sabremos más, y sabremos que nuestras diferencias no son tan acusadas ante Dios.

—Entonces, ¿por qué estamos luchando? —preguntó Uther, haciendo un gesto como si se burlara del anciano—. Si todas nuestras diferencias han de resolverse en el Cielo, ¿por qué no deponemos las armas y abrazamos a los sajones como a hermanos?

Merlín volvió a sonreír y dijo afablemente:

—Cuando todos nos hayamos perfeccionado, así será, Lord Uther; pero ellos aún no lo saben, ni tampoco nosotros, y mientras el destino humano lleve a los hombres a luchar, bueno, debemos cumplir nuestro papel participando en los juegos de esta vida mortal. Pero necesitamos paz en esta tierra para que los hombres puedan pensar en el Cielo, en vez de en la batalla y la guerra.

—Poco me agrada sentarme a pensar en el Cielo, anciano —respondió Uther riendo—; eso lo dejo para vos y los demás sacerdotes. Yo soy un guerrero, lo he sido durante toda mi vida, y ruego por pasarla entera en la batalla, como cuadra a un hombre y no a un monje.

—Sé cuidadoso con tus ruegos —repuso Merlín, mirando con fijeza a Uther—, ya que los Dioses te los concederán con seguridad.

—No quiero llegar a viejo para pensar en el Cielo y la paz —dijo Uther—, porque me parecen muy aburridos. Quiero la guerra, el saqueo y las mujeres, oh, sí, mujeres, y los sacerdotes no aprueban ninguna de estas cosas.

Gorlois dijo:

—Así pues, no eres mucho mejor que los sajones, ¿verdad, Uther?

—Vuestros sacerdotes afirman que debemos amar a nuestros enemigos, Gorlois —repuso Uther, riendo y, sorteando a Igraine, le dio palmaditas de buena voluntad a su marido en la espalda—. Por eso amo a los sajones, ya que me dan lo que quiero de la vida. Y vos también deberíais hacerlo, porque cuando dispongamos de paz durante algún tiempo podremos disfrutar de festejos y mujeres, y luego volver a la lucha, como cuadra a un auténtico guerrero. ¿Creéis que a las mujeres les interesa el tipo de hombre que ambiciona sentarse junto al fuego y cultivar su hacienda? ¿Creéis que vuestra hermosa esposa, aquí presente, sería tan feliz con un labriego como lo es con un duque que lidera a otros hombres?

Gorlois dijo adustamente:

—Eres lo bastante joven para decir eso, Uther. Mas cuando tengas mi edad estarás también hastiado de la guerra.

—¿Estáis vos hastiado de la guerra, mi señor Ambrosius?

Ambrosius sonrió, aunque parecía muy cansado.

—No importa que estemos hastiados de la guerra, Uther —dijo—, porque Dios en su sabiduría ha decidido mandarme la guerra en todos mis días, y así ha de ser según su voluntad. Defenderé a mi pueblo, y eso deben hacer quienes me sucedan. Quizá en tu tiempo, o en el de tus hijos, tengamos bastante paz como para preguntarnos para qué estamos luchando.

Lot de Orkney intervino, con su equívoco tono suave:

—Ya veo que todos estamos muy filosóficos aquí, mi señor Merlín, mi rey; incluso vos, Uther, os metéis en filosofías. Pero nada de esto nos dice qué hemos de hacer contra los salvajes que vienen del este y del oeste, y contra los sajones de nuestras propias costas. Creo que todos sabemos que no vamos a recibir ayuda de Roma; si queremos legiones debemos adiestrarlas y creo que necesitamos tener un César propio, ya que, como los soldados necesitan a sus propios capitanes y su propio rey, así todos los reyes de esta isla necesitan a alguien que los gobierne.

—¿Por qué hemos de llamar a nuestro Rey Supremo por el nombre de César? ¿O considerarle así? —preguntó un hombre al que Igraine había oído llamar Ectorius—. Los Césares gobernaron espléndidamente Bretaña hasta nuestros días, pero había una deficiencia fatal en ellos: Su dependencia de la urbe. Por eso, cuando se produjeron problemas en la urbe, retiraron las legiones dejándonos ante los bárbaros. Incluso Magnus Maximus...

—Ese no fue emperador —dijo Ambrosius, sonriendo—. Magnus Maximus deseaba serlo cuando comandaba las legiones aquí; es una ambición muy corriente en un duque de guerra. —E Igraine vio la leve sonrisa que dirigió a Uther por encima de sus cabezas—. De modo que marchó con sus legiones sobre Roma anhelando ser proclamado emperador. No era ni el primero ni el último en intentarlo con el apoyo del ejército. Pero nunca llegó a Roma, y todas sus ambiciones quedaron en nada; excepto por algunas hermosas historias. En tus colinas galesas, Uther, quizá sigan hablando de Magnus el Grande, quien ha de volver con su gran espada a la cabeza de sus legiones, rescatándolos de los invasores...

—Lo hacen —confirmó Uther sonriendo—, le llevan achacando esa vieja leyenda desde tiempo inmemorial, del rey que fue y del rey que ha de volver para salvar a su pueblo cuando la necesidad sea enorme. Entonces, si pudiera encontrar una espada semejante, yo mismo iría hacia las colinas de mi país alzando a tantas legiones como quisiera.

—Quizá —dijo Ectorius sombrío— sea eso lo que necesitemos, un rey legendario. Si tal rey llega, la espada no será difícil de descubrir.

—Vuestros sacerdotes dirían —dijo Merlín con equidad— que el único rey que fue, es y será, es Cristo en el Cielo, y que siguiendo su santa causa no necesitáis a ningún otro.

Ectorius emitió una carcajada breve y áspera.

—Cristo no puede conducirnos a la batalla. No pretendo blasfemar, mi Rey; pero los soldados no seguirían un estandarte del Príncipe de la Paz.

—Quizá encontremos a un rey que reavive en ellos la leyenda —afirmó Uther, y el silencio se hizo en la estancia.

Igraine, que nunca antes había asistido a los consejos de los hombres, podía leer lo bastante el pensamiento como para saber lo que todos escuchaban en el silencio, al saber que el Rey Supremo que se sentaba ante ellos ahora no viviría para ver otro verano: ¿Quién ocuparía su alto trono, el próximo año por estas fechas?

Ambrosius apoyó la cabeza en el respaldo de la silla, y ésa fue la señal para que Lot dijera, con su celosa voz:

—Estáis cansado, Sire, os hemos agotado. Permitidme llamar a vuestro chambelán.

Ambrosius le sonrió con gentileza.

—Muy pronto descansaré, primo, y para mucho tiempo. —Pero incluso el esfuerzo de hablar le resultaba excesivo y suspiró larga y penosamente, permitiendo que Lot le ayudara a abandonar la mesa.

A sus espaldas los hombres formaron grupos hablando y discutiendo en voz baja.

El llamado Ectorius vino a reunirse con Gorlois.

—Mi señor de Orkney no pierde oportunidad de abogar por su causa y la disfraza hábilmente ante el Rey; ahora somos los malvados que han agotado a Ambrosius y acortarán su vida.

—A Lot no le importa quién sea nombrado Rey Supremo —dijo Gorlois—, en tanto que Ambrosius no tenga oportunidad de anunciar sus preferencias, a las cuales muchos de nosotros y yo entre ellos, bien puedo decírtelo, Ectorius, estamos obligados.

Ectorius repuso:

—¿Cómo no? Ambrosius no tiene ningún hijo y no puede nombrar a un heredero, mas su deseo debe guiarnos, y él lo sabe. Uther está demasiado ansioso de la púrpura del César para ser de mi agrado, pero, con todo, es mejor que Lot; en consecuencia, si esto llegara a convertirse en una elección entre manzanas podridas...

Gorlois asintió lentamente.

—Nuestros hombres seguirán a Uther. Pero las Tribus, Bendigeid Vran y toda esa cuadrilla, no seguirán a nadie tan romanizado; y necesitamos a las Tribus. Estas seguirán a Orkney.

—Lot no tiene madera de Rey Supremo —dijo Ectorius—. Mejor es que perdamos el apoyo de las Tribus que el de todo el país. La estrategia de Lot es dividir a la gente en facciones beligerantes para sólo él contar con la confianza. ¡Puagg! —resopló—. Ese hombre es una serpiente y eso es todo cuanto hay que decir.

—No obstante es persuasivo —alegó Gorlois—. Tiene talento, coraje e imaginación.

—También Uther. Y, cuente Ambrosius o no con la posibilidad de manifestarlo formalmente, Uther es su preferido.

Gorlois apretó los dientes en una torva mueca, y dijo:

—Cierto. Cierto. Por mi honor estoy obligado a la voluntad de Ambrosius. Aunque desearía que su elección recayera en un hombre cuya moral se igualara a su coraje y a su capacidad de liderazgo. No confío en Uther y tampoco... —Sacudió la cabeza mirando a Igraine—. Pequeña, esto puede que no tenga ningún interés para ti. Haré que un caballero te escolte de vuelta a la casa donde descansamos la pasada noche.

Despedida como una niña pequeña, Igraine se retiró a mediodía sin una protesta. Tenía mucho en qué pensar. Así pues, los hombres también, por su honor, podían verse obligados a sobrellevar lo que no deseaban. Nunca había pensado antes en eso.

Y los ojos de Uther, fijos en ella, volvieron a su pensamiento. ¡Cómo la había mirado! No, no a ella, a la piedra lunar. ¿La había encantado Merlín para que Uther quedase prendado de la mujer que la llevara?

*¿Debo cumplir la voluntad de Merlín y la de Viviane, debo entregarme a Uther sin resistencia, como me entregué a Gorlois?* La idea le repelía. Aun así... su mente recuperó con malicia el tacto de Uther en su mano, la intensidad de los ojos grises al encontrarse con los suyos.

*Puedo igualmente creer que Merlín hechizó la piedra para que mi mente retornase a Uther.* Habían alcanzado el alojamiento, entró en el interior y se quitó la piedra, guardándola en la bolsa que portaba en la cintura. *Qué idiotez,* pensó, *no creo en esos viejos cuentos de filtros y hechizos amorosos.* Era una mujer adulta, de diecinueve años, y no una niña pasiva. Tenía un marido, quizá incluso llevase ahora la semilla en su vientre que pudiera convertirse en el hijo deseado. Y si sus caprichos se dirigían a otro hombre distinto de su marido, si había de dar rienda suelta a su lascivia, seguramente habría otros hombres más atractivos que ese gran patán, con su revuelto pelo tan semejante al de los sajones y sus maneras norteñas perturbando la misa e interrumpiendo el desayuno del Rey Supremo. Pues, de igual modo, podría llevar a su lecho al soldado de Gorlois, quien al menos era joven, de piel clara y apuesto. No es que ella, una esposa virtuosa, tuviese el menor interés en relacionarse así con ningún hombre excepto con su esposo legítimo.

Y si lo hacía, no sería con Uther. Porque podría resultar peor que Gorlois, un torpe desmañado, aunque sus ojos fueran grises como el mar, y sus manos lisas y fuertes... Igraine maldijo en voz baja, tomó la rueca de entre sus pertenencias y se sentó a hilar. ¿Qué hacía soñando despierta con Uther, como si estuviera considerando seriamente lo que Viviane le había pedido? ¿Sería Uther el próximo Rey Supremo?

Percibió el modo en que la miraba. Mas Gorlois había dicho que era un lujurioso, ¿podía mirar de ese modo a cualquier mujer? Si estaba perdiéndose en ensoñaciones, también podría pensar en algo sensato; por ejemplo, en cómo le iba a Morgana sin su madre, o si el ama de llaves vigilaba a Morgause para que no mirara con ojos lánguidos a los soldados guardianes del castillo. Ahora Morgause podía precipitarse a perder su doncellez con algún apuesto muchacho sin pensar en el honor y el decoro; esperaba que el Padre Columba le echara un buen sermón.

*Mi madre eligió los amantes que quiso para engendrar a sus hijos y era una gran sacerdotisa de la Isla Sagrada. Viviane ha hecho lo mismo.* Igraine dejó el huso en su regazo, frunciendo el ceño al pensar en la profecía de Viviane de que su hijo con Uther sería el gran rey que sanaría la tierra y traería la paz a los contendientes. Con cuanto había escuchado aquella mañana en la mesa del Rey, se convenció de que tal rey era difícil de encontrar.

Tomó la rueca, exasperada. Necesitaban ese rey en aquel momento, no cuando algún niño, aún no concebido, llegase a la madurez. Merlín estaba obsesionado con viejas leyendas sobre reyes, ¿qué relación tendría uno de esos reyes, como Ectorius había dicho, con Magnus el Grande, el jefe guerrero que había abandonado Bretaña en busca de la corona imperial? Era absurdo creer que un hijo de Uther pudiera ser ese Magnus redivivo.

MÁS TARDE, aquel mismo día, una campana comenzó a tañer y poco después Gorlois entró en la casa con aspecto triste y desalentado.

—Ambrosius ha muerto hace unos minutos —anunció—. Las campanas doblan por su fallecimiento.

Ella vio el pesar en su cara y le habló.

—Era viejo —dijo— y fue muy amado. Sólo lo he visto hoy, pero me doy cuenta de que pertenecía a la clase de hombres que todos aman y siguen.

—Es cierto. Y no tenemos a nadie que le suceda. —Gorlois suspiró pesadamente—. Se ha marchado dejándonos sin líder. Yo le amaba, Igraine, y detestaba verlo sufrir. Si hubiese algún sucesor digno de tal nombre, me alegraría de que hubiese partido hacia su descanso. Pero, ¿qué será ahora de nosotros?

Un poco más tarde pidió que le preparase sus mejores ropajes.

—Al anochecer dirán una misa de réquiem por él y debo asistir. También tú, Igraine. ¿Podrás vestirte por ti misma sin que te ayude nadie o debo pedir a nuestro anfitrión que envíe a una sirvienta?

—Puedo vestirme sola. —Igraine se dispuso a ponerse el vestido, de lana finamente hilada con bordados en dobladillos y mangas, ajustándose una cinta de seda en el pelo. Tomó algo de pan y queso; Gorlois no comió nada, alegando que su rey se hallaba ante el trono de Dios donde su alma sería juzgada y debía ayunar y rezar hasta que estuviese enterrado.

Igraine, a quien habían enseñado en la Sagrada Isla que la muerte no era más que la puerta de entrada a otro nuevo nacimiento, no podía entender aquello. ¿Cómo un cristiano sentía tanto miedo y temor al encaminarse a la paz eterna? Recordaba al Padre Columba entonando alguno de sus dolientes salmos. Podía comprender que un rey, por el bien de su gente, hubiese de hacer cosas que le pesaran en la conciencia. Mas, aun pudiendo entender y disculpar aquello, ¿cómo un Dios misericordioso iba a castigar tales hechos? Supuso que era uno de sus Misterios.

Aún ponderaba estas cosas cuando llegó a la misa junto a Gorlois y escuchó al sacerdote cantando algo doliente sobre el juicio de Dios. A mitad de su himno vio que Uther Pendragón, arrodillado al otro extremo de la iglesia, con la cara blanca como su pálida túnica, alzaba las manos para cubrirse y ocultar los sollozos. Pocos minutos después se levantó y salió de la iglesia. Percibió que Gorlois la miraba de forma penetrante y volvió a bajar la mirada para escuchar piadosamente los interminables himnos.

Mas, cuando la misa hubo terminado, los hombres reunidos en el exterior de la iglesia y Gorlois le presentaron a la esposa del Rey Uriens de Gales del Norte, una rolliza y solemne matrona, y a la esposa de Ectorius, de nombre Flavilla, mujer risueña y no mucho mayor que Igraine. Charló con las mujeres durante un momento, pero estaban obsesionadas con lo que la muerte de Ambrosius representaría para los soldados y para sus maridos, y su mente se extravió. Estaba poco interesada en la charla de las mujeres y sus piadosas maneras la fatigaban. Flavilla llevaba unas seis lunas embarazada y el vientre comenzaba a destacarse bajo la túnica de estilo romano; al poco de iniciarse, la conversación se desvió hacia su familia. Flavilla había tenido dos hijas, que habían muerto de diarrea veraniega el año anterior, y aquel año esperaba un hijo. La esposa de Uriens, Gwyneth, tenía un hijo de la edad de Morgana. Ambas preguntaron por la hija de Igraine y comentaron la eficiencia de los amuletos de bronce contra las fiebres invernales y el poder de un misal de clérigo colocado en la cuna contra el raquitismo.

—Es la mala alimentación la que causa el raquitismo —dijo Igraine—. Mi hermana, que es una sacerdotisa curandera, me dijo que ningún niño amamantado durante dos años por una madre saludable sufre de raquitismo, sino sólo cuando es entregado a una ama de cría mal alimentada o destetado demasiado pronto y nutrido con atole.

—A mí eso me parece una superstición estúpida —dijo Gwyneth—. El misal es santo y eficiente contra toda enfermedad, pero especialmente contra las de los niños pequeños que han sido bautizados y liberados de los pecados de sus padres, y aún no han cometido ninguno.

Igraine se encogió de hombros impaciente, sin ganas de discutir semejante absurdo. Las mujeres siguieron hablando de encantamientos contra enfermedades infantiles, mientras ella miraba a un lado y a otro, esperando la oportunidad de dejarlas. Tras un rato, otra mujer se les unió, cuyo nombre Igraine nunca supo; también se hallaba en estado avanzado de gestación y las mujeres la introdujeron en la charla, ignorando a Igraine. En breve se apartó sigilosamente, diciendo, sin ser oída, que iba a buscar a Gorlois y caminó hacia la parte trasera de la iglesia.

Había allí un pequeño cementerio y, tras éste, crecía un manzanar con las ramas cubiertas de blancos brotes, pálido en el crepúsculo. El aroma de los manzanos era fresco y dio la bienvenida a Igraine, quien encontraba molestos los olores de la ciudad; los perros, y también los hombres, hacían sus necesidades en las calles empedradas. Tras cada puerta había un montón de basuras de variado contenido, desde sucios junquillos malolientes y carne podrida, hasta el contenido de los orinales. En Tintagel también había desechos de cocina y excrementos de la noche, pero ella hacía que los enterraran cada pocas semanas y el limpio olor del mar lo borraba todo.

Caminó despacio por el manzanar. Algunos de los árboles eran muy viejos y nudosos, de bajas ramas. Entonces escuchó un leve ruido, y vio que en una de éstas había un hombre sentado. El no se apercibió de la presencia de Igraine; tenía la cabeza agachada y la cara cubierta con las manos. Pero ella supo por el claro pelo que se trataba de Uther Pendragón. Estuvo a punto de volverse y desaparecer en silencio, sabiendo que no le gustaría que ella fuese testigo de su dolor, mas él ya había levantado la cabeza.

—¿Sois vos, mi Señora de Cornwall? —Su cara se contrajo en una mueca irónica—. Ahora ya podéis salir corriendo a contarle al valiente de Gorlois que el duque de guerra de Bretaña se ha escondido para llorar como una mujer.

Se acercó a él, preocupada por su enojada y defensiva expresión.

—¿Creéis que a Gorlois no le ha dolido, mi señor? —le dijo—. ¡Cuán frío e inhumano tendría que ser un hombre para no llorar al rey que ha amado toda su vida! Si yo fuese un hombre, no querría seguir en la guerra a un jefe que no hubiese llorado a sus muertos queridos, a los camaradas abatidos e incluso a los enemigos valientes.

Uther exhaló un prolongado suspiro, enjugándose el rostro con la manga bordada de la túnica.

—Tenéis razón —contestó—, cuando era joven abatí en el campo al jefe sajón Horsa, después de muchos combates en los que me había desafiado y luego evitado, y lloré su muerte porque era un hombre gallardo. Aun siendo un sajón, sentí pena de que hubiésemos sido enemigos en vez de hermanos y amigos. Pero en años posteriores he llegado a sentirme demasiado viejo para llorar por lo que no tiene remedio. Y cuando he escuchado la cháchara del santo padre sobre el juicio y la condenación eterna ante el trono de Dios, y recuerdo al hombre tan bueno y piadoso que fue Ambrosius, que amaba y temía a Dios, que nunca dejaba de hacer algo justo y honorable cuando le era posible, me he sentido indignado e inclinado a escuchar a los druidas. Si el santo obispo ha dicho la verdad, Ambrosius se halla ahora entre las llamas del Infierno y no será redimido hasta el fin del mundo. Sé muy poco del Cielo, pero desearía pensar que mi rey está allí.

Ella le contestó, asiéndole la mano.

—No creo que los sacerdotes sepan mejor qué ha de sobrevenir tras la muerte que cualquier otro mortal. Sólo los Dioses lo saben. Nos anunciaban, en la Sagrada Isla en la que me crié, que la muerte es siempre el acceso a una nueva vida y superior sabiduría y, aunque no conocí bien a Ambrosius, quisiera imaginármelo aprendiendo ahora, a los pies de su Dios, lo que es la auténtica sabiduría. ¿Qué justo enviaría a un hombre al Infierno por ignorante, en vez de enseñarle mejor en la otra vida?

Sintió que la mano de Uther tocaba las suyas, diciendo entre las sombras:

—Así ha de ser. Tal dijo el Apóstol: «Ahora veo como a través de un cristal oscuro, pero más tarde veré sin mediaciones». Acaso no sepamos, ni siquiera los sacerdotes, lo que acaece tras la muerte. Si Dios es omnisciente, ¿por qué debemos suponer que sea menos miseri-

cordioso que los hombres? Dicen que Cristo nos fue enviado para mostrarnos el amor de Dios, no su juicio.
Permanecieron algún tiempo en silencio. Luego Uther preguntó:
—¿Dónde aprendisteis tal sabiduría, Igraine? Tenemos santas damas en nuestra iglesia, mas no están desposadas, ni se mueven entre nosotros los pecadores.
—Nací en la Isla de Avalon y mi madre fue sacerdotisa en el Gran Templo que allí hay.
—Avalon —repitió él—. ¿No está eso en el Mar Estival? Estuvisteis esta mañana en el Consejo, así sabéis que iremos allí. Merlín me prometió llevarme ante el Rey Leodegranz y presentarme en su corte, aunque, si Lot de Orkney hace de las suyas, Uriens y yo tendremos que volver a Gales como perros apaleados, con el rabo entre las patas, o tendremos que luchar a sus órdenes y rendirle homenaje, lo cual sólo haré cuando el sol salga sobre la costa occidental de Irlanda.
—Gorlois afirmó que vos seréis el próximo Rey Supremo —dijo Igraine y la conmocionó el imaginar de súbito que se encontraba sentada en una rama junto al próximo Rey Supremo de Bretaña, hablando de religión y asuntos de estado. También él lo sintió así; pudo percibirlo en el tono de su voz cuando dijo:
—Nunca pensé hallarme discutiendo tales asuntos con la esposa del Duque de Cornwall.
—¿Realmente creéis que las mujeres no entendemos de asuntos de estado? —le preguntó—. Mi hermana Viviane, como mi madre antes que ella, es la Señora de Avalon. El Rey Leodegranz, y otros, van a menudo a consultarle sobre el destino de Bretaña.
Uther repuso, sonriendo:
—Tal vez deba consultarle el mejor modo de atraer a Leodegranz y a Ban de la Baja Bretaña a mi bando. Porque si escuchan sus recomendaciones, entonces debo ganarme su confianza. Dime si la Señora está casada y es atractiva.
Igraine rió entre dientes.

—Es una sacerdotisa y las sacerdotisas de la Gran Madre no pueden casarse ni contraer alianza con ningún hombre mortal. Sólo pertenecen a los Dioses. —Y entonces recordó cuanto Viviane le había dicho y que aquel hombre sentado junto a ella en la rama formaba parte de la profecía; se envaró, asustada por lo que había hecho, ¿acaso estaba cayendo por su propio pie en la trampa que Merlín y Viviane le habían tendido?

—¿Qué sucede, Igraine? ¿Tenéis frío? ¿Os asusta la guerra? —inquirió Uther.

Contestó aferrándose a lo primero que se le ocurrió.

—Estuve hablando con las esposas de Uriens y Ectorius, y no parecen demasiado interesadas en asuntos de estado. Pienso que tal vez ése sea el motivo de que Gorlois no crea que yo pueda saber algo sobre estos asuntos.

Uther reía. Dijo:

—Conozco a Lady Flavilla y Lady Gwyneth, y efectivamente lo dejan todo a sus maridos, preocupándose tan sólo de hilar, tejer y dar a luz, esas cosas de mujeres. ¿Os interesan los asuntos de estado, o siendo tan joven como parecéis, demasiado para estar casada, únicamente os preocupa tener hijos?

—Llevo desposada cuatro años —repuso Igraine— y tengo una hija de tres.

—Podría envidiar a Gorlois por eso; todos los hombres quieren hijos que les sucedan. Si Ambrosius hubiera tenido uno, ahora no estaríamos en este embrollo. Ahora... —Uther suspiró—. No me gusta pensar en lo que le sucedería a Bretaña si ese sapo de Orkney llegase a Rey Supremo, o Uriens, quien cree que todo se resuelve enviando un mensajero a Roma. —De nuevo su voz se quebró en un sollozo—. Los hombres dicen que ambiciono ser Rey Supremo, mas renunciaría a todas mis ambiciones porque Ambrosius estuviese sentado en esta rama a nuestro lado, o incluso un hijo suyo, que fuera coronado esta noche en la iglesia. Ambrosius temía lo que iba a ocurrir cuando se marchase. Podría haber muerto el pasado invierno, pero aguardó a que nos pusiéramos de acuerdo sobre su sucesor.

—¿Cómo es que no tiene hijos?

—Oh, sí, tuvo dos hijos. Uno fue muerto por un sajón; se llamaba Constantino, como el rey que convirtió esta isla. Al otro se lo llevó una fiebre devastadora cuando tenía doce años. Repetía una y otra vez que yo me había convertido en el hijo que anhelaba. —Enterró el rostro entre las manos, sollozando de nuevo—. Me habría hecho su heredero, pero los demás reyes no lo hubieran consentido. Aunque me siguieron como duque de guerra, algunos estaban celosos de mi influencia. Lot, maldito sea, era el peor. No es por ambición, Igraine, lo juro, mas quisiera terminar lo que Ambrosius dejó inacabado.

—Creo que todos lo saben —dijo apretándole la mano. Su dolor la dejó petrificada.

—No creo que Ambrosius sea feliz ni siquiera en el Cielo, al mirar hacia abajo y ver el dolor y la confusión de los de aquí; y a los reyes conspirando, cada uno en su intento de ostentar el poder. Me pregunto si hubiese sido su voluntad que yo matara a Lot para evitar complicaciones. En una ocasión nos obligó al juramento de los hermanos de sangre; yo no lo violaré —afirmó Uther. Tenía la cara inundada de lágrimas. Igraine, como hubiese hecho con su hija, se las secó con el leve velo que rodeaba su rostro.

—Sé que haréis lo que vuestro honor exija, Uther. Nadie en quien Ambrosius confiara tanto podría hacerlo de otra forma.

El resplandor de una antorcha iluminó sus ojos; se quedó helada en la rama, el velo todavía sobre la cara de Uther.

Gorlois preguntó con tono acre:

—¿Sois vos, mi señor Pendragón? ¿Habéis visto...? Ah, señora, estás aquí.

Igraine, sintiéndose avergonzada y repentinamente culpable por la acritud de la voz de Gorlois, bajó de la rama. La falda, al engancharse en una protuberancia, se le subió por encima de la rodilla quedando al descubierto hasta las enaguas de lino; las devolvió a su sitio de un tirón, sintiendo cómo el tejido se desgarraba.

—Te creí perdida, ya no estabas en nuestro alojamiento —dijo Gorlois, secamente—. ¿Qué haces aquí, por el amor de Dios?

Uther saltó de la rama. El hombre que se le había revelado sollozando por su perdido rey y padre adoptivo, agobiado por la carga que soportaba, se desvaneció al momento; su tono fue alto y brioso.

—Ya veis, Gorlois, me impacientó toda esa cháchara del sacerdote y vine aquí a buscar aire fresco lejos del parloteo piadoso; y vuestra esposa, que no encontró las necedades de las buenas damas mucho más de su agrado, se encontró aquí conmigo. Señora, os lo agradezco —dijo, con una leve reverencia, y se alejó.

Ella observó su cuidado por mantener el rostro lejos de la antorcha.

Gorlois, a solas con Igraine, la miraba con colérica suspicacia. Dijo, haciéndole señas de que caminara ante él:

—Señora, debes tener cuidado para evitar habladurías; te dije que te mantuvieras apartada de Uther. Su reputación es tal, que no hay mujer casta que debiera ser vista en conversación privada con él.

Igraine se volvió, diciéndole airada:

—¿Es eso lo que piensas de mí, que soy la clase de mujer que se esconde para copular con un hombre extraño como las bestias del campo? ¿Piensas que yacía con él en aquella rama como un pájaro? ¿Quizá quieras inspeccionar mi vestido para ver si está arrugado de yacer con él sobre el suelo?

Gorlois alargó la mano, golpeándola en la boca no muy fuerte.

—Déjate de sagacidades conmigo, mujer. Te dije que lo evitaras, ¡obedéceme! Te creo casta y honesta, mas no te confiaría a ese hombre, ni quiero oírte en boca de mujeres.

—Seguramente no hay mente tan perversa como la de una buena mujer, a no ser la de un clérigo —repuso Igraine, encolerizada. Se palpó la boca en el lugar en que el labio había recibido el golpe de Gorlois—. ¿Cómo te atreves a ponerme la mano encima? Cuando te traicione puedes desollarme, pero no seré castigada por hablar. ¿Crees, por todos los Dioses, que hablábamos de amor?

—¿Y de qué hablabas con ese hombre a estas horas, en nombre de Dios?

—De muchas cosas —contestó Igraine—, y especialmente de Ambrosius en el Cielo; sí, del Cielo, y de lo que uno puede esperar hallar en la otra vida.

Gorlois le dirigió una mirada escéptica.

—Eso lo encuentro inverosímil, cuando él no es capaz de mostrar su respeto por el difunto permaneciendo en la santa misa.

—Le ponían enfermo, como a mí, todos aquellos salmos dolientes, como si estuvieran de luto por el peor de los hombres en vez de por el mejor de los reyes.

—Ante Dios todos los hombres son miserables pecadores, Igraine, y a los ojos de Cristo un rey no es más que otro mortal.

—Sí, sí —dijo ella impaciente—. Ya he oído eso de vuestros sacerdotes y también pierden mucho tiempo y esfuerzo en contarnos que Dios es amor y nuestro bondadoso padre celestial. Mas observo que se guardan mucho de caer en sus manos y se lamentan por aquellos que van a su paz eterna, exactamente igual que por aquellos que van a ser sacrificados ante el sangriento altar del Gran Cuervo. Te digo que Uther y yo hablábamos de lo que los sacerdotes saben sobre el Cielo, que no creo que sea mucho.

—Si tú y Uther hablabais de religión será por cierto la única vez que ese hijo de la sangre lo haya hecho —tronó Gorlois.

Repuso Igraine con verdadero enojo:

—Estaba llorando, Gorlois; llorando al rey que había sido como un padre para él. Y si mostrar respeto por el muerto es sentarse a escuchar los plañidos de un sacerdote, entonces puede que nunca yo tenga tal respeto. Envidio a Uther porque se comportó como un hombre y se levantó marchándose según había decidido. Y ciertamente, si yo hubiese nacido hombre, nunca habría permanecido sentado escuchando pacíficamente tales cosas en la iglesia. Pero no era libre para irme, siendo arrastrada a tal fin por la palabra de un hombre que piensa más en salmos y predicadores que en la muerte.

Alcanzaron la puerta de su alojamiento; Gorlois, con la cara roja de ira, le empujó furiosamente al interior.

—No me hables en ese tono, señora, o te golpearé de verdad.

Igraine se dio cuenta de que le había mostrado sus dientes igual que una hiena, y dijo con voz silbante:

—Atrévete a tocarme, Gorlois, y te demostraré que una hija de la Sagrada Isla no es esclava ni sierva de ningún hombre.

Gorlois abrió la boca en un acceso de cólera y, por un momento, Igraine creyó que la volvería a golpear. En vez de ello, dominó su ira con gran esfuerzo y se apartó.

—No es apropiado que permanezca aquí discutiendo cuando mi rey y señor yace todavía insepulto. Puedes dormir aquí esta noche si no temes estar sola; en caso contrario, te escoltaré a casa de Ectorius para que duermas con Flavilla. Mis hombres y yo ayunaremos y oraremos hasta el amanecer, cuando Ambrosius será rendido en la tierra para descansar.

Igraine le miró con sorpresa y un curioso y creciente desdén. Así pues, por miedo a la sombra del difunto, aunque lo llamasen por otro nombre y lo considerasen respeto, él no comería, ni bebería, ni yacería con mujer hasta que su rey fuese enterrado. Los cristianos decían haberse liberado de las supersticiones de los druidas, mas tenían las suyas propias, e Igraine sentía que éstas eran más angustiosas, al quedar separados de la naturaleza. Súbitamente se alegró de no tener que dormir aquella noche con Gorlois.

—No —dijo—, no temo estar sola.

## IV

Ambrosius fue enterrado al amanecer. Igraine, escoltada por un Gorlois aún silente y enojado, seguía las ceremonias con un extraño desinterés. Durante cuatro años había procurado comprometerse con la religión que Gorlois seguía. Ahora sabía que, aunque mostrase un cortés respeto a su religión para no ofenderlo y, de hecho, en esto seguía las primeras enseñanzas que había recibido y que decían que todos los Dioses eran uno y que nadie debe nunca burlarse del nombre por el que otro reconoce a un Dios, nunca intentaría ser tan piadosa como él. Una mujer debe seguir a los Dioses de su marido y ella pretendía hacerlo de manera correcta y decorosa, pero nunca volvería a esforzarse como hasta entonces.

Vio a Uther durante las exequias; tenía aspecto macilento y fatigado, los ojos enrojecidos como si él también hubiese ayunado y velado; y de alguna forma, aquella visión conmovió su corazón. Pobre hombre, sin nadie que se cuide de que ayune o que le diga que es absurdo hacerlo, como si el muerto se demorase junto a los vivos para ver cómo se comportaban, y pudiera estar celoso de verlos comer y beber. Podía jurar que el Rey Uriens no había hecho semejante tontería; tenía buen aspecto y parecía descansado. De pronto deseó ser tan vieja y sabia como la esposa de Uriens, quien podía hablar con su marido y aconsejarle lo que debía hacer en tales cuestiones.

Tras el entierro, Gorlois llevó de vuelta a Igraine al alojamiento y allí rompió el ayuno con ella, mas seguía silencioso y sombrío; e inmediatamente después se excusó.

—Debo asistir al Consejo —anunció—. Lot y Uther estarán disputando y de alguna forma he de ayudarles a recordar lo que Ambrosius deseaba. Lamento dejarte sola aquí, pero enviaré a un hombre para que te escolte por la ciudad, si así lo quieres. —Le dio una pieza de dinero acuñado instándola a que se comprase alguna bagatela de su gusto y le dijo que el hombre le llevaría asimismo la bolsa, por si decidía comprar especias u otras cosas para la casa de Cornwall.

—Porque no hay ninguna razón para que habiendo venido hasta tan lejos no obtengas algunas de las cosas que te sean necesarias. No soy un hombre pobre y puedes comprar lo que te sea indispensable para bien mantener el hogar, sin consultarme. Recuerda que confío en ti, Igraine —dijo, y tomándole el rostro con las manos la besó. Aunque no lo expresó así, sabía que trataba de disculparse por su suspicacia y por su violenta reacción, y su corazón se ablandó. Le devolvió el beso con auténtica ternura.

Era apasionante recorrer los grandes mercados de Londinium; sucia y hedionda como la ciudad era, parecía como cuatro o cinco ferias de la cosecha en una. El estandarte de Gorlois, portado por su soldado, evitaba que le dieran codazos, aunque intimidaba un poco recorrer la enorme plaza del mercado con cien vendedores pregonando sus mercancías. Todo cuanto veía le parecía nuevo y hermoso, deseable, pero resolvió que vería todo el mercado antes de comprar nada. Luego compró especias y una medida de fina lana tejida de las islas, mucho más fina que la de Cornwall. Gorlois tendría una nueva capa aquel año. Empezaría a coser el dobladillo tan pronto estuviese de vuelta en Tintagel. También se compró para sí misma algunas pequeñas madejas de seda teñida; sería agradable tejer tan brillantes colores, descansado y placentero para sus manos tras la aspereza de la lana y el lino. Enseñaría a Morgause también. Sería estupendo, el próximo año, enseñar a Morgana a hilar; si realmente le daba a Gorlois un hijo, para el próximo año se sentiría pesada y sin deseos de moverse, y podría sentarse a enseñar a hilar a su hija. Cuatro años eran ciertamente la edad apropiada para empezar a manejar el huso y enhebrar el hilo, aun cuando la hebra sólo sirviese para coser fardos para el tinte.

También compró algunas cintas de colores; quedarían muy bonitas en el vestido de fiesta de Morgana, y siempre podía quitarlas de cada vestido según la niña fuera creciendo cosiéndolas al cuello y mangas del nuevo. Era adecuado, ahora que era lo bastante mayor para no ensuciarse la ropa, que fuese vestida correctamente como hija del Duque de Cornwall.

El mercado estaba haciendo un gran negocio. A distancia, vio a la esposa del Rey Uriens, y a otras señoras lujosamente vestidas, y se preguntó si había algún hombre en el Consejo que no hubiese enviado a su esposa de compras a los mercados de Londinium aquella mañana en que los debates arreciarían. Igraine se compró unas hebillas plateadas para los zapatos; aunque sabía que en Cornwall hubiera podido comprar algo igualmente bonito, le resultaba atractivo ponerle hebillas al calzado procedentes de Londinium. Pero cuando el comerciante intentó venderle un broche con una piedra de ámbar rodeada de plata filigranada, rehusó, escandalizada por haber gastado casi todo el dinero. Tenía sed, y el muestrario de vendedores de sidra y pastelillos la tentaba, pero le pareció incorrecto sentarse a comer en el mercado como un perro. Le dijo a su acompañante que la llevara de regreso al alojamiento, decidiendo que tomaría allí un poco de pan, queso y cerveza. El hombre parecía contrariado, así pues le dio una de las pequeñas monedas que le habían sobrado tras las compras y le dijo que tomara una jarra de sidra o cerveza si le apetecía.

Ya de vuelta, se sintió cansada y tomó asiento apáticamente mirando las bolsas. Le habría gustado comenzar a trabajar en seguida en los dobladillos, pero eso debía esperar hasta que volviera a su pequeño telar. Había llevado consigo alguna labor, pero se sintió demasiado desganada para dedicarse a ella; así pues permaneció mirando sus cosas hasta que Gorlois, con aspecto fatigado, entró. Intentó interesarse en cuanto ella había comprado, encomiando su austeridad, pero pudo comprender fácilmente que tenía la mente en otra parte, aunque admirase las cintas para el vestido de Morgana y le comentase que había hecho bien al comprar las hebillas plateadas.

—También deberías tener un peine de plata y quizá un nuevo espejo, porque el antiguo de bronce está empañado. Puedes cedérselo a Morgana que ya es una niña crecida. Ve mañana a elegir uno, si lo deseas.

—¿Habrá otra reunión del Consejo?

—Me temo que sí, y probablemente otra y otra, hasta que podamos convencer a Lot y a los demás para que cumplan con la voluntad de Ambrosius, aceptando a Uther como Rey Supremo. —Gorlois masculló—: ¡Son todos unos tercos asnos! Si Ambrosius hubiese dejado un hijo, todos le juraríamos lealtad como Rey Supremo, escogiendo a un duque de guerra por sus proezas en el campo de batalla. Sería, indiscutiblemente, Uther; incluso Lot lo sabe. Mas tiene la condenada ambición de ser Rey Supremo y sólo considera que sería bueno para él llevar una corona y tomarnos juramento a todos. Y hay hombres del norte que difícilmente pueden tener un candidato propio y, por consiguiente, apoyan a Lot. De hecho, creo que si finalmente fuera elegido Uther, todos los reyes del norte, excepto tal vez Uriens, se volverían sin jurar fidelidad. Pero, aunque fuera por mantener la lealtad de los reyes del norte, yo no prestaría juramento para ser un hombre de Lot. ¡No me fiaría de él en ninguna circunstancia! —Se encogió de hombros—. Todo esto ha de resultar aburrido a los oídos de una mujer, Igraine. Ponme algo de pan y carne fría, ten la bondad. No dormí nada en absoluto la pasada noche y estoy cansado como si llevase todo el día en campaña. Discutir es un trabajo agotador.

Ella comenzó a decirle que lo encontraba interesante, luego se encogió de hombros y lo dejó. No iba a humillarse solicitándole que le contase historias, como si fuese una niña que pide un cuento para dormirse. Si debía descubrir lo que ocurría por los chismes de los vendedores del mercado, así lo haría. El debía de estar cansado y no deseaba nada más que dormir.

Yacía desvelada a su lado, era muy tarde, y se sorprendió pensando en Uther. ¿Cómo se sentiría sabiendo que era el elegido de Ambrosius para Rey Supremo y que tendría que imponer tal elección, probablemente con la espada? Se revolvió impaciente, preguntándose si Merlín de veras le había hecho algún encantamiento para que no pudiera dejar de pensar en Uther. Al fin se deslizó en el sueño y, en tal país, vio el manzanar donde habló con Uther y donde secó sus lágrimas con el velo. Ahora, en sueños, él asía el extremo del velo, acercándola y encontrando con su boca la de ella; había dulzura en tal beso, una dulzura que nunca había sentido en todo el tiempo pasado con Gorlois, y se encontró correspondiendo al beso, sintiendo que todo su cuerpo se disolvía en él. Se miró en sus ojos azules y pensó en sueños: *Siempre he sido una niña, nunca he sabido hasta este momento lo que significa ser mujer.*

—Nunca he sabido lo que es amar— dijo.

La atrajo más hacia él, y la cubrió con su cuerpo. Igraine, sintiendo una calidez y una dulzura que la sofocaban, nuevamente avanzó su boca hacia la de él y despertó llena de asombro, para descubrir que Gorlois la había rodeado con los brazos mientras dormía. La placidez del sueño continuaba en su cuerpo, así pues puso los brazos en torno al cuello de Gorlois en adormecida obediencia, pero de inmediato volvió a impacientarse, aguardando a que él hiciera lo debido y volviera a caer en un sueño pesado y quejumbroso. Permaneció despierta hasta el alba, preguntándose qué le había sucedido.

El Consejo continuó durante toda aquella semana y cada noche Gorlois volvía a casa demacrado e iracundo, hastiado de disputas. Una vez prorrumpió:

—Nos sentamos aquí a discutir mientras en las costas los sajones pueden estar preparándose para contender contra nosotros. Hasta los necios saben que nuestra seguridad depende de cómo las tropas aliadas mantengan las costas sajonas y que no seguiremos a ningún otro hombre que a Uther. ¿Tanta inquina tiene Lot contra Uther que preferiría seguir a un jefe pintarrajeado que adora al Dios Caballo?

Hasta los placeres del mercado habían palidecido. Llovió durante toda la semana e Igraine, que había comprado algunas agujas en su segunda visita, se sentaba a remendar las prendas de Gorlois y las suyas, echando de menos su telar para hacer finos tejidos. Tomó algunas de las prendas que había comprado y comenzó a hacer toallas, bastillándolas y orlándolas con hebras de colores. A la segunda semana le llegó la menstruación, haciendo que se sintiera aciaga y traicionada; Gorlois, después de todo, no la había fecundado con el hijo que deseaba. Como no tenía aún veinte años, difícilmente podía ser ya estéril. Se acordó de un viejo cuento que una vez escuchara, sobre mujer casada con un anciano que no le dio hijos hasta que una noche se escabulló para yacer con un pastor en el campo y su viejo marido quedó complacido por un hijo tan saludable. Si era estéril, pensó Igraine con resentimiento, no podía ser más que culpa de Gorlois. Era viejo, y su sangre estaba debilitada por años de guerra y campañas. Y luego recordó el sueño entre culpable y consternada. Merlín y Viviane le habían anunciado que concebiría un hijo para el Rey Supremo, uno que aliviaría la tierra de tantas disputas. El propio Gorlois dijo que si Ambrosius hubiera dejado descendiente, no existirían todas estas querellas. De ser Uther elegido Rey Supremo, le sería realmente necesario tener un hijo de inmediato.

Yo soy joven y saludable, si fuera su reina le daría un descendiente... Y cuando de nuevo llegó a este punto, rompió a llorar con repentina e inexorable desesperación. Estoy casada con un viejo y mi vida ha terminado a los diecinueve años. Igual me daría ser vieja, sin que ya me importase vivir o morir, buena tan sólo para sentarme ante el fuego pensando en la muerte. Se fue al lecho, diciéndole a Gorlois que estaba enferma.

Un día de aquella semana, Merlín fue a sus aposentos mientras Gorlois estaba en el Consejo. Sintió deseos de descargar la rabia y la frustración sobre él, que había comenzado todo aquello, porque ella estaba contenta y resignada con su suerte hasta que él apareció para inquietarla. Pero era impensable hablarle en ese tono a Merlín de Bretaña, siendo su padre o no.

—Gorlois me ha dicho que estás enferma, Igraine, ¿puedo hacer algo para ayudarte con mis artes curatorias?

Le miró angustiada.

—Sólo si pudieras rejuvenecerme. ¡Me siento tan vieja, Padre, tan vieja!

Le acarició los brillantes bucles cobrizos diciendo:

—No veo canas en tu cabello ni arrugas en tu rostro, hija mía.

—Pero mi vida ha concluido, soy una mujer envejecida, la esposa de un anciano...

—Calla, calla —la calmó—, estás cansada y enferma, te sentirás mejor cuando la luna cambie de nuevo, probablemente. Es mejor así, Igraine —le dijo, mirándola penetrantemente y, de pronto, ella supo que había leído sus pensamientos; fue como si le hablase directamente a la mente, repitiendo lo que ya le dijera en Tintagel: *No le darás ningún hijo a Gorlois.*

Le acarició el revuelto cabello.

—Dormir es ahora la mejor medicina para tu enfermedad, Igraine. Y los sueños son el verdadero remedio para cuanto te aflige. Yo, que soy experto en sueños, te enviaré uno para sanarte. —Extendió la mano para bendecirla y se alejó.

Se preguntaba si algo que él hubiera hecho o algún hechizo realizado por Viviane era el causante, quizá después de todo ella había concebido la hija de Gorlois debido a esto; tales cosas ocurrían. No podía imaginar a Merlín alterando su cerveza con hierbas y pócimas, mas acaso con su poder le era posible asegurarlo mediante magia o hechizos. Y luego pensó que quizá fuera para bien. Gorlois era viejo, había visto la sombra de su muerte, ¿querría criar a un hijo suyo sola? Cuando Gorlois regresó a los aposentos aquella noche, le pareció que una vez más podía distinguir agazapada tras él la sombra de la pavorosa señal de la muerte que estaba esperándolo, un tajo de espada sobre el ojo, el rostro macilento por el quebranto y la desesperación. Retiró la vista de su rostro sintiendo, cuando la tocó, que era abrazada por un cadáver.

—Vamos, querida, no estés tan lúgubre —la sosegó Gorlois, sentándose a su lado en el lecho—. Sé que estás enferma y te sientes desgraciada, debes echar de menos tu hogar y tu hija, pero ya no durará mucho. Tengo noticias para ti, escucha y te las contaré.

—¿Está más propicio el Consejo para elegir un rey?

—Tal vez —respondió Gorlois—, ¿no has oído la algarabía en las calles esta tarde? Bien, Lot Orkney y los reyes del norte han partido; ya están de acuerdo, no elegirán a Lot como Rey Supremo hasta que el sol y la luna salgan juntos por el oeste y, por tanto, se han marchado dejándonos a los demás que hagamos lo que Ambrosius hubiese deseado. Si yo fuese Uther, y se lo he recalcado, no caminaría solo después de anochecer; Lot se marchó como una alimaña a la que han cortado el rabo y no le creo incapaz de resarcir su herido orgullo enviando a alguien con una daga tras los talones de Uther.

Ella susurró:

—¿De veras crees que Lot puede tratar de matar a Uther?

—Bueno, no es rival para Uther en una lucha. Un cuchillo por la espalda sería el procedimiento de Lot. Me alegro de que no sea uno de los nuestros, aunque mi mente estaría más tranquila si Lot hubiese jurado guardar la paz. Un juramento sobre alguna santa reliquia le impediría desacatarlo; pero incluso en ese caso, le vigilaría —dijo Gorlois.

Cuando estuvieron en el lecho, él intentó acercarse, pero ella lo rechazó.

—Tal vez otro día —dijo y, suspirando, dio la vuelta y cayó instantáneamente dormido.

No le iba a ser posible, pensó Igraine, seguir rechazándolo mucho tiempo. El horror volvía sobre ella ahora, tras haber vuelto a ver la fatídica señal. Se dijo a sí misma que ocurriera lo que ocurriese, seguiría siendo una obediente esposa para el honorable hombre que tan bondadoso había sido con ella. Y eso le llevó el recuerdo de la estancia en la que Viviane y Merlín habían frustrado toda su seguridad y paz. Sintió cómo las lágrimas brotaban desde muy dentro, pero procuró sofocar los sollozos porque no deseaba despertar a Gorlois.

Merlín había dicho que le enviaría un sueño para remediar su miseria, y ciertamente todo había empezado con un sueño. No quería dormir por el temor de que otro sueño llegase a perturbar la poca paz que había encontrado, porque sabía que destrozaría su vida si lo aceptaba, convirtiendo en añicos la promesa. Y aun no siendo cristiana, había escuchado bastante sus prédicas como para saber que esto era, según sus cánones, un pecado grave.

*Si Gorlois estuviese muerto...* Igraine contuvo la respiración en un espasmo de dolor; por vez primera se había permitido tal pensamiento. ¿Cómo podía desear la muerte a su marido, al padre de su hija? ¿Cómo podía saber si, aunque Gorlois no se interpusiese entre ellos, Uther la amaría? ¿Cómo podía yacer con un hombre deseando a otro?

*Viviane habló como si esta clase de cosas ocurriese a menudo... ¿es que sigo siendo una niña ingenua y no soy consciente de ello?*

*No dormiré para no soñar...*

Si continuaba removiéndose, pensó Igraine, despertaría a Gorlois. Si lloraba, él querría saber el porqué. Y, ¿qué podría contarle? Silenciosamente, Igraine se deslizó fuera del lecho y, cubriéndose el cuerpo con la larga capa, fue a sentarse junto a los rescoldos del agonizante fuego.

¿Por qué, se preguntó mirando fijamente las llamas, debe Merlín de Bretaña, sacerdote druida, consejero de reyes, Mensajero de los Dioses, entrometerse de este modo en la vida de una joven? ¿Y qué hacía un sacerdote druida como consejero real en una corte cristiana?

*Si considero tan sabio a Merlín, ¿por qué no estoy cumpliendo su voluntad?*

Sus ojos se cansaron de mirar el agonizante hogar y se preguntó si debía volver y echarse junto a Gorlois o levantarse y pasear, para no dormir arriesgándose al prometido sueño de Merlín.

Se puso en pie y cruzó en silencio la habitación hacia la puerta de la casa. En su estado presente, no se sorprendió del todo al mirar y ver que su cuerpo aún seguía sentado, envuelto en la capa ante los rescoldos. No se preocupó de quitar el cerrojo de la puerta de la habitación ni, posteriormente, la gran falleba de la puerta principal, sino que se limitó a deslizarse como un fantasma.

Ya en el exterior, el patio de la casa del amigo de Gorlois había desaparecido. Se encontró en un llano, donde un anillo de piedras se erguía en un gran círculo, iluminado por la naciente luz del alba... no; aquella luz no procedía del sol, sino de un gran incendio al este, que hacía que el cielo pareciera cubierto de llamas.

Al oeste, donde se hallaban las perdidas tierras de Lyonnesse e Ys y la gran isla de Atlas-Alamesios, o Atlántida, el olvidado reino marino. Allí realmente había estado el gran fuego que arrasó las montañas e hizo que pereciaran cien mil hombres, mujeres y niños en una sola noche.

—Pero los sacerdotes sabían —dijo una voz a su lado—. Durante los últimos cien años han estado construyendo el templo estelar aquí en los llanos para no perder la cuenta del paso de las estaciones o la llegada de los eclipses de sol y luna. Este pueblo de aquí nada sabe de estas cosas, pero sabe que nosotros somos sabios, los sacerdotes y sacerdotisas del otro lado del mar, y edificarán para nosotros, como ya hicieran antes...

Igraine miró sin sorprenderse la figura de túnica azul

que estaba a su lado, y aunque su cara era muy diferente, y lucía un alto y extraño tocado coronado de serpientes, rodeando sus brazos de serpientes doradas, sus ojos eran los de Uther Pendragón.

El viento se hizo más frío en el altiplano donde el círculo de piedras aguardaba al sol, que ascendía sobre el tocón de piedra. Nunca Igraine había visto con los ojos de su cuerpo mortal el Templo del Sol, en Salisbury, porque los druidas no se acercaban a él. ¿Quién, se preguntaban, podía adorar a los Dioses Mayores prescindiendo de los Dioses en un templo levantado por manos humanas? Y así, oficiaban sus ritos en arboledas plantadas por las manos de los Dioses. Pero, cuando ella era una muchacha, Viviane le había hablado de él, diciéndole que estaba exactamente calculado, mediante artes hoy perdidas, para que incluso aquellos que no conocían los secretos de los sacerdotes pudieran predecir eclipses y trazar el movimiento de las estrellas y estaciones.

Igraine supo que Uther, si era efectivamente Uther aquel hombre alto, ataviado con las prendas de un sacerdocio extinguido siglos atrás en una tierra considerada ahora legendaria, estaba mirando el flamígero cielo del oeste.

—Así pues, has venido finalmente como nos anunciaron —dijo él, rodeándole los hombros con el brazo—. Nunca lo creí realmente hasta este momento, Morgana.

Por un instante, Igraine, esposa de Gorlois, se preguntó por qué aquel hombre la llamaba por el nombre de su hija; incluso mientras formaba la pregunta en su mente supo que «Morgana» no era un nombre, sino la denominación de una sacerdotisa, cuyo significado era «mujer de los mares», en una religión tan antigua que incluso Merlín de Bretaña habría considerado legendaria, casi la sombra de una leyenda.

Se oyó a sí misma decir, sin quererlo:

—También yo creía imposible, que Lyonnesse, Ahtarrath y Ruta hubieran de caer desapareciendo como si nunca hubieran existido. ¿Crees que es cierto que los

Dioses están castigando a la tierra de Atlántida por sus pecados?

—No creo que los Dioses obren así —dijo el hombre que estaba a su lado—. La tierra tiembla en el gran océano más allá del océano que conocemos, y aunque el pueblo de Atlántida hable de las perdidas tierras en Mu e Hy Brasil, sigo pensando que en el mayor de los océanos, más allá de la puesta del sol, la tierra se agita y las islas se alzan y desaparecen incluso donde la gente nada sabe de pecados y maldad, sino que viven en el estado de inocencia anterior al otorgamiento que nos hicieron los Dioses de la capacidad de discernir entre el bien y el mal. Y si los Dioses de la tierra descargaran su cólera igualmente sobre los inocentes y los pecadores, esta destrucción no puede ser un castigo por los pecados, sino algo inherente a toda la naturaleza. No sé si hay algún propósito en esta destrucción o si la tierra aún no se ha asentado en su forma definitiva, del mismo modo en que los hombres y mujeres no somos todavía perfectos. Tal vez también la tierra pugne por desarrollar su alma y perfeccionarse a sí misma. No lo sé, Morgana. Estos son asuntos para los más Iniciados. Sólo sé que hemos divulgado los secretos de los templos que habíamos prometido guardar; por tanto, somos perjuros.

—Pero los sacerdotes nos incitaron a hacerlo —dijo ella, estremeciéndose.

—Ningún sacerdote puede absolvernos por romper tal juramento, porque una palabra dada a los Dioses permanece a través de los tiempos, así pues habremos de sufrir por ella. No era justo que todo el conocimiento de nuestros templos se perdiera bajo las aguas, y por eso fuimos enviados a difundir la sabiduría, sabiendo con certeza que hemos de sufrir, vida tras vida, por romper aquel voto. Así debe ser, hermana mía.

Ella repuso con resentimiento.

—¿Por qué tenemos que ser castigados en esta vida por algo que nos incitaron a hacer? ¿Consideran justo los sacerdotes que debamos sufrir por obedecerlos?

—No —contestó el hombre—, pero recuerda el juramento que hicimos... —y su voz se quebró de repente—. Lo que juramos en un templo ahora sepultado por el mar, donde el gran Orión no volverá a gobernar. Juramos compartir su sino, el sino de quien robó el fuego a los dioses, para que el hombre no tuviera que vivir en las tinieblas. Grandes bienes son consecuencia de aquel regalo, mas también grandes males, porque el hombre ha aprendido los malos usos y la perversidad... Y así, quien robó el fuego, aunque su nombre sea reverenciado en todo templo por haber traído la luz a la humanidad, sufre para siempre los tormentos a los que está encadenado y el buitre seguirá por siempre devorándole las entrañas... Tales cosas son misterios: un hombre puede obedecer ciegamente a los sacerdotes y las leyes que éstos promulgan, vivir en la ignorancia o desobedecer voluntariamente siguiendo al traedor de la Luz y soportar los sufrimientos de la Rueda de las Reencarnaciones. Y mira... —Señaló hacia arriba, donde se mecía la figura del Mayor que los Dioses, con las tres estrellas de la pureza, la rectitud y el albedrío en su cinturón—. Ahí permanece, aunque su templo haya desaparecido; y mira, allí la Rueda gira en su sendero rotatorio, aunque la Tierra abajo pueda retorcerse en el tormento, y empuje a templos y a ciudades y a la humanidad hacia una muerte terrible. Aquí hemos levantado un nuevo templo, para que su sabiduría nunca tenga que morir.

El hombre a quien en su interior reconocía como Uther, la rodeó con el brazo y fue consciente de que estaba llorando. La obligó a levantar el rostro y la besó, ella sintió el sabor de sus propias lágrimas en los labios. El dijo:

—No puedo arrepentirme de esto. Nos dicen en el templo que el verdadero gozo sólo se encuentra estando libre de la Rueda, que es muerte y renacimiento; que hemos de despreciar el gozo y el sufrimiento terrenales, anhelando sólo la paz en presencia de lo eterno. Mas amo esta vida en la Tierra, Morgana, y te amo con un amor que es más poderoso que la muerte, y si el pecado es el precio de nuestra unión, vida tras vida a través de generaciones, pecaré gozosamente y sin remordimientos, de forma que esto me lleve de vuelta a ti, amada mía.

Nunca en toda su existencia había conocido Igraine un beso tan apasionado como aquél, y además parecía como si alguna esencia más allá del mero deseo los mantuviera unidos. En aquel momento recordó dónde había conocido a aquel hombre anteriormente y a su mente llegó el recuerdo de los grandes pilares de mármol y las doradas escalinatas del Templo de Orión, y de la Ciudad de la Serpiente situada abajo, con la avenida de las esfinges, bestias con cuerpo de león y rostros de mujer, que señalan el gran camino hacia el Templo... y ellos estaban sobre un pelado llano, con un anillo de piedras sin tallar, y un fuego en el oeste que era la feneciente luz de la tierra en que nacieron, donde moraron en el Templo desde niños y donde se habían unido en el fuego sagrado para no separarse mientras vivieran. Y ahora habían hecho aquello que los uniría también más allá de la muerte...

—Amo esta tierra —dijo él de nuevo con apasionamiento—. Aquí nos hallamos donde los templos son hechos de piedra sin labrar, y no de plata, oro y latón; pero yo amo a esta tierra hasta el punto de que daría mi vida voluntariamente para preservarla, esta fría tierra en la que el sol nunca brilla.... —Y se estremeció bajo la capa; pero Igraine le hizo volverse, quedando ambos de espaldas a los fenecientes fuegos de Atlántida.

—Mira al este —dijo ella—; desde siempre, mientras la luz muere al derivar hacia el oeste, la promesa del renacimiento viene del este. —Y permanecieron abrazados mientras el sol refulgía, creciendo tras la silueta de la gran piedra.

El hombre susurró:

—Este es ciertamente el gran ciclo de la vida y la muerte... —Y mientras hablaba la atrajo hacia sí—. Vendrá un día en el que la gente olvide y esto no sea más que un anillo de piedras. Pero yo recordaré y volveré a ti, amada, lo juro.

Y entonces oyó la voz de Merlín diciendo lóbregamente:
—Ten cuidado con lo que pides, porque ciertamente te será concedido.

Y volvió el silencio; e Igraine se encontró, desnuda, envuelta sólo en la capa, acurrucada ante las ya frías cenizas del fuego de su habitación, en el alojamiento y con Gorlois roncando levemente en el lecho.

Estremeciéndose, se envolvió más en la capa y se deslizó, helada hasta los huesos, de nuevo en el lecho, buscando un poco de calor. Morgana. ¿Le había puesto ese nombre a la niña porque había sido su propio nombre una vez? ¿Se trataba sólo de un sueño extravagante enviado por Merlín para convencerla de que había conocido a Uther Pendragón en alguna vida anterior?

Pero aquello no había sido un sueño; los sueños son confusos, grotescos, un mundo en el que todo es ridículo e ilusorio. Sabía que de alguna forma había recorrido la Tierra de la Verdad, donde el alma va cuando el cuerpo está en otra parte y, de alguna forma, se había traído de vuelta, no un sueño sino un recuerdo.

Al menos una cosa estaba clara. Si ella y Uther se habían conocido, amándose mutuamente, en el pasado, esto explicaba por qué sentía una sensación de familiaridad tan acusada cuando estaba a su lado, por qué no le pareció un extraño, por qué incluso sus torpes, o atolondradas, maneras no le parecían molestas, sino parte de la persona que él era y siempre había sido. Recordó la ternura con qeu había enjugado sus lágrimas con el velo, sabiendo ahora lo que había pensado: *Sí, él siempre ha sido así*. Impulsivo, desmañado, precipitándose hacia lo que desea, sin sopesar el coste.

¿Realmente habían traído a esta tierra los secretos de una sabiduría desaparecida desde hacía generaciones cuando las tierras fueron nuevamente sepultadas por el océano occidental, y juntos sufrieron los castigos por aquella traición al juramento? ¿*Castigos?* Y entonces, sin saber por qué, recordó que el volver a nacer a la vida humana era el castigo, vivir en un cuerpo humano en vez de en una paz interminable. Los labios se le curvaron en una sonrisa al pensar: *¿Es un castigo o una recompensa vivir en este cuerpo?* Ya que, pensar en el repentino despertar de su cuerpo en brazos del hombre que era, o sería, o fue una vez, Uther Pendragón, supo como nunca había sabido antes de entonces que, dijeran lo que dijesen los sacerdotes, vivir, naciendo o renaciendo, en su cuerpo, era suficiente recompensa.

Se ovilló aún más en el lecho para yacer, ya sin sueño, mirando a la oscuridad, con una sonrisa en los labios. Así pues Viviane y Merlín sabían, quizá lo que para ella supondría conocer que estaba ligada a Uther por un lazo tan poderoso que hacía de su atadura con Gorlois algo meramente superficial y momentáneo. Haría lo que ellos deseaban; era parte de su destino. Ella y el hombre a quien reconocía como Uther se habían ligado, muchas vidas atrás, al destino de esta tierra, adonde habían llegado cuando el Viejo Templo fue sepultado. Ahora, cuando los Misterios volvían a estar una vez más en peligro, esta vez a causa de las hordas de bárbaros y salvajes del norte, retornaban juntos. Le era dado concebir a uno de los grandes héroes que, según decían, volvían a la vida cuando eran necesitados, el rey que fue y es y volverá para salvar a su pueblo... Incluso los cristianos tenían una versión de esta historia, diciendo que, antes de nacer Jesús le llegaron a su madre advertencias y profecías de que daría a luz un rey. Se sonrió en la oscuridad, agradeciéndole al sino que la hiciera reunirse con el hombre al que había amado tantos siglos antes. ¿Gorlois? ¿Qué tenía que ver Gorlois con su sino, excepto al haberla preparado para él? De otra forma habría sido demasiado inexperta para comprender cuanto le había ocurrido.

*En esta vida no soy una sacerdotisa. Sé que todavía soy una niña obediente para con mi destino; como todos los hombres y mujeres deben ser.*

*Y para los sacerdotes y sacerdotisas no existe el vínculo del matrimonio. Se dan a sí mismos como deben, según la voluntad de los Dioses, para engendrar a quienes son cruciales en los destinos de la humanidad.*

Pensó en la gran constelación llamada la Rueda, en el norte. Los campesinos la llamaban el Carro, o la Osa Mayor, dando lentamente vueltas y vueltas al norte de las estrellas; mas Igraine sabía que simbolizaba, en su ir y venir, la interminable Rueda del Nacimiento, Muerte, Renacimiento. Y el Gigante que recorre el cielo con la espada pendiendo de su cinturón... Por un instante a Igraine le pareció ver al héroe que había de venir, con una gran espada en la mano, la espada del vencedor. Los sacerdotes de la Isla Sagrada se asegurarían de que portara una espada, una espada legendaria.

A su lado Gorlois se agitó intentando alcanzarla, y ella fue obediente hacia sus brazos. Su repulsión se había tornado ternura y lástima, ya que no temía que la obligase utilizando a la indeseada hija. Ese no era su destino. Pobre hombre condenado, sin parte alguna en aquel misterio. El era de los que no nacen más que una vez; o, en caso contrario, no recordaba, y ella se alegraba de que tuviera el consuelo de su fe.

Más tarde, cuando se levantaron, se oyó a sí misma cantar y Gorlois la miró con curiosidad.

—Parece que estás bien de nuevo —dijo él, y ella sonrió.

—Pues sí —le respondió—, nunca me he encontrado mejor.

—Entonces la medicina de Merlín te ha sanado —dijo Gorlois, y ella sonrió sin responder.

# V

Hacía varios días que en la ciudad sólo se hablaba, o al menos lo parecía, de que Lot de Orkney se había retirado hacia el norte. Se temía que esto retrasara la elección final; pero, sólo tres días más tarde, Gorlois volvió al alojamiento donde Igraine estaba dando las últimas puntadas a un nuevo vestido hecho con la tela de lana comprada en el mercado, para decir que el Consejo de Ambrosius había hecho lo que ya sabían que tenían que hacer, lo que Ambrosius habría deseado, eligiendo a Uther Pendragón para gobernar toda Bretaña como Rey Supremo entre los reyes de la tierra.

—Pero, ¿qué ocurre con el norte? —inquirió ella.

—De alguna forma ha de hacer que Lot entre en razón o luchará contra él —respondió Gorlois—. No me gusta Uther, pero es el mejor guerrero que tenemos. No temo a Lot y estoy seguro de que Uther tampoco le teme.

Igraine sintió el viejo alentar de la Visión, sabiendo que Lot tendría un gran papel en los años venideros... pero se mantuvo indiferente; Gorlois le había hecho ver claro que no le gustaba oírla hablar de los asuntos de los hombres, y no iba a discutir con un hombre condenado en el poco tiempo que le restaba.

—Veo que tu nuevo vestido está terminado. Te lo pondrás, si lo deseas, cuando Uther sea hecho Rey Supremo en la iglesia y coronado; más tarde departirá con los asistentes y sus esposas antes de ir hacia el oeste, donde será entronizado —dijo—. Lleva el nombre de Pendragón, Gran Dragón, por su estandarte, y allí tienen algunos rituales supersticiosos sobre dragones y coronas.

—El dragón equivale a la serpiente —aclaró Igraine—. Un símbolo de sabiduría; un símbolo druida.

Gorlois frunció el ceño, disgustado, diciendo que lo impacientaban tales símbolos en un país cristiano. La unción de un obispo debería ser suficiente para ellos.

—Pero toda la gente no es digna de los Misterios más elevados —repuso Igraine. Esto lo aprendió siendo niña en la Sagrada Isla y, desde el sueño de Atlántida, le parecía que todas las tempranas enseñanzas sobre los Misterios, que creía haber olvidado, asumían un nuevo significado y profundidad en su mente—. Los hombres sabios saben que los símbolos no son necesarios, mas el pueblo de la campiña necesita dragones voladores en una coronación, al igual que necesitan los fuegos de Beltane, y el Gran Matrimonio en el que un rey se desposa con la Tierra.

—Esas cosas están prohibidas para un cristiano —dijo Gorlois adusto—. El Apóstol lo ha dicho, bajo el cielo sólo hay un nombre por el que podemos salvarnos, y todos esos símbolos y signos son perversos. No me sorprendería oír decir que Uther, ese hombre impío, se enreda en esos salaces ritos paganos, prestándose al destino de los ignorantes. Espero, algún día, ver en Bretaña a un Rey Supremo que sólo guarde los ritos cristianos.

Igraine sonrió y dijo:

—No creo que ninguno de los dos vivamos para ver ese día, esposo mío. Incluso el Apóstol, en vuestros santos libros, escribió que para el niño es la leche y para los hombres fuertes es la carne; y el pueblo llano, de un solo nacimiento, tiene necesidad del Santo Pozo, las guirnaldas primaverales y las danzas rituales. Sería un triste día para Bretaña si no ardiese ningún fuego de Navidad y ninguna guirnalda cayera en el Manantial Sagrado.

—Incluso los diablos pueden citar las santas palabras

erradamente —dijo Gorlois, aunque no enojado—. Quizás a eso se refería el Apóstol al decir que las mujeres deberían guardar silencio en las iglesias, ya que tienden a caer en tales errores. Cuando seas mayor y más sabia, Igraine, lo comprenderás. Mientras, puedes arreglarte tanto como desees para los servicios de la iglesia y la celebración posterior.

Igraine se vistió con el nuevo traje, y se cepilló el pelo hasta que adquirió brillo de cobre. Cuando se contempló en el espejo de plata, que Gorlois mandó finalmente traer del mercado, se preguntó en un repentino acceso de desaliento si Uther se había fijado siquiera en ella. Era hermosa, sí, pero había otras mujeres tan hermosas como ella y más jóvenes, no casadas y con hijos, ¿por qué iba a quererla a *ella*, vieja y usada?

Durante las largas ceremonias en la iglesia observó con gran atención cómo Uther era armado y ungido por su obispo. Por una vez los salmos no fueron los dolientes himnos del castigo divino, sino cantos de alegría, alabanzas y ofrecimientos de gracias, y las campanas sonaron jubilosas en vez de airadas. Más tarde, en la casa que fuera el cuartel general de Ambrosius, donde había golosinas y vino, comenzó la gran ceremonia cuando, uno tras otro, los jefes militares de Ambrosius juraron lealtad a Uther.

Mucho antes de que aquello concluyese, Igraine se sintió fatigada. Pero al fin la ceremonia terminó, y mientras los jefes y sus esposas se congregaban en torno al vino y los alimentos, se apartó un poco para observar la brillante reunión. Y allí, como casi había estado segura que ocurriría, Uther la encontró.

—Mi señora de Cornwall.

Ella hizo una gran reverencia.

—Mi señor Pendragón, mi rey.

El dijo tajante:

—No hay necesidad de tales formalidades entre ambos ahora, señora. —Y la tomó por los hombros de modo tan similar a como lo había hecho en el sueño, que ella lo miró como esperando ver en sus brazos las pulseras de doradas serpientes.

El se limitó a decir:

—No lleváis ahora la piedra lunar. Resultaba tan extraña esa piedra. Cuando os vi por vez primera con ella recordé un sueño que tuve... Fue la pasada primavera en un acceso de fiebre; Merlín me atendió y tuve un extraño sueño, ahora sé que fue entonces cuando os contemplé por primera vez, mucho antes de posar los ojos sobre vuestro rostro. Debí miraros como un patán campesino, Lady Igraine, porque me encontré intentando una y otra vez recordar el sueño y el papel que vos jugabais en él, y la piedra lunar en vuestra garganta.

—Me advirtieron que una de las virtudes de la joya, de la piedra lunar —dijo—, es despertar los auténticos recuerdos del alma. También yo soñé...

El posó suavemente la mano sobre su brazo.

—No puedo recordar. ¿Por qué me parece haberos visto llevando algo dorado en vuestras muñecas, Igraine? ¿Tenéis un brazalete dorado en forma de dragón, quizás?

Ella negó con la cabeza.

—Ahora no —respondió, paralizada por la sospecha de él. De alguna forma y sin pleno conocimiento, compartían extraños recuerdos y sueños.

—No estoy siendo cortés, mi señora de Cornwall. ¿Puedo ofreceros vino?

En silencio, ella negó. Sabía que si intentaba tomar la copa en la mano, derramaría su contenido.

—No sé qué me está ocurriendo —dijo Uther violentamente—. Cuanto ha sucedido en estos días, la muerte de mi padre y rey, la disputa entre todos esos reyes, el haberme elegido finalmente Rey Supremo, me resulta irreal; y vos, Igraine, lo más irreal de todo. ¿Habéis estado en el oeste, donde el gran círculo de piedra descansa en la llanura? Dicen que en época remota fue un templo druida, pero Merlín lo niega manteniendo que fue construido mucho antes de que los druidas llegasen a esas tierras. ¿Habéis estado allí?

—No en esta vida, mi señor.

—Me gustaría poder mostrároslo, porque una vez soñé estar allí con vos, oh, no me creáis un loco, Igraine, siempre hablando de sueños y profecías —dijo con aquella repentina y juvenil sonrisa—. Hablemos más sosegadamente de cosas normales. Soy un pobre jefe del norte, que despertó de repente encontrándose como Rey Supremo de Bretaña y tal vez algo alterado por tamaño suceso.

—Conversaré de forma sosegada y normal —concedió Igraine con una sonrisa—. Y si estuvierais desposado os preguntaría por vuestra esposa y por si vuestro hijo mayor tiene problemas con... oh, es lo más corriente que puedo preguntaros... si echó los dientes antes de la estación cálida, o si tiene erupciones en la piel debidas a los pañales.

El rió sofocadamente.

—Pensaréis que tengo demasiada edad para no estar casado —dijo—. Pero he tenido bastantes mujeres, Dios lo sabe, quizá no debiera contarle esto a la esposa del más cristiano de mis jefes; el Padre Jerome diría que tuve demasiadas mujeres para que pueda salvar mi alma. Pero ninguna que me importase tras abandonar el lecho. Y siempre temí que si me casaba con una mujer antes de yacer con ella, tras haberlo hecho, perdería el interés como me había ocurrido con las otras. Siempre me pareció que debía haber un lazo más fuerte que ése entre un hombre y una mujer, aunque los cristianos parecen pensar que es suficiente. ¿No dicen que es mejor casarse que arder? Bueno, yo no he ardido, porque controlaba el fuego, y cuando lo había utilizado, el fuego desaparecía, y aún presiento que pueden existir llamas que no se consuman tan rápidamente, que puede haber alguien con quien desposarme. —Abruptamente le preguntó—: ¿Amáis a Gorlois?

Viviane ya se lo había preguntado y le respondió que no importaba. No sabía lo que estaba diciendo.

—No. Fui entregada a él cuando era demasiado joven para preocuparme de con qué hombre iba a casarme.

Uther se apartó bruscamente, y dijo:

—Y puedo ver que no sois moza para la cama; y por qué, en nombre de todos los Dioses, he de estar embrujado por una mujer que está casada con uno de mis más leales partidarios.

*Así pues, Merlín también había lanzado su entrometida magia sobre Uther.* Pero Igraine ahora no se resentía de ello. Era su destino y ocurriría lo que debiera ocurrir. Aunque no consideraba que su destino fuese traicionar a Gorlois cruelmente. Era como una parte de su sueño de la gran llanura, de modo que casi pudo ver la sombra del enorme anillo de piedras cuando él posó la mano sobre su hombro. Mas se hallaba confusa. *No, aquello era otro mundo y otra vida.* Le parecía que su alma y cuerpo enteros clamaban por la realidad del beso del sueño. Cubriéndose el rostro con las manos, lloró. El la contemplaba angustiado e impotente, retrocediendo un poco.

—Igraine —musitó—. ¿Qué podemos hacer?

—No lo sé —contestó ella sollozando—. No lo sé. —Su certeza se había convertido en una desgraciada confusión. ¿Le habían enviado el sueño sólo para embrujarla mediante la magia, induciéndola a traicionar a Gorlois, a su propio honor y juramento?

Una mano firme y desaprobadora la tomó del hombro. Gorlois parecía airado y suspicaz.

—¿Qué es este indecoroso asunto, señora mía? ¿Qué habéis estado diciendo, mi rey, que mi esposa parece tan afligida? Sé que sois hombre de salaces maneras y poca piedad, mas aun así, señor, el común decoro debería evitar que os aproximarais a la esposa de un vasallo en vuestra coronación.

Igraine le miró colérica.

—Gorlois, ¡no merezco esto de ti! ¿Qué he hecho para que puedas acusarme de tal modo en lugar público?

—Efectivamente, las cabezas ahora se volvían al escuchar las coléricas palabras.

—Entonces, ¿por qué lloras, si no te ha dicho nada inconveniente? —Aferraba la muñeca de ella con la mano como si quisiera aplastársela.

—En cuanto a eso —dijo Uther—, debéis preguntar a la dama por qué llora, yo no lo sé. Pero soltad su brazo o yo os obligaré a hacerlo. Esposo o no, nadie tratará con violencia a una mujer ante mí.

Gorlois soltó el brazo de Igraine. Ella pudo ver las marcas de los dedos ya tornándose oscuras magulladuras; se restregó las señales con lágrimas corriendo por su rostro. Se sentía avergonzada por las muchas caras que la rodeaban, como si hubiese sido humillada; cubriéndose el rostro con el velo, sollozó aún con más fuerza. Gorlois la hizo andar, empujándole. No oyó lo que le dijo a Uther; sólo cuando estuvieron fuera lo miró perpleja.

El dijo con rabia:

—No te acusaré ante los hombres, Igraine, pero a Dios pongo por testigo de que estaría justificado el hacerlo. Uther te miraba como un hombre mira a una mujer que ha conocido y ningún cristiano tiene derecho a conocer la esposa de otro hombre.

Igraine, sintiendo el batir de su corazón en el pecho, supo que era cierto y se halló confusa y angustiada. Pese al hecho de haber visto a Uther sólo cuatro veces y soñado con él dos, sabía que se habían mirado y hablado como si hubiesen sido amantes durante muchos años. Conociéndolo todo y todavía más uno del otro, el cuerpo, la mente y el corazón. Recordó el sueño en el que le parecía que llevaban ligados muchos años por un vínculo que, si no era el matrimonio, bien podía serlo. Amantes, compañeros, sacerdote y sacerdotisa, lo que fuera que lo llamaran. ¿Cómo podría contarle a Gorlois que sólo había conocido a Uther en el sueño, pero que había comenzado a considerarle el hombre a quien había amado antes de haber nacido, cuando ella era todavía una sombra; que la esencia en su interior era una y la misma que la de la mujer que amaba a aquel extraño cuyos brazos estaban cubiertos por serpientes doradas...? ¿Cómo podía explicarle esto a Gorlois, que ni sabía ni deseaba saber nada de los Misterios?

El la fue empujando hasta el alojamiento. Estaba dispuesto a pegarle, lo sabía, si hablaba; mas su silencio aún lo frustraba más.

—¿Es que no tienes nada que decirme, señora? —dijo, aferrándola del ya lastimado brazo con tal fuerza que ella volvió a clamar por el dolor que le producía—. ¿Crees que no me fijé cómo mirabas a tu amante?

Ella liberó el brazo, sintiendo como si se lo hubiese sacado de su sitio.

—Si eso viste, también verías que me aparté cuando le faltaba poco para besarme. ¿Y no le oíste decirme que tú eras su leal partidario y que no le arrebataría la esposa a un amigo...?

—¡Si alguna vez fui su amigo, he dejado de serlo! —dijo Gorlois, con la cara ensombrecida por la furia—. ¿De veras crees que apoyaré a un hombre que me arrebataría la esposa en lugar público, afrentándome ante sus jefes en asamblea?

—¡No lo hizo! —gritó Igraine sollozando—. Ni siquiera he rozado sus labios. —Le pareció aún más ultrajante ya que ciertamente deseaba a Uther, pero se guardó escrupulosamente de revelárselo. *¿Por qué, si estoy siendo culpada cuando soy inocente de cualquier maleficencia, como él la llamaría, por qué no he de hacer lo que Uther desea?*

—¡Vi cómo le mirabas! ¡Y te has mantenido alejada de mi lecho desde que pusiste los ojos sobre Uther, ramera impía!

—¡Cómo te *atreves*! —exclamó con rabia, y cogiendo el espejo de plata que le regalara, se lo arrojó a la cabeza—. ¡Retráctate o juro que me tiraré al río antes de que vuelvas a tocarme! ¡Mientes y sabes que mientes!

Gorlois agachó la cabeza y el espejo se estrelló en la pared. Igraine se arrancó la gargantilla ambarina, otro nuevo presente de su esposo, y se la lanzó después del espejo; con dedos precipitados desgarró el fino vestido nuevo y se lo arrojó.

—¿Cómo te atreves a llamarme tales cosas, tú que me has enterrado en regalos como si fuera una de tus rameras de campamento? Si tal me consideras, ¿dónde están los regalos de mis amantes? Todos los que tengo son de mi marido, un sucio bastardo que trata de comprar mi voluntad para su lujuria porque los sacerdotes han hecho de él un medio eunuco. De ahora en adelante, llevaré lo que tejan mis dedos, no tus degradantes regalos, ¡villano cuya boca y mente son tan repugnantes como sus besos!

—¡Cállate, basta de acusaciones! —profirió Gorlois, golpeándola con tal fuerza que la tiró al suelo—. Ahora levántate y cúbrete con decencia como debe hacer una mujer cristiana, sin desgarrarte los vestidos de manera que me enloquezca tu visión. ¿Es así como has llevado a mi rey hasta tus brazos?

Ella púsose en pie trabajosamente dando patadas a los restos del vestido y se abalanzó sobre él golpeándole la cara una y otra vez. La sujetó procurando inmovilizarla; apresándola con los brazos. Igraine era fuerte, mas Gorlois era un alto guerrero y, tras un momento, ella cedió en sus esfuerzos sabiendo que eran inútiles.

Le susurró al empujarla hacia el lecho.

—Te enseñaré a no mirar a ningún hombre en modo alguno, salvo a tu legítimo esposo.

Ella echó hacia atrás la cabeza con desprecio, diciendo:

—¿Crees que volveré a mirarte otra vez con algo más que el horror que sentiría por una serpiente? Oh, sí, puedes llevarme a tu lecho y forzarme a hacer tu voluntad; tu piedad te permite violar a tu propia esposa. No me importa lo que me digas, Gorlois, porque en el fondo de mi corazón sé que soy inocente. Hasta este momento me he sentido culpable de que algún maleficio o hechizo me hubiera hecho amar a Uther. Ahora desearía haber hecho lo que éste me rogaba, aunque sólo sea porque estabas dispuesto a creer mentiras sobre culpabilidad tanto más que la verdad sobre mi inocencia; mientras yo defendía mi honor y el tuyo, tú te aprestabas a creer que iba a traicionarte.

El desprecio que había en su voz hizo que Gorlois dejara caer los brazos, y la mirara.

—¿Dices verdad, Igraine? ¿Eres inocente de maleficencias?

—¿Crees que me rebajaría a mentir sobre ello? ¿A *ti*?

—Igraine, Igraine —dijo él con humildad—, sé que soy demasiado viejo para ti, que me fuiste entregada sin amor y contra tu voluntad, mas pensaba que quizá en estos últimos días habías llegado a pensar mejor de mí, y cuando te vi sollozando ante Uther... —Se le quebró la voz—. No pude soportar que miraras así a ese hombre vicioso y lujurioso, cuando a mí sólo me mirabas con deber y resignación; perdóname, perdóname, te lo ruego, si de veras erré al juzgarte...

—Lo hiciste —repuso ella, con gélido tono— y haces bien en pedirme perdón, el cual no obtendrás hasta que los infiernos se levanten y la tierra se hunda bajo el océano occidental. Mejor será que vayas a hacer las paces con Uther, ¿realmente crees que puedes resistir la cólera del Rey Supremo de Bretaña? ¿O terminarás comprando su favor como hiciste con el mío?

—¡Calla! —dijo Gorlois con la cara roja de ira; se había humillado ante ella y sabía que tampoco eso iba a perdonárselo nunca—. ¡Cúbrete!

Igraine se apercibió de que aún estaba desnuda hasta la cintura. Se dirigió al lecho, donde estaba su viejo traje y se lo fue poniendo pausadamente, alzando los lazos. El recogió su gargantilla de ámbar del suelo y el espejo de plata tendiéndoselos, pero ella apartó la mirada y los ignoró; al cabo de un instante él los depositó en la cama, donde ella los dejó sin dirigirles la vista.

La contempló por un momento, luego empujó la puerta y salió.

Ya a solas, Igraine comerzó a guardar sus cosas en las alforjas. No sabía lo que iba a hacer; acaso fuese a buscar a Merlín, para confiárselo todo. Era él quien había iniciado esta cadena de acontecimientos que la dejaban en tales equívocos con Gorlois. Al menos sabía que no iba a volver a habitar con complacencia bajo el techo de Gorlois. Una pena afligía su corazón: se habían casado por las leyes de Roma y, según tales leyes, Gorlois tenía poder absoluto sobre su hija, Morgana. De alguna manera, debía ingeniárselas para fingir hasta que pudiese llevar a Morgana a un lugar seguro. Quizá lograra enviársela a Viviane a la Isla Sagrada, para que la adoptase.

Abandonó las joyas que Gorlois le había entregado sobre la cama, guardó sólo los trajes tejidos con sus propias manos en Tintagel y, de entre las joyas, sólo se llevaría la piedra lunar que le dio Viviane. Más tarde supo que aquellos instantes de demora le costaron la huida, porque mientras desechaba los presentes que aquél colocó en la cama, escogiendo sus propiedades, Gorlois retornó a la habitación. Dirigió una rápida ojeada a las alforjas y asintió bruscamente.

—Bien —dijo—, ya estás lista para cabalgar. Partiremos antes del anochecer.

—¿A qué te refieres, Gorlois?

—Me refiero a que he retirado mi juramento en presencia de Uther y le he dicho lo que debería haberle dicho antes. Desde ahora somos enemigos. Me marcho para organizar la defensa del oeste contra los sajones y los irlandeses, si por allí penetran; le he dicho que si intenta traer sus ejércitos a mi país le colgaré como el felón que es del primer árbol que halle.

Ella le miró fijamente; por último le increpó:

—Estás loco, esposo mío. Los hombres de Cornwall no podrán mantener solos el país occidental si los sajones intentan tomarlo por la fuerza. Ambrosius lo supo, Merlín lo sabe y, que Dios me ayude, yo lo sé, que no soy más que una mujer que cuida de su hogar. ¿Acabarás en un momento de locura con todo por lo que Ambrosius vivió y por lo que pasó sus últimos años luchando, debido a una ridícula querella con Uther a causa de tus absurdos celos?

—¡No te falta tiempo para preocuparte por Uther!

—No me faltaría tiempo para apenarme por el mismísimo jefe sajón si perdiera a sus más firmes partidarios en una disputa sin fundamento. En nombre de Dios, Gorlois, por nuestras vidas y las de aquellos que confían en tu ayuda si los sajones llegan, te ruego que enmiendes esta querella con Uther y no rompas la alianza de este modo. Lot ya se ha ido; si tú lo haces, no habrá más que tropas aliadas y unos cuantos reyes menores que le respalden en la defensa de Bretaña. —Agitó la cabeza, desesperada—. Debería haberme arrojado por los acantilados de Tintagel antes de venir a Londinium. Te juraré por lo que quieras que nunca rocé los labios de Uther Pendragón. ¿Romperás la alianza por la que murió Ambrosius por culpa de una mujer?

Gorlois la miró con viveza y dijo:

—Aun cuando Uther no haya puesto nunca los ojos en ti, señora mía, no debo en conciencia seguir a hombre tan salaz y mal cristiano. Ciertamente no confiaba en Lot, mas ahora sé que debo confiar todavía menos en Uther. Por primera vez he tenido que escuchar la voz de mi conciencia y nunca convendría en apoyarle. Guarda mi ropa en la otra alforja. He mandado llamar a los caballeros y sus monturas.

Observó su implacable faz sabiendo que si protestaba le volvería a pegar. En silencio y con creciente ira, obedeció. Ahora estaba atrapada y no podía huir, ni siquiera a la Sagrada Isla bajo la protección de su hermana, no mientras Gorlois mantuviese a su hija en Tintagel.

Seguía colocando las camisas y túnicas dobladas en la alforja, cuando escuchó que las campanas de alarma empezaron a sonar. Gorlois dijo secamente:

—Quédate aquí. —Y salió de la casa.

Furiosa, Igraine se apresuró tras él, para encontrarse ante un fornido caballero, uno de los hombres de Gorlois, a quien no había visto antes. Este obstruyó el umbral con la pica, para prevenirla de que no atravesara la puerta. Su acento de Cornwall era tan cerrado que apenas pudo entender las palabras, pero averiguó que el duque había ordenado que su esposa fuese mantenida a salvo en el interior de la casa y él estaba allí para asegurarse.

Sería indigno de ella discutir con aquel hombre, y tenía la sutil sospecha de que si lo hacía sería empujada como un saco de harina hacia el interior del umbral. Finalmente, suspiró y volvió a entrar en la casa para terminar el equipaje. Desde la calle le llegaron gritos y ruidos; ruidos de hombres corriendo y de campanas tañendo en la iglesia contigua, aunque no era hora de servicio. Oyó luego un entrechocar de espadas y se preguntó si los sajones estarían en la ciudad; efectivamente era un buen momento para atacar, cuando los jefes de Ambrosius estaban sumidos en la discordia. Bueno, aquello resolvería uno de sus problemas, pero, ¿qué sería de Morgana, sola en Tintagel?

Pasó el día y, cuando el anochecer se acercaba, Igraine comenzó a preocuparse. ¿Estaban los sajones a las puertas de la ciudad, habían peleado nuevamente Uther y Gorlois, habría muerto alguno de los dos? Cuando por fin Gorlois irrumpió por la puerta de la estancia, casi se alegró de verlo. Su cara estaba demacrada y con expresión distante, los dientes apretados como si sintiera un gran dolor, pero sus palabras para Igraine fueron breves y no admitían réplica.

—Cabalgaremos al anochecer. ¿Podrás mantenerte en la silla o tendré que hacer que uno de mis hombre te lleve en la grupa? El paso de una dama no debe hacernos perder el tiempo.

Deseaba formularle miles de preguntas, pero no quiso darle la satisfacción de mostrarse preocupada.

—Mientras tú puedas cabalgar, esposo mío, yo podré mantenerme en la silla.

—Procura hacerlo entonces, porque no podremos detenernos si cambias de idea. Ponte la capa de más abrigo; el frío arreciará cabalgando por la noche y se está levantando la niebla marina.

Igraine se ató el pelo con un lazo, se puso una gruesa capa sobre la túnica y los calzones que llevaba siempre para cabalgar. Gorlois la aupó a lomos del caballo. La calle se hallaba abarrotada por las oscuras figuras de los caballeros con largas lanzas. Gorlois habló en tono quedo a uno de los capitanes y luego montó a caballo; una docena de jinetes y soldados cabalgaron tras Gorlois e Igraine,

que iban en cabeza. Tomó él mismo las riendas de la montura de Igraine y ordenó sacudiendo la cabeza:
—¡Adelante!
Ella no estaba segura del camino; cabalgó en silencio por donde Gorlois la conducía, adentrándose en el crepúsculo. En algún lugar contra el cielo, se divisaba un fuego, pero ella no sabía si era una fogata de soldados de guardia o una casa en llamas o, simplemente, los fuegos que los buhoneros acampados en el mercado encendían para cocinar. Nunca hubiese encontrado el camino entre las casas y calles arracimadas junto al río; pero cuando la espesa niebla comenzó a rachear en el camino, supuso que marchaban hacia la orilla del río y al instante oyó el crujir de las cuerdas en las poleas que controlaban las pesadas balsas del transbordador.
Uno de los hombres de Gorlois desmontó e hizo que el caballo de Igraine subiera a bordo; Gorlois cabalgó a su lado. Varios hombres vadearon a caballo. Se dio cuenta de que debía ser muy tarde. En aquella época del año, la luz se mantenía durante mucho tiempo y era casi inaudito cabalgar de noche. Luego escuchó un grito procedente de la orilla.
—¡Se marchan! ¡Se marchan! ¡Primero Lot y ahora mi señor de Cornwall, y quedamos desprotegidos!
—¡Todos los soldados están dejando la ciudad! ¿Qué haremos cuando los sajones arriben a la costa sur?
—¡Cobardes! —gritó alguien desde la orilla cuando la balsa, con un gran crujido, comenzó a moverse—. ¡Cobardes, nos abandonan con el campo en llamas!
Una piedra cruzó la oscuridad con un silbido. Golpeó a uno de los caballeros en el peto de cuero. Este maldijo, pero Gorlois le reconvino en tono tajante y el otro guardó silencio. Hubo algunos insultos más, proferidos desde la orilla y también más piedras; pero pronto estuvieron fuera de su alcance. Cuando sus ojos fueron acostumbrándose a la oscuridad, Igraine pudo distinguir a Gorlois con el rostro pálido e inmóvil como una estatua de mármol. No se dirigió a ella en toda la noche, aunque cabalgaron juntos

hasta el amanecer e incluso cuando la luz rojiza del amanecer cayó tras ellos, convirtiendo el mundo en una niebla carmesí. Se detuvieron tan sólo unos momentos para que soldados y monturas descansaran. Gorlois le tendió a Igraine una capa para que se recostase un rato y le dio pan duro, queso y una copa de vino como a cualquier soldado, pero siguió sin hablarle. Se hallaba cansada, dolorida por la cabalgada y confusa; sabía que Gorlois se había peleado con Uther y retiraba a sus hombres, pero nada más. ¿Le había dejado Uther marchar sin ninguna oposición? Bien, a Lot le dejaron marchar.

Tras el breve descanso, Gorlois volvió con los caballos y la intención de ayudarle a montar, pero Igraine se rebeló.

—No continuaré cabalgando hasta que me digas adónde vamos y por qué. —Habló en tono bajo, sin querer avergonzar a Gorlois ante sus hombres, pero enfrentándose a él con resolución—. ¿Por qué nos escabullimos de Londinium por la noche igual que ladrones? Me vas a decir ahora lo que ocurre, a no ser que prefieras llevarme a la grupa del caballo y gritando por todo el camino hasta Cornwall.

—¿Crees que no lo haría si debiera hacerlo? —repuso Gorlois—. No trates de oponerte a mí, ya que por ti he renunciado a toda mi vida de honor y juramentos mantenidos, y no he respetado la memoria de mi rey.

—¡Cómo te atreves a acusarme de eso! —dijo Igraine—. ¡No lo hiciste por mí, sino por tus absurdos celos! Soy inocente de cuantos pecados tu diabólica mente crea que he cometido...

—¡Silencio, mujer! También Uther juró que estabas libre de culpa. Pero eres una mujer y utilizaste algún encantamiento, supongo. Fui a Uther esperando enmendar desavenencias y, ¿sabes lo que me propuso ese hombre maligno y salaz? ¡Me pidió que me divorciara de ti y te entregara a él!

Igraine lo miraba con ojos muy abiertos.

—Si crees que soy adúltera, y bruja además, ¿por qué

no te alegró la perspectiva de deshacerte de mí con tanta facilidad?

En su interior brotó una nueva furia; incluso Uther pensaba en ella como en una mujer que podía ser entregada sin su propio consentimiento, y se había dirigido a Gorlois para que se la otorgara, como el mismo Gorlois hiciera con la Señora de Avalon. ¿Era ella un caballo para ser vendida en la feria de primavera? Una parte de ella se estremeció con secreto placer. Uther la deseaba, lo bastante para disputar con Gorlois y perder a sus aliados. Y otra parte de su ser se encolerizaba. ¿Por qué no la había instado a ella misma a apartarse de Gorlois y marchar a su lado en libre albedrío?

Pero Gorlois estaba respondiendo seriamente a su pregunta:

—Me juraste que no eras adúltera y ningún cristiano puede repudiar a su esposa, excepto por adulterio..

Entre la impaciencia y una súbita contrición, Igraine mantuvo la calma. No podía estarle agradecida, a pesar de que él había creído lo que le dijo. Pero reconocía que el orgullo jugaba un gran papel en aquello. Aunque hubiera creído que ella le había traicionado, lo hubiese disimulado para que sus soldados no supiesen que su joven esposa prefería a otro hombre. Quizá consideraba que era mejor perdonar el pecado del adulterio que permitirles creer que no era capaz de mantener la fidelidad de una mujer joven.

—Gorlois... —dijo, pero éste la silenció con un gesto.

—Basta, no tengo paciencia para intercambiar muchas palabras contigo. Una vez estemos en Tintagel, podrás olvidar este desatino poco a poco. En cuanto al Pendragón, estará bastante ocupado en mantener la guerra en las costas sajonas. Si él te enamoró, bueno, eres joven y mujer, con escaso conocimiento del mundo y de los hombres. No te reprocharé nada más; dentro de un año o dos tendrás un hijo que apartará de tu mente a ese hombre que ha provocado tu capricho.

En silencio, Igraine permitió que Gorlois le ayudara

a montar. El seguiría creyendo lo que creía, fuera lo que fuese, y nada de cuanto ella pudiera decir penetraría aquella férrea superficie. Pero su mente regresaba con obstinación a lo que Viviane y Merlín le habían dicho de que su destino y el de Uther estaban ligados. Después del sueño, ella lo creyó, y *supo* por qué habían vuelto a encontrarse. Comenzó a aceptar que aquello era voluntad de los Dioses. No obstante, allí estaba, alejándose a caballo de Londinium junto a Gorlois, la alianza en ruinas y Gorlois evidentemente determinado a que Uther jamás le volviese a poner los ojos encima. Ciertamente, con una guerra en las costas sajonas, Uther no dispondría de tiempo para viajar al fin del mundo, Tintagel, y aunque pudiese, no llegaría hasta el castillo. Sólo unos cuantos hombres bastarían para impedírselo. Gorlois podía dejarla allí, y allí seguiría hasta hacerse vieja, en lúgubre silencio tras los muros, los grandes abismos y los riscos. Igraine se cubrió el rostro con la capa y sollozó.

Nunca volvería a ver a Uther. Todos los planes de Merlín habían fracasado miserablemente. Se hallaba atada a un viejo al cual detestaba, ahora lo sabía, aunque se había negado a admitirlo hasta aquel momento; y al hombre a quien amaba no se le ocurrió nada mejor que tratar de intimidar al orgulloso Gorlois para que la repudiara. Más tarde se dio cuenta de que había estado llorando durante todo el largo viaje, los días y noches en que atravesaron los páramos y valles de Cornwall.

A la segunda noche, acamparon e instalaron las tiendas para proporcionarse un descanso más apropiado. Se alegró ante los alimentos calientes y la oportunidad de dormir a cubierto, sin embargo sabía que no iba a poder continuar evitando el lecho de Gorlois. No podía gritar y disputar con él, no cuando dormían en una tienda rodeada por sus soldados. Era su esposa desde hacía cuatro años y ningún ser vivo la hubiese creído si hablaba de violación. No tenía fuerzas para luchar contra él, ni deseaba perder su dignidad en una sórdida pugna. Apretó los dientes decidiendo dejarlo hacer cuanto quisiese, aunque deseó tener alguno de los encantamientos que se decía protegían a las doncellas de la Diosa. Cuando yacían con hombres en los fuegos de Beltane, sólo concebían si tenían voluntad de hacerlo. Parecía demasiado amargo que engendrara el hijo que él deseaba encontrándose tan humillada, completamente abatida.

Merlín había dicho: *No concebirás un hijo de Gorlois*. Pero no confiaba en la profecía de éste, no cuando había visto arruinarse todos sus planes. ¡Cruel e intrigante anciano! La utilizaba como los hombres siempre habían hecho con sus hijas desde la llegada de los romanos, peones que debían desposarse con este o con aquel otro hombre según el deseo de sus padres, propiedades como los caballos o las cabras. Encontró cierta paz con Gorlois y tal paz había sido destrozada, cruelmente y sin motivo. Sollozó en silencio al disponerse a ir al lecho, resignada y desesperada a la vez, sin confianza siquiera en su capacidad de rechazarle con palabras airadas. Pudo ver en su actitud que estaba dispuesto a demostrarse a sí mismo que ella era de su propiedad y hacer que desechase recuerdos de cualquier otro hombre forzándola a prestarle atención de la única forma en que podía imponérsela.

Sus familiares manos sobre ella, el rostro sobre el suyo en la oscuridad, eran como los de un extraño. Y no obstante, al atraerla hacia sí se mostró incapaz, laxo e impotente. Por fin la dejó, maldiciendo con furia en voz baja.

—¿Has hecho algún encantamiento contra mi virilidad, maldita perra?

—No —dijo ella quedamente, con desdén—, aunque, de haber conocido tales encantamientos, ciertamente me hubiera alegrado de utilizarlos, mi fuerte y galante esposo. ¿Esperas que llore porque no puedes tomarme por la fuerza? ¡Inténtalo y me quedaré aquí riéndome en tu cara!

Por un instante él se incorporó con el puño cerrado.

—Sí —le apremió—, golpéame. No será la primera vez. Y acaso te haga sentirte lo bastante hombre como para que tu lanza se yerga para el combate.

Maldiciendo furioso, él le dio la espalda y volvió a tenderse, pero Igraine permaneció despierta, estremecida, sabiendo que se había vengado. Efectivamente, en todo el camino hasta Cornwall, Gorlois se encontró impotente para tocarla, hasta que finalmente Igraine llegó a preguntarse si de veras, sin ser consciente de ello, su muy justa ira había realizado algún encantamiento contra su virilidad. Pero sabía, con la segura intuición de las adiestradas como sacerdotisas, que nunca más volvería a ser capaz con ella.

# VI

Cornwall parecía más que nunca hallarse en el último rincón del mundo. En aquellos primeros días, luego de que Gorlois la dejase allí bajo custodia, manteniendo un glacial silencio, sin una sola palabra para ella, buena o mala, Igraine se encontró preguntándose si acaso Tintagel existía, después de todo, para el mundo real, o si, como Avalon, no existía más que para el reino de la niebla y las hadas, sin relación con el mundo exterior que había visitado en su breve aventura.

Tras aquella corta ausencia, le pareció que Morgana había dejado de ser una cría para tornarse una muchachita, una seria y tranquila muchachita que preguntaba incesantemente por lo que veía. También Morgause había crecido, sus formas se habían redondeado, su infantil rostro se había definido, acentuándose los altos pómulos y los ojos de largas pestañas bajo oscuras cejas. Igraine pensó que era hermosa, sin ser consciente de que Morgause era un doble de sí misma a los catorce años. Morgause estaba extasiada con los regalos y curiosidades que Igraine le había llevado; retozaba en torno a Igraine como un cachorro juguetón y también en torno a Gorlois. Hablaba con él locuazmente, le dirigía miradas de soslayo y trataba de sentarse sobre sus rodillas como si tuviese la edad de Morgana. Igraine vio que Gorlois no reía y la apartaba como a un cachorrillo, mas acariciaba la larga cabellera rojiza y pellizcaba sus mejillas.

—Eres demasiado grande para estas tonterías, Morgause —le dijo con acritud—. Dale las gracias a mi señor de Cornwall y llévate los regalos a tu habitación. Quítate las sedas, porque no las llevarás hasta que seas mayor. No pienses en transformarte en una dama ahora mismo.

Morgause recogió los hermosos presentes y se fue a su habitación, llorando. Igraine observó que Gorlois seguía a la chica con la mirada. Pensó espantada: *Morgause sólo tiene catorce años*; y luego recordó consternada que ella sólo tenía un año más cuando fue entregada a Gorlois como prometida.

Luego los vio juntos en el salón, Morgause con la cabeza recostada confiadamente en el hombro de Gorlois, y captó la mirada de los ojos de su esposo. Una violenta furia la embargó, no tanto por la muchacha como por Gorlois. Percibió que se apartaban turbados cuando entró en la estancia; y al marcharse Gorlois, se quedó mirando a Morgause de modo desaprobador hasta que ésta rió nerviosa y clavó la vista en el suelo.

—¿Por qué me miras de esa manera, Igraine? ¿Temes que Gorlois me prefiera a ti?

—Gorlois ya era demasiado viejo para mí, ¿es que no lo es para ti? Contigo cree hacerme retroceder a cuando me conoció, demasiado joven para negarme o para mirar a otro hombre, pero ya he dejado de ser una dócil muchacha, soy una mujer con pensamientos propios y tal vez crea que tú serás más fácil de tratar.

—Entonces, quizá —repuso Morgause, ahora insolente—, debieras procurar tener contento a tu esposo, en vez de quejarte porque otra mujer haga por él lo que tú no haces.

Igraine levantó la mano para abofetearla y luego, empleando toda su fuerza de voluntad, se contuvo. Dijo, invocando toda su autodisciplina:

—¿Crees que me importa a quién lleve Gorlois a su lecho? Estoy segura de que tiene sus tratos con rameras;

pero preferiría que mi hermana no estuviese entre ellas. No deseo sus abrazos y, si te odiase, te entregaría a él voluntariamente. Pero eres demasiado joven. Como yo lo fui. Y Gorlois es un romano. Si dejas que yazca contigo y concibes un hijo, no tendrá otra elección que darte en matrimonio a algún hombre de su ejército sea de tu gusto o no. Estos romanos no son como nuestras gentes, Morgause. Gorlois puede cortejarte, pero no me repudiará para tomarte a ti por esposa, créeme. En nuestro pueblo, la doncellez no tiene gran importancia; una mujer de probada fertilidad, con un hijo sano, es quizá más deseable. Pero no ocurre así con los cristianos, te lo aseguro. Te considerarán deshonrada y el hombre al que persuada para casarse contigo, te hará sufrir toda la vida por no haber sido él quien engendrase el hijo que lleves. ¿Es eso lo que deseas, Morgause, tú que podrías casarte con un rey, si quisieras? ¿Te perderás, hermana, por rencor hacia mí?

Morgause había palidecido.

—No tenía idea —susurró——. No, no quiero ser afrentada, Igraine, perdóname.

Igraine la besó entregándole el espejo de plata y la gargantilla ambarina, y Morgause la miró.

—Pero, estos son regalos de Gorlois...

—He jurado no volver a llevar nunca sus regalos —dijo ella—. Son tuyos, para el rey que Merlín vio en tu futuro, hermana. Pero habrás de conservarte casta, hasta que venga a buscarte.

—No temas —repuso Morgause, volviendo a sonreír.

Igraine se alegró de que este recordatorio cautivase la ambición de Morgause; era ésta fría y calculadora y nunca se dejaría arrastrar por la emoción o el impulso. Igraine deseaba, al observarla, haber nacido también sin la capacidad de amar.

*Me gustaría llegar a una solución satisfactoria con Gorlois o proponerme fríamente, como con seguridad haría Morgause, librarme de él para ser la reina de Uther.*

Gorlois sólo permaneció cuatro días en Tintagel, y ella

se alegró de verlo marchar. Dejó allí a una docena de caballeros. Cuando iba a partir, la llamó.

—Tú y la niña estaréis a salvo aquí, y bien custodiadas —dijo cortés—. Voy a reunir a los hombres de Cornwall contra los jinetes irlandeses del norte, o contra Uther, si se propone venir a tomar lo que no es suyo, mujer o castillo.

—Creo que Uther estará demasiado ocupado en su propio país para pensar en eso —alegó Igraine, apretando los dientes para no delatar su angustia.

—Dios lo quiera —dijo Gorlois—, porque también aquí tenemos bastantes enemigos sin él. Mas podría desear que viniera para poder enseñarle que Cornwall no está a su alcance, como parece pensar que lo está todo.

Nada contestó Igraine a eso. Gorlois se alejó con sus hombres dejando que Igraine pusiese en orden la casa, recobrara su anterior intimidad con su hija y procurase recuperar la rota amistad con su hermana Morgause.

Pero el pensamiento de Uther la acompañaba siempre, aunque se ocupase de las tareas domésticas con todo su interés. Y además, no era el Uther real a quien tenía presente, el hombre con quien se encontró en el manzanar, en la corte y en la iglesia, impulsivo y un poco ingenuo, incluso algo torpe y desmañado. *Aquel* Uther, el Pendragón, el Rey Supremo, casi hacía que se estremeciera y que sintiera cierto miedo, como antes lo había sentido de Gorlois. Cuando pensaba en Uther, el hombre, imaginaba sus besos y volvía a experimentar la dulzura que conoció en el sueño; pero otras veces la atenazaba el pánico, como a la joven mancillada que había despertado a la mañana siguiente de su boda, helada de miedo y espanto. La idea del acto matrimonial le resultaba pavorosa y grotesca, como lo había sido entonces.

Quien volvía a ella, una y otra vez, en el silencio de la noche al descansar con Morgana durmiendo a su lado, o cuando se sentaba en la terraza que daba al mar guiando las manos de su hija en los primeros y torpes intentos por hilar, era el *otro* Uther, el que conoció en el anillo de piedra fuera del tiempo y los lugares normales; el sacerdote de Atlántida, con el cual compartía los Misterios. Aquel Uther que estaba segura de amar como a su propia vida, a quien jamás podría llegar a temer, y con quien la vida, independientemente de las cosas que sucedieran, sería dulce, un júbilo mayor del que nunca había conocido. Cuando estaba junto a él, descubría una parte perdida de sí misma y llegaba a la plenitud. En cualquier relación entre ellos, como hombre y mujer, yacía algo más profundo que nunca moriría o disminuiría de intensidad. Compartían un destino y, de algún modo, debían llevarlo a cabo unidos... A menudo, cuando iba tan lejos en sus pensamientos, se detenía a analizarse con incredulidad. ¿Se habría vuelto loca creando aquellos desvaríos de un sino compartido y de la otra mitad de su alma? Probablemente, los hechos eran más sencillos y menos bellos. Ella, una mujer casada, señora decente y madre de una hija, se había encaprichado de un hombre más joven y apuesto que su legítimo esposo, perdida en ensoñaciones con aquél y disputando con el hombre bondadoso y honorable al que fuera entregada. Y se sentaba a hilar, con los dientes apretados por una terrible sensación de culpa, preguntándose si habría de pasarse la vida entera expiando un pecado que sólo a medias había cometido.

La primavera se convirtió en verano, y los fuegos de Beltane quedaron muy atrás. El calor se extendía sobre la tierra, el mar yacía azul y tan claro que, en ocasiones, a Igraine le parecía ver en las lejanas nubes las olvidadas ciudades de Lyonesse y Atlántida. Los días comenzaron a acortarse y el frío a hacerse presente por las noches, cuando Igraine escuchó los primeros y remotos fragores de la batalla. Los hombres de la guarnición le llevaron las noticias que corrían por el mercado de la villa de que había invasores irlandeses en la costa; los cuales habían incendiado una aldea y una iglesia, llevándose a una o dos mujeres; que había ejércitos, que no eran los comandados por Gorlois, marchando por el oeste hacia el País Estival y por el norte hacia Gales.

5.

—¿Qué ejércitos? —preguntó Igraine al hombre.

—No lo sé, señora —contestó— porque no pude verlos; quienes sí lo hicieron afirman que portaban águilas como antaño las legiones romanas, lo cual es imposible. Asimismo dicen que ostentaban un dragón rojo en el estandarte.

*¡Uther!*, pensó Igraine con repentina angustia. *Uther se halla cerca y ni tan siquiera sabrá dónde estoy.* Sólo entonces recabó noticias de Gorlois y el hombre le contestó que su esposo se encontraba también en el País Estival, donde los ejércitos estaban celebrando algún tipo de asamblea.

Se contempló largamente en el viejo espejo de bronce aquella noche, deseando que fuera el cristal revelador de una sacerdotisa para poder ver cuanto acaecía en la distancia.

Anheló los consejos de Viviane o de Merlín. Ellos, que habían tramado todo aquel enredo, ¿la abandonaban ahora? ¿Por qué no venían a ver cómo todos sus planes estaban rotos? ¿Habían encontrado a alguna otra mujer de linaje apropiado para arrojarla en el camino de Uther, al objeto de que diese a luz al rey que un día reconciliaría a todas las tierras y a todos los contendientes?

Pero ningún recado o mensaje llegó de Avalon, y los soldados no permitieron a Igraine ni siquiera cabalgar hasta el mercado; Gorlois, le dijeron respetuosamente, lo había prohibido a causa del estado del país. En una ocasión, al mirar desde un alto ventanal, vio aproximarse a un jinete que se detuvo en el paso interior a parlamentar con el jefe de los guardianes. El jinete tenía aspecto iracundo y a Igraine le pareció que observaba los muros con frustración, mas finalmente se volvió para alejarse cabalgando, e Igraine se preguntó si llevaría un mensaje para ella y los guardas no le habían permitido entregarlo.

Era, por tanto, prisionera en el castillo de su esposo. Este podía decir, o incluso creer, que la tenía allí por su propio bien, para resguardarla de los tumultos de la tierra, pero la verdad era muy distinta: sus celos eran los que la aprisionaban allí. Comprobó su teoría algunos días después, cuando habló con el jefe de los guardianes, a quien había requerido a su presencia.

—Quisiera enviar un mensaje a mi hermana, para pedirle que venga a visitarme —le dijo—. ¿Mandará a un soldado con el recado a Avalon?

Le pareció que el hombre evitaba sus ojos, al contestarle:

—Bueno, señora, ahora no puedo hacerlo. Mi señor de Cornwall recalcó explícitamente que todos nosotros debemos permanecer aquí en caso de asedio.

—¿No podría contratar entonces a un jinete de la aldea para que haga el viaje, si le pago bien?

—A mi señor no le gustaría. Lo lamento.

—Entiendo —dijo, despidiéndolo.

Aún no había llegado al grado de desesperación en el que pudiera intentar sobornar a uno de los hombres. Pero cuanto más lo ponderaba, mayor se hacía su furia. ¿Cómo se atrevía Gorlois a aprisionarla aquí, a ella que era hermana de la Señora de Avalon? Era su esposa, no su esclava o sierva. Finalmente resolvió dar un paso desesperado.

No había sido adiestrada en la Visión; la utilizó breve y espontáneamente antes de casarse, pero exceptuando la efímera visión de Viviane, nunca la había usado siendo adulta, y desde la visión de Gorlois condenado a muerte se había cerrado firmemente a cualquier otra. *Aquélla*, los Dioses lo sabían, había quedado en nada, porque Gorlois aún seguía vivo. Empero, de alguna manera, supuso que se las podría arreglar ahora para ver lo que tenía que ocurrir. Era un paso peligroso, había sido instruida sobre historias de lo que acaece a quienes utilizan artes para las que no han sido adiestrados y, no obstante, decidió arriesgarse. Cuando las primeras hojas amarillearon, llamó ante ella de nuevo al jefe de los guardianes.

—No puedo permanecer aquí siempre, encerrada como una rata en una trampa —dijo—. Debo ir a la feria del mercado. Hemos de comprar tintes, necesitamos leche de cabra, agujas y alfileres, y muchas otras cosas para el invierno que se acerca.

—Tengo orden de no permitiros salir, señora —repuso, apartando los ojos de ella—. He recibido órdenes de mi señor y nada me dijo al respecto.

—Entonces me quedaré aquí y enviaré a una de mis mujeres —dijo—. Irán o Ettar o Isotta, y la dama Morgause con ella, ¿podré hacer eso?

Pareció aliviado ante la solución propuesta, puesto que le evitaba el desobedecer a su señor; y porque, efectivamente, era necesario que alguien de la casa visitase la feria antes del invierno y él lo sabía tanto como la señora. Era ultrajante mantenerla apartada de lo que, bien pensado, era una de sus obligaciones.

Morgause se alegró enormemente cuando Igraine le dijo que iría. *No hay por qué sorprenderse*, pensó Igraine. *Ninguna de nosotras ha salido en todo el verano. Los pastores son más libres que nosotras, porque al menos pueden llevar a sus ovejas al campo.* Observó con franca envidia cómo Morgause se ponía la capa carmesí que Gorlois le había regalado y, con la compañía de dos soldados, además de la de Ettar e Isotta y dos de las cocineras para acarrear paquetes y mercancías, emprendía el camino en su yegua. Las contempló desde el arrecife, teniendo a Morgana cogida de la mano, hasta que se perdieron de vista; entonces sintió que no podría soportar el volver a entrar en el castillo que se le había convertido en una prisión.

—Madre —preguntó Morgana a su lado—, ¿por qué no podemos ir al mercado con la tía?

—Porque tu padre no quiere que vayamos, pequeña mía.

—¿Por qué no quiere que vayamos? ¿Cree que nos comportaremos mal?

Igraine se rió, contestándole:

—Me parece que es justamente eso lo que cree, hija.

Morgana quedó en silencio; una pequeña y tranquila criatura dueña de sí, su oscuro pelo ya lo bastante largo para ser recogido en una trenza que casi le llegaba a los hombros. Los ojos, oscuros y serios, las cejas rectas y armoniosas, tan pobladas ya que eran el rasgo más característico de su rostro. *Una pequeña hada,* pensó Igraine, *en absoluto humana; un duende travieso.* No era más alta que la hija del pastor, que aún no tenía los dos años, aunque Morgana estaba cerca de los cuatro, y hablaba tan clara y reflexivamente como una niña de ocho o nueve. Igraine tomó a la chiquilla abrazándola.

—¡Mi pequeña!

Morgana soportó la caricia, e incluso devolvió un beso a su madre, lo que sorprendió a Igraine ya que Morgana no era cariñosa, mas pronto empezó a removerse inquieta; no era la clase de niña a la que gustase permanecer sujeta durante mucho tiempo. Le complacía hacerlo todo por sí misma. Había comenzado a vestirse sola y a abrocharse los zapatos. Igraine la soltó y Morgana caminó sosegadamente a su lado de vuelta al castillo.

Igraine tomó asiento en el telar, diciéndole a Morgana que cogiese su huso y se sentase junto a ella. La pequeña obedeció y su madre, que estaba poniendo en movimiento la rueca, se detuvo por un instante para observarla. Era esmerada y precisa; la hebra resultaba irregular, pero hacía girar el huso diestramente como si se tratase de un juguete, devanándolo entre los deditos. Si sus manos hubiesen sido mayores, ya hilaría tan bien como Morgause. Al poco dijo Morgana:

—No recuerdo a mi padre, madre, ¿dónde está?

—Salió con sus soldados hacia el País Estival, hija.

—¿Cuándo volverá?

—No lo sé, Morgana. ¿Quieres que regrese a casa?

Lo consideró por un instante.

—No —repuso—, porque cuando está aquí, eso sí lo recuerdo, tengo que ir a dormir a la alcoba de la tía, y está oscuro y al principio me daba miedo. Por supuesto yo era muy pequeña entonces —añadió solemnemente, e Igraine disimuló una sonrisa. Al cabo de un minuto prosiguió—: Y no quiero que vuelva porque te hace llorar.

Bueno, Viviane se lo dijo, las mujeres no se dan bastante cuenta de hasta qué punto sus hijos pequeños comprenden lo que ocurre a su alrededor.

—¿Por qué no tienes otro hijo, madre? Otras mujeres tienen un niño en cuanto el mayor ha sido destetado, y yo ya tengo cuatro años. Le oí decir a Isotta que deberías darme un hermanito. Creo que me gustaría tener uno para poder jugar con él, o incluso una hermanita.

—Porque tu padre, Gorlois... —comenzó a decir Igraine, pero se detuvo. No importaba lo adulta que pudiera parecer Morgana, sólo tenía cuatro años, e Igraine no debía confiarle tales cosas—. Porque la Madre Diosa no cree conveniente mandarme un hijo, pequeña.

El Padre Columba apareció en la terraza.

—No deberíais hablarle a la niña de Diosas y supersticiones —afirmó, adusto—. Gorlois quiere que sea educada como una buena doncella cristiana. Morgana, tu madre no tiene un hijo porque tu padre está enojado con ella y Dios se lo niega para castigarla por su pecadora conducta.

No era la primera vez que Igraine deseaba arrojar el huso contra él. ¿Qué le había explicado Gorlois a este hombre? ¿Estaba enterado de cuanto había sucedido entre ellos? A menudo se lo había preguntado durante las lunas pasadas, pero sabía que era difícil de comprobar. De súbito, Morgana se levantó y le dijo al sacerdote haciendo una mueca:

—Marchaos, viejo, no me gustáis. Habéis hecho llorar a mi madre. Mi madre sabe más que vos, y si ella dice que es la Diosa quien no le envía un hijo, lo creeré, y no lo que decís vos, porque mi madre no cuenta mentiras.

El Padre Columba le dijo airado a Igraine:

—Ya veis a lo que conduce vuestra condescendencia, señora mía. La niña debe ser castigada. Dádmela y yo castigaré su falta de respeto.

En aquel momento la rabia y la rebeldía de Igraine estallaron. El Padre Columba había avanzado hacia Morgana, que permanecía quieta sin asustarse. Igraine se incorporó entre ellos.

—Si le pone una mano encima a mi hija —le amenazó—, os mataré ahí mismo donde estáis. Mi marido os trajo aquí y no puedo haceros marchar, pero el día que volváis a presentaros ante mí, os escupiré. ¡Fuera de mi vista!

El defendió su posición.

—Mi señor Gorlois me confió el bienestar espiritual de toda esta casa, señora mía, y no soy hombre dado al orgullo, así pues perdonaré lo que me habéis dicho.

—Me importa tan poco vuestro perdón como el de un macho cabrío. Fuera de mi vista o llamaré a mis sirvientas para que os hagan salir. A menos que queráis ser sacado de aquí, viejo, no os atreváis a venir a mi presencia hasta que os haga llamar, y eso será cuando salga el sol por el oeste de Irlanda. ¡*Fuera!*

El sacerdote miró los ojos llameantes, la mano levantada, y salió de la estancia.

Ahora que había cometido un acto de abierta rebelión, quedó paralizada por su propia temeridad. Pero al menos la liberaba del sacerdote, y también a Morgana. No permitiría que su hija creciera avergonzándose de su propia femineidad. Aquella noche Morgause volvió de la feria, habiendo escogido todas sus compras cuidadosamente; Igraine reconoció que ella misma no podría haberlo hecho mejor, y le dio a Morgana un terrón de azúcar comprado con dinero de su propio bolsillo. Traía multitud de historias del mercado. Las hermanas permanecieron hablando hasta medianoche en la estancia de Igraine, después de que Morgana cayese dormida, chupando el dulce de azúcar, con la cara pegajosa y las manos aferrándolo aún. Igraine se lo quitó y lo envolvió, volviendo para pedirle más noticias a Morgause.

*¡Es innoble que deba enterarme de las acciones de mi propio marido por los rumores del mercado!*

—Hay una gran reunión en el País Estival —dijo Morgause—. Afirman que Merlín ha conseguido la paz entre Lot y Uther. También afirman que Ban de la Baja Bretaña se ha aliado con ellos y les envía caballos traídos desde España... —Le costó trabajo pronunciar el nombre—. ¿Dónde está eso, Igraine? ¿Está en Roma?

—No, aunque sí muy al sur, más cerca de Roma que nosotros muchas, muchas jornadas —le aclaró Igraine.

—Hubo una batalla con los sajones y Uther estuvo allí con la bandera del dragón —le informó Morgause—. Y he oído cantar a un trovador en forma de romance, cómo el Duque de Cornwall tiene prisionera a su dama en Tintagel... —En la oscuridad, Igraine pudo ver los ojos de la muchacha muy abiertos, los labios separados—. Igraine, cuéntame la verdad, ¿*fue* Uther tu amante?

—No lo fue —repuso Igraine—, pero Gorlois así lo creyó, y por eso se ha enemistado con Uther. No me creyó cuando le dije la verdad. —La garganta se le cerró debido a las lágrimas—. Ahora desearía que hubiese sido cierto.

—Refieren que el Rey Lot es más apuesto que Uther —dijo Morgause—, que está buscando esposa y corre el rumor de que desafiaría a Uther para ser Rey Supremo, si pudiera hacerlo sin riesgos. ¿Es más apuesto que Uther? ¿Es Uther tan maravilloso como afirman, Igraine?

Negó con la cabeza.

—No lo sé, Morgause.

—Como dicen que fue tu amante...

—No me importa lo que digan —la interrumpió Igraine—, pero en cuanto a eso, supongo que según los cánones mundanos, ambos son agraciados, Lot moreno y Uther rubio como un nórdico. Aunque no fue por su claro semblante por lo que pensé que Uther era mejor.

—¿Por qué entonces? —inquirió Morgause, vivaz e inquisitiva, e Igraine suspiró, sabiendo que la muchacha no lo entendería. Empero el ansia de compartir al menos una pequeña parte de sus sentimientos, la llevó a decir:

—Pues, apenas lo sé, sólo que fue como si lo hubiese conocido desde el origen del mundo, como si nunca pudiera serme extraño, en ninguna circunstancia.

—Pero, si él nunca llegó a besarte...

—Eso no importa —repuso Igraine fatigosamente, y sollozando dijo lo que ya sabía hacía mucho tiempo y no deseaba admitir—. Aunque no volviera a ver su cara en esta vida, estoy ligada a él y así será hasta mi muerte,

No puedo creer que la Diosa haya tramado este cambio en mi vida si nunca he de volver a verle.

En la penumbra, pudo ver que Morgause la miraba perpleja y con algo de envidia, como si a los ojos de la muchacha se hubiese convertido de pronto en la heroína de un viejo romance. Quería decirle: No, no es así, no es en absoluto un romance, es simplemente lo que ha ocurrido; pero sabía que no había modo de explicárselo, ya que Morgause no tenía experiencia para distinguir el romance de esta suerte de realidad última, anclada en el fondo de la imaginación o de la fantasía. *Dejémosla creer en un romance, si eso la complace,* pensó Igraine, y se apercibió de que aquel tipo de realidad nunca llegaría a Morgause. Ella vivía en un mundo diferente.

Ahora había dado el paso de alejar al sacerdote, que era hombre de Gorlois, y otro paso al confesar a Morgause su amor por Uther. Viviane había dicho algo de mundos que se separaban el uno del otro y a Igraine le parecía que empezaba a morar en algún mundo ajeno al normal, en el que Gorlois quizá tuviera derecho a esperar que ella fuese su propiedad leal, sierva, esclava, esposa. Sólo Morgana continuaba ligándola a ese mundo. Miró a la niña que dormía con manos pegajosas, el pelo oscuro y revuelto, y a su hermana pequeña con ojos asombrados, preguntándose si, ante la llamada de cuanto le había ocurrido, abandonaría a estos últimos eslabones que la mantenían sujeta al mundo real.

Tal pensamiento le produjo gran pesar, pero interiormente musitó:

—Sí. Incluso eso.

Y ASÍ PUES EL PRÓXIMO PASO, que tanto había temido, se le tornó sencillo.

Despertó aquella noche entre Morgause y su hija, tratando de decidir lo que debía hacer. ¿Debía escapar confiando en que la parte de la Visión que poseía Uther la encontrara? Casi de inmediato rechazó la idea. ¿Debía mandar a Morgause con instrucciones secretas hasta Avalon informando de que estaba prisionera? No; si ya era de general conocimiento, un romance en el mercado, que estaba prisionera, su hermana ya habría venido a ella de pensar que sería de ayuda. Y de continuo carcomía su corazón la silenciosa voz de la duda y la desesperación. Su Visión había sido falsa... o acaso al no haberse decantado del lado de Uther, habían abandonado el plan, encontrando otra mujer para éste y para la salvación de Bretaña, como habrían hecho de estar enferma la gran sacerdotisa para la Celebración: escoger a otra en su lugar.

Por la mañana, cuando el cielo estaba ya clareando, cayó en un confuso sueño. Y allí, cuando había cesado de esperarla, encontró la guía. Al despertar, fue como si una voz dijese en el interior de su cabeza: *Desentiéndete durante este día de la niña y de la doncella, y sabrás lo que has de hacer.*

El día amaneció luminoso y brillante. Mientras desayunaban queso de cabra y pan recién horneado, Morgause miraba hacia el destellante mar y dijo:

—Estoy tan cansada de permanecer encerrada entre estos muros. No me di cuenta hasta ayer en el mercado de lo hastiada que he llegado a estar de esta casa.

—Llévate pues a Morgana y pasad el día con las mujeres de los pastores —sugirió Igraine—. A ella también le gustaría salir, imagino.

Envolvió unos trozos de carne y pan para ellas; aquello era como una fiesta para Morgana. Igraine las vio partir, esperando ahora poder evadirse de los vigilantes ojos del Padre Columba, porque aunque éste cumplía su voluntad y no le hablaba, su mirada la seguía por todas partes. Mas a media mañana, cuando se sentó a tejer, éste vino ante su presencia y habló:

—Señora...

Ella no le miró.

—Os ordené que os mantuviérais apartado de mí, sacerdote. Quejaos de mí a Gorlois cuando venga si lo deseáis, pero no me habléis.

—Uno de los hombres de Gorlois se ha herido al caer de los acantilados. Sus camaradas creen que está agonizando y me han rogado que fuera. No tenéis de qué temer; estaréis adecuadamente protegida.

Supo que, aunque nunca se le había ocurrido, si lograba desembarazarse del sacerdote, podría escapar de algún modo. En cualquier caso, ¿adónde iría? Aquél era el país de Gorlois y ninguno de sus pobladores protegería de su ira a una esposa fugada. Huir sin garantías nunca había sido su intención.

—Id y que el Diablo os lleve, para que no volváis ante mi presencia —dijo, mientras le volvía la espalda.

—Si preferís maldecirme, mujer...

—¿Por qué habría de gastar saliva maldiciéndoos? Podría desearos que lleguéis con bien a vuestro Cielo, quizá vuestro Dios encuentre más placer en vuestra compañía que yo.

Una vez se hubo marchado, apremiando a su pequeño burro para recorrer el acantilado, comprendió por qué había presentido que debía deshacerse del clérigo. A su manera, éste era un iniciado en los Misterios, aunque no en los de ella, y estaría presto a conocer y desaprobar lo que pensaba hacer. Fue a la habitación de Morgause y cogió el espejo de plata. Luego bajó a las cocinas para pedir a las criadas que encendiesen un fuego en su habitación. Se quedaron mirándola asombradas porque el día no era frío, pero lo repitió como si fuese una cosa natural y se dirigió a la cocina en busca de algunos alimentos: sal, un poco de aceite, algo de pan y una pequeña redoma de vino. Las mujeres pensarían, sin duda, que deseaba todo aquello para la comida del mediodía. Y también tomó queso, que después le echó a las gaviotas, para terminar de ocultar sus intenciones.

Fuera, en el jardín, encontró flores de espliego y se las arregló para conseguir unas cuantas frutas de escaramujo. También ramas de enebro, de las que cortó con su propio pequeño cuchillo, sólo algunas simbólicas, y una pequeña de avellano. Una vez de vuelta a su estancia, echó el cerrojo y se quitó las prendas de vestir, quedando desnuda, temblorosa ante el fuego. Nunca había hecho aquello y era consciente de que Viviane no lo aprobaría, porque quienes no estaban adiestrados en las artes de la brujería podían crearse problemas al tratar de usarlas. Pero sabía que con tales cosas podía conjurar a la Visión aun cuando no la tuviera.

Arrojó el enebro al fuego, y cuando el humo se alzó, se rodeó la frente con la rama de avellano. Colocó fruta y flores ante el fuego y luego se untó sal y aceite en los senos, tomó un bocado al pan y un sorbo al vino y después, temblando, situó el espejo de plata donde captaba los reflejos del fuego; de la cubeta que destinaba para lavar el cabello a las mujeres, vertió límpida agua de lluvia por la plateada superficie del espejo.

Susurró:

—Por las cosas comunes y las no comunes, por el agua y el fuego, por la sal, el aceite y el vino, por las frutas y las flores unidas, os ruego, Diosa, que me permitáis ver a mi hermana Viviane.

Lentamente la superficie del agua comenzó a temblar. Igraine tiritó a consecuencia de un súbito y helado viento, preguntándose por un momento si fallaría el hechizo, si su sortilegio sería una blasfemia. El confuso rostro que se formó en el espejo fue el suyo; pero luego se alteró, cambió en la asombrosa faz de la Diosa con la diadema de fresas en la frente. Y luego, cuando se aclaró y afirmó, Igraine pudo ver, pero no en la forma que esperaba, una vívida faz parlante. Distinguió una habitación que conocía, que una vez fue la cámara de su madre en Avalon. Y allí se encontraban mujeres con las oscuras ropas de las sacerdotisas. Al principio, buscó en vano a su hermana, porque las mujeres iban y venían, acá y allá, produciendo una gran confusión. Y entonces vio a su hermana, Viviane. Tenía aspecto cansado, enfermo y macilento; paseaba de un lado a otro sosteniéndose en el brazo de otra sacerdotisa, e Igraine comprendió horrorizada cuanto veía. Porque Viviane, bajo la pálida túnica de lana sin teñir, se hallaba encinta con el vientre hinchado y el rostro demudado por el sufrimiento, caminando sin cesar como Igraine recordaba que le instaron a hacer las comadronas cuando estaba de parto con Morgana...

*¡No, no! Madre Ceridwen, bendita Diosa, no... nuestra madre murió así, mas Viviane estaba tan segura de haber superado la fecundidad... y ahora morirá. No puede dar a luz a un hijo con su edad y seguir viva... entonces, al saber que había quedado encinta, ¿por qué no tomó alguna pócima para deshacerse del hijo? Este es el fracaso de todos sus planes, pues, es el final...*

*También yo he arruinado mi vida por un sueño...* luego Igraine se sintió avergonzada por pensar en su propia miseria cuando Viviane iba a dar a luz en un lecho del que difícilmente se levantaría de nuevo. Horrorizada, llorando de miedo, continuó ante el espejo; entonces Viviane levantó la cabeza, mirando más allá del rostro de la sacerdotisa en cuyo brazo se sostenía, y de sus ojos, inundados de angustia, llegó el reconocimiento y la ternura. Igraine no podía oírla, pero era como si le hablase directamente a la mente.

*Pequeña... hermana... Grainné...*

Igraine deseó gritarle con dolor, quebranto y miedo, mas no podía hacer descansar el peso de su sufrimiento sobre Viviane ahora. Vertió todo su corazón en un solo grito.

*Te oigo madre, hermana, sacerdotisa y diosa mía...*

*¡Igraine, te lo suplico, aun en esta hora no pierdas la esperanza, no te abandones! Hay una razón para todos nuestros sufrimientos, yo la he visto... y no desespero...* Y por un instante, con el vello de punta en los antebrazos, Igraine sintió realmente un leve contacto en la mejilla, como el más suave de los besos, y Viviane musitó: «Hermanita...» y luego Igraine vio el rostro de su hermana contraído por el dolor y cayó como si se desmayara en brazos de la sacerdotisa. Una ráfaga de viento rizó el

agua del espejo e Igraine vio su propio rostro, empañado por el llanto, escudriñando el agua. Estremeciéndose, cogió alguna prenda, algo con lo que calentarse y arrojó el mágico espejo al fuego. Luego se echó sobre el lecho, para llorar.

*Viviane me dijo que no desesperase. Pero, ¿cómo puedo dejar de hacerlo cuando ella está agonizando?*

Se quedó allí tendida, sollozando hasta entontecerse. Por fin, cuando no pudo derramar una sola lágrima más, se levantó fatigosamente y se lavó la cara con agua fría. Viviane estaba agonizando, quizá ya muerta. Pero sus últimas palabras habían sido para alentarla a no perder la esperanza. Se vistió colocándose al cuello la piedra lunar que Viviane le había dado. Luego, en un ligero aletear del aire ante ella, vio a Uther.

—Amada mía —dijo él, y aunque percibió el tono de su voz, la habitación continuó en silencio a la luz del destellante fuego y el crepitar de las ramitas de enebro—. Vendré a buscarte cuando el invierno esté mediado. Lo juro, vendré por ti, no importa qué me obstruya el camino. Disponte para mi llegada cuando el invierno esté mediado...

Después se encontró sola, sin más compañía que el sol que entraba en la estancia y el reflejo del mar que permanecía en el exterior; desde el patio le llegaron las risueñas voces de Morgause y su hijita.

Igraine suspiró profundamente, apurando con lentitud el resto del vino. Dado que su estómago estaba vacío, sintió que se le subía rápidamente a la cabeza en un especie de vertiginosa exaltación. Luego bajó en silencio las escaleras para recibir las noticias que sabía que iba a recibir.

## VII

Lo primero que ocurrió fue el regreso de Gorlois. Todavía influenciada por la alegría que le había producido la Visión, y espantada porque nunca había pensado que Viviane pudiese morir; ahora, pese a sus palabras de aliento, lo que no podía imaginar era que Viviane continuase viviendo. Igraine había esperado otra cosa; algo mágico de Uther o la noticia del fallecimiento de Gorlois, que la dejaría libre. La presencia del propio Gorlois, cubierto de polvo, hambriento y ceñudo, casi parecía calculada para hacerle creer que la Visión había sido una alucinación propia o un engaño del Maligno.

*Bueno, si así es, resultará bueno en otro sentido, porque significa que mi hermana vive y la visión que de ella tuve no es más que una ilusión brotada de mis propios temores.* Por consiguiente, dio la bienvenida a Gorlois con serenidad, preparándole comida, un baño y ropas limpias, y también palabras agradables. Le dejaría pensar, si ése era su deseo, que se arrepentía de su crueldad y procuraba nuevamente ganarse su favor. Ya no le preocupaba lo que Gorlois pensara o hiciera. No seguiría detestándole ni resintiéndose de aquellos primeros años miserables y desesperados. El sufrimiento la había fortalecido para lo que hubiese de venir. Sirvió a Gorlois comida y bebida, cuidándose de alojar confortablemente a sus hombres y evitar hacerle preguntas. Hizo entrar a Morgana un momento, lavada, peinada y bonita, para que saludara a su padre, haciendo luego que Isotta la llevara a su cama.

Gorlois suspiró apartando el plato.

—Crece con buen aspecto; pero es como una pequeña hada, una del pueblo de las engañosas colinas. ¿De dónde le viene tal sangre? No hay nadie así entre los míos.

—Pero mi madre es de la vieja sangre —repuso Igraine— y Viviane también. Creo que su padre debió pertenecer al pueblo de las hadas.

Gorlois se estremeció y dijo:

—Y tú ni siquiera sabes quién es su padre. Una de las cosas que los romanos hicieron bien fue acabar con ese pueblo. No temo a ningún hombre armado al que pueda matar, pero sí al pueblo subterráneo de las colinas engañosas, con sus círculos encantados, sus rayos élficos que brotan de la oscuridad derribando a un hombre, enviándolo a los infiernos, y su comida capaz de hacerte errar durante cientos de años, hechizado... El Diablo los hizo para dar muerte a los cristianos y creo que es obra de Dios darles muerte a ellos.

Igraine pensó en las hierbas y pociones que las mujeres del pueblo de las hadas llevaban a sus conquistadores para sanarlos; en las flechas envenenadas que daban término al juego cuando no había solución; en su propia madre, nacida en el pueblo de las hadas, y en el padre desconocido de Viviane. ¿Y Gorlois, como todos los romanos, acabaría con aquella gente sencilla en el nombre de su Dios?

—Bueno —dijo ella—, será según la voluntad de Dios, supongo.

—Morgana quizá debería ser llevada a un convento de mujeres santas, para que el gran diablo heredado de tu vieja sangre no la influencie —musitó Gorlois—. Ya lo veremos cuando sea lo bastante mayor. Un hombre santo me dijo una vez que las mujeres llevan la sangre de sus madres, y así ha sido desde los días de Eva, y que lo que está dentro de las mujeres, las cuales están llenas de pecado, no puede ser superado por una niña; mas un hijo llevará la sangre de su padre. Así pues, si tenemos un hijo, Igraine, no hay por qué temer que muestre la sangre del viejo y maligno pueblo de las colinas.

Una ola de rabia invadió a Igraine, pero se había propuesto no enfadarse con él.

—También eso ha de ser según la voluntad de Dios.
—Por cuanto sabía que, aunque él lo hubiera olvidado, no iba a volver a tocarla como un hombre toca a una mujer. No importaba ya cuanto dijera o hiciera—. Cuéntame lo que te ha traído al hogar tan inesperadamente, esposo mío.

—Uther, por supuesto —repuso Gorlois—. Hubo una gran entronización en la Isla del Dragón, cerca del Glastonbury de los sacerdotes; no sé cómo éstos permanecen allí, siendo un lugar pagano donde se rinde homenaje al Astado de los bosques, a las serpientes erectas y demás estupideces que no es adecuado que se realicen en una tierra cristiana. El Rey Leodegranz, que lo es del País Estival, se halla de mi lado al rehusar hacer convenios con Uther. A Leodegranz no le gusta Uther más que a mí, pero no hará la guerra contra el Pendragón por ahora; no es apropiado contender entre nosotros con los sajones reuniéndose en las costas orientales. Si los escoceses vienen este verano, nos veremos cogidos entre la espada y la pared. Y ahora Uther ha mandado un ultimátum: debo poner a los hombres de Cornwall bajo su mando o vendrá para obligarme a hacerlo. Esa es la razón de que esté aquí; podemos sostener Tintagel indefinidamente si hemos de hacerlo. Pero le he advertido a Uther que si pone el pie en Cornwall lucharé contra él. Leodegranz ha hecho una tregua con Uther hasta que los sajones abandonen estas tierras, mas yo no la haré.

—En el nombre de Dios, eso es absurdo —dijo Igraine—, porque Leodegranz está en lo cierto, los sajones no podrían aguantar si todos los hombres de Bretaña actuaran unidos. Si lucháis entre vosotros mismos, los sajones pueden atacar vuestro reino con eficacia, y dentro de

poco tiempo, todos los bretones estarán sirviendo a los Dioses Caballo.
Gorlois hizo a un lado los platos.
—No espero que una mujer sepa nada del honor, Igraine. Ven al lecho.

Había pensado que ya no le importaba lo que le hiciera, que había dejado de preocuparle; pero no estaba preparada para los desesperados esfuerzos del orgullo de Gorlois. Al final volvió a pegarle, maldiciendo.
—¡Has hecho un encantamiento contra mi virilidad, condenada bruja!
Cuando éste cayó en un rendido sueño, a Igraine le ardían los golpes recibidos en el rostro, y yacía despierta sollozando calladamente a su lado. ¿Era ésta la reacción de Gorlois ante su docilidad, la misma que ante sus palabras airadas? Ahora, de hecho, estaba justificado que lo odiara, y en cierto modo la aliviaba no sentirse culpable por su aborrecimiento. Súbitamente, y con gran intensidad, deseó que Uther le diera muerte.
A la mañana siguiente, con las primeras luces, él se alejó llevándoselo todo menos media docena de hombres que permanecieron para defender Tintagel. Por la conversación que oyó en el salón antes de que se fuera, supo que pensaba tenderle una emboscada al ejército invasor de Uther cuando saliese de los páramos hacia el valle. Y todo aquello que él llamaba honor, privaría a la Bretaña de su Rey Supremo, dejando desnuda a la tierra como a una mujer para que fuera violada por las hordas sajonas; todo porque no era lo bastante hombre para su mujer y temía que Uther lo fuese.
Cuando se hubo marchado, los días fueron pasando lluviosos y silentes. Luego llegaron los primeros fríos, la nieve cayendo sobre los páramos, e incluso éstos se perdían de vista a no ser en lo más claro del día. Ansiaba noticias; se sentía como un tejón atrapado en una madriguera.

Mediado el invierno. Uther le había dicho que llegaría cuando el invierno estuviera mediado, pero ahora se preguntaba si todo habría sido sólo un sueño. Mientras los días otoñales iban sucediéndose, oscuros y fríos, empezó a dudar de su visión, aunque entendía que ningún intento de repetirla, para asegurarse, sería de ayuda. Durante su infancia le habían enseñado que tal dependencia de las artes mágicas era errónea. Estaba permitido buscar un atisbo de luz en la oscuridad, y eso lo había hecho ya; pero la magia no debía convertirse en unas muletas necesarias para caminar o llegaría a ser incapaz de dar un solo paso sin necesitar una guía sobrenatural.

*Nunca he sido capaz de confiar en mí misma,* pensó amargamente. Cuando era niña pretendía que Viviane la orientara; y en cuanto fue mujer, se desposó con Gorlois y éste creyó que se apoyaría en él para cualquier cosa o, en su ausencia, que se volvería hacia el Padre Columba para buscar su constante consejo.

Consiguientemente ahora, reconociendo que había llegado la ocasión de llevar los asuntos a su manera, procuró no depender mas que de sí misma. Enseñó a hilar a su hija, y a Morgause a combinar los colores en el tejido; hizo acopio de alimentos, porque comenzaba a parecer que el invierno sería más frío y largo de lo habitual; también escuchaba ávidamente los fragmentos de noticias que los pastores contaban en el mercado o las de cualquier viajero, aunque no había muchos puesto que el invierno se abatía sobre Tintagel.

Un día, una buhonera llegó al castillo, envuelta en harapos y chales rotos, fatigada y con los pies llagados. Sólo calzaba unas tiras de trapo y no iba muy limpia, pero Igraine la hizo pasar ofreciéndole un lugar junto al fuego y le sirvió estofado de rica carne de cabra con pan viejo. Cuando vio que la mujer cojeaba debido a una herida producida por una piedra, le pidió al cocinero que calentase agua y le llevase trapos limpios para vendarla. Sacó dos agujas del atado de la mujer; eran gruesas, ella las tenía mejores, pero servirían para enseñarle a Morgana a dar las primeras puntadas. Luego, pensando que se lo había ganado, le preguntó a la mujer si había noticias del norte.

—Soldados, señora —dijo la vieja, suspirando— y sajones reuniéndose en los caminos, y una batalla... Y Uther con el estandarte del dragón, con los sajones al norte de sus tropas y, dicen, que el Duque de Cornwall también va contra él desde el sur. Guerra por todas partes, incluso en la Isla Sagrada.

Igraine inquirió.

—¿Venís de la Isla Sagrada?

—Sí, señora, me desorientaron los lagos y me perdí en la niebla... Los sacerdotes me dieron pan viejo, me dijeron que fuera a misa, a confesar, pero, ¿qué pecados va a tener una vieja como yo? Mis pecados ya están todos cometidos, todos olvidados y perdonados, ya no me queda arrepentimiento —repuso con su ligera risa; a Igraine le pareció que no tenía mucho ingenio, y que el poco que tenía, había sido disipado por las privaciones, la soledad y el largo errar—. Ciertamente, los viejos y los pobres tienen pocas oportunidades de pecar, salvo dudando de la bondad divina, je, je, je... mas no me apetecía oír misa y hacía más frío en el interior de la iglesia que fuera, así es que vagabundeé entre la bruma y la niebla, luego vi un bote y de alguna forma llegué a la Isla Sagrada; allí las mujeres de la Señora me permitieron comer y calentarme, como vos... je, je, je...

—¿Visteis a la Señora? —preguntó Igraine, inclinándose para ver de cerca la cara de la mujer—. Oh, dadme noticias de ella, es mi hermana.

—Ay, me dijo tantas cosas, que su hermana era la esposa del Duque de Cornwall, si es que éste seguía vivo, lo cual desconocía, je, je, je... Oh, sí, me entregó un mensaje para vos, ése es el motivo de que viniera cruzando páramos y peñones, donde mis pobres pies recibieron cortes de todas las piedras, je, je, je... ahora, de lo que me dijo, pobre de mí, no me acuerdo, creo haber perdido el mensaje entre las nieblas de la Isla Sagrada; los sacerdotes, ya sabéis, me dijeron que no había ninguna Isla Sagrada, por siempre jamás, que se había hundido en el mar y que, si creía haber sido atendida allí, era a causa de brujerías y engaños del diablo... —Se detuvo, doblándose por la risa; Igraine aguardó.

Finalmente le preguntó:

—Habladme de la Señora de Avalon. ¿La visteis?

—Oh, sí, no es como vos, sino una mujer portentosa, menuda y morena... —A la mujer se le avivaron los ojos—. Ahora recuerdo el mensaje. Era: «Dile a mi hermana que debe recordar sus sueños y no perder la esperanza», y me reí con aquello, je, je, je, ¡qué buenos son los sueños! Excepto, quizá, para ustedes, señoras de las grandes casas, pero lo son para nosotros que vagamos por los caminos en la niebla... Ah, sí, también esto: tuvo un hermoso hijo en el tiempo de la cosecha, me mandó deciros que se encontraba bien, más allá de toda esperanza y previsión, y que al niño le había llamado Galahad.

Igraine dejó escapar un largo suspiro de alivio. Así pues, Viviane, contra toda esperanza, había sobrevivido al parto.

La buhonera prosiguió:

—También dijo, je, je, je, que era hijo de un rey y que era apropiado que el hijo de un rey sirviera a otro... ¿Tiene esto algún significado para vos, señora mía? Suena como a delirios y disparates, je, je, je... —Y estalló en una carcajada, encorvándose bajo los harapos y extendiendo sus escuálidas manos al calor del fuego.

Pero Igraine sabía el significado del mensaje. *El hijo de un rey ha de servir a otro.* Viviane le había dado un hijo al rey Ban de la Baja Bretaña, tras el rito del Gran Matrimonio. Y si en la profecía que ella y Merlín habían hecho, Igraine debía darle un hijo a Uther, Rey Supremo de Bretaña, el primero habría de servir a éste. Por un instante se sintió estremecida al borde de una risa histérica igual a la de la demente anciana. *¡La novia aún no ha sido llevada al lecho y ya estamos haciendo preparativos para la crianza de los hijos!*

En su exultante estado, Igraine veía a aquellos hijos,

149

al nacido y al nonato, moviéndose en torno a ella como sombras; ¿iba a ser el hijo de Viviane, Galahad, el gemelo oscuro, el azote de su hijo nonato con Uther? A Igraine le pareció poder verlos en el oscilar del fuego: un moreno y esbelto vástago con los ojos de Viviane; un jovencito de pelo luminoso como el de un hombre del norte... y luego, resplandeciendo en el fuego, vio la Sagrada Regalía de los druidas, guardada ahora en Avalon desde que los romanos incendiaron las sagradas arboledas —plato, copa, espada y lanza, brillando y relumbrando a los cuatro elementos: el plato por la tierra, la copa por el agua, la espada por el fuego y la lanza o vara por el aire... pensó, adormecida, agitándose cuando el hogar llameó y osciló, que había una parte de regalía para cada uno de ellos. *Cuán afortunados.*

Parpadeó repentinamente, incorporándose. Del fuego no quedaban más que rescoldos; la vieja buhonera dormía con los pies cubiertos por chales y harapos, tan próxima al fuego como podía. No estaban solas en la sala. La doncella de compañía dormitaba en un banco, arropada con una capa y un chal; el resto de los sirvientes se habían ido a la cama. ¿Llevaba media noche adormecida junto al fuego y lo había soñado todo? Despertó a la doncella de compañía, que se fue rezongando a su cama. Dejando a la vieja buhonera dormir junto al fuego, Igraine se dirigió tiritando hacia su aposento, tendiéndose junto a Morgana y abrazándola con fuerza, como para ahuyentar aquellas temerosas fantasías.

LLEGÓ EL INVIERNO, con crudeza. No había mucha madera para quemar en Tintagel, sólo una especie de roca que ardía, pero humeaba endemoniadamente ennegreciendo puertas y techos. A veces quemaban algas secas, que hacían que todo el castillo oliese a pescado muerto como el mar cuando hay marea baja. Y por último, comenzaba a haber rumores de que los ejércitos de Uther se acercaban a Tintagel, preparados para cruzar los grandes páramos.

En condiciones normales, el ejército de Uther podía someter a los hombres de Gorlois. *Pero, ¿y si sufrían una emboscada? Uther no conocía el territorio.* Se sentiría bastante amenazado por el agreste y desconocido terreno, sabiendo que los ejércitos de Gorlois estarían agrupándose junto a Tintagel. ¡Uther no esperaría una emboscada tan cerca!

No podía hacer nada, salvo esperar. Era el sino de la mujer: sentarse en el hogar, fuese castillo o cabaña; así había sido desde la llegada de los romanos. Antes, las tribus celtas seguían los consejos de las mujeres, y muy al norte existió una isla de guerreras que fabricaban armas y enseñaban a los jefes guerreros a usarlas...

Igraine permaneció despierta noche tras noche, pensando en su marido y en su amante. *Si puede llamarse así a un hombre con el que ni siquiera se ha cruzado un beso*, pensó. Uther había jurado que llegaría hasta ella mediado el invierno, pero, ¿cómo iba a cruzar los páramos y escapar de la trampa de Gorlois, que andaba al acecho...?

¡Si fuera una hechicera o una sacerdotisa como Viviane! Había oído muchas historias en las que el mal estaba implicado en las prácticas de brujería mediante las cuales se trataba de influenciar en la voluntad de los Dioses en beneficio de la voluntad propia. ¿Era, entonces, bueno permitir que Uther fuese detenido y sus hombres muertos? Se dijo que Uther tendría espías y exploradores, y no necesitaría la ayuda de ninguna mujer. Aun así, sentía, con desconsuelo, que podía hacer algo mejor que sentarse a esperar.

Pocos días antes de la noche del solsticio de invierno, se desencadenó el azote de una tormenta que duró dos días, y fue tal su fuerza que Igraine pensó que nada que no lograra guarecerse como un conejo en su madriguera sobreviviría en los páramos. Incluso bajo la protección de los muros del castillo, la gente se apiñaba junto a los escasos fuegos y escuchaba temblando el rugir del viento. Durante el día era tal la oscuridad, que Igraine ni siquiera podía ver lo suficiente para hilar. Las provisiones de teas eran tan limitadas que no se atrevía a abusar de su uso por temor a agotarlas prematuramente, ya que aún quedaba por soportar buena parte del invierno. Por tanto, la mayor parte del tiempo, se sentaban a oscuras y ella trataba de recordar viejas historias de Avalon, para tener a Morgana entretenida y callada, y a Morgause lejos del enojoso aburrimiento y el cansancio.

Mas cuando finalmente la niña y la joven caían dormidas, se sentaba envuelta en la capa ante los restos del pequeño fuego, demasiado tensa para acostarse, sabiendo que en caso de hacerlo, yacería insomne tratando de penetrar con sus ojos la oscuridad, intentando enviar sus pensamientos a los bandos situados entre... ¿dónde? ¿A Gorlois para descubrir adónde le había conducido su traición? Porque era una traición: había jurado aliarse con Uther como Rey Supremo y luego, a causa de sus celos y desconfianza, roto su palabra. ¿O a Uther, que trataba de acampar en aquellos desconocidos páramos azotados por la tormenta, perdido, cegado?

¿Cómo podría alcanzar a Uther? Trató de reunir todos los recuerdos del breve adiestramiento en magia recibido cuando era una muchacha en Avalon. El cuerpo y el alma, le enseñaron, no están firmemente unidos; en el sueño, el alma abandona el cuerpo y va hacia el país de los sueños, donde todo es ilusión y desatino, y a veces, los druidas avanzados, al país de la verdad, adonde la dirección de Merlín la llevó en aquel sueño.

Una vez, cuando estaba dando a luz a Morgana y los dolores parecían eternizarse, abandonó momentáneamente el cuerpo para verse desde arriba: un ser atormentado, rodeado de comadronas y asistido por sus mujeres, mientras flotaba, exaltada y ajena al dolor; luego alguien se inclinó sobre ella, diciéndole con premura que debía esforzarse más, porque ya podían ver la cabeza del niño. Entonces retornó encontrándose con un renovado dolor y un feroz encono que había olvidado. Pero, si pudo hacerlo entonces, también podría hacerlo ahora. Temblando bajo la capa, Igraine miró el fuego conminándose, con toda su voluntad, a estar en *otra parte*...

Lo consiguió. Parecía hallarse ante sí misma, su entera conciencia agudamente enfocada. La diferencia principal era que ya no seguía escuchando el salvaje embate de la tormenta contra los muros del castillo. Evitó mirar atrás, porque le habían dicho que cuando se abandona el cuerpo nunca debe hacerse, o éste atraerá hacia sí al alma; pero de alguna manera veía sin los ojos cuanto la rodeaba, sabiendo que su cuerpo seguía inmóvil ante las agonizantes brasas. Ahora que lo había realizado se estremeció al pensar: *Primero debí haber avivado el fuego*; pero sabía que si regresaba a su cuerpo, nunca tendría el coraje de volver a intentarlo.

Pensó en Morgana, el lazo viviente entre ella y Gorlois; aunque ahora él la rechazara hablando mordazmente de la niña, el lazo seguía allí y podía encontrar a Gorlois si lo buscaba. Incluso cuando este pensamiento se formó en su mente, ella estaba en otra parte...

¿Dónde estaba? Hubo un destello procedente de una pequeña lámpara, y junto a la débil luz vio a su marido, rodeado por un grupo de cabezas: hombres reunidos en una de las pequeñas cabañas de piedra de los páramos.

Gorlois estaba diciendo:

—He luchado junto a Uther durante muchos años, con Ambrosius, y si en algo le conozco, él contará con el valor y la sorpresa. Su gente no tiene experiencia sobre el clima de Cornwall y no se les ocurrirá que, aunque el sol esté oculto tras la rugiente tormenta, todo quedará despejado después de medianoche; así pues, no se moverá hasta el amanecer y saldrá en el momento en que el sol esté sobre el horizonte, esperando caer sobre nosotros a hora temprana. Pero si podemos rodear su campamento durante el tiempo que ha de transcurrir desde que el cielo se despeje hasta el alba, podemos sorprenderlos mientras levantan el campamento. Se hallarán preparados para la marcha, no para la batalla. Con un poco de suerte podremos capturarlos antes de que usen las armas. Una vez que el ejército de Uther sea desmantelado, si él logra sobrevivir, volverá la espalda alejándose de Cornwall, para nunca más volver. —Al débil resplandor de la luz, Igraine vio a Gorlois enseñando los dientes como un animal—. Y si él muere, sus ejércitos se diseminarán como una colmena cuando han matado a la reina.

Igraine retrocedió; incluso incorpórea como un espectro, le parecía que Gorlois *debía* estar viéndola flotando allí. De hecho, levantó la cabeza frunciendo el ceño y se rascó la mejilla.

—He sentido una ráfaga de aire. Hace frío aquí —murmuró.

—¿Y qué tiene de extraño? Aquí hace tanto frío como en una fosa, con la nieve cayendo como lo está —masculló uno de sus hombres, pero aun antes de que hubiera terminado de pronunciar las palabras, Igraine se marchó, flotando en un limbo incorpóreo, tiritando, resistiendo el fuerte impulso de volver a Tintagel. Ansiaba la sensación de la carne, del fuego; y no deseaba vagar entre mundos, como el aleteante espectro de un muerto...

¿Cómo podría llegar a Uther para advertirlo? No había vínculo entre ellos; ni siquiera había cruzado con él un beso de pasión que, al atar sus envolturas carnales, pudiera vincularlo al incorpóreo espíritu que era ahora. Gorlois la había acusado de adulterio; e Igraine volvió a desear ardientemente que hubiera sido cierto. Permanecía ciega en la oscuridad, incorpórea, situada en ninguna parte; y sabía que el destello de un pensamiento bastaría para devolverla a la estancia de Tintagel, donde su cuerpo, atenazado y aterido, se hallaba laxo ante el mortecino fuego. Pugnó por continuar en aquella angustiosa y cegadora oscuridad, debatiéndose, implorando en silencio: *Dejadme llegar a Uther*; sin saber que las extrañas leyes del mundo en que se hallaba ahora lo hacían imposible; en su cuerpo actual no tenía vínculos con Uther.

*Pero mi vínculo con Uther es más fuerte que el de la carne porque ha perdurado más de una vida.* Igraine se sintió a sí misma discutiendo con algo impalpable, como si apelase a un juicio superior al que fuera que propugnaba las leyes de esta vida. La oscuridad semejaba presionarla y sintió que no podía respirar, que en alguna parte allí abajo el cuerpo abandonado se estaba helando y le faltaba el aliento. Algo en su interior clamó: *Vuelve, vuelve. Uther es un hombre maduro y no necesita tus cuidados;* y ella misma contestó, luchando por permanecer donde estaba: *Es sólo un hombre, no está a salvo de traiciones.*

Ahora la opresiva oscuridad se hizo aún más profunda e Igraine supo que no miraba a su ser propio e invisible, sino a algún otro. Aterida, tiritando, torturada, no escuchaba con los oídos de su cuerpo, sino percibiendo con cada nervio de su ser un mandato:

—Regresa. Debes regresar. No tienes derecho a estar aquí. Las leyes fueron promulgadas y establecidas; no puedes seguir aquí sin una pena.

Se oyó decir a la extraña oscuridad.

—Si debo, pagaré la pena exigida.

—¿Por qué pretendes ir donde está prohibido?

—Debo advertirle —repuso frenética; y entonces, de súbito, como una mariposa que extendiera sus alas al salir del capullo, algo en ella que era más fuerte que ella misma se abrió desplegando sus alas y la oscuridad circundante desapareció, y la pavorosa sombra que la rodeaba no fue más que una figura velada, una mujer, una sacerdotisa, pero no la Diosa ni la vieja y corva Muerte. Igraine dijo con firmeza:

—Estamos vinculados y juramentados, vida con vida y aún más allá de ésta; no tienes derecho a prohibírmelo.

De repente, Igraine notó que en sus brazos se hallaban enroscadas las serpientes doradas que viera en el extraño sueño del anillo de piedras. Levantó los brazos y habló en un extraño lenguaje. Nunca pudo, posteriormente, recordar más de media sílaba, sólo algo que comenzaba con un gran «Aaahhh...» y que era una palabra poderosa; ni supo cómo la palabra llegó hasta ella en tan extrema circunstancia, a ella que ni siquiera había sido sacerdotisa en su presente vida. La severa figura que estuvo ante ella desapareció e Igraine vio luz, una luz como la del sol al amanecer...

No, era una tenue luz, una tea sujeta toscamente a una delgada asta en un tocón de madera, no más que un destello en las frías tinieblas de una pequeña cabaña de paredes de piedra, derruida y burdamente reparada con fardos de cañaveras. Pero a causa de alguna curiosa e inexistente luz, o quizás inmaterial, podía ver sin usar sus ojos en la oscuridad. Pudo distinguir varias caras en la penumbra, caras que estuvieron cerca de Uther en Londinium: reyes, jefes y soldados. Exhaustos y ateridos, se acurrucaban en torno a la escasa luz como si el oscilante fuego pudiese calentarlos de algún modo. Y Uther estaba entre ellos, sombrío y fatigado, las manos sangrándole a causa de los sabañones y el sayo de lana cubriéndole la cabeza y la barbilla. Aquél no era el orgulloso, el regio amante que contempló en su primera visión, ni el torpe y desmañado joven que entrara en la iglesia molestando a los presentes; pero aquel hombre cansado y macilento, de pelo húmedo y desordenado y rostro enrojecido por el frío, le resultaba más real, más atractivo que antes. Igraine, sintió lástima, y deseó rodearlo con sus brazos para protegerlo. Tuvo la sensación de haber gritado, ¡*Uther!*

Supo que él la oyó, porque le vio levantar la cabeza escudriñando todo el gélido refugio, temblando como si un frío viento le hubiese tocado; luego *vio*, a través de las capas y sayos que envolvían su cuerpo, las serpientes enroscadas en sus brazos. No eran reales; se retorcían como si estuviesen vivas cuando ninguna serpiente jamás conocida por la humanidad hubiera abandonado su madriguera con tan mal tiempo. Pero las vio, y de alguna manera, Uther la vio a ella también. Abrió la boca para hablar, mas ella le acalló con un imperativo gesto.

—*¡Debéis moveros y aprestaros a marchar o estaréis condenado!* —El mensaje no se formó en su mente como palabras, pero sabía que había ido directamente desde su mente a la de él—. *La nieve cesará de caer tras la medianoche. Gorlois y sus soldados piensan que permaneceréis* *aquí y caerán sobre vosotros. Debéis estar preparado para afrontar el ataque.*

Las palabras sin sonido le apremiaron, terminando con los últimos restos de la fuerza de ella. Mientras se formaban, Igraine se apercibió de que la fuerza de voluntad que la había llevado hasta allí atravesando el golfo, contra las leyes de este mundo, desaparecían. No estaba avezada en tal tarea y se resistió, sin querer dejarle con aquella advertencia no pronunciada. ¿La creerían, se prepararían para enfrentarse a Gorlois? ¿O permanecerían allí, inmóviles en la oscuridad tras la tormenta y Gorlois los sorprendería como un zorro a las gallinas en el gallinero? Pero no podía hacer más. Un frío mortal, el desmayo de la fatiga extrema, se hicieron presentes; sintió que se desvanecía en el frío y en las tinieblas, como si la tormenta invadiera todo su cuerpo...

... yacía en el suelo de piedra, ante las cenizas del fuego. Sobre ella soplaba un viento helado, como si la tormenta que la persiguiera durante toda su visión se desencadenara también allí, dentro de su cuerpo... No, no era eso. Los postigos de madera de la habitación se habían abierto con el agónico frenesí de la tormenta; estaban golpeteando y cortinas de fría lluvia entraban en la estancia.

Tenía frío. Tanto, que le pareció que nunca volvería a moverse, que yacería allí helándose hasta que la invadiera gradualmente el sueño de la muerte. En aquel momento no le importó.

*Tiene que haber algún castigo por romper el tabú; ésa es la ley. He hecho algo prohibido y no puedo salir indemne. Si Uther ha conseguido salvarse, lo acepto, aunque tal castigo sea la muerte...* y efectivamente, ovillándose y procurando protegerse con el insuficiente abrigo de la capa, presintió que la muerte sería misericordiosa. Al menos, le evitaría el frío...

Pero Morgana, que dormía en el lecho cercano a la ventana, se helaría o acaso cogiese una pulmonía, si ésta no se cerraba... Igraine no hubiera podido moverse por su propio bien, pero por su hija y su inocente hermana se obligó dolorosamente a moverse, a hacer que las manos y los pies entumecidos volvieran a la vida. Torpemente, desplazándose como si estuviera borracha, fue dando tumbos hasta la ventana y pugnó con las heladas manos para cerrarla. Por dos veces se la arrebató el viento de entre los dedos, y se oyó sollozar mientras volvía a intentarlo. No lo sintió, pero supo que se había roto una uña en su lucha con el postigo que se le resistía como si fuese un ser vivo. Finalmente, aferrando el cierre entre las manos, lo trabó en un supremo esfuerzo, pillándose un dedo, frío y azul, con el marco al cerrar la falleba.

Seguía haciendo frío en la habitación, un frío glacial, y estaba segura de que sin el fuego, Morgana y también Morgause enfermarían... No deseaba más que tenderse en la cama entre ellas, todavía envuelta en la capa, para calentarse con sus jóvenes y cálidos cuerpos, pero aún faltaban horas hasta el amanecer y había sido ella quien había dejado desatendido el fuego. Tiritando, arrebujándose en la capa, cogió un cazo del hogar y bajó las escaleras, sintiendo los pies doloridos cuando golpeaban en la piedra. En la cocina, tres sirvientas se arracimaban junto al hogar; hacía frío allí y un hirviente puchero colgaba de un largo gancho sobre el fuego: atole para la comida de la mañana, sin duda. Bueno, era su cocina y su atole. Igraine introdujo una taza en el puchero y tomó del caliente contenido de gachas sin sal. Luego llenó la sartén de carbones al rojo y la tapó; sujetándola con un pliegue de la falda, volvió a subir las escaleras. Se encontraba débil y temblorosa, pese a la bebida caliente, estremeciéndose con tal violencia que temió caer. *No debo caer, porque si lo hago nunca volveré a levantarme y la sartén prenderá fuego a algo...*

Se acuclilló frente al apagado hogar de su habitación, percibiendo que grandes temblores sacudían su cuerpo y que el dolor oprimía su pecho; mas ya no tenía frío, el calor la inundaba. Alimentó los carbones pacientemente con trozos de yesca del arcón, después con palitos y, por fin, los leños prendieron chisporroteando hasta el techo.

Igraine tenía tal calor ahora que se desprendió de la capa y fue tambaleándose al lecho; levantó a Morgana y se tendió con la niña entre los brazos; pero no sabía si para dormir o para morir.

No, NO ESTABA MUERTA. La muerte no provocaba tales sacudidas y escalofríos... Era consciente de que había yacido durante mucho tiempo envuelta en paños calientes que, al enfriarse, le quitaban y renovaban; de que le hacían tragar bebidas calientes, a veces nauseabundas mezclas de hierbas contra la fiebre y en otras fuertes licores con agua caliente. Días, semanas, años, siglos pasaron por ella mientras permanecía temblando, ardiendo y sufriendo a causa del horroroso mejunje que le hacían tragar estando demasiado débil incluso para vomitarlo. Una vez Morgause, acercándosele, le preguntó enojada:

—Si estabas enferma, ¿por qué no me despertaste para que avivase el fuego?

La oscura figura que se había opuesto a su viaje estaba en un rincón de la estancia y ahora Igraine pudo ver su rostro: era la corva Muerte que guarda las puertas de lo prohibido y ahora la castigaría... Morgana fue a verla con la carita sombría y asustada, e Igraine quiso sosegarla, pero estaba demasiado débil para hablar. Y Uther también se hallaba allí, aunque le parecía que nadie podía verle y no era decoroso pronunciar ningún nombre salvo el de su esposo... Nadie pensaría mal de ella si decía el nombre de Gorlois. Pero, aunque se estuviera muriendo, no deseaba pronunciar el nombre de Gorlois; nada quería de él, ni en la vida ni en la muerte.

¿Había traicionado a Gorlois con aquella brujería prohibida? ¿O fue un sueño tan sólo, no más real que el intento de advertir a Uther? ¿Lo había salvado? Le parecía estar vagando nuevamente por gélidos espacios, procurando ciegamente obligarse a cruzar la tormenta para dar el aviso. En una ocasión el Padre Columba se le acercó murmurando en latín, y se puso frenética. ¿Con qué derecho venía a molestarla cuando no podía defenderse? Había realizado brujerías, y según sus cánones, era una mujer maligna. Por tanto, habría ido a condenarla por traicionar a Gorlois, a vengar a su señor. La tormenta volvió, azotándola, y deambuló interminablemente en medio de ésta, tratando de encontrar a Morgana, que se había perdido, pero sólo Morgause se hallaba allí, ostentando la corona de los Reyes Supremos de Bretaña. Luego Morgana apareció en la proa de una barca que, atravesando el Mar Estival, se dirigía a las costas de Avalon. Morgana vestía ropas de sacerdotisa, las que pertenecieron a Viviane... Después todo fue oscuridad y silencio.

Los rayos del sol entraban en la habitación cuando despertó, descubriendo que no podía incorporarse.

—Quedaos quieta, señora mía —dijo Isotta—, dentro de un momento os traeré vuestra medicina.

Igraine respondió, sorprendida de poder susurrar todavía:

—Si he sobrevivido a vuestros brebajes, probablemente sobreviviré a esto también. ¿A qué día estamos?

—Sólo faltan diez días para el solsticio de invierno y, en cuanto a lo que sucedió, señora mía, todo lo que sabemos es que debió apagarse el fuego de vuestra habitación durante la noche y abrirse las ventanas. La dama Morgause afirma que despertó al oíros cerrarlas y que luego salisteis, volviendo con una sartén. Pero nada dijisteis cuando avivabais el fuego y no supo que estabais enferma hasta la mañana, cuando ardíais de fiebre sin reconocer ni a ella ni a la niña.

Era aquélla una sencilla explicación. Pero Igraine creía que su enfermedad había sido provocada por algo más, un castigo por su intento de practicar brujerías más allá de sus facultades, de forma que el cuerpo y el espíritu quedaron vaciados de forma casi irrecuperable.

—¿Qué ha sido de...? —Igraine se detuvo, no podía preguntar por Uther, ¿en qué estaría pensando?—. ¿Hay noticias de mi señor Duque?

—Ninguna, señora mía. Sabemos que hubo una batalla, pero no llegarán noticias hasta que los caminos se despejen tras la gran tormenta —dijo Isotta—. Mas ahora no debéis seguir hablando, señora, sino tomar atole caliente y procurar dormir.

Pacientemente, Igraine se tomó las gachas calientes que le ofrecieron y se durmió. Las noticias llegarían a su debido tiempo.

# VIII

En vísperas del solsticio, el tiempo volvió a cambiar, mejorando. Durante todo el día la nieve se fue fundiendo y el agua empezó a correr, los caminos se llenaron de barro y la niebla descendió levemente sobre el mar y el patio, de manera que las voces y los susurros parecían resonar interminablemente cuando alguien hablaba. Por un instante, a primeras horas de la tarde, salió el sol, e Igraine bajó al patio por vez primera desde su enfermedad. Se sentía bastante recobrada ya y ansiaba, como todos, recibir noticias.

Uther juró que vendría la noche del solsticio. ¿Cómo iba a conseguirlo con los ejércitos de Gorlois de por medio? Todo el día permaneció callada y abstraída; incluso le riñó agriamente a Morgana, que corría a su alrededor como un animalillo salvaje, jubilosa de su libertad tras el confinamiento y el frío del tiempo invernal.

*¡No debo ser dura con la niña porque mi mente esté ocupada por mi amado!*, pensó Igraine, y airada consigo misma, llamó a Morgana y la besó. Un escalofrío la sacudió al posar los labios en la suave mejilla; por la brujería realizada, al advertir a su amado de la emboscada de Gorlois, podría haber condenado al padre de su hija a la muerte...

... pero no. Gorlois había traicionado a su Rey Supremo; cualquier cosa que ella, Igraine, hubiese hecho o dejado de hacer, no podía evitar su muerte, y la merecía por su traición. A menos que hubiese completado su traición matando al hombre que su juramentado rey, Ambrosius, designara para defender a toda la Bretaña.

El Padre Columba se acercó a ella, insistiendo en que prohibiese a sus doncellas y sirvientes que encendieran los fuegos de solsticio.

—Y vos misma deberíais darles buen ejemplo viniendo esta noche a misa —la urgió—. Ha pasado mucho, señora mía, desde que recibisteis los sacramentos.

—He estado enferma —repuso con indiferencia—, y en cuanto a los sacramentos, me parece recordar que me disteis los últimos cuando yacía postrada. Aunque puedo haberlo soñado, ¡soñé tantas cosas!

—Muchas de ellas —dijo el sacerdote—, de la clase que una mujer cristiana no debería soñar. Fue en bien de mi señor que os di los sacramentos cuando no teníais posibilidad de confesaros y recibirlos dignamente.

—Sí, ya sé que no fue por mi bien —repuso Igraine, torciendo ligeramente la boca.

—No me atrevería a poner límites a la clemencia de Dios —dijo el sacerdote, e Igraine entendió la parte no expresada de su pensamiento: él temía errar si se inclinaba hacia la benevolencia, porque Gorlois, por algún motivo, cuidaba de aquella mujer, dejando que fuera Dios quien se mostrara duro con ella, como sin duda se mostraría...

Mas por último dijo que iría a misa. Aunque no le gustara la nueva religión, Ambrosius había sido cristiano, el cristianismo era la religión de la gente civilizada de Bretaña e inevitablemente se extendería; Uther debería someterse a la observancia pública, cualesquiera que fuesen sus íntimas convicciones religiosas. Ella no sabía realmente, no había tenido la oportunidad de descubrir cómo pensaba en materias de conciencia. ¿Lo sabría alguna vez? *Juró llegar hasta mí en el solsticio de invierno.* Mas Igraine bajó la mirada procurando prestarle estricta atención al oficio religioso.

Había caído el crepúsculo e Igraine hablaba en la cocina con sus sirvientas, cuando se oyó una conmoción al final del acantilado, ruido de jinetes y un grito en el patio. Se echó la caperuza sobre los hombros y corrió, Morgause en pos de ella. En la puerta había hombres con capas romanas como la que llevaba Gorlois, pero los guardas les impedían el acceso con las largas lanzas.

—Mi señor Gorlois dejó órdenes; nadie excepto el propio Duque entrará en su ausencia.

Uno de los que estaban en el centro del grupo de recién llegados se irguió en toda su gran estatura.

—Soy Merlín de Bretaña —dijo, y su voz retumbó en el crepúsculo y la niebla—. Apartaos, ¿acaso vais a negarme el paso a *mí*?

El guarda se retiró con instintiva deferencia, pero el Padre Columba dio un paso al frente, con imperativo gesto de rechazo.

—Yo os lo negaré. Mi señor el Duque de Cornwall dijo que especialmente vos, viejo brujo, no entraríais aquí jamás.

Los soldados abrieron la boca de asombro, e Igraine, pese a su ira, ¡estúpido sacerdote entrometido!, tuvo que admirar su valentía. No era fácil desafiar al Merlín de toda la Bretaña.

El Padre Columba alzó la gran cruz de madera que colgaba de su cinturón.

—¡En el nombre de Cristo os lo ordeno! ¡En el nombre de Dios, volved al reino de tinieblas de donde vinisteis!

La retumbante risa de Merlín levantó ecos en los altos muros.

—Mi buen hermano —dijo—, vuestro Dios y el mío son uno y el mismo. ¿Realmente creéis que me desvaneceré con vuestro exorcismo? ¿Acaso creéis que soy un perverso diablo de las tinieblas? No, a menos que consideréis la caída de la noche de Dios como la llegada de la oscuridad. Vengo de una tierra que no es más tenebrosa que el País

Estival, y debéis observar a estos hombres que vienen conmigo portando el anillo de su señor el Duque de Cornwall. Mirad.

La luz de la antorcha se avivó cuando uno de los hombres extendió una mano desnuda. En el dedo índice brillaba el anillo de Gorlois.

—Dejadnos entrar ahora, padre, porque no somos diablos, sino mortales ateridos y fatigados, y hemos caminado largamente. ¿O debemos persignarnos y entonar una plegaria para demostrároslo?

Igraine se adelantó, humedeciéndose los labios con nerviosismo. ¿Qué estaba pasando allí? ¿Por qué razón llevaban el anillo de Gorlois si no eran mensajeros de éste? Si lo hubieran sido, habrían apelado a ella. No reconoció a ninguno, ni Gorlois hubiera escogido a Merlín como su mensajero. ¿Estaba muerto Gorlois, y le notificaban su fallecimiento de aquel modo?

—Dejadme ver el anillo. ¿Es realmente ésta su señal o un hechizo? —dijo súbitamente, con voz áspera.

—Es realmente su anillo, Lady Igraine —repuso una voz conocida e Igraine, al inclinarse para ver el anillo a la luz de la antorcha, descubrió manos familiares, grandes, anchas y callosas; y sobre éstas, lo que sólo había contemplado en la visión. En torno a los velludos brazos de Uther, tatuadas con tinta azul, había dos serpientes enroscadas, una en cada muñeca. Creyó que le fallarían las piernas y se desplomaría sobre las piedras del patio.

Lo había jurado: *Llegaré hasta vos mediado el invierno.* ¡Y había llegado, portando el anillo de Gorlois!

—¡Mi señor Duque! —exclamó el Padre Columba impulsivamente, adelantándose, pero Merlín levantó la mano para impedirle hablar.

—¡Silencio! El mensajero es secreto —dijo—. No habléis. —Y el sacerdote retrocedió, creyendo que el encapuchado era Gorlois, confuso pero obediente.

Igraine hizo una reverencia, luchando aún contra la incredulidad y el desmayo.

—Entrad, mi señor —dijo. Y Uther, ocultando todavía

el rostro tras la capa, extendió la mano que lucía el anillo tomando la suya. La mano de Igraine estaba helada en la de él, que era cálida y firme. Y así continuó mientras se dirigían al salón.

Ella se refugió en la cortesía.

—¿Os hago servir vino, señor, o pido alimentos?

Este murmuró junto a su oído:

—En nombre de Dios, Igraine, encuentra algún modo de que podamos estar solos. El sacerdote tiene ojos penetrantes, incluso en la oscuridad, y quiero que piense que es efectivamente Gorlois quien ha entrado.

—Trae alimentos y cerveza para los soldados, y para Lord Merlín. Tráeles agua para que se laven y todo cuanto deseen —le ordenó a Isotta—. Yo hablaré con mi señor en nuestras cámaras. Envía allí en seguida vino y comida.

Los sirvientes partieron en todas direcciones para cumplir su mandato. Merlín permitió que un hombre le recogiese la capa y colocó cuidadosamente el arpa en uno de los bancos. Morgause apareció en el umbral, escrutando audazmente a los soldados. Sus ojos se posaron en la alta figura de Uther e hizo una reverencia.

—¡Mi señor Gorlois! ¡Bienvenido, querido hermano! —dijo, encaminándose hacia él.

Uther hizo un leve gesto de rechazo e Igraine se colocó rápidamente frente a él. Pensó, extrañada: *Esto es ridículo; ¡incluso encapuchado, Uther se parece a Gorlois tanto como yo!*

—Mi señor está cansado, Morgause —afirmó secamente—, y no está de humor para cháchara pueriles. Llévate a Morgana a tu cámara y cuídala; dormirá contigo esta noche.

Ceñuda y malhumorada, Morgause recogió a Morgana y se la llevó escaleras arriba. Rezagándose antes de subir tras ellas, Igraine acercó su mano a la de Uther y lo condujo hacia la escalera. ¿Qué clase de artimaña era aquélla y cuál su razón? Toda su sangre latía de tal modo que pensó que iba a desmayarse antes de llegar a la cámara que compartiera con Gorlois.

Ya dentro y con la puerta cerrada, él extendió los brazos para rodearla; echó hacia atrás la caperuza y así permaneció, con el pelo y la barba húmedos a causa de la niebla; pero ella no se acercó.

—¡Mi señor Rey! ¿Qué es esto, por qué creen que sois Gorlois?

—Es un pequeño truco de Merlín —repuso Uther—, en su mayor parte una cuestión de capa, anillo y algo de encantamiento también. Nada que pudiera sostenerse si me hubiesen visto a plena luz, o sin capucha. Pero a vos no os ha engañado; ni yo lo esperaba. Juré que llegaría a vos, Igraine, en el solsticio de invierno, y he mantenido mi palabra. ¿Ni siquiera me he ganado un beso por tantos afanes?

Ella avanzó tomando su capa, pero evitó tocarlo.

—Mi señor Rey, ¿cómo venís con el anillo de Gorlois?

Su expresión se endureció.

—¿Esto? Se lo arranqué de la mano en la batalla, mas el perjuro me dio la espalda y huyó. No os engañéis, Igraine, vine aquí rectamente, no como un ladrón en la noche; el disfraz no es más que para preservar vuestra reputación a los ojos del mundo. No quiero que mi futura esposa esté marcada por el adulterio. He venido rectamente; la vida de Gorlois me pertenece. Mantuvo Tintagel como vasallo a Ambrosius Aurelianus; aquel juramento lo renovó ante mí, y ahora también es mi vasallo. ¿Comprenderéis esto, Lady Igraine? Ningún rey puede mantenerse si sus juramentados rompen su promesa con impunidad, alzándose en armas contra él.

Ella asintió inclinando la cabeza.

»Ya me ha costado un año de lucha contra los sajones. Cuando abandonó Londinium con sus hombres, no pude hacerle frente y hube de retirarme, huir, dejándole saquear la ciudad. A mi gente, a la que juré defender. —Su expresión se tornó amargo—. A Lot puedo perdonarlo; rehusó hacer el juramento. De hecho, es una cuenta que debo saldar con él. Hará la paz conmigo o habré de destronarlo y ahorcarlo, mas no como a un perjuro o un traidor. Yo confiaba en Gorlois; juró y perjuró, abandonándome así entre las ruinas de la obra que Ambrosius construyó durante toda su vida, obligándome a reconstruirlo. Eso es lo que me ha costado Gorlois y he venido a arrebatarle Tintagel de las manos. También la vida, y él lo sabe.

Su cara era como la piedra.

Igraine tragó saliva.

—¿Y también tendréis a su dama por conquista y por derecho, como a Tintagel?

—Ah, Igraine —dijo, atrayéndola hacia sí con las manos—, sé bien qué elección hicisteis cuando os vi la noche de la gran tormenta. Si no me hubieseis advertido, habría perdido a mis mejores hombres y, sin duda, también la vida. Gracias a vos, cuando Gorlois me atacó, estaba esperándole. Fue cuando le quité el anillo del dedo; también le habría quitado la mano e incluso la cabeza, pero se me escapó.

—Sé bien que no teníais elección en cuanto a eso, mi señor Rey —reconoció Igraine, pero en aquel momento llamaron a la puerta.

Una de las sirvientas portaba una bandeja con alimentos y una jarra de vino, y murmuró: «Mi señor», haciendo una reverencia. Mecánicamente, Igraine se alejó de Uther, recogió la bandeja y cerró la puerta tras la mujer. Tomó la capa de Uther, que era bastante parecida a la que vestía Gorlois, y la colgó a secar a los pies de la cama; inclinándose, le ayudó a quitarse las botas y el cinturón del que pendía la espada. *Como una señora y esposa obediente*, recalcó una voz en su mente, pero sabía que había hecho su elección. Incluso fue Uther quien dijo: Tintagel pertenece al Rey Supremo de Bretaña; así también su señora, si fuese acorde a la voluntad de ésta. Ella misma había jurado su lealtad al Rey.

Las sirvientas habían llevado carne hervida con lentejas, una hogaza de pan recién horneado, queso blando y vino. Uther comía como quien está hambriento.

—Permanecí en el campo estas dos lunas pasadas —le explicó—, gracias al condenado traidor al que llamas esposo. Es la primera comida que hago bajo techo desde Samhain; el buen padre que tenéis aquí me instaría sin duda a denominarlo Día de los Difuntos.

—Estáis comiendo lo que estaba preparado para la cena de los sirvientes y la mía, mi señor Rey, después de todo nada adecuado...

—Me parece lo bastante buena como para celebrar la Navidad, después de lo que he estado comiendo a la intemperie —dijo masticando enérgicamente, partiendo el pan con dedos resueltos y cortando un pedazo de queso con el cuchillo—. ¿Siempre vais a llamarme «mi señor Rey»? Soñé tanto con este momento, Igraine —le confesó, dejando el queso para mirarla fijamente. La tomó rodeándole la cintura para acercarla más a su silla—. ¿No tenéis palabras de amor para mí? ¿Es posible que sigáis siendo leal a Gorlois?

Igraine dejó que la atrajese hacia sí.

—He hecho mi elección —dijo en voz alta.

—He esperado tanto este momento —susurró él, sosteniéndola y recorriendo las líneas de su rostro con la mano—. Empecé a temer que nunca llegaría y ahora no tenéis ninguna palabra de amor ni mirada amable para mí, Igraine. ¿Acaso sólo he soñado que me amabais, que me deseabais? ¿Debo dejaros en paz?

Ella sintió frío, estremeciéndose de la cabeza a los pies.

—No, no. Pero si fue un sueño, yo también lo soñé.

La miraba sin saber qué más hacer o decir. No le temía como había temido a Gorlois, pero ahora ante aquella situación se preguntó, con salvaje y repentino pánico, por qué había llegado tan lejos. Él la seguía sujetando con el brazo. Ella le permitió estrecharla, y reclinó la cabeza en su pecho.

—No me había dado cuenta de cuán ligera eres. Eres esbelta y arrogante en apariencia, pero frágil en la realidad; podría romperte con mis manos, ya que tus huesos son leves como los de un pajarillo. —Cerró los dedos en torno a su cintura—. Y eres tan joven...

—No soy tan joven ya —repuso, riendo repentinamente—. Llevo casada cinco años y tengo una hija.
—Pareces demasiado joven para eso —replicó Uther—. ¿La pequeña era la que vi abajo?
—Mi hija, Morgana —dijo Igraine.
Y, de súbito, se apercibió de que él también estaba turbado. Instintivamente se dio cuenta de que, durante sus treinta y tantos años, su experiencia se había reducido al trato con mujeres fáciles y que una mujer casta de su propia condición le resultaba algo nuevo. Deseó, con vehemencia, saber lo que era adecuado hacer o decir.

Dándole tiempo, dejó vagar la mano libre por las tatuadas serpientes enroscadas en sus muñecas.

—No las había visto antes...
—No —le contestó—, me fueron concedidas cuando me entronizaron en la Isla del Dragón. Hubiera deseado que estuvieseis allí, mi reina —le susurró, y tomando su rostro entre las manos lo inclinó para besarla en los labios.

—No quiero asustaros —musitó—, pero he soñado tanto tiempo con este momento, tanto tiempo...

Temblando, ella lo dejó que la besara percibiendo que la novedad de aquello despertaba algo muy profundo en su cuerpo. Nunca había sido así con Gorlois... y, súbitamente, volvió a tener miedo. Con Gorlois siempre había sido algo que le hacían, sin que ella fuera partícipe, algo de lo que podía permanecer apartada, observándolo a distancia. Siempre había sido ella misma, Igraine. Ahora, al contacto con los labios de Uther, supo que no podía seguir viéndose a distancia, que nunca volvería a ser la que había conocido. La idea la aterró. Y aun así, el saber cuánto la deseaba hacía que la sangre corriese con más velocidad por sus venas. Apretó la mano sobre las azules serpientes de sus muñecas.

—Las vi en un sueño... pero creí que era sólo un sueño.

El asintió gravemente.

—Yo las soñé antes incluso de llevarlas. Y recuerdo que también vos llevabais unas parecidas rodeándoos los brazos... —Volvió a tomarla de la cintura—. Sólo que eran de oro.

Sintió que el vello se le erizaba. Efectivamente, no había sido un sueño, sino una visión del País de la Verdad.

—No puedo recordar todo el sueño —dijo Uther, mirando por encima de su hombro—. Sólo que estábamos juntos en una gran llanura y había algo similar a un anillo de piedras... ¿Significa eso que hemos compartido nuestros sueños?

Contestó ella, sintiendo que la voz le atenazaba la garganta como si estuviera a punto de llorar:

—Acaso sólo signifique que estamos destinados el uno al otro, mi rey... mi señor... mi amado.

—Mi reina y amada... —Sus miradas se encontraron, una prolongada mirada y una prolongada interrogante—. Pero el tiempo de soñar ha terminado, Igraine. —Hundió las manos en su cabello, soltando las horquillas, dejando que éste cayese sobre el bordado del cuello y sobre el rostro; acarició los largos mechones con manos temblorosas. Se puso en pie sosteniéndola aún en brazos. Ella nunca había imaginado que sus manos fueran tan fuertes. Cruzó la estancia en dos zancadas, tendiéndola sobre el lecho. Arrodillándose a su lado, se inclinó para besarla nuevamente.

—Mi reina —murmuró—. Deseé que fuerais coronada junto a mí... Se celebraron ritos que ningún cristiano debe ver; pero el Viejo Pueblo, el cual estaba aquí mucho antes de que los romanos arribaran a estas islas, no me hubiera reconocido como rey sin éstos. Hube de recorrer un largo camino para llegar hasta allí y estoy seguro de que parte de él no se encuentra en lugar alguno del mundo conocido.

Aquello le recordó lo que Viviane le había explicado sobre la deriva de los mundos, separándose en las nieblas. Y, pensando en Viviane, llegó a su memoria lo que ésta le había pedido y cuán renuente se mostró.

*Nada sabía. Era tan joven e inexperta, que nada sabía.*

*Ignoraba que podía disolverme, desgarrarme, deshacerme...*

—¿Te pidieron que contrajeses el Gran Matrimonio con la tierra, como se hacía antaño? Sé que al rey Ban de Benwick, en la Baja Bretaña, se lo exigieron... —Una repentina y violenta punzada de celos la atravesó, al pensar que alguna mujer o sacerdotisa hubiese simbolizado la tierra que había jurado defender.

—No —respondió—. Y no estoy seguro de que lo hubiera aceptado, mas no me lo pidieron. Merlín dijo que es él, como todo Merlín de Bretaña, quien jura morir si es necesario, en sacrificio por su pueblo... —Uther se interrumpió—. Pero esto puede no significar mucho para vos.

—Habéis olvidado —repuso ella— que fui educada en Avalon; mi madre fue sacerdotisa allí y mi hermana mayor es ahora la Señora del Lago.

—¿Sois vos también sacerdotisa, Igraine?

Ella sacudió la cabeza, como para contestar no; luego dijo:

—No en esta vida.

—Me pregunto... —de nuevo trazó él la línea de las imaginarias serpientes—. Siempre he sabido, así lo creo, que viví anteriormente; me parece que la existencia es algo demasiado grande para vivirla una sola vez, para que luego se apague como una antorcha cuando sopla el viento. ¿Por qué sentí, al miraros por vez primera al rostro, que ya os conocía antes de la creación del mundo? Tales cosas son misterios y quizá vos sepáis más de ellos que yo. Decís no ser sacerdotisa, sin embargo la magia os permitió llegar hasta mí la noche de la gran tormenta para avisarme... Acaso no deba preguntaros más, si no quiero oír de vos lo que ningún cristiano debe escuchar. En cuanto a éstas —de nuevo tocó las serpientes con la punta del dedo—, si las he llevado antes de esta vida, quizá sea ése el motivo de que el anciano que las grabó en mis muñecas la noche de mi entronización, me dijese que me pertenecían por derecho. He oído que los sacerdotes cristianos han expulsado tales serpientes de nuestras islas... pero no temo a los dragones y los llevo en señal de que desplegaré mi protección sobre esta tierra como el dragón las alas.

—En tal caso —musitó ella—, seréis ciertamente el más grande de los reyes, mi señor.

—¡No me llames así! —la interrumpió con brusquedad, inclinándose sobre ella y le cubrió los labios en un beso.

—Uther —susurró ella como en un sueño.

El le acarició la garganta inclinándose para besarle los hombros, pero ella se retiró. Las lágrimas afluyeron en sus ojos y fue incapaz de hablar.

El le dijo suavemente:

—¿Has sido maltratada, amada mía? Que Dios me castigue si alguna vez tienes algo que temer de mí, ahora y siempre. Deseo con todo mi corazón que nunca hubieras sido esposa de Gorlois. Haberte encontrado primero... pero lo hecho, hecho está. Te lo juro mi reina: nunca tendrás nada que temer de mí. —A la débil luz de la lámpara, sus ojos parecían negros, aunque ella sabía que eran muy azules—. Igraine, lo he... lo he dado por supuesto, porque de algún modo creía que conocías mis sentimientos. Sé muy poco de mujeres de tu condición. Eres mi amada, mi esposa, mi reina. Te juro por mi corona y mi hombría que serás mi reina y nunca preferiré a otra mujer, ni te dejaré a un lado. ¿Crees que te estaba tratando como un libertino? —Su voz temblaba e Igraine comprendió que lo abrumaba el miedo, el miedo de perderla. Al saber que él podía sentir miedo también, que también era vulnerable, su propio temor desapareció. Rodeándole el cuello con los brazos le dijo claramente:

—Eres mi amado, mi señor, mi rey, te amaré mientras viva y más allá aún si Dios me lo permite.

Y esta vez, fue voluntariamente a sus brazos. Nunca había imaginado que aquello pudiera suceder. Hasta aquel momento, pese a los cinco años de matrimonio y el nacimiento de una hija, había sido una inocente e ignorante muchacha. Ahora cuerpo, mente y corazón se fundían uniéndose con Uther como nunca le ocurriera con Gorlois.

Pensó fugazmente que ni siquiera un niño en el vientre materno podía estar tan cerca...

El descansaba sobre el hombro de ella, su áspero cabello rubio cosquilleándole en el rostro. Murmuró:

—Te amo, Igraine. Pase lo que pase, te seguiré amando. Y si Gorlois viniera le mataría antes de que pudiera volver a tocarte.

Ella no quería pensar en Gorlois. Le acarició el claro pelo y musitó:

—Duerme, mi amor. Duerme.

Ella no deseaba dormir. Aun después de que la respiración de Uther se hiciera pesada y lenta, continuó despierta, acariciándole con suavidad para no despertarlo. El pecho de él estaba cubierto por un suave vello rubio; había llegado a pensar que todos los hombres eran bruscos y peludos. El olor de su cuerpo era dulce, aunque denso por el sudor. Sentía como si nunca pudiera cansarse de estar con él así, a la vez que anhelaba despertarlo. Ahora no sentía ni miedo ni vergüenza; lo que con Gorlois había sido deber y aceptación se tornó en gozo casi insoportable, como si se hubiese reunido con alguna parte oculta de su propio cuerpo y alma.

Finalmente durmió un poco, espasmódicamente, ovillada sobre su propio cuerpo. Quizá llevara durmiendo una hora, cuando la despertó violentamente un alboroto en el patio. Se incorporó, recogiéndose el cabello. Uther, adormilado, la atrajo hacia sí.

—Sigue descansando, mi amor, aún falta para que amanezca.

—No —repuso ella con instintiva seguridad—, no debemos demorarnos ahora. —Se puso un vestido y un faldón, haciéndose un moño con manos trémulas. La antorcha se había apagado y no podía encontrar las horquillas a oscuras. Finalmente se puso un velo, se calzó, y salió hacia las escaleras. Aún había demasiada oscuridad para distinguir bien las cosas. En el gran salón apenas había un destello de luz procedente del fuego. Luego levantó la mirada súbitamente al percibir una ráfaga de aire, y se quedó petrificada.

Allí se encontraba Gorlois, con un gran corte de espada en la cara, observándola con inexpresable quebranto, reproche y angustia. Era el Enviado que había visto anteriormente, la señal, el condenado a muerte; levantó la mano y pudo ver que le faltaban el anillo y tres dedos. Su cara estaba cubierta de una palidez cadavérica, pero la miró con pesar y amor, formando con los labios lo que ella supo que era su nombre, aunque no pudo escucharlo en el gélido silencio que los rodeaba. Y en aquel instante también supo que él la había amado, a su propia y brusca manera; y que aun habiéndola ofendido, lo había hecho por amor. En verdad, por su amor había combatido contra Uther, despreciando a la vez el honor y el ducado. Ella no había correspondido a aquel amor más que con odio e impaciencia; en aquel momento se dio cuenta de que sus sentimientos hacia Uther eran iguales que los de Gorlois hacia ella. La angustia sofocó su garganta, impidiéndole gritar su nombre. Después la visión y la ráfaga de viento desaparecieron; jamás estuvieron allí. El frío silencio que la rodeaba quedó interrumpido por gritos de hombres en el patio.

—¡Abrid paso! —pedían a voces—. ¡Abrid paso! ¡Traed luces hasta aquí!

El Padre Columba entró en el salón; introduciendo una tea en el fuego para encenderla, se apresuró a abrir la puerta.

—¿Qué es ese vocerío...?

—Vuestro duque ha sido muerto, hombres de Cornwall —gritó alguien—. ¡Traemos el cuerpo del Duque! ¡Abrid paso! ¡Gorlois de Cornwall yace muerto y traemos su cuerpo para enterrarlo!

Igraine sintió que los brazos de Uther la rodeaban desde atrás; de no haber sido así, se habría desmayado. El Padre Columba los contradijo a gritos:

—¡No! ¡No es posible! El Duque regresó la pasada

noche con algunos de sus hombres y ahora duerme en la cámara de la señora...

—No. —Aquélla era la voz de Merlín, calmada, pero resonando hasta en los últimos rincones del patio. Cogió una de las antorchas y la acercó a la del Padre Columba, dándosela luego a uno de los soldados para que la sostuviese—. El perjuro Duque nunca llegó a Tintagel vivo. Vuestra señora se encuentra con vuestro jefe y Rey Supremo, Uther Pendragón. Habréis de desposarlos hoy, padre.

Se produjeron exclamaciones y murmullos entre los hombres; y los sirvientes, que habían llegado corriendo, permanecían estupefactos observando cómo el tosco féretro, de pieles animales cosidas a una litera, era introducido en el salón. Igraine se apartó. El Padre Columba se inclinó, descubriendo ligeramente el rostro, hizo la señal de la cruz y luego se volvió. Su expresión era de dolor y cólera.

—Esto es una brujería, un sortilegio —les espetó, blandiendo la cruz ante ellos—. ¡Esta loca ilusión es obra vuestra, viejo brujo!

—¡No le hablaréis así a mi padre, sacerdote! —dijo Igraine.

Merlín levantó la mano.

—No necesito protección de ninguna mujer, ni de ningún hombre, mi señor Uther —repuso—. Y no fue brujería ninguna. Visteis lo que quisisteis ver, que vuestro señor volvía a casa. Sólo que vuestro señor no era el perjuro Gorlois, que perdió el derecho a Tintagel, sino el auténtico Rey Supremo que vino a recuperar cuanto era suyo. Manteneos en vuestro sacerdocio, padre, es necesario un entierro y, cuando acabe, una misa nupcial para vuestro rey y para mi señora, a quien eligió reina.

Igraine se apoyaba en el brazo de Uther. Se encontró con la resentida y desdeñosa mirada del Padre Columba; sabía que se habría vuelto hacia ella llamándola ramera y bruja, pero su temor a Uther le mantenía en silencio. El sacerdote se apartó de ellos, y se arrodilló ante el cuerpo de Gorlois; rezaba. Al cabo de un momento Uther se arrodilló también; su rubio pelo brillaba a la luz de la antorcha. Igraine fue a arrodillarse a su lado. Pobre Gorlois. Estaba muerto, había encontrado la muerte del traidor; se la había ganado con creces, mas la había amado y ahora yacía sin vida.

Una mano en su hombro la previno. Merlín la miró a los ojos brevemente y dijo con amabilidad:

—Todo se ha cumplido, Grainné. Era tu destino, como fue predicho. Procura afrontarlo con tanto valor como te sea posible.

Arrodillada ante Gorlois, rezaba por éste y luego, sollozando, por sí misma; por el desconocido sino que tenían ahora ante ellos. ¿Había sido efectivamente ordenado desde el principio del mundo, o desencadenado por la brujería de Merlín, de Avalon y su propio uso de la magia? Ahora Gorlois yacía muerto, y al mirar el rostro de Uther, ya amado, supo que pronto habría otros y él debería cargar con el peso de su reino y que nunca volvería a ser plenamente suyo como lo había sido aquella noche. Allí, arrodillada entre el esposo muerto y el hombre al que amaría toda su vida, pugnó contra la tentación de manipular su amor por ella, para apartarlo, como sabía que podía hacer, de pensar en el reino y el estado, haciendo que se ocupara sólo de ella. Mas Merlín no los había reunido para su gozo exclusivo. Supo que si pretendía mantenerlo, se rebelaría contra el destino que los había reunido, destruyéndolo en consecuencia. Cuando el Padre Columba se puso en pie al lado del difunto, ordenando a los soldados que trasladasen el cuerpo a la capilla, llamó su atención. Este se volvió impaciente.

—¿Mi señora?

—Tengo mucho que confesaros, padre, antes de que mi señor el Duque sea sepultado y antes de desposarme. ¿Oiréis mi confesión?

La miró frunciendo el ceño, sorprendido. Finalmente dijo:

—Al despuntar el día, señora —y se marchó.

Merlín siguió a Igraine con la mirada cuando ésta se

dirigió hacia él. Con los ojos puestos en su rostro declaró:

—Aquí y ahora, padre mío, y en adelante, sed testigo de que he terminado para siempre con la brujería. Que se cumpla la voluntad de Dios.

Merlín contempló con ternura su quebrantada expresión. Le dijo con la voz más dulce que ella jamás le había escuchado:

—¿Crees que toda nuestra brujería desencadena algo que no sea la voluntad divina?

Recuperando parte del dominio sobre sí misma, porque comprendió que de no hacerlo lloraría como una niña ante todos aquellos hombres, repuso:

—Iré a vestirme, Padre, a adecentarme.

*Reina.* La palabra le provocó estremecimientos en todo el cuerpo. Mas era aquélla la razón de cuanto había hecho, para lo que había nacido. Subió lentamente las escaleras. Debía despertar a Morgana y decirle que su padre había muerto; afortunadamente la niña era demasiado pequeña para recordarle o apenarse.

Y cuando llamó a las doncellas para que le llevasen sus mejores vestidos, sus joyas y le peinasen el cabello, se puso inquisitivamente la mano sobre el vientre. De algún modo, con un último y fugaz toque de magia antes de que renunciara a ésta para siempre, supo que desde aquella noche en la que fueron amantes y aún no rey y reina, llevaba el hijo de Uther. Se preguntó si Merlín lo sabría.

HABLA MORGANA...

*Creo que mi primer recuerdo real es el del matrimonio de mi madre con Uther Pendragón. Apenas recuerdo a mi padre. Siendo niña y desgraciada, me parecía recordarle como un hombre corpulento de barba y cabello negros; recuerdo haber jugado con una cadena que llevaba al cuello. Siendo doncella y desgraciada, recuerdo que, cuan-*

*do me regañaban mi madre o mis tutores, o en las contadas ocasiones en que Uther se fijaba en mí con mirada desaprobadora, solía consolarme pensando que si mi padre estuviese vivo se habría preocupado de mí sentándome en sus rodillas y trayéndome regalos. Ahora que soy mayor y sé la clase de hombre que fue, creo que me hubiese llevado a un convento en cuanto hubiese tenido un hermano y no habría vuelto a preocuparse de mí.*

*No es que Uther fuese desagradable conmigo; simplemente no tenía ningún interés particular en una niña. Mi madre era siempre el centro de su corazón, y ella le correspondía, y quedé resentida de haber perdido a mi madre por aquel hombre torpe y corpulento, de pelo rubio. Cuando Uther estaba en la batalla, y hubo muchas por el tiempo en que yo era doncella, mi madre me mimaba y enseñaba a hilar con sus propias manos, y a combinar los colores en el tejido. Pero cuando los hombres de Uther estaban a la vista, entonces era devuelta a mis habitaciones, quedando olvidada hasta que él volvía a marcharse. ¿Puede quedar alguna duda de que le odiase y que aborreciese con todo mi corazón ver el estandarte del dragón o a cualquier jinete aproximándose a Tintagel?*

*Y cuando nació mi hermano aún fue peor. Allí estaba aquella criatura dando berridos, toda blanca y rosa, alimentándose del pecho de mi madre; y además ella pretendía que le ayudase a cuidarlo.*

—*Este es tu hermanito* —*me dijo*—, *cuida bien de él, Morgana, y quiérele.*

*¿Quererlo? Lo detestaba con toda mi alma, porque ahora cuando me acercaba ella me rechazaba, diciéndome que ya era una niña mayor, demasiado para estar sentada en su regazo, demasiado para que me anudase las cintas, demasiado para que descansara la cabeza en sus rodillas para estar cómoda. Le habría pellizcado, si no hubiera pensado que ella me odiaría por hacerlo. A veces creía que, de todas formas, me odiaba. Y Uther sólo quería a mi hermano. Aunque pienso que siempre deseó otro hijo. Nunca me lo dijeron, pero comprendí, quizá porque escuché co-*

mentarios de las sirvientas, quizá porque, incluso entonces, tenía el don de la Visión en mayor grado del que imaginaba, que había yacido por vez primera con mi madre cuando todavía estaba casada con Gorlois y había quienes creían que el hijo no era de Uther sino del Duque de Cornwall.

No puedo entender cómo alguien podía pensar aquello, ya que, según dicen, Gorlois era moreno y aquilino, y mi hermano, igual que Uther, de pelo claro y ojos grises.

Incluso en vida de mi hermano, que fue coronado rey como Arturo, escuché toda clase de historias sobre el origen de su nombre. Incluso la que decía que se derivaba de Art-Uther, engendrado por Uther; mas no era así. Cuando era pequeño le llamaban Gwydion —el luminoso— debido a su brillante pelo; el mismo nombre que su hijo llevó más tarde, pero ésa es otra historia. Los hechos son simples: Cuando Gwydion tenía seis años fue enviado a Ectorius para que lo educase. Era éste uno de los vasallos de Uther en el País del Norte, cerca de Eboracum, y Uther quiso que mi hermano fuese bautizado como cristiano. Y en el bautizo le dieron el nombre de Arturo.

Pero, desde su nacimiento hasta que cumplió seis años, siempre estuvo junto a mí; en cuanto lo destetó, mi madre, me lo entregó diciéndome:

—Este es tu hermanito, debes quererlo y cuidar de él.

Y yo hubiese matado a aquel ser lloriqueante, arrojándolo por los acantilados, para correr tras mi madre rogándole que volviese a ser mía, pero ella se preocupaba mucho de cuanto le ocurría.

En una ocasión en que llegó Uther y ella se atavió con su mejor vestido como siempre hacía, con los collares de ámbar y piedra lunar, y nos dio un distraído beso a mí y a mi hermano presta a correr hacia Uther, miré sus resplandecientes mejillas, realzadas por el calor, la respiración acelerada por el júbilo de que su hombre hubiese vuelto, y odié tanto a Uther como a mi hermano. Mientras me hallaba gimiendo en lo alto de las escaleras, esperando que nuestra ama viniese a recogernos, él empezó a *corretear tras ella gritando:* «*Madre, madre*»; *apenas podía hablar entonces, y se cayó haciéndose un corte en la barbilla con un peldaño. Grité llamando a mi madre, pero ésta se apresuraba ya hacia el rey y volviéndose airada dijo:*

—*Morgana, te dije que cuidases del niño.* —*Y siguió andando.*

*Lo levanté gimiendo y le limpié la barbilla con mi velo. Se había hecho un corte en el labio con los dientes, creo que entonces sólo tenía ocho o diez años, y siguió lloriqueando y llamando a mi madre; mas como ésta no venía, me senté en un escalón con él en mi regazo y me rodeó el cuello con sus bracitos, escondiendo la cara en mi túnica, y al cabo de un rato se quedó dormido. Se hundía en mi regazo y sentí su pelo suave y húmedo; estaba húmedo por todas partes, pero descubrí que no me importaba y, por el modo en que se aferraba a mí, entendí que en su sueño había olvidado que no estaba en los brazos de su madre. Pensé: Igraine nos ha olvidado a ambos, abandonándole a él como hizo conmigo. Supongo que ahora debo ser su madre.*

*Así pues, lo sacudí un poco, y al despertar me rodeó el cuello con los bracitos para que le llevase y yo lo sostuve sobre la cadera como le había visto hacer a mi aya.*

—*No llores* —*le dije*—, *te llevaré con el ama.*

—*Madre* —*lloriqueó.*

—*Madre se ha ido con el rey* —*le dije*—, *pero yo te cuidaré, hermano.* —*Y con su gordezuela mano entre las mías, supe a qué se refería Igraine; yo era una niña demasiado grande para llorar por mi madre, porque tenía un pequeño al que cuidar.*

*Creo que yo contaba siete años.*

DE CUANDO LA HERMANA DE MI MADRE, *Morgause, se casó con el rey Lot de Orkney, sólo recuerdo que me puse mi primer vestido de adulta y un collar de ámbar y plata. Quería mucho a Morgause, porque a menudo tenía tiempo para mí cuando madre no lo tenía, y me contaba historias sobre mi padre. Tras su muerte, Igraine nunca volvió a pronunciar su nombre, creo. Pero, aunque quería a Morgause, también tenía miedo de ella, porque me pellizcaba, me tiraba del pelo y me llamaba mocosa y pesada, burlándose de mí y diciéndome cosas que me hacían llorar, aunque ahora sean para mí motivo de orgullo.*

*—Naciste del pueblo de las hadas. ¿Por qué no te pintas la cara de azul y llevas pieles de ciervo, Morgana de las Hadas?*

*Apenas conocía las razones que existían para el matrimonio, o por qué Morgause se desposaba tan joven. Comprendí que mi madre se alegraba de verla casada y lejos, porque imaginaba que miraba a Uther con lascivia; probablemente no se daba cuenta de que Morgause miraba así a todos los hombres. Parecía una perra en celo, aunque creo que era debido a que nadie se preocupaba de lo que hacía. En la boda, con mi nuevo traje de fiesta, oí hablar de que era algo venturoso que Uther hubiese accedido a solventar sus diferencias con Lot de Orkney, incluso entregándole a su propia cuñada en matrimonio. Encontré a Lot encantador, creo que únicamente Uther era inmune a tal atractivo. Ciertamente Morgause parecía amarle, o acaso encontrara ventajoso aparentar que era así.*

*Creo que fue allí donde recuerdo haberme encontrado por vez primera con la Señora de Avalon. Era tía mía, como Morgause, hermana de mi madre y también del Viejo Pueblo. Menuda, morena y resplandeciente, con lazos carmesíes recogiéndole el oscuro cabello. No era joven, ni siquiera entonces, pero la recuerdo, como siempre, hermosa; su voz era grave y matizada. Lo que más me gustaba de ella era que me hablaba como si yo fuese una mujer de su misma edad, no con el falso arrullo con el que la mayoría de los adultos hablan a los niños.*

*Entré en el salón un poco tarde, porque mi ama no había sido capaz de anudarme las cintas del pelo y al final hube de hacerlo yo; siempre he sido mañosa y podía hacer bien y rápidamente cosas que los adultos hacen con lenti-*

tud. Ya podía hilar tan bien como mi madre y mejor de lo que Morgause hubiera conseguido nunca. Estaba muy orgullosa de mí misma con mi traje azafrán de ribetes dorados y un collar ambarino en vez de el de corales para el que ya era mayor. Mas no quedaba sitio en la gran mesa y la rodeé enfadada, sabiendo que en cualquier momento madre me mandaría a la mesa pequeña o llamaría a mi ama para que me llevase o me reprendería haciendo que una sirvienta trajese una silla. Y, aunque yo era una princesa en Cornwall, en la corte de Uther en Caerleon no era más que la hija que había tenido la Reina con un hombre que había traicionado a su Rey Supremo.

Luego vi a una menuda y morena mujer —tan pequeña, de hecho, que al principio creí que tan sólo era una muchacha algo mayor que yo—, sentada en un ornamentado taburete. Abriendo los brazos, dijo:

—Ven aquí, Morgana. ¿Te acuerdas de mí?

No me acordaba, pero al mirar el moreno y brillante rostro sentí conocerla desde el principio de los tiempos.

Me enojé un poco porque temía que hiciera que me sentase en su regazo, como si fuese una niña. Sin embargo, sonrió haciéndome sitio en el taburete. Entonces pude ver que no se trataba de una muchacha, sino de una dama.

—Ninguna de las dos somos muy pesadas —dijo ella—. Creo que este taburete nos sostendrá a ambas, ya que fue hecho para gente de mayor tamaño.

Desde aquel momento la amé más que a nadie, aunque muchas veces me sintiera culpable porque el Padre Columba, confesor de mi madre, me dijese que debía honrar a mi padre y a mi madre por encima de todos los demás.

Así pues, me senté junto a Viviane durante todo el festejo de la boda y me enteré de que era la madre adoptiva de Morgause. Su madre había muerto al nacer ella y Viviane la amamantó como si fuese suya. Aquello me fascinó, porque me había enojado cuando Igraine rehusó entregar a mi hermano a un ama de cría y le dio el pecho ella misma. Uther alegó que era impropio de una reina y yo estaba de acuerdo con él; detestaba ver a Gwydion amamantándose de Igraine. Supongo que en el fondo estaba celosa, aunque me hubiese avergonzado reconocerlo.

—¿Era vuestra madre, y la de Igraine, una reina? —pregunté, porque iba tan lujosamente ataviada como Igraine o cualquiera de las reinas del norte.

—No, Morgana, no era una reina, sino una gran sacerdotisa, la Señora del Lago, y yo ocupo su lugar como Señora de Avalon. Quizá tú también un día seas una sacerdotisa. Llevas la vieja sangre y acaso tengas la Visión.

—¿Qué es la Visión?

Frunció el ceño.

—¿No te lo ha explicado Igraine? Dime, Morgana, ¿ves cosas que los demás no pueden ver?

—Continuamente —contesté, dándome cuenta de que aquella dama comprendía todo lo que me pasaba—. Sólo que el Padre Columba afirma que es obra del Demonio. Madre dice que he de mantenerlo en silencio y no contárselo nunca a nadie, ni siquiera a ella, porque tales cosas no son convenientes en una corte cristiana y, si Uther las supiera, me enviaría a un convento. No creo que me gustara ir a un convento, llevar negros ropajes y no volver a reír nunca.

Viviane pronunció una palabra que, si hubiera sido yo quien la pronunciara, mi ama habría hecho que me lavara la boca con el jabón que se usaba en la cocina para fregar los suelos.

—Escúchame, Morgana, tu madre tiene razón en que nunca debes hablarle de esas cosas al Padre Columba.

—Pero se enojará conmigo si le miento a un sacerdote.

Volvió a decir aquella mala palabra.

—Escucha querida niña, un sacerdote se enfadaría si le mintieses y diría que es su Dios quien se enfada. Pero el Gran Creador tiene mejores cosas que hacer que enfadarse con los niños, y éste es asunto exclusivo de tu conciencia. Créeme, Morgana, nunca le digas al Padre Columba más de lo que debas decirle, pero confía siempre en lo que la Visión te revele, porque te llega directamente de la Diosa.

—¿La Diosa es la misma que la Virgen María, Madre de Dios?

Frunció el ceño.

—Todos los Dioses son un solo Dios y todas las Diosas son una sola Diosa. La Gran Diosa no se enfadará si la llamas por el nombre de María, que era buena y amaba a la humanidad. Escucha, querida mía, ésta no es conversación para un festejo. Pero te juro que nunca irás a un convento mientras haya vida y aliento en mi cuerpo, no importa lo que diga Uther. Ahora que sé que tienes la Visión, moveré cielos y tierra si es preciso para llevarte a Avalon. ¿Será esto un secreto entre nosotras, Morgana? ¿Me lo prometes?

—Os lo prometo —contesté y ella se inclinó para besarme en la mejilla.

—Escucha, los juglares empiezan a tañer para el baile. ¿No está preciosa Morgause con su vestido azul?

## IX

En un día primaveral del séptimo año de reinado de Uther Pendragón en Caerleon, Viviane, sacerdotisa de Avalon y Señora del Lago, salió al crepúsculo para mirar el interior de su espejo mágico.

Aunque la tradición que identificaba a la Señora con una sacerdotisa era anterior a los druidas, compartía uno de los grandes dogmas de la fe druida: las grandes fuerzas que crearon el Universo no podían ser veneradas en una casa construida por manos humanas, ni el Infinito quedar contenido en algo de humana factura. Y por consiguiente, el espejo de la Dama no era de bronce, ni tan siquiera de plata.

Detrás de ella se erguían los grises muros de piedra del arcano Templo del Sol edificado por los Esplendentes, que vinieron de Atlántida, siglos atrás. Ante ella se extendía el gran lago, bordeado de altos y ondulantes cañaverales, envuelto en la niebla que incluso con buen tiempo, ocultaba la tierra de Avalon. No obstante, al otro lado del lado había más islas y otros lagos, formando en su conjunto lo que denominaban el País Estival. Este se encontraba en su mayor parte bajo las aguas, pantanos y marismas; mas en el cenit del verano, los estanques y las lagunas salobres eran secados por el sol y las tierras emergían, buenas para el pastoreo, ricas en hierbas y algas.

Allí, de hecho, el mar interior iba retrocediendo, año tras año, dejando paso a tierras secas; algún día todo aquello sería cultivable... pero no en Avalon. Avalon yacía ahora perpetuamente envuelto en las nieblas, oculto para todo, excepto para la fe. Y cuando los hombres iban y venían en peregrinación al monasterio que los monjes cristianos llamaban Torre de Cristal, el Templo del Sol era invisible para ellos, como si se hallase en algún extraño mundo; Viviane podía distinguir, cuando dirigía la Visión sobre ella, la iglesia que habían edificado.

Aquello había ocurrido hacía mucho tiempo, ella lo sabía aunque nunca hubiera estado allí. Siglos atrás, eso le había contado Merlín y lo había creído, un pequeño grupo de sacerdotes llegó desde el sur, y con ellos estuvo el profeta nazareno para enseñar, y la historia dice que Jesús mismo había aprendido allí, en la morada de los druidas donde una vez se había erigido el Templo del Sol, toda la sabiduría de los druidas. Años más tarde, cuando, así prosigue la historia, Cristo fue llevado al sacrificio, afianzando con su propia vida el viejo Misterio de Dios Sacrificado que era más antiguo que la Bretaña, uno de sus discípulos retornó hasta allí, y plantó su báculo en el suelo de la Colina Sagrada, el cual floreció tornándose en árbol espino cuyos brotes surgen, no en el solsticio de verano, como el otro espino, sino en lo más crudo de las nieves invernales. Y los druidas, en memoria del gran profeta al que habían conocido y amado, consintieron que José de Arimatea levantase, en la misma Isla Sagrada, una capilla y monasterio para su Dios; porque todos los Dioses son Uno.

Pero esto ocurrió mucho tiempo atrás. En cierta época, los cristianos y los druidas moraron en el mismo lugar, adorando al Dios Unico, pero luego los romanos llegaron a la Isla y, pese a ser ampliamente conocidos por tolerar las deidades locales, fueron despiadados con los druidas, destrozando e incendiando sus arboledas sagradas, divulgando mentiras sobre que los druidas realizaban sacrificios humanos. Por supuesto, su crimen real había sido incitar al pueblo a no aceptar ni las leyes ni la paz romana. Y entonces, en un gran acto de magia druida, para proteger el último y más preciado refugio de su enseñanza, realizaron el cambio mayor que se había realizado en el mundo. Y mediante éste, sustrajeron la Isla de Avalon del dominio humano. Ahora yacía envuelta en nieblas que la ocultaban, excepto para los iniciados que allí tomaron enseñanzas o aquellos a los que se mostraron los secretos accesos del Lago. Las Tribus sabían que estaba allí y allí rendían culto. Los romanos, cristianos desde los tiempos de Constantino, que convirtiera a la mayor parte de sus legiones fundamentándose en una visión que tuvo en una batalla, creían que habían derrotado a los druidas con su fe, ignorando que los pocos druidas que quedaban vivían y continuaban con la arcana sabiduría en la tierra oculta.

Viviane podía ver, si lo deseaba, con redoblada Visión, porque era la Sacerdotisa Suprema de Avalon. Cuando quería le era dado distinguir la vieja torre levantada sobre Tor, en la Isla Sagrada de la Iniciación; una torre dedicada a Miguel, uno de los ángeles judíos cuyo cometido era controlar el mundo inferior de los demonios. Aquello hería a Viviane como una blasfemia, incluso ahora, pero se consolaba con la idea de que, después de todo, no era en *su* mundo; si la estrechez de miras de los cristianos les llevaba a considerar a los grandes Dioses antiguos como demonios, serían ellos quienes se empobrecerían por tal consideración. La Diosa vivía, pensasen los cristianos lo que pensasen de ella. Volvió a concentrarse en sus propios asuntos, que era mirar el espejo mágico mientras la luna nueva se hallase aún en el cielo.

Aunque todavía la luz era suficiente para ver bien, la Señora llevaba consigo una pequeña antorcha de diminuta y oscilante llama. Se volvió hacia los cañaverales y marismas, internándose por el sendero, subiendo lentamente por la orilla, pasando ante los viejos y erosionados pilares sobre los que se habían alzado las casas en el margen del Lago en tiempos remotos.

La pequeña antorcha oscilaba, haciéndose cada vez más visible en la oscuridad; y sobre los árboles, la límpida mitad de la luna virgen, apenas visible, refulgía como la gargantilla de plata que llevaba la Señora. Fue recorriendo la arcana vía procesional, subiendo lentamente, porque, aunque era aún fuerte y vigorosa ya no era joven, hasta llegar al estanque del espejo, claramente perceptible entre erectas piedras de gran antigüedad.

El agua era clara y reflejaba la luz de la luna, y cuando la Señora se inclinó con la pequeña antorcha, pareció llamear. Ella hundió la mano en el agua y bebió. Estaba prohibido sumergir cualquier objeto de humana factura en el estanque, aunque más arriba, donde fluía como un manantial, los cristianos iban con jarros y cuencos a tomar cuanto deseaban de la corriente. Probó el claro y metálico sabor del agua y, como siempre, sintió una punzada de temor: aquella corriente fluía desde el principio del mundo y seguiría haciéndolo imperecederamente, generosa, mágica y accesible a todos. Seguramente aquel manantial era un don de la Gran Diosa y se arrodilló al beber, levantando el rostro a la tenue media luna del cielo.

Mas tras aquella momentánea renovación del temor, que observara desde que llegó por vez primera siendo novicia en la Casa de las Doncellas, volvió a su ocupación. Situó la antorcha en una roca plana cercana al borde del espejeante estanque para que la luz se reflejase, como la de la media luna, en el agua. Allí y entonces se hallaban presentes los cuatro elementos: el fuego en la antorcha; el agua de la que había bebido; la tierra sobre la que se encontraba y, al invocar los poderes del aire, como en todas sus invocaciones anteriores, una errante brisa rizó la superficie.

Se sumió en la meditación durante algún tiempo. Finalmente, se planteó a sí misma la pregunta que había ido a formular al espejo mágico.

*¿Qué será de Bretaña? ¿Qué será de mi hermana y de su hija nacida sacerdotisa, y del hijo que es la esperanza de Bretaña?*

Durante un momento, cuando el viento estremecía la superficie del espejo de agua, no vio más que imágenes confusas y tambaleantes. ¿Provenían de su mente o de la agitada superficie del estanque? Vislumbró escenas de batallas, poco claras en las ondas del agua; vio el estandarte del dragón de Uther y a las Tribus luchando a su lado. A Igraine vestida y coronada, como la viera en persona. Y luego, en un atisbo que aceleró su pulso, a Morgana llorando; y en un segundo y terrorífico instante de la Visión, a un niño de pelo rubio yaciendo sin sentido e inerte, ¿vivo o muerto?

Luego la luna se ocultó entre las nieblas, la visión desapareció, y por mucho que lo intentó, Viviane no pudo provocar más que dudosos atisbos: Morgause con su segundo hijo; Lot y Uther cruzando un gran salón y profiriendo airadas palabras; y el confuso recuerdo del niño herido y agonizante. ¿Pero tales cosas habían sido o eran sólo advertencias de las aún por venir?

Mordiéndose el labio, Viviane se inclinó. Arrojó las gotas restantes de aceite puro en la superficie del estanque, el aceite quemado para la Visión nunca debía usarse en propósitos mundanos, y desapareció rápidamente en la oscuridad por la vía procesional hacia la morada de las sacerdotisas.

Una vez allí, llamó a su sirvienta.

—Tenlo todo dispuesto para cabalgar con las primeras luces —le dijo—, y haz que mi novicia se prepare para servir a la luna llena, porque, antes de que expire otro día, debo estar en Caerleon. Envía recado a Merlín.

## X

Viajaron durante las primeras horas, ocultándose a mediodía, y volviendo a cabalgar al anochecer. La región se hallaba en paz de momento, la guerra se producía más al este. Pero se sabía que errantes bandas de salteadores del norte o sajones caían sobre los pueblos y las villas aisladas. Y sobre los viajeros, a menos que fueran protegidos por hombres armados. Iban con cautela y sin confiar en nadie.

Viviane casi esperaba encontrar desierta la corte de Uther, abandonada a las mujeres, niños y aquellos que no podían luchar, mas vio desde lejos el ondeante estandarte del dragón, que significaba la presencia del Rey en su mansión. Sus labios se tensaron; a Uther no le gustaban ni confiaba en los druidas de la Isla Sagrada. Pero ella había situado en el trono a aquel hombre que le disgustaba porque era el mejor de los líderes que había en la isla, y ahora, de algún modo, debía colaborar con él. Al menos no era un obstinado cristiano que se impusiese la tarea de eliminar las demás religiones. *Más vale*, pensó, *tener por Rey Supremo a un descreído que a un fanático religioso.*

Desde la última vez que había estado en la corte de Uther, los muros de la fortaleza habían sido elevados y estaban guardados por centinelas, que pidieron a su grupo que se identificase. Ella había instruido a sus hombres para que no utilizasen ninguno de sus títulos, sino que contestasen escuetamente que había llegado la hermana de la Reina. No era el momento de demandar que le presentasen respetos como Señora de Avalon. Su presente misión era demasiado urgente para aquello.

Fueron conducidos a través de un patio en el que la hierba estaba crecida, sorteando la algarabía de un fortín aledaño. Podía escuchar en alguna parte el ruido de un armero o herrero golpeando el yunque. Algunas pastoras, toscamente vestidas con túnicas de piel, conducían ovejas al interior para pasar la noche. Viviane, reconociendo los preparativos de un asedio, pestañeó levemente.

Apenas unos años antes, Igraine había corrido a reunirse con ella en el patio de Tintagel. Ahora un solemne chambelán lujosamente ataviado, manco, sin duda un veterano del servicio de Uther, le dio la bienvenida con ceremoniosa reverencia, guiándola a una cámara superior.

—Lo siento, señora —dijo—, pero tenemos poco espacio vital aquí. Habréis de compartir la estancia con dos de las damas de la Reina.

—Será un honor —contestó gravemente.

—Os enviaré una sirvienta. No tenéis más que llamarla para cualquier cosa que deseéis.

—Todo lo que deseo —repuso Vaine— es un poco de agua para asearme y saber cuándo podré ver a mi hermana.

—Señora, estoy seguro de que la Reina os recibirá en el momento adecuado...

—¿Acaso guarda Uther el protocolo de los Césares? Escuchadme, sirviente, soy la Señora de Avalon y no estoy acostumbrada a que me hagan esperar. Pero si Igraine ha pasado a tan alta condición, entonces os ruego me enviéis a la dama Morgana tan rápidamente como sea posible.

El veterano manco retrocedió, pero al hablar su voz fue menos formal y más humana.

—Señora, estoy seguro de que la Reina os recibirá gustosamente de inmediato, mas habéis venido en tiempos de preocupaciones y peligros. El joven príncipe Gwydion se cayó esta mañana de un caballo que nadie debió dejarle montar y la Reina no se ha apartado de su lado ni por un instante.

—¡Por la Diosa! ¡He llegado demasiado tarde, entonces! —dijo Viviane quedamente. Y en voz alta—: Llevadme ante ellos ahora mismo. Soy experta en todas las artes curativas y de seguro que Igraine me habría mandado llamar si supusiera que estoy aquí.

Inclinándose le contestó.

—Por aquí, señora.

Mientras le seguía, Viviane se dio cuenta de que ni siquiera había tenido tiempo para quitarse la capa y los calzones de montar, y le hubiese gustado presentarse con toda la dignidad de Avalon. Bueno, el caso era importante.

Al cruzar la puerta, el chambelán se detuvo.

—No soy digno de molestar a la Reina. Ni siquiera permite que sus damas le lleven de comer o beber.

Viviane empujó la pesada puerta y penetró en la estancia. Había un silencio sepulcral, pavoroso como el de una cámara mortuoria. Igraine, pálida y macilenta, con el cabello en desorden, se encontraba arrodillada como una figura de piedra junto al lecho. Un sacerdote vestido de negro permanecía inmóvil rezando en tono bajo. Aunque se movió levemente, Igraine la oyó.

—¿Cómo os atrevéis...? —empezó a decir con furia, pero inmediatamente se interrumpió—. ¡Viviane! ¡Dios te debe haber enviado hasta mí!

—Fui advertida de que podías necesitarme —dijo Viviane. Aquel no era momento de hablar de visiones mágicas—. No Igraine, no lograrás nada llorando —añadió—. Déjame que lo vea para asegurarme de cuál es su estado.

—El médico del rey...

—Probablemente un viejo loco que sólo entiende de pociones de estiércol de cabra —repuso Viviane sosegadamente—. Llevo sanando heridas de esta clase desde antes de que tú dejases los pañales, Igraine. Déjame ver al niño.

Sólo había visto al hijo de Uther una vez y brevemente; tenía tres años e idéntico aspecto al de cualquier otro niño de ojos azules y pelo rubio. Ahora había crecido demasiado para su edad. Era delgado, aunque de piernas y brazos bien musculados, con muchos arañazos de zarzas y espinas como cualquier otro muchacho. Apartó las mantas observando las grandes y lívidas magulladuras en su cuerpo.

—¿Ha esputado sangre?

—En absoluto. La sangre que tiene en la boca procede de un diente que ha perdido; aunque, de todos modos, ya estaba suelto.

Y efectivamente Viviane pudo ver el labio contusionado y el hueco en las encías. Más seria era la herida en la sien. Viviane experimentó un instante de verdadero pánico. ¿En esto habían quedado todos sus planes?

Pasó sus pequeños dedos por toda la cabeza. Se contrajo cuando le tocó la herida, y aquélla fue la mejor señal que le podía haber dado. Si hubiera sangrado interiormente estaría ya en un coma tan profundo que ningún dolor le afectaría. Se inclinó para pellizcarle el muslo, muy fuerte, y él gimió en sueños.

Igraine protestó.

—Le estás haciendo daño.

—No —repuso Viviane—, sólo trato de descubrir si vivirá o morirá. Créeme, vivirá.

Le dio una leve palmadita en la mejilla y él entreabrió los ojos, fugazmente.

—Acércame la vela —dijo Viviane, y la movió lentamente ante los ojos del niño. Este la siguió durante un momento antes de volver a cerrar los ojos con un gemido.

Viviane se apartó de su lado.

—Asegúrate de que se mantenga inmóvil y no tome más que agua y sopa. Nada sólido en un día o dos. Y no le des pan mojado en vino; sólo sopa o leche. En tres días estará correteando otra vez.

—¿Cómo lo sabéis? —inquirió el sacerdote.

—Porque tengo experiencia en curaciones, ¿qué otra cosa imagináis?

—¿No sois una hechicera de la Isla de las Brujas?

—De ningún modo, padre. —Viviane sonrió levemente—. Soy una mujer que, como vos, ha pasado su vida estudiando cosas sagradas y Dios ha creído oportuno concederme facultades curativas.

Podía, pensó, volver contra ellos sus propias expresiones; sabía, aunque él quizá no, que el Dios al que ambos veneraban era más grande y menos fanático que cualquier sacerdocio.

—Igraine, debo hablar contigo. Salgamos...

—Tengo que estar aquí para cuando vuelva a despertar, me echará en falta...

—Eso es absurdo. Envíale a su ama. Se trata de un asunto importante.

Igraine la miró.

—Llamad a Isolda para que se siente a su lado —le dijo a una de las sirvientas, con mirada apremiante, y siguió a Viviane al vestíbulo.

—Igraine, ¿cómo ocurrió esto?

—No estoy segura, me han dicho que cabalgaba el semental de su padre. Estoy confusa. Sólo sé que lo trajeron aquí como a un muerto.

—Y sólo se debe a tu buena fortuna que *no* esté muerto —repuso Viviane con brusquedad—. ¿Es así como Uther protege la vida de su único hijo?

—Viviane, no me lo reproches, he tratado de darle otros —respondió Igraine, con voz temblorosa—. Pero creo que he sido castigada por mi adulterio, no pudiendo darle a Uther otro hijo.

—¿Te has vuelto loca, Igraine? —estalló Viviane, y luego se contuvo. No era justo recriminar a su hermana cuando la había apartado del lecho de su hijo enfermo—. Vine porque sentí la presencia de algún peligro para ti o para el niño. Pero de eso podemos hablar más tarde. Llama a tus sirvientes, ponte un vestido limpio... ¿y cuándo comiste algo por última vez? —le preguntó sagazmente.

—No me acuerdo, creo que un poco de pan y vino la pasada noche.

—Entonces llama a tus sirvientes y desayuna —dijo Vi-

viane con impaciencia—. Aún estoy polvorienta por haber cabalgado. Deja que vaya a quitarme la suciedad del viaje y a vestirme como es apropiado a una dama bajo este techo, y luego hablaremos.
—¿Estás enojada conmigo, Viviane?
Viviane le acarició el hombro.
—Estoy enojada, si es que es enojo, por la manera en que el destino parece cumplirse; lo cual es estúpido por mi parte. Ve a vestirte, Igraine, y come algo. El niño no corre peligro esta vez.

Habían encendido un hogar dentro de su estancia, y en una pequeña banqueta, ante éste, vio a una pequeña mujer, vestida con un traje tan oscuro y sencillo que, por un momento, Viviane la creyó una de las sirvientas. Luego observó que el sencillo vestido era del mejor tejido, el tocado de lino bordado, y reconoció a la hija de Igraine.
—Morgana —dijo y la besó. La niña era casi tan alta como Viviane—. Te creía una niña y ya eres casi una mujer...
—Os oí llegar, tía, y vine a saludaros, pero me informaron de que habíais ido de inmediato junto al lecho de mi hermano. ¿Cómo está, señora?
—Algo magullado y contusionado, pero volverá a sentirse bien sin más tratamiento que el reposo —respondió Viviane—. Cuando despierte, debo convencer de algún modo a Igraine y a Uther para que mantengan a los médicos y sus estúpidas pociones apartados de él; si le hacen vomitar, empeorará. De tu madre no obtengo más que llantos y lamentos. ¿Puedes decirme cómo llegó a ocurrir esto? ¿Es que no hay aquí nadie que pueda cuidar de un niño adecuadamente?
—No estoy segura de cómo ocurrió. Mi hermano es un niño valiente al que le gusta montar siempre caballos demasiado veloces y fuertes para él, pero Uther dio orden de que sólo monte con un caballerizo. Su potro estaba cojeando aquel día y pidió otro caballo, mas cómo llegó a coger el semental de Uther, no lo sabe nadie. Todos los caballerizos estaban enterados de que jamás se le permi-

tía acercarse a Thunder y niegan haberle visto hacerlo. Uther ha jurado que colgará al caballerizo que lo permitió, pero imagino que éste ya habrá puesto tierra de por medio. Dicen que Gwydion quedó enganchado en el lomo de Thunder, como una oveja en un matorral, hasta que alguien soltó una yegua de crianza en el camino del semental; y tampoco podemos descubrir quién soltó a la yegua. Por supuesto, el semental corrió tras la yegua y mi hermano salió despedido en un parpadeo. —Su rostro pequeño, moreno y franco, se estremeció—. ¿Vivirá realmente?

—Vivirá realmente.

—¿Ha avisado ya alguien a Uther? Madre y el sacerdote dijeron que no hacía ningún bien en la habitación del enfermo.

—Sin duda Igraine se ocupará de eso.

—Sin duda —contestó Morgana, y Viviane sorprendió una sonrisa cínica en su rostro. Era evidente que Morgana no amaba a Uther ni tenía en mayor estima a su madre por el amor que ésta profesaba a su esposo. Aunque había sido lo bastante atenta como para recordar la necesidad de enviar noticia a Uther sobre la vida de su hijo. No era una joven vulgar.

—¿Qué edad tienes, Morgana? Los años pasan tan rápidamente, yo ya no los noto según voy envejeciendo.

—Tendré once mediado el verano.

*Lo bastante mayor*, pensó Viviane, *para ser adiestrada como sacerdotisa*. Bajó la mirada y se dio cuenta de que aún llevaba las sucias prendas del viaje.

—Morgana, ¿quieres pedir a las sirvientas que me traigan un poco de agua para asearme y a alguien que me ayude a vestirme adecuadamente para presentarme ante el Rey y la Reina?

—Ya he mandado traer agua; está ahí en el caldero que hay junto al fuego —dijo Morgana; dudó y luego añadió tímidamente—: Sería un honor para mí ayudaros, señora.

—Si lo deseas.

Viviane dejó que Morgana le ayudara a quitarse la ropa

exterior para sacudirle el polvo del camino. Las alforjas también estaban allí, y se puso un traje verde; Morgana palpó el paño con dedos admirativos.
—Tiene un hermoso color verde. Nuestras mujeres no pueden hacer un verde tan hermoso como éste. Decidme qué usáis para conseguirlo.
—Tinte, nada más.
—Pensé que sólo se obtenían tintes azules.
—No, éste está preparado de forma diferente, hervido y fijado. Más tarde hablaré contigo de tintes, si estás interesada en el saber sobre las hierbas —repuso Viviane—. Ahora tenemos otros asuntos de que ocuparnos. Dime, ¿es tu hermano dado a escapadas como éstas?
—Realmente no. Es fuerte y robusto, pero suele ser bastante obediente —dijo Morgana—. Una vez alguien se burló de él por montar un potro tan pequeño y él respondió que iba a ser un guerrero, y el primer deber de un soldado es obedecer órdenes, como la prohibición de su padre de que montase un caballo que superara sus facultades. De modo que no imagino cómo llegó a montar a Thunder. Y, aun así, no se habría herido a menos...
Viviane asintió.
—Me gustaría saber quién soltó a esa yegua y por qué.
Los ojos de Morgana mostraron asombro al entender las implicaciones de aquello. Observándola, Viviane dijo:
—Piensa. ¿Ha escapado él otras veces de la muerte por poco margen, Morgana?
Morgana contestó titubeando.
—Tuvo la fiebre veraniega, pero todos los niños la tuvieron aquel año. Uther afirmó que no debían haberle permitido jugar con los hijos del pastor. Contrajo la fiebre de ellos, creo..., cuatro murieron. En una ocasión fue envenenado.
—¿Envenenado?
—Isotta, yo confiaría a ella mi propia vida, señora, jura que sólo puso en la sopa inofensivas hierbas. Empero estuvo enfermo como si un hongo venenoso hubiera caído en ella. ¿Cómo pudo ocurrir? Isotta distingue las vene-

nosas de las inofensivas, aún no es muy vieja y su vista es buena. —De nuevo Morgana abrió mucho los ojos—. Señora, ¿pensáis que hay gente conspirando contra la vida de mi hermano?

Viviane se acercó más a la chica.

—Vine aquí porque tuve un aviso. Aún no he averiguado de dónde viene el peligro, no he tenido tiempo. ¿Sigues teniendo la Visión, Morgana? La última vez que hablé contigo afirmaste...

La chica se sonrojó y bajó la mirada.

—Me ordenasteis no hablar de ello, e Igraine dice que debo ocupar mis pensamientos con cosas reales y no con ensoñaciones; así pues, he intentado...

—Hasta ahí tiene razón Igraine: no debes hablar vanamente de estas cosas con los que sólo nacen una vez —dijo Viviane—. Pero conmigo puedes siempre hablar libremente, te lo aseguro. Mi Visión puede mostrarme cosas que son relevantes para la seguridad de la Isla Sagrada y la continuidad de Avalon, pero el hijo de Uther es también hijo de tu madre y, por tal vínculo, tu Visión le encontrará para ser capaz de decir quién está tratando de conseguir su muerte. Uther tiene bastantes enemigos, todos los Dioses lo saben.

—Pero yo no sé cómo usar la Visión.

—Te enseñaré, si lo deseas —repuso Viviane.

La muchacha la miró con expresión temerosa.

—Uther ha prohibido los hechizos en su corte.

—Uther no es mi dueño —dijo Viviane lentamente—, y nadie puede gobernar la conciencia de otro. ¿Crees que es una ofensa a Dios tratar de descubrir si alguien está atentando contra la vida de tu hermano o si es sólo mala suerte?

Morgana dijo sin convicción:

—No, no creo que sea perverso. —Se detuvo, tragó saliva y finalmente añadió—: Y no creo que me llevéis a nada maligno, tía.

Un repentino dolor atravesó el corazón de Viviane. ¿Qué había hecho para merecer semejante confianza?

Deseó con toda su alma que aquella pequeña y solemne muchacha fuera su hija, la que le debía la Isla Sagrada y nunca había sido capaz de concebir. Aun habiéndose arriesgado a un parto tardío, en el cual estuvo a punto de morir, sólo había tenido hijos. Y aquí estaba, al parecer, la sucesora que la Diosa le había enviado, una de la familia con la Visión. Y la muchacha la miraba con plena confianza. Durante un momento no pudo hablar.

*¿Estoy preparada para ser despiadada también con esta muchacha? ¿Puedo adiestrarla, sin concesiones, o el amor me hará ser menos severa de lo que debo para instruir a una Suprema Sacerdotisa?*

*¿Puedo usar su amor, el cual de ningún modo he merecido, para atraerla a los pies de la Diosa?*

Pero, con una disciplina de años, aguardó hasta que su voz sonó clara y firme.

—Así sea, pues. Tráeme una jofaina de plata o bronce, perfectamente limpia, fregada con arena, y llénala con agua de lluvia reciente, no recogida del pozo. Asegúrate de no hablar con hombre o mujer después de haber llenado la jofaina.

Esperó, sosegada, sentada junto al fuego, hasta que por fin volvió Morgana.

—Tuve que fregarla yo misma —dijo, aunque la jofaina que traía estaba brillante y llena hasta el borde de límpida agua.

—Ahora suéltate el pelo, Morgana.

La chica la miró con curiosidad, pero Viviane advirtió, breve y tajante:

—Ninguna pregunta.

Morgana se quitó la horquilla de hueso y las largas guedejas oscuras, espesas y completamente lisas, cayeron sobre sus hombros.

—Ahora, si llevas alguna joya quítatela y deposítala aquí para que no esté cerca de la jofaina.

Morgana se desprendió de dos pequeños anillos dorados que portaba en un dedo y soltó el broche del vestido. Sin esta sujeción, se escurrió de sus hombros y, sin ningún comentario, Viviane se lo quitó, dejándola sólo con la ropa interior. Luego Viviane abrió una pequeña bolsa que llevaba al cuello y extrajo una pequeña cantidad de hierbas molidas que dejaron en la cámara un olor dulzón y rancio. Separó una porción de ella echándola a la jofaina de agua, antes de decir con voz baja y neutra:

—Mira el agua, Morgana. Aquieta por completo tu mente y dime qué ves.

Morgana se arrodilló ante la jofaina, observando atentamente la límpida superficie. Había un gran silencio en la estancia, hasta el extremo de que Viviane podía oír el leve zumbido de algún insecto en el exterior. Luego Morgana dijo con voz confusa:

—Veo un bote. Ostenta negras colgaduras y van cuatro mujeres en él..., cuatro reinas, porque llevan coronas; y una de ellas sois vos... ¿o soy yo?

—Es la barca de Avalon —repuso Viviane, quedamente—. Ya sé lo que ves. —Pasó la mano levemente por el agua comprobando que las ondas la seguían—. Mira de nuevo, Morgana, y dime qué ves.

En esta ocasión el silencio fue más prolongado. Por último la muchacha anunció, con el mismo tono extraño.

—Veo ciervos, una gran manada; y un hombre entre ellos con el cuerpo pintado, le atacan con la cornamenta. Oh, ha caído, van a matarlo... —La voz tembló, y de nuevo Viviane pasó la mano por la superficie, y las ondas la siguieron.

—Basta —ordenó—. Busca ahora a tu hermano.

Silencio otra vez, un silencio que iba dilatándose; Viviane sintió que su cuerpo se enervaba por la tensión de la quietud, pero no se movió debido a la disciplina de su largo adiestramiento. Finalmente, Morgana murmuró:

—Qué inmóvil yace, pero respira, pronto despertará. Veo a mi madre, no es mi madre, es mi tía Morgause y todos sus hijos con ella... son cuatro, qué extraño, todos llevan coronas... y hay otro más, que lleva un puñal... ¿Por qué es tan joven? ¿Es hijo de ella? Oh, va a matarle, le matará, ¡no! —La voz se tornó un grito agudo. Viviane le tocó el hombro.

—Basta —dijo—. Despierta, Morgana.
La joven sacudió la cabeza como un cachorro desperezándose tras el sueño.
—¿Vi algo? —dijo.
Viviane asintió.
—Algún día aprenderás a ver y recordar —le anunció—. Por ahora es suficiente.
Ya estaba armada para enfrentarse a Uther e Igraine. Lot de Orkney, por cuanto sabía, era un hombre de honor y había jurado apoyar a Uther. Pero, ¿moriría Uther sin un heredero? Morgause tenía ya dos hijos y seguramente tendría más. Morgana había visto cuatro y no habría modo de que el pequeño reino de Orkney soportase a cuatro príncipes. Probablemente los hermanos, cuando fuesen adultos, se matarían entre sí. Y Morgause... Viviane, suspirando, recordó la desmesurada ambición de Morgause. Si Uther moría sin heredero, Lot, casado con la hermana de la Reina, sería un lógico candidato al trono. Y la sucesión se resolvería con Lot como Rey Supremo y sus hijos herederos de pequeños reinos...

*¿Se rebajaría Morgause a urdir contra la vida de un niño?*

A Viviane no le gustaba pensar así de la joven a la que alimentara con su propio pecho. Pero, ¡las ambiciones de Morgause y Lot unidas!

Quizá fuera fácil sobornar a algún caballerizo o introducir uno de sus hombres en la corte de Uther, con órdenes de poner en peligro al niño tan a menudo como fuese posible. Por supuesto, no sería tan fácil eludir a una leal ama que había sido sirvienta de confianza de su madre, mas era posible drogarla o darle una bebida más fuerte de lo habitual para aturdirla, de forma que algo letal se hurtase a su vigilancia. Y no importa lo bien que cabalgara, hace falta más fuerza de la de un niño de seis años para dominar a un semental que huele a una yegua en celo.

*Todos nuestros planes se podrían haber arruinado en un momento...*

A la hora de la cena, encontró a Uther solo en la gran

mesa, mientras los vasallos y sirvientes comían pan y bacon en una mesa pequeña del vestíbulo. Se levantó para saludarla cortésmente.

—Igraine continúa al lado de su hijo, cuñada; le rogué que fuese a dormir, pero me contestó que dormiría cuando el niño se incorporara y la reconociese.

—Ya he hablado con Igraine, Uther.

—Oh, sí, me lo ha contado. Dijo que le disteis vuestra palabra de que viviría. ¿Fue eso oportuno? Si muere...

La cara de Uther se hallaba tensa y preocupada. No parecía más viejo que cuando se casó con Igraine; su pelo era tan claro, pensó Viviane, que nadie podría afirmar si había encanecido o no. Estaba ricamente ataviado a la usanza romana y afeitado también a la misma usanza. No llevaba corona, pero en los brazos se veían dos brazaletes de oro puro y, en su cuello, un rico collar.

—Esta vez no morirá. Tengo alguna experiencia respecto a cabezas heridas. Y las lesiones del cuerpo no han afectado los pulmones. Estará correteando dentro de uno o dos días. —El rostro de Uther se relajó un poco.

—Si llego a encontrar a quien soltó a esa yegua... ¡Azotaré al niño por haber montado a Thunder!

—No hay motivo para eso. Ya ha pagado el precio de su temeridad y estoy segura de que aprenderá la lección —dijo Viviane—. Pero deberíais proteger mejor a vuestro hijo.

—No puedo protegerle día y noche. —El aspecto de Uther era de cansancio—. Salgo con frecuencia para guerrear y no puedo mantener a un niño de su edad atado a las faldas de su ama. Ya hemos estado a punto de perderlo anteriormente.

—Morgana me lo ha dicho.

—Mala suerte, mala suerte. El hombre que sólo tiene un hijo está siempre a merced de un golpe de mala suerte —dijo Uther—. Pero estoy siendo poco cortés. Sentaos aquí junto a mí y compartid mi plato, si os place. Sé que Igraine ansiaba mandar a buscaros y le di permiso para que enviase a un mensajero, pero habéis venido con mayor rapidez de la que ninguno de nosotros podía imaginar. ¿Es cierto, pues, que las brujas de la Isla Sagrada pueden volar?

Viviane rió entre dientes.

—Ojalá pudiera y así no habría estropeado dos pares de buenos zapatos con el barro. Además, la gente de Avalon, Merlín incluido, debe andar o cabalgar como las demás personas. —Tomó una rebanada de pan de trigo y se sirvió mantequilla de un pequeño cuenco de madera—. Vos que lleváis serpientes en las muñecas deberíais saber lo bastante para no dar crédito a esas viejas fábulas. Pero hay un vínculo de sangre entre nosotras. Igraine es hija de mi madre y me doy cuenta de cuándo me necesita.

Los labios de Uther se tensaron.

—Ya he tenido bastantes sueños y brujerías, no quiero más en mi vida.

Aquello, como él pretendía, silenció a Viviane. Permitió que uno de los sirvientes le ofreciese carnero salado y habló afablemente de las hortalizas hervidas, las primeras del año. Tras comer frugalmente, dejó el cuchillo y dijo:

—De cualquier forma que llegara hasta aquí, Uther, ha sido afortunada y una señal de que a vuestro hijo le protegen los Dioses, porque él es imprescindible.

—No podría seguir soportando tal fortuna —repuso Uther, con tono seco—. Si de veras sois una hechicera, cuñada, os rogaría que hicierais un encantamiento contra la esterilidad de Igraine. Cuando nos casamos, creí que me daría muchos hijos, puesto que ya le había dado una hija al viejo Gorlois, pero sólo tenemos uno y ya cuenta seis años.

*Está escrito en las estrellas que no tendréis otro hijo.* Mas Viviane evitó revelárselo al hombre que tenía ante ella. En lugar de esto, dijo:

—Hablaré con Igraine, pero podéis estar seguro de que ninguna enfermedad le impide concebir.

—Oh, concibe adecuadamente, pero no puede llevar al hijo más de una luna o dos, y uno que consiguió dar a luz se desangró hasta morir cuando le cortaron el cordón umbilical —declaró Uther sombrío—. Era deforme, así que quizá fue lo mejor. Si pudierais hacerle algún encantamiento para que tuviera un hijo saludable. Aunque no creo en tales cosas, estoy dispuesto a aferrarme al mínimo asidero.

—No poseo tales poderes —confesó Viviane, sinceramente apenada—. No soy la Gran Diosa para daros o negaros un hijo y no lo haría aunque pudiera. No puedo entrometerme en lo que el sino ha decretado. ¿No os dice eso mismo vuestro sacerdote?

—Sí, el Padre Columba habla de que me someta a la voluntad de Dios; mas el sacerdote no tiene que gobernar un reino, el cual caerá en el caos si muero sin heredero —dijo Uther—. ¡No puedo creer que sean ésos los designios de Dios!

—Ninguno de nosotros sabe lo que Dios quiere —repuso Viviane—, ni vos, ni yo, ni aun el Padre Columba. Mas estoy cierta, y no hace falta magia o brujería para estarlo, de que debéis preservar la vida de este pequeño, dado que ha de llegar al trono.

La boca de Uther se endureció.

—Dios no quiera que le ocurra nada —exclamó—. Temería por la salud de Igraine si su hijo muriera, e incluso por la mía. Es un niño bueno y prometedor, pero no puede ser candidato a Rey Supremo de Bretaña. No hay nadie, a todo lo largo y ancho de este reino, que no sepa que fue engendrado cuando Igraine era todavía esposa de Gorlois e incluso nació una luna antes de lo que debiera haber nacido para ser mi hijo. En verdad, era muy pequeño; y *hay* niños que salen del útero antes de tiempo, pero no puedo ir diciéndoselo a todos los habitantes del reino que estaban contando con los dedos, ¿verdad? Será Duque de Cornwall cuando crezca, pero no puedo esperar hacerle Rey Supremo después de mí. Aun cuando llegase a adulto, lo que con su suerte es improbable.

—Se parece bastante a vos —dijo Viviane—. ¿Creéis que todos en la corte están ciegos?

—¿Qué ocurrirá, pues, con quienes nunca han venido

hasta aquí? No, debo tener un heredero sobre cuyo nacimiento no haya dudas. Igraine *debe* darme un hijo.

—Bueno, Dios lo permita —repuso Viviane—, mas no podéis imponer vuestra voluntad a Dios, ni permitir que Gwydion pierda su vida. ¿Por qué no le enviáis a Tintagel? Es un lugar remoto, y si lo ponéis a cargo de vuestro vasallo de más confianza, el enviarle allí convencerá a todos de que es el auténtico hijo de Cornwall y no tenéis intención de hacerle Rey Supremo. Acaso entonces no se molesten en conspirar contra él.

Uther frunció el ceño.

—Su vida no estará a salvo hasta que Igraine no me haya dado otro hijo —afirmó—, aunque le enviase a Roma o al país de los godos.

—Con los riesgos del camino eso no es práctico —convino Viviane—. Entonces tengo otra sugerencia. Dejádmelo a mí, para que se eduque en Avalon. Nadie puede acceder hasta allí, salvo los fieles que sirven a la Isla Sagrada. Mi hijo menor tiene ya casi siete años y pronto se lo entregaremos al Rey Ban de la Baja Bretaña, para ser educado como cuadra a un noble. Ban tiene otros hijos, así pues Galahad no será su heredero, pero Ban le ha reconocido otorgándole tierras y posesiones, y lo situará en la corte como paje, haciéndole soldado cuando crezca. En Avalon, vuestro hijo aprenderá cuanto necesite saber de la historia de su tierra, de su destino y del de Bretaña. Uther, ninguno de vuestros enemigos sabe dónde se encuentra Avalon y no sufrirá ningún daño.

—Eso le mantendría a salvo. Pero, por razones prácticas, no es posible. Mi hijo debe ser educado como cristiano; la Iglesia es poderosa, nunca aceptarían a un rey...

—Creí haberos oído decir que no sería rey después de vos —dijo secamente Viviane.

—Bueno, siempre queda la posibilidad —respondió Uther a la desesperada—, si Igraine no me diera otro hijo. Al ser instruido por los druidas y su magia sería considerado maligno por los sacerdotes.

—¿Os parezco yo maligna, Uther? ¿O acaso Merlín?

—Miró a Uther directamente a los ojos y éste bajó la vista.
—No, por supuesto que no.
—¿Entonces por qué no confiáis el hijo de Igraine a su sabiduría y la mía, Uther?
—Porque también yo desconfío de la magia de Avalon —acabó confesando Uther. Con gesto nervioso tocó las serpientes que le rodeaban los brazos—. Vi cosas que harían palidecer a un buen cristiano; y para cuando mi hijo sea adulto, la isla completa será cristiana. No habrá ninguna necesidad de que un rey esté mezclado con tales cosas.

Viviane sintió un acceso de cólera. *Estúpido, fuimos Merlín y yo quienes te pusimos en el trono y no tus sacerdotes y obispos cristianos.* Pero nada ganaría discutiendo con Uther.

—Debéis hacer lo que os pida vuestra conciencia, Uther. Aunque os ruego que le enviéis para que se eduque a algún lugar, y mantengáis tal lugar en secreto. Divulgad que le enviáis lejos para que crezca en la oscuridad, ajeno a las lisonjas que rodean a un príncipe en la corte, eso es algo bastante común; y dejad pensar a la gente que se dirige a la Baja Bretaña, donde tiene primos en la corte de Ban. Entonces le enviáis con uno de vuestros más pobres vasallos, uno de los antiguos cortesanos de Ambrosius: Uriens, Ectorius, quizá; alguno muy oscuro y muy digno de confianza.

Uther asintió despacio.

—Será terrible para Igraine separarse del niño —dijo—, pero un príncipe debe ser educado conforme a su futuro destino y disciplinado con rigidez militar. Ni siquiera os diré a vos, cuñada, adónde irá.

Viviane sonrió para sí, pensando: *¿Realmente crees que puedes ocultármelo, Uther, si me empeño en saberlo?* Pero era demasiado diplomática para decirlo en voz alta.

—Tengo otra gracia que solicitaros, cuñado. Entregadme a Morgana para que la eduque en Avalon.

Uther la miró un instante para luego denegar con la cabeza.

—Eso es totalmente imposible.
—¿Qué es imposible para un Rey Supremo, Pendragón?
—Sólo hay dos destinos para Morgana —alegó Uther—. Debe desposarse con un hombre completamente leal a mí. O, si no puedo encontrar a tan firme aliado a quien entregarla, quedará para el convento y el velo. No levantará a ningún grupo de Cornwall en este reino.
—No parece lo bastante piadosa para ser una monja.
Uther se encogió de hombros.
—Con el legado que puedo darle, cualquier convento se alegrará de acogerla.
Y Viviane se enfureció súbitamente. Clavó la mirada en Uther y le dijo:
—¿Creéis que podréis mantener este reino mucho tiempo sin la buena disposición de las Tribus, Uther? A ellos no les importa nada vuestra religión. Se preocupan de Avalon y cuando éstas fueron puestas en vuestros brazos... —le tocó con el dedo las muñecas tatuadas. Se apartó nervioso, pero ella continuó—: Cuando éstas fueron marcadas en vuestros brazos, juraron obedecer al Pendragón. Si Avalon os retira su apoyo, tan alto como os situamos, Uther, tan bajo os dejaríamos caer.
—Hermosas palabras, señora. Pero, ¿podéis cumplir vuestra amenaza? —replicó Uther—. ¿Haríais todo eso por una hija de Cornwall?
—Ponedme a prueba.
Le miraba sin arredrarse. Esta vez él no bajó la vista, estaba lo bastante enojado como para sostenerla y ella pensó: *¡Diosa! ¡Si yo tuviera diez años menos, cómo habríamos gobernado este hombre y yo!* En toda su vida sólo había conocido a uno o dos hombres que la igualasen en fuerza, pero Uther era un antagonista digno de su temple. Y necesitaría serlo para mantener el reino unido hasta que el rey predestinado llegase a la madurez. Ni siquiera por Morgana podía poner en peligro eso. Mas creyó que podría hacerle entrar en razón.
—Uther, escuchadme. La chica tiene la Visión; nació para ella. De ninguna forma podrá escapar a lo Oculto, la

seguirá adonde quiera que vaya y, si jugamos con tales cosas, llegará a ser rehuida por bruja y despreciada. ¿Es eso lo que deseáis para una princesa de vuestra corte?
—¿Dudáis de la habilidad de Igraine para educarla como es propio a una mujer cristiana? A lo peor, no haría ningún daño tras los muros de un convento.
—¡No! —dijo Viviane, con tal viveza que algunos de los que estaban en la mesa inferior alzaron la cabeza para mirarla—. Uther, la chica nació sacerdotisa. Ponedla tras los muros del convento y languidecerá como una gaviota enjaulada. ¿Podríais enviar a la hija de Igraine a la muerte o a la miseria durante toda su existencia? Creo realmente, y he hablado con la muchacha, que allí se mataría.
Pudo ver que aquel argumento le impresionaba y rápidamente remachó la cuestión.
»Nació para eso. Dejad que sea instruida en forma adecuada a sus dones. Uther, ¿tan feliz es aquí o supone tal ornamento para vuestra corte, que os apenaría verla marchar?
Lentamente, sacudió la cabeza.
—He procurado amarla en honor a Igraine. Pero es... misteriosa —dijo—. Morgause solía burlarse de ella diciendo que pertenecía al pueblo de las hadas y, aunque no hubiese conocido su ascendencia, la hubiese creído.
La sonrisa de Viviane fue forzada.
—Cierto. Es como yo y como nuestra madre. No está hecha para el convento o la campana de la iglesia.
—Sin embargo, ¿cómo puedo arrebatarle ambos hijos a Igraine a la vez? —inquirió Uther, desesperado.
Aquello afectó a Viviane tanto como una punzada de pesar, casi de culpa, pero negó con la cabeza.
—Igraine también nació sacerdotisa. Aceptará su destino como vos, Uther, aceptáis el vuestro. Y, si teméis la cólera del sacerdote que aquí tenéis —añadió, disparando astutamente una conjetura para ver, por sus ojos, que había dado en el blanco—, entonces no digáis a nadie adónde la mandáis. Declarad, si os parece, que la enviasteis a un convento a instruirse. Es demasiado sabia y

sobria para los modos de la corte, coqueterías y chismorreos de mujeres. E Igraine, de saber que sus hijos están a salvo y felices, preparándose para sus destinos, se contentará mientras os tenga.

Uther inclinó la cabeza.

—Así sea —dijo—. El chico será educado con el más fiel y oscuro de mis vasallos, pero, ¿cómo puedo enviarle a lo desconocido? ¿No le seguirá el peligro?

—Puede ser enviado por vías secretas y bajo un encantamiento, como vos llegasteis a Tintagel —repuso Viviane—. Aunque no confiéis en mí, ¿lo haréis en Merlín?

—Por mi vida —respondió Uther—. Dejaré que Merlín le lleve. Y luego Morgana irá a Avalon. —Hundió la cabeza entre las manos como si el peso que llevase fuera insoportable—. Sois sabia —le dijo, luego levantó la cabeza y la miró con odio—. Ojalá fuerais una estúpida mujer a la que pudiera despreciar, ¡condenada!

—Si vuestros sacerdotes están en lo cierto —declaró calmosamente Viviane—, ya estoy completamente condenada y podéis ahorraros palabras.

## XI

El sol estaba poniéndose cuando llegaron al Lago. Viviane se volvió en su montura para mirar a Morgana, que cabalgaba un poco retrasada. La cara de la muchacha se veía tensa por la fatiga y el hambre, pero no se había quejado; y Viviane, que deliberadamente había establecido un paso duro para probar su resistencia, estaba satisfecha. La vida de una sacerdotisa de Avalon no era fácil y necesitaba saber si Morgana podía soportar el cansancio y la privación. Redujo la marcha ahora y dejó que Morgana se le uniese.

—Allí está el Lago —dijo—. Dentro de un instante estaremos a cubierto, habrá un fuego, comida y bebida.

—Recibiré con agrado las tres cosas —repuso Morgana.

—¿Estás cansada, Morgana?

—Un poco —respondió la niña reservadamente—, pero lamento llegar al fin de esta jornada. Me gusta ver nuevas cosas y nunca antes fui a parte alguna.

Detuvieron los caballos en la orilla y Viviane intentó ponerse en el lugar de un extraño que veía por primera vez aquella costa tan familiar para ella. Las sombrías aguas grises del Lago, los altos cañaverales bordeando el margen, silenciosas nubes bajas y manojos de algas del agua. Había quietud en el paisaje y Viviane podía escuchar los pensamientos de la muchacha: *Esto es solitario, oscuro y lúgubre.*

—¿Cómo llegaremos a Avalon? No hay puente, ¿tendremos que hacer nadar a los caballos? —preguntó Morgana, y Viviane, recordando cómo habían tenido que vadearlo debido a las lluvias primaverales, la tranquilizó.
—No, llamaré de inmediato.
Levantó las manos cubriéndose el rostro, apartó de sí sonidos y visiones indeseados, y emitió una silente llamada. En pocos momentos, sobre la superficie grisácea del Lago, apareció una embarcación baja. Con colgaduras negras y plateadas en un extremo, se deslizaba tan en silencio que parecía rozar el agua como una ave acuática; no se oía el ruido de los remos, pero al acercarse pudieron ver a unos callados remeros, que manejaban éstos sin el más leve chapoteo o ruido. Eran unos hombrecillos menudos y oscuros, semidesnudos, con la piel tatuada en azul formando mágicos dibujos, y Viviane observó que los ojos de Morgana se dilataban ante aquella visión; pero nada dijo.

*Acepta todo esto con excesivo sosiego,* reflexionó Viviane. *Es tan joven que no ve el misterio de cuanto hacemos; de algún modo habré de hacerla consciente de ello.*

Los callados hombrecillos amarraron el bote, asegurándolo con una curiosa cuerda de cañaveras trenzadas. Viviane indicó a Morgana que desmontase y los caballos fueron llevados a bordo. Uno de los hombres tatuados extendió la mano hacia Morgana para ayudarla a subir, ella consideró el gesto irrelevante, como la visión de la barca, pero la mano era al tacto callosa y dura como un asta. Finalmente, Viviane ocupó su sitio en la proa y el bote se adentró, lenta y silenciosamente, en el Lago.

Ante ellos se alzaban la Isla y Tor con su alta torre a San Miguel; sobre el agua, las campanas de la iglesia tañían levemente el Angelus. Morgana, debido al hábito, se persignó y uno de los hombrecillos le dirigió una mirada tan severa que se arrepintió y dejó caer la mano. Según el bote surcaba el agua entre las crecidas cañaveras, pudo distinguir los muros de la iglesia y el monasterio. Viviane

sintió el repentino pánico de la chica, ¿iban, después de todo, a la Isla de los Sacerdotes, donde sería encerrada entre los muros de un convento para siempre?
—¿Vamos a la iglesia de la Isla, tía?
—No iremos a la iglesia —replicó Viviane con tranquilidad—. Aunque es cierto que un viajero corriente, o tú misma, si cruzaras el Lago sola, jamás llegarías a Avalon. Aguarda y verás, no hagas preguntas; ése será tu destino mientras estés instruyéndote.

Contrita, Morgana guardó silencio, los ojos aún dilatados por el miedo. Dijo con voz queda:
—Es como el cuento popular de la barca fantasma, que despliega velas para partir de las islas a la tierra de la juventud...

Viviane no prestó atención. Continuaba en la proa del bote, respirando profundamente e invocando sus fuerzas para el acto mágico que estaba a punto de realizar; durante un momento se preguntó si aún tendría energías para hacerlo. *Soy vieja,* pensó con súbito pánico, *empero debo vivir hasta que Morgana y su hermano sean mayores. La paz de toda esta tierra depende de que yo pueda salvaguardarlos.*

Interrumpió los pensamientos; la duda era fatal. Se recordó que había realizado aquello casi todos los días de su vida de adulta y que ahora le resultaba tan natural que podría haberlo hecho durmiendo o moribunda. Permaneció rígida, firme, inmersa en la tensión de la magia, luego extendió los brazos en toda su longitud, elevándolos sobre la cabeza con las palmas vueltas al cielo. Entonces, con una repentina exhalación, los bajó y con ellos bajaron las nieblas, de modo que la visión de la iglesia se borró, las costas de la Isla de los Sacerdotes, e incluso Tor. La barca se deslizó entre unas brumas espesas impenetrables, como si la noche las envolviese; y en la oscuridad podía oír a Morgana respirando entrecortadamente como un animalillo asustado. Empezó a hablar para convencer a la muchacha de que nada había que temer, pero, deliberadamente, se detuvo. Morgana era ya una sacerdotisa que esta adiestrándose, debía aprender a vencer el miedo como había vencido la fatiga, la privación y el hambre.

El bote atravesaba las nieblas con rapidez y seguridad, porque no había más barcas en el Lago; entreabría la densa y pegajosa humedad. Viviane la sentía en el cabello y las cejas, calándole el chal de lana. Morgana temblaba de frío.

Más tarde, como una cortina que se descorre, las nieblas se disiparon, y se encontraron ante una extensión de agua y verdes orillas iluminadas por el sol. Tor estaba allí, pero Viviane escuchó cómo la muchacha retenía el aliento debido al asombro. Sobre Tor aparecía un círculo de piedras erguidas, brillando a la luz solar. Hacia allí conducía la gran vía procesional, subiendo en espiral la inmensa colina. Al pie de Tor se hallaban las casas de los sacerdotes, y en la ladera pudo avistar el Manantial Sagrado y el destello plateado del estanque del espejo. A lo largo de la costa había arboledas de manzanos y, más atrás, grandes robles, con los dorados retoños de muérdago adheridos a las ramas en el aire.

Morgana susurró:

—Es hermoso... —y Viviane pudo percibir cautela en su voz—. Señora, ¿es real?

—Más real que ningún otro lugar que hayas visto jamás —le contestó Viviane—, y pronto lo comprobarás.

La embarcación llegó a la orilla y quedó varada pesadamente en el suelo arenoso; los silenciosos remeros la ataron con una cuerda y ayudaron a bajar a la Dama. Luego llevaron los caballos a tierra y Morgana hubo de descender por sus propios medios.

Jamás olvidaría la primera visión de Avalon al atardecer. La verde hierba llegaba hasta el borde de los cañaverales a lo largo del Lago, y los cisnes se deslizaban, silenciosos como la barca, sobre las aguas. Bajo las arboledas de manzanos y robles se alzaba un bajo edificio de piedra gris, y Morgana pudo ver figuras ataviadas de blanco caminando despacio por un paseo con arcadas. Procedente de alguna parte, muy suave, le llegaba el sonido de un arpa. La tenue y oblicua luminosidad, ¿procedía del sol que conocía?, inundaba la tierra de oro y silencio, y sintió la garganta sofocada por las lágrimas. Pensó, sin saber por qué: *Estoy llegando a casa*; aunque había pasado todos los años de su vida en Tintagel y Caerleon, sin haber visto nunca aquel portentoso paisaje.

Viviane terminó de dar instrucciones sobre los caballos, volviéndose hacia Morgana; viendo la mirada de perplejidad y estupefacción en los ojos de la niña, evitó hablarle hasta que ésta suspiró profundamente, como si acabase de despertar de un sueño. Mujeres vestidas con oscuros ropajes y sobretúnicas de piel de ciervo, algunas de ellas con una media luna azul tatuada entre las cejas, bajaban al sendero. Había algunas como Morgana y Viviane, menudas y morenas, del pueblo de los pictos; otras eran altas y esbeltas de pelo rubio o castaño; y había dos o tres que ostentaban el inconfundible sello de antepasados romanos. Se inclinaron ante Viviane con silente respeto, y ella levantó la mano bendiciéndolas.

—Esta es mi pupila —dijo Viviane—. Se llama Morgana. Será una de vosotras. Tomad su... —Entonces miró a la joven, que continuaba tiritando mientras el sol descendía y la oscuridad caía como un manto gris, ocultando los maravillosos colores de la campiña. Morgana estaba exhausta y asustada. Tenía ante sí muchas pruebas y obstáculos; no necesitaba empezar por el momento.

—Mañana —le dijo Viviane— irás a la Casa de las Doncellas. No se te tratará con deferencia porque pertenezcas a mi familia y seas una princesa; no tendrás más nombres y favores que los que llegues a merecerte. Mas, sólo por esta noche, ven conmigo; hemos tenido poco tiempo para hablar de esta travesía.

Morgana sintió que sus rodillas temblaban por el súbito alivio. Las mujeres que tenía delante, todas extrañas con aquellos vestidos y las marcas azules en la frente, la asustaban más que la corte entera de Uther en asamblea. Vio a Viviane hacer un breve gesto indicativo y las sacerdotisas, suponía que lo eran, se volvieron alejándose. Viviane extendió la mano y Morgana la tomó, sintiendo que aquellos dedos fríos y firmes le daban seguridad.

Viviane volvió a ser la persona a quien ella conocía, aunque al mismo tiempo era la pavorosa figura que había hecho que las nieblas descendieran. De nuevo Morgana sintió el impulso de persignarse y se preguntó si todo aquel país se desvanecería como el Padre Columba había dicho que ocurría con todas las obras del Demonio y las brujerías ante aquel signo.

Pero no lo hizo; súbitamente comprendió que nunca volvería a hacerlo. *Ese* mundo había quedado atrás para siempre.

Al borde de los manzanos, entre dos árboles que empezaban a florecer, se encontraba una pequeña casa de adobe y argamasa. En el interior ardía un fuego, y una mujer joven, al igual que las que había visto anteriormente con prendas oscuras y túnicas de piel de ciervo, les dio la bienvenida con una silenciosa reverencia.

—No hables con ella —dijo Viviane—. Está en este momento bajo un voto de silencio. Es sacerdotisa en el cuarto año y se llama Cuervo.

Sin palabras, Cuervo le quitó a Viviane las prendas exteriores y los zapatos gastados por el viaje y llenos de barro; a una señal de Viviane hizo lo mismo con Morgana. Les trajo agua para asearse y, más tarde, alimentos: pan de cebada y carne seca. Para beber sólo había agua, pero era fresca y deliciosa; no se parecía a ninguna que Morgana hubiera probado antes.

—Es el agua del Manantial Sagrado —dijo Viviane—. No bebemos nada más aquí; procura Visión y claras percepciones. Y la miel es de nuestras propias colmenas. Toma la carne y saboréala, porque no vas a comer más durante años; las sacerdotisas no comen carne hasta concluir su adiestramiento.

—¿Por qué, señora? —Morgana no pudo decir «tía» o «tutora». Se erguía entre ella y los nombres familiares el recuerdo de la figura semejante a la Diosa que convocara a las nieblas—. ¿Es malo comer carne?

—No, y llegará un día en el que puedas comer cualquier alimento. Pero una dieta en la que no se incluye la carne produce un alto nivel de conciencia, y lo necesitarás mientras aprendas a utilizar la Visión y el control de tus poderes mágicos, en lugar de permitir que éstos te controlen. Como los druidas en los primeros años de su instrucción, las sacerdotisas sólo comen pan y fruta, y a veces, un poco de pescado del Lago, bebiendo sólo agua del Manantial.

Morgana afirmó tímidamente:

—Bebisteis vino en Caerleon, señora.

—Ciertamente, de igual manera que lo harás tú cuando aprendas los momentos apropiados para comer y beber, y los momentos de abstinencia —repuso Viviane amablemente. Aquello silenció a Morgana, que se sentó para comer el pan y la miel. Mas, aunque estaba hambrienta, aquello parecía obstruirle la garganta.

—¿Has comido bastante? —inquirió Viviane—. Bien, entonces dejemos que Cuervo quite los platos, debes dormir, pequeña. Pero siéntate junto a mí ante el fuego y hablemos un poco, ya que mañana Cuervo te llevará a la Casa de las Doncellas, y no me verás más, salvo en los ritos, hasta que estés entrenada para hacer tu turno con las sacerdotisas mayores, durmiendo en mi casa y cuidando de mí como sirvienta. Y, para entonces, bien puedes estar bajo un voto de silencio sin hablar o responder. Pero, por esta noche, eres sólo mi pupila, aún no has hecho voto de servicio a la Diosa y puedes preguntarme cuanto desees.

Extendió la mano y Morgana fue a unírsele en el banco ante el fuego. Viviane se volvió y dijo:

—¿Querrás quitarme el prendedor del pelo, Morgana? Cuervo se ha ido a descansar y no me gustaría volver a molestarla.

Morgana extrajo el prendedor de hueso tallado del pelo de la sacerdotisa, y éste cayó en oscura cascada con resplandores canos en la sien. Viviane suspiró acercando los descalzos pies al fuego.

—Es bueno estar en casa de nuevo, he tenido que viajar excesivamente en los últimos años —declaró—, y ya no soy lo suficientemente fuerte como para encontrarle placer.

—Dijisteis que podía haceros preguntas —dijo Morgana apocada—. ¿Por qué algunas de las mujeres llevan signos azules en la frente y otras no?

—La medialuna azul es un signo de que han hecho votos de servicio a la Diosa para vivir o morir a su designio —contestó Viviane—. Aquellas que están aquí para tomar sólo enseñanzas en la Visión no hacen tales votos.

—¿Y yo voy a hacer los votos?

—Eso será decisión tuya —repuso Viviane—. La Diosa te dirá si desea poner su mano sobre ti. Sólos los cristianos utilizan el claustro como un vertedero para hijas o viudas indeseadas.

—Pero ¿cómo sabré si la Diosa me prefiere?

Viviane sonrió en la oscuridad.

—Te lo revelará con voz que no dejarás de entender. Si escuchas su llamada nada en el mundo podrá ocultar su voz.

Morgana se preguntó, aunque era demasiado tímida para hacerlo en voz alta, si Viviane había hecho también los votos. *¡Por supuesto! Es la Suprema Sacerdotisa, la Señora de Avalon...*

—También yo hice los votos —dijo Viviane tranquilamente, con aquella facultad que poseía para contestar preguntas no formuladas—, pero la marca ha desaparecido con el tiempo. Si miras de cerca, creo que todavía podrás distinguir trazas en el nacimiento del pelo.

—Sí, algo... ¿Qué significa hacer votos a la Diosa, señora? ¿Quién es la Diosa? Una vez le pregunté al Padre Columba si Dios poseía otro nombre y me respondió que no, que sólo hay un Nombre por el que podamos salvarnos, aunque... —Se detuvo, avergonzada—. Soy muy ignorante en tales cuestiones.

—Reconocer la ignorancia es el principio de la sabiduría —dijo Viviane—. Luego, cuando comiences a aprender, no tendrás que olvidar cuantas cosas creas saber. A Dios se le conoce por muchos nombres, pero en todas partes es Uno; de igual modo, cuando rezas a María, Madre de Jesús, le rezas a la Madre del Mundo en una de sus múltiples formas, sin saberlo. El Dios de los sacerdotes y el Magno de los druidas, son el mismo; tal es el motivo de que Merlín ocupe un lugar a veces entre los consejeros cristianos del Rey Supremo; sabe, aunque ellos no, que Dios es Uno.

—Vuestra madre fue aquí sacerdotisa antes que vos, mi madre dice...

—Es cierto, pero no es únicamente por la sangre. Es, más bien, que he heredado el don de la Visión y me comprometí con la Diosa por propia voluntad. La Diosa no llamó a tu madre ni a Morgause. Así envié a Igraine a desposarse con tu padre y luego con Uther, y a Morgause según decreto del Rey. El matrimonio de Igraine sirvió a la Diosa; sobre Morgause no tiene ni poder ni influencia.

—¿Nunca se casan, pues, las sacerdotisas llamadas por la Diosa?

—Generalmente no. No se comprometen con ningún hombre, salvo para el Gran Matrimonio, cuando sacerdotes y sacerdotisas se unen simbolizando a Dios y a la Diosa; los hijos así concebidos no lo son de ningún hombre mortal, sino de la Diosa. Este es un Misterio y lo aprenderás a su debido tiempo. Yo nací así y no tengo padre terrenal...

Morgana se quedó mirándola y susurró:

—¿Queréis decir que vuestra madre yació con un Dios?

—No, por supuesto que no. Sólo era un sacerdote, investido del poder de Dios; probablemente uno cuyo nombre nunca supo, porque en aquel momento o en aquel tiempo, el Dios vino a él poseyéndole de modo que el hombre quedó olvidado y desconocido. —La expresión de su rostro era distante al recordar cosas extrañas; Morgana podía verlas cruzar su frente. Parecía que el fuego creara imágenes en la estancia, una gran figura del Astado... Se estremeció de improviso cubriéndose con la capa.

—¿Estás cansada, hija? Deberías dormir.

Mas Morgana volvió a sentir curiosidad.

—¿Naciste en Avalon?

—Sí, aunque me crié en la Isla Druida, muy al norte, en las Islas. Y, cuando me hice mujer, la Diosa colocó su mano sobre mí, la sangre de las nacidas sacerdotisas ciertamente corre por mis venas, y creo que por las tuyas, pequeña. —La voz resonaba distante; se levantó y permaneció mirando al fuego.

»Estoy tratando de recordar cuántos años hace que vine aquí con la anciana... La luna estaba más al sur entonces, porque era época de cosechas y estaban prontos los oscuros días de Samhain, a finales de año. Fue un invierno crudo, incluso en Avalon; escuchábamos a los lobos por la noche, las nieves eran espesas y pasábamos hambre, porque nadie podía atravesar las tormentas, y algunos niños de pecho murieron porque faltaba leche... Luego el Lago se heló y nos trajeron alimentos en trineos. Yo era una doncella, aún no tenía los senos desarrollados, y ahora soy una mujer vieja, vieja y encorvada... Tantos años, hija.

Morgana pudo percibir que la mano de Viviane temblaba; la sostuvo firmemente con la suya. Al cabo de un momento Viviane la apartó hacia un lado y le rodeó la cintura con el brazo.

»Tantas lunas, tantos veranos... y ahora parece que Samhain sigue a las vísperas de Beltane con mayor rapidez que la luna llena seguía a la creciente cuando yo era joven. También tú te hallarás aquí ante el fuego haciéndote vieja como yo he envejecido, a menos que la Madre tenga otros cometidos para ti. Ah, Morgana, pequeña, debería haberte dejado en casa de tu madre...

Morgana abrazó con fuerza a la sacerdotisa.

—¡No podía quedarme allí! ¡Prefería morir...!

—Lo sé —dijo Viviane suspirando—. Creo que también la Madre ha posado la mano sobre ti, hija. Pero has pasado de una vida cómoda a otra dura y amarga, Morgana, y puede que tenga que exigirte tareas tan crueles como las que me fueron encomendadas por la Gran Madre. Ahora sólo piensas en aprender el uso de la Visión y vivir en la hermosa tierra de Avalon, pero no es cosa fácil servir los deseos de Ceridwen, hija mía; no es solamente la Gran Madre del Amor y la Fecundidad sino también la Señora de la Oscuridad y de la Muerte. —Suspirando, acarició el suave pelo de la muchacha—. Es también Morrigán, mensajera de la rivalidad, La Gran Cuervo... Oh, Morgana, Morgana, me hubiera gustado que fueses mi hija, mas ni aun así podría evitártelo; debo utilizarte para sus propósitos como fui utilizada. —Apoyó por un instante la cabeza en el hombro de la joven—. Puedes estar segura de que te quiero, Morgana, pero llegará un día en el que me odiarás tanto como ahora me quieres.

Morgana se arrodilló impulsivamente.

—Jamás —susurró—. Estoy en las manos de la Diosa... y en las vuestras.

—Ojalá te conceda que no tengas que arrepentirte nunca de esas palabras —dijo Viviane. Extendió las manos hacia el fuego. Eran pequeñas, fuertes y algo arrugadas por la edad—. Con estas manos he traído niños al mundo y la vida de un hombre se escapó de entre ellas. Una vez traicioné a un hombre acarreándole la muerte, alguien que había yacido en mis brazos y al que juré amar. Destruí la paz de tu madre y ahora le he arrebatado a sus hijos, ¿no me odias y me temes, Morgana?

—Te temo —contestó la chica, todavía arrodillada a sus pies, la morena, pequeña e intensa cara iluminada por el hogar—, pero nunca podré odiarte.

Viviane suspiró profundamente, alejando premoniciones y terrores.

—Y no es a mí a quien temes —le dijo—, sino a ella. Ambas estamos en sus manos, hija. Tu virginidad es sagrada para la Diosa. Procura mantenerla hasta que la Madre revele su voluntad.

Morgana posó las pequeñas manos sobre las de Viviane.

—Así ha de ser —musitó—. Lo juro.
Al día siguiente fue a la Casa de las Doncellas y allí permaneció durante muchos años.


Habla Morgana...

*¿Qué puede escribirse sobre la instrucción de una sacerdotisa? Lo que no es obvio es secreto. Quienes hayan recorrido el camino lo saben y quienes no lo han hecho nunca lo sabrán aunque yo revele todas las cosas prohibidas. Por siete veces las vísperas de Beltane llegaron y pasaron. Siete veces el invierno nos hizo a todas temblar de frío. La Visión sobrevenía con facilidad; Viviane había dicho que yo nací sacerdotisa. No era tan fácil hacer que viniera cuando lo deseaba y sólo entonces, y cerrarle las puertas cuando no era conveniente que llegase.*

*Los pequeños hechizos resultaron más difíciles. Forzar la mente a recorrer caminos desacostumbrados. Invocar el fuego y hacerlo alzarse a voluntad. Invocar las nieblas, traer la lluvia, todo eso era simple; mas saber cuándo había que traer la lluvia y la niebla o cuándo dejarlo en manos de los Dioses, no lo era. Hubo otras lecciones en las que el conocimiento de la Visión no me ayudó en absoluto: el saber popular sobre las hierbas y las curaciones, las largas canciones de las cuales ni una sola palabra podía escribirse, porque, ¿cómo puede el conocimiento de Magnos ser registrado en algo de humana factura? Algunas lecciones fueron un puro deleite, porque se me permitió aprender a tocar el arpa y a hacer una por mí misma, usando maderas sagradas y tripas de un animal muerto ritualmente; y otras fueron terroríficas.*

*Lo más difícil de todo fue quizá mirar en mi interior, bajo la influencia de drogas que desligaban la mente del cuerpo, que quedaba enfermo y vomitando, mientras la mente remontaba con libertad los límites del tiempo y el espacio, leyendo las páginas del pasado y el futuro. Pero de esto no puedo decir nada. Por fin llegó el día en que fui expulsada de Avalon, apenas vestida con la ropa interior y desarmada, salvo por una pequeña daga de sacerdotisa, para que intentara volver si podía. Supe que de no hacerlo me llorarían como a una muerta, pero las puertas jamás volverían a abrirse a menos que pudiera hacerlo con mi propia voluntad y mandato. Y cuando las nieblas se cerraron sobre mí, vagué por las orillas del Lago extraño, no escuchando más que las campanas y los dolientes cánticos de los monjes. Finalmente, las atravesé y la invoqué, los pies sobre la tierra y la cabeza entre las estrellas, extendidas por todo el horizonte, y clamé la gran palabra del Poder...*

*Las nieblas se apartaron y vi delante la misma costa bañada por el sol a la cual me había traído la Señora siete años antes, planté el pie en la tierra firme de mi propio hogar, llorando como lo había hecho por vez primera cuando llegué como una niña asustada. Más tarde, la mano de la Diosa marcó la media luna entre mis cejas. Pero esto es un Misterio del que está prohibido escribir. Quienes hayan sentido la frente ardiendo por el beso de Ceridwen sabrán de lo que hablo.*

*Fue la segunda primavera después de aquello, cuando me vi dispensada del silencio; cuando Galahad, quien era ya ducho en combatir a los sajones con su padre, el Rey Ban de la Baja Bretaña, volvió a Avalon.*

## XII

Las sacerdotisas de cierto grado hacían turnos para servir a la Señora del Lago, y en aquella estación en que la Señora estaba muy ocupada con los preparativos del inminente festejo del solsticio de verano, una de ellas dormía siempre en la pequeña casa de adobe, para que la Señora pudiese tenerla a su disposición noche y día. Viviane entró en la estancia que se hallaba detrás de la suya, donde dormía su sirvienta, tan temprano que el sol aún estaba oculto por la niebla en el horizonte, y la llamó con un gesto para que despertase.

La mujer se incorporó en el lecho, poniéndose la túnica de piel de ciervo sobre el camisón.

—Dile a los remeros que se apresten. E indícale a mi pupila, Morgana, que venga a atenderme.

Pocos minutos después, Morgana se detuvo respetuosamente ante la entrada, mientras Viviane se hallaba reclinada avivando el fuego. No hizo ruido. Tras nueve años de adiestramiento en el arte de las sacerdotisas, se movía tan silenciosamente que ni una pisada, ni un suspiro delataban su paso. Pero también, tras aquellos años, los modos de las sacerdotisas le eran tan conocidos que no se extrañó de que Viviane se volviera cuando llegó a la puerta.

—Entra, Morgana —le dijo.

Contrariamente a su costumbre, Viviane no invitó a sentarse a su pupila, la dejó allí de pie, mirándola fijamente durante un momento.

Morgana no era alta. Nunca lo sería. En los años transcurridos en Avalon había alcanzado la totalidad de su estatura, apenas una pulgada más que la Señora. Llevaba su oscuro pelo recogido en una trenza tras la nuca, anudada con una correa de piel de ciervo, el vestido de oscuro tinte azul y la sobretúnica de piel de ciervo de cualquier sacerdotisa; la media luna de igual color brillaba entre las cejas. Empero, uniforme y anónima como era, había un destello en los ojos que respondía a la fría mirada de Viviane y ésta sabía por experiencia que, pese a la menuda y delicada complexión, podía rodearse de un encanto tal que la hacía parecer, no alta, sino majestuosa. Carecía ya de edad y Viviane sabía que conservaría aquella apariencia aun cuando empezara a encanecerse su pelo.

Pensó, con ligero alivio: *No, no es hermosa*; y luego se preguntó por qué había de importarle aquello. Sin duda, Morgana, como todas las jóvenes, incluso las sacerdotisas comprometidas de por vida al servicio de la Diosa, preferiría ser hermosa y era profundamente desgraciada por no serlo. Reflexionó, torciendo levemente el gesto: *Cuando tengas mi edad, niña mía, no te preocupará si eres hermosa o no, porque todos te creerán muy hermosa cuando quieras hacérselo creer y, cuando no, podrás descansar pretendiendo ser una simple anciana que tiempo atrás dejó tales pretensiones*. Ella había tenido que librar aquella batalla veinte años antes, cuando vio a Igraine hacerse una mujer de felina y ardiente belleza por la que Viviane, joven todavía, habría trocado gustosamente su alma y todo su poder. A veces, en momentos de duda, se preguntaba si impulsó a Igraine a casarse con Gorlois para no sentirse continuamente afrentada por la hermosura de la joven, burla de su oscura severidad. *Pero la condujo hasta al amor del hombre destinado para ella antes de que el anillo de piedra de la llanura de Salisbury estuviese conformado*, consideró.

Se dio cuenta de que Morgana seguía de pie y en silencio, esperando sus palabras.

—Ciertamente me hago vieja —dijo—. Por un instante me perdí en los recuerdos. No eres la niña que llegó aquí hace años, pero en ocasiones lo olvido, Morgana mía.

Morgana sonrió y la sonrisa transformó su rostro, que en reposo era bastante taciturno. *Como Morgause*, pensó Viviane, *a quien, por otra parte, no se parece en nada. Es la sangre de Taliesin.*

Morgana dijo:

—Creo que no os olvidáis de nada, tutora.

—Acaso no. ¿Has interrumpido tu ayuno, niña?

—No, mas no tengo hambre.

—Muy bien. Te quiero en la barca.

Morgana, que se había acostumbrado al silencio, no contestó más que con un ademán de respeto y asentimiento.

Por supuesto, no era una petición en modo alguno desacostumbrada, la barca de Avalon debía ser siempre guiada por una sacerdotisa que conociese los caminos secretos entre las nieblas.

—Es una misión familiar —repuso Viviane—, porque es mi hijo quien se acerca a la isla y me pareció lo más indicado enviarle a alguien de la familia en bienvenida.

Morgana sonrió.

—¿Balan? —inquirió—. ¿No temerá por su alma su hermanastro Balin, si va más allá del sonido de las campanas de la iglesia?

Un destello de humor iluminó los ojos de Viviane.

—Ambos son hombres orgullosos, guerreros abnegados —dijo—, viven de modo intachable incluso para los cánones de los druidas, sin hacer daño ni oprimir a nadie, e incluso procuran enmendar cuantos errores descubren. No dudo que a los sajones les parecerán cuatro veces temibles al luchar cuerpo a cuerpo. Ciertamente no temen a nada, salvo a la maligna magia de la perversa bruja que es madre de uno de ellos... —rió alegremente y Morgana la acompañó en la risa.

—Bueno —dijo, ya seria—, no me arrepiento de haber mandado a Balan a instruirse en el mundo exterior. No fue llamado a convertirse en druida y habría sido uno muy malo; si se ha perdido para la Diosa sin duda ésta le custodiará a su manera, aunque le rece rosarios. No, Balan está lejos en la costa, guerreando contra los sajones junto a Uther y me alegro de tenerlo allí. Es de mi hijo menor de quien hablo.
—Creí que Galahad seguía en Bretaña.
—También yo, pero la noche pasada descubrí con la Visión que está aquí. La última vez que le vi sólo tenía doce años. Debo confesar que ha crecido bastante; ahora debe andar por los dieciséis o más y se encuentra dispuesto a empuñar las armas, aunque no sé con seguridad si lo logrará.

Morgana sonrió y Viviane recordó que cuando ésta llegó, una niña solitaria, le permitía a veces pasar el tiempo libre con el único hijo que allí le quedaba, Galahad.
—Ban de Benwik debe ser viejo —apuntó Morgana.
—Viejo, sí, y tiene muchos hijos, de forma que el *mío* no es entre ellos más que uno de los numerosos bastardos que el rey no ha reconocido. Pero sus hermanastros le temen y preferirían verle en cualquier otra parte, un hijo del Gran Matrimonio no puede ser tratado como cualquier bastardo. —Viviane respondió a la pregunta no hecha—. Su padre le habría dado tierras y propiedades en Bretaña, mas vi antes de que contara seis años, que el corazón de Galahad estaría siempre aquí, en el Lago. —Vio un destello en los ojos de Morgana y, de nuevo, respondió sin ser preguntada—. ¿Es cruel hacerle desgraciado para siempre? Quizá, pero no fui yo cruel, sino la Diosa. Su sino se encuentra en Avalon y lo contemplé con la Visión arrodillándose ante la Sagrada Copa...

Nuevamente, con una inflexión irónica, hizo Morgana el leve gesto de asentimiento con el que una sacerdotisa bajo voto de silencio acata una orden.

De súbito, Viviane se enfadó consigo misma. *Me siento aquí justificando cuanto he hecho con mi vida y las de mis*

*hijos ante una mocosa. ¡No le debo ninguna explicación!*
Dijo, con voz fría y distante:
—Ve con la barca, Morgana, y tráemelo.
Por tercera vez, Morgana hizo un callado ademán de asentimiento y se volvió para marcharse.
—Un momento —la retuvo Viviane—. Romperás tu ayuno aquí con nosotros cuando lo traigas de vuelta; es tu primo e hijo mío.
Cuando Morgana volvió a sonreír, Viviane se apercibió de que había estado intentando hacer que volviera a sonreír, y se sorprendió.

MORGANA BAJÓ por el sendero hacia la orilla del Lago. El corazón le latía más rápido de lo acostumbrado; a menudo, en aquellos días, cuando hablaba con la Dama, la ira se mezclaba con el afecto, ninguno de los cuales le estaba permitido expresar y aquello le provocaba inquietud. Se asombraba de sí misma, porque había sido enseñada a controlar las emociones, las palabras e incluso los pensamientos.
Recordaba a Galahad de los primeros años en Avalon, un muchacho escuálido, moreno y apasionado. No le gustaba mucho, pero debido a que su corazón anhelaba a su hermanito, dejaba que aquel ser solitario la siguiera. Luego le enviaron a educarse y sólo pudo verle una vez, cuando él tenía doce años, todo ojos, dientes y huesos sobresaliendo en unas prendas que le quedaban pequeñas. Había crecido con un intenso desdén hacia cualquier mujer y ella estaba ocupada con la parte más difícil del adiestramiento, por lo que le prestó poca atención.
Los pequeños y morenos hombres que gobernaban la barca se inclinaron ante ella en silencioso respeto hacia la Diosa cuyas formas se suponía que las sacerdotisas mayores representaban; les hizo una seña, sin hablar, ocupando su sitio en la proa.

Veloz y calladamente la ornamentada barca se deslizó entre las nieblas. Morgana percibía la humedad acumulándose en su frente y adhiriéndose a sus cabellos; tenía hambre y estaba helada hasta los huesos, pero le habían enseñado a despreciar también aquello. Cuando emergieron de las brumas, el sol había salido en la distante orilla y pudo ver a un caballo y un jinete esperando allí. La embarcación continuó avanzando lentamente y Morgana, en un extraño momento de olvido de sí misma, se puso de pie sin ocultarse, mirando al jinete.

El caballero era de complexión ligera, cara aquilina, morena y atractiva, realzada por el tocado carmesí, con una pluma de águila en la cinta, y la ancha capa roja que le envolvía grácilmente. Cuando desmontó, el donaire natural con el que se movía con gracia de bailarín, le cortó el aliento. ¿Cómo había deseado alguna vez ser rubia y redondeada, cuando lo moreno y esbelto mostraba tal belleza? Los ojos también oscuros, con un destello de malicia, sólo esto le indicó su identidad, ya que ningún otro rasgo recordaba al muchacho esquelético de huesudas piernas y pies enormes.

—Galahad —dijo, bajando el tono de voz para evitar que le temblase, truco de sacerdotisa—. No os habría reconocido.

El hizo una leve reverencia, la capa ondeó con el movimiento, ¿había ella despreciado alguna vez sus gestos de acróbata? Aquél parecía una prolongación de su cuerpo.

—Señora —dijo él.

*No me ha reconocido. Dejémoslo así.*

¿Por qué recordó en aquel momento las palabras de Viviane? *Tu virginidad es sagrada a la Diosa. Procura mantenerla hasta que la Madre revele su voluntad.* Sobresaltada, Morgana reconoció por vez primera en su vida haber mirado a un hombre con deseo. Sabiendo que tales cosas no eran para ella, ya que debería utilizar su vida como la Diosa decretara, había mirado a los hombres con desprecio como a víctimas naturales de la Diosa en la forma de sus sacerdotisas, para ser tomados o rechazados como pareciese apropiado al momento. Viviane había ordenado que aquel año no tomase parte en los rituales del fuego de Beltane, por los cuales algunas de sus compañeras quedaron encinta por voluntad de la Diosa, niños que, o bien nacían o eran abortados mediante el saber de hierbas y drogas que le enseñasen; un desagradable proceso que, de no ser seguido, traía consigo el aún más desagradable y peligroso nacimiento, niños molestos que debían ser criados o dados en adopción según decretase la Señora. Morgana se había alegrado bastante de haber escapado esta vez, sabiendo que Viviane la reservaba para otros planes.

Le hizo gestos de que subiera a bordo. *Nunca pongas las manos sobre un extraño*, palabras de la anciana que la había educado, *una sacerdotisa de Avalon debe serlo incluso ante un visitante de otro mundo*. Se preguntó por qué tenía que evitar tocarle la muñeca con la mano. Sabía, con una certeza que le batía violentamente en las sienes, que bajo la suave piel descansaría el fuerte músculo, pulsante de vida, y ansiaba volver a encontrar su mirada. Se volvió, intentando dominarse.

La voz resonó profunda y musical cuando dijo:

—Ahora que movéis las manos os reconozco, aunque todo en vos ha cambiado. Sacerdotisa, ¿no fuisteis una vez mi familiar, de nombre Morgana? —Los oscuros ojos brillaron—. Nada parece igual que cuando os llamaba Morgana de las Hadas...

—Lo era y lo soy. Pero los años han pasado —dijo, haciendo un gesto a los callados remeros de la barca para que se alejasen de la orilla.

—Pero la magia de Avalon no cambia nunca —murmuró, y supo que no se dirigía a ella—. Las nieblas, las cañaveras, los gritos de las aves acuáticas y luego la barca, como deslizándose mágicamente desde la silenciosa orilla... Sé que no hay nada aquí para mí y, aun así, de algún modo siempre vuelvo.

La embarcación iba atravesando el Lago. Incluso ahora, después de tantos años de saber que no era magia, sino un gran entrenamiento para lograr que los remos no hicieran ruido, a Morgana le impresionaba la mística quietud que iban recorriendo. Volvió a invocar a las nieblas y era consciente del joven que había tras ella. Él permanecía balanceándose junto al caballo, un brazo rodeando la silla de montar, desplazando el peso con facilidad, sin movimiento alguno, de modo que no parecía posible que perdiera el equilibrio según avanzaba o giraba el bote. Morgana lo había conseguido tras larga instrucción, pero en él parecía fruto de su natural gracilidad.

Creía poder sentir sus negros ojos como un palpable y cálido tacto en la espalda cuando se dirigió a la proa y levantó los brazos, haciendo ondear las amplias mangas. Inspiró profundamente, concentrándose para el acto mágico, sabiendo que debía reunir todas sus energías, profundamente enojada consigo misma por ser tan consciente de los ojos del hombre en ella.

*¡Permítele que mire, entonces! ¡Permítele que te tema y conozca como la Diosa misma!* Supo que alguna parte de sí, por largo tiempo ahogada, gritaba. *¡No, quiero que vea en mí a la mujer, no a la Diosa ni a la sacerdotisa!*, pero volvió a respirar profundamente; e incluso el recuerdo de aquel deseo expiró.

Alzó los brazos en el arco del cielo; al bajarlos, las nieblas siguieron el rastro de sus ondeantes mangas. La bruma y el silencio los rodeaban oscuramente. Morgana se erguía inmóvil, sintiendo la calidez del joven cuerpo masculino muy cerca. Con tan sólo moverse un poco tocaría su mano, e imaginó el ardiente contacto de ésta en la suya. Se apartó arremolinando levemente sus ropas, creando un espacio a su alrededor como hubiese hecho con un velo. Y durante todo el tiempo permaneció asombrada de sí, repitiendo en alguna parte del interior de su mente: *Este es sólo mi primo, el hijo de Viviane que solía sentarse en mi regazo cuando pequeño y estaba solo.* Deliberadamente evocó la imagen de aquel niño torpe cubierto de arañazos de zarzas; mas cuando emergieron de la niebla y vio que aquellos negros ojos le sonreían, sintió vértigo.

*Por supuesto, estoy débil, aún no he roto el ayuno,* se

dijo, y captó el anhelo de Galahad al mirar a Avalon. Le vio persignarse. Viviane se hubiera enfadado de haberlo visto.

—Este es realmente el país de las hadas —dijo él en voz baja— y tú eres Morgana de las Hadas, como siempre... aunque ahora seas una mujer hermosa.

Pensó con impaciencia: *No soy hermosa, lo que ve es el encanto de Avalon.* Y algo se rebeló en ella diciendo: *Quiero que me considere hermosa sin tal hechizo.* Apretó la mandíbula y supo que su aspecto volvía a ser el de una sacerdotisa, rígida y austera.

—Por aquí —indicó secamente, y cuando los cascos se apoyaron en la arenosa orilla, indicó a los barqueros que atendieran al caballo.

—Con vuestro permiso, señora —dijo—, yo mismo lo atenderé. No es una silla de montar ordinaria.

—Como gustéis —respondió Morgana, y se quedó observando cómo desensillaba el caballo. Pero sentía demasiado interés por todo lo concerniente a su primo como para permanecer en silencio.

»Es realmente una extraña silla... ¿Para qué son esas largas correas de cuero?

—Las usan los escitas, las llaman estribos. Mi padre me llevó en peregrinación y las vi en su país. Ni siquiera los romanos tenían tal montura, porque con ellas los escitas pueden controlar y detener sus caballos en mitad de una carga —explicó—. Así es como pelean a caballo, e incluso con la leve armadura de los jinetes, un caballero ecuestre es invencible ante cualquiera de a pie. —Sonrió, iluminándosele el moreno y apasionado rostro—. Los sajones me llaman Alfgar, la flecha duende que sale de la oscuridad y golpea sin ser vista. En la corte de Ban han adaptado el nombre llamándome Lancelot, que es lo más aproximado. Algún día tendré una legión de caballos equipados así y haré que los sajones me respeten.

—Vuestra madre me dijo que ya erais casi un guerrero —dijo Morgana, olvidando utilizar el tono bajo de voz y él le sonrió de nuevo.

—Y ahora reconozco tu voz, Morgana de las Hadas...
¿cómo te atreves a presentarte como una sacerdotisa, prima? Bueno, supongo que es arbitrio de la Señora. Pero me gustas más así que con la solemnidad de una Diosa —le dijo, con aquella familiar picardía, como si se hubieran visto el día anterior.

Recomponiendo su dignidad, Morgana contestó:

—Sí, la Señora nos aguarda y no debemos hacerla esperar.

—Oh, sí —se burló él—, siempre tenemos que apresurarnos a cumplir su voluntad. Supongo que eres una de esas que se aprestan a ir y venir, y atienden temblando cada una de sus palabras.

Morgana no encontró respuesta a aquello.

—Por aquí —dijo.

—Recuerdo el camino —repuso él, andando tranquilamente a su lado en vez de seguirla con el respeto apropiado—. También yo solía correr hacia ella dependiendo de su arbitrio y temiendo sus enojos, hasta que descubrí que no era exactamente mi madre, aunque fuese más grande que cualquier reina.

—Y así es —afirmó Morgana cortante.

—Sin duda, pero he vivido en un mundo en el que los hombres no vienen y van ante la seña de una mujer. —Vio que apretaba la mandíbula y la malicia desaparecía de los ojos—. Prefiero tener a una madre amorosa que a una Diosa severa que con un ademán gobierna a voluntad la vida y la muerte de los hombres.

Morgana no halló nada que contestar. Mantenía un rápido paso que le obligaba a esforzarse para seguirla.

Cuervo, silente, porque se había comprometido a un voto de perpetuo silencio, excepto cuando hablaba en trance proféticamente, les abrió la morada con una inclinación de cabeza. Cuando acostumbró los ojos a la penumbra, Morgana vio que Viviane, sentada junto al fuego, había decidido recibir a su hijo, no con el habitual vestido oscuro y la túnica de piel de ciervo de una sacerdotisa, sino con uno carmesí, recogiéndose el cabello sobre la frente con destellantes gemas. Incluso Morgana, que conocía los trucos del encanto, se admiró de la magnificencia de Viviane. Era como la Diosa recibiendo a un peticionario en su capilla subterránea.

Morgana observó que Galahad mantenía firme la barbilla y que le sobresalían los tendones de los nudillos, blancos contra los oscuros puños. Podía oírle respirar e imaginó el esfuerzo que hizo para controlar la voz al terminar la reverencia.

—Señora y madre mía, os saludo.
—Galahad —le dijo—. Ven y siéntate aquí a mi lado.

En vez de obedecerla, se sentó enfrente. Morgana permanecía junto a la puerta y Viviane la llamó para que se sentase.

—Esperaba para desayunar con vosotros.

Había pescado fresco del Lago, aromatizado con hierbas y mantequilla; había pan recién horneado y fruta. Aquella clase de alimentos pocas veces eran saboreados por Morgana en la austera morada de las sacerdotisas. Viviane y ella comieron frugalmente, pero Galahad se sirvió de todo con el saludable apetito de quien aún está creciendo.

—Habéis dispuesto una regia comida, madre.
—¿Cómo está tu padre y cómo marcha Bretaña?
—Bastante bien, aunque no he pasado mucho tiempo allí estos últimos años. Me envió a un prolongado viaje, para que informase en su corte sobre la nueva caballería de los escitas. No creo que ni los soldados de Roma tengan semejante caballería ahora. Tenemos manadas de caballos ibéricos, pero no creo que os interesen los quehaceres en las granjas de sementales. He venido ahora a llevar noticias a la corte del Pendragón de una reagrupación de los ejércitos sajones; no dudo de que atacarán con todas sus fuerzas antes del solsticio de verano. ¡Ojalá tuviera tiempo y suficiente oro para entrenar a una legión de tales jinetes!

—Amas a los caballos —dijo Viviane sorprendida.
—¿Eso os sorprende, señora? Siempre sabes lo que

las bestias piensan, porque no pueden mentir, ni pretenden ser otra cosa que lo que son.

—Los caminos de la naturaleza se te abrirán —repuso Viviane—, cuando vuelvas a Avalon para hacer vida de druida.

El dijo:

—¿Seguís con el mismo propósito, señora? Creí haberos dado mi respuesta la última vez que os vi.

—Galahad —le replicó—, tenías doce años. Demasiado joven para conocer lo mejor de la vida.

El movió la mano con impaciencia.

—Nadie me llama Galahad ahora, salvo vos y el druida que me puso tal nombre. En Bretaña y en el campo de batalla soy Lancelot.

Ella sonrió y dijo:

—¿Crees que me importa lo que digan los soldados?

—¿Preferiríais, pues, que me quedase en Avalon tañendo el arpa mientras en el mundo real continúa la lucha a muerte, señora mía?

Viviane parecía encolerizada.

—¿Estás tratando de decir que este mundo no es real, hijo?

—Es real —respondió Lancelot, con ademán impaciente—, pero real de un modo distinto, ajeno a las luchas exteriores. La tierra de las hadas, la paz eterna. Oh, sí, es un hogar para mí, podéis verlo, señora. Mas parece que hasta el sol tiene otro brillo aquí. Y no es aquí donde las auténticas contiendas de la vida tienen lugar. Incluso Merlín fue lo bastante sabio para reconocerlo.

—Merlín ha llegado a ser como es después de haber pasado años aprendiendo a distinguir lo real de lo irreal —dijo Viviane—, y eso debes hacer tú. Ya hay muchos guerreros en el mundo, hijo. Tuya es la tarea de ver más allá que ninguno y, quizá, de indicarles el camino.

El negó con la cabeza.

—¡No! Señora, no digáis más, tal no es mi cometido.

—Aún no eres lo bastante adulto como para saber qué quieres —declaró Viviane simplemente—. ¿Nos concederás siete años, como le concediste a tu padre, para saber si es éste tu camino en la vida?

—En siete años —respondió Lancelot sonriendo—, espero ver a los sajones expulsados de nuestras costas y espero tomar parte en esa expulsión. No tengo tiempo para la magia y el misterio de los druidas, señora, y no lo haría aunque pudiera. No, madre mía, os ruego que me deis vuestra bendición y me dejéis partir de Avalon, porque si he de deciros la verdad, señora, me iré con o sin ésta. He vivido en un mundo en el que los hombres no vienen y van al mandato de una mujer.

Morgana retrocedió al ver el rostro de Viviane rojo de furia. La sacerdotisa se levantó del asiento, una menuda mujer, dotada de majestad y estatura debido a la ira.

—¿Desafías a la Señora de Avalon, Galahad del Lago?

El no se amilanó. Morgana, viéndole palidecer bajo su piel morena, supo que tras aquella gracia y gentileza había temple suficiente para igualar al de la Señora. Dijo con calma:

—Si me hubierais ordenado esto cuando anhelaba vuestro amor y aprobación, sin duda lo habría cumplido. Pero ya no soy un niño, mi señora y madre, y cuanto antes reconozcamos eso, antes estaremos en armonía y dejaremos de disputar. La vida de un druida no es para mí.

—¿Te has hecho cristiano? —le preguntó ella con tono colérico.

El suspiró sacudiendo la cabeza.

—Ciertamente no. Incluso ese consuelo se me ha negado, aunque en la corte de Ban puedo pasar por tal si es mi deseo. Creo que no tengo fe en más Dios que en éste. —Tocó la espada con la mano.

La Señora se retrepó en el asiento suspirando y luego sonrió.

—Así pues —le dijo—, eres un hombre y no hay nada que pueda forzarte. No obstante, me gustaría que hablases de esto con Merlín.

Morgana, observando disimuladamente, notó que la tensión se relajaba en las manos del joven. Pensó: *Cree que ella ha desistido; no la conoce lo bastante bien como para saber que ahora está más enojada que nunca.* Lancelot era joven y dejó que el alivio se reflejara en su voz.

—Os agradezco vuestra comprensión, señora. Y gustosamente buscaré el consejo de Merlín, si eso os place. Pero, incluso un sacerdote cristiano sabe que la vocación del servicio a Dios es un don de éste y que nada llega forzado por los deseos propios. Dios, o los Dioses si lo preferís, no me ha llamado ni me ha dado prueba alguna de que Él, o Ellos, existan.

Morgana pensó en las palabras que Viviane le dijera muchos años antes: *Es una carga demasiado pesada nacer sin desearlo.* Pero por primera vez se preguntó: *¿Qué habría hecho realmente Viviane si durante aquellos años, en algún momento, hubiese ido a ella para decirle que quería marcharme? La Dama está excesivamente convencida de conocer los designios de la Diosa.* Tan heréticas ideas la turbaron, y rápidamente las desechó de la mente, volviendo a descansar su mirada en Lancelot. Al principio había sentido vértigo simplemente por su moreno atractivo y la gracia de su cuerpo. Ahora captaba detalles concretos: el primer atisbo de barba, porque no había tenido tiempo o simplemente no quiso afeitársela a la manera romana; las delgadas manos, exquisitamente conformadas, apropiadas para las cuerdas de un arpa o para las armas, pero algo encallecidas en la palma y en el interior de los dedos, más en la mano derecha que en la izquierda. Tenía un pequeño rasguño en el antebrazo, una blanquecina cicatriz que parecía llevar años allí, y otra, en forma de medialuna, en la mejilla izquierda. Las pestañas eran como las de una muchacha. Pero no tenía el andrógino aspecto de tantos muchachos antes de que sus barbas crecieran; era igual que un ciervo joven. Morgana pensó que nunca había visto a una criatura tan netamente masculina con anterioridad. Porque su mente había sido adiestrada en tales pensamientos, consideró: *No hay nada de la dulzura de la educación femenina en él, para hacerle dócil a cualquier mujer. Ha rehusado el tacto de la Diosa;*

*un día habrá de enfrentarse a ella...* Nuevamente divagó, pensando que un día ella desempeñaría el papel de Diosa en uno de los grandes festejos, e imaginó, sintiendo una grata calidez en el cuerpo: *Acaso sea él el Dios...* Perdida en sus ensoñaciones, no escuchó lo que Lancelot y la Dama conversaban hasta que oyó a Viviane pronunciar su nombre, y volvió en sí como si hubiera estado errando por algún lugar fuera del mundo.

—¿Morgana? —repitió la Señora—. Mi hijo ha estado durante mucho tiempo lejos de Avalon. Guíale, pasad el día en las márgenes si queréis, quedas libre hoy de tus deberes. Recuerdo que cuando ambos erais niños os gustaba mucho caminar por las orillas del Lago. Esta noche, Galahad, cenarás con Merlín y serás albergado entre los jóvenes sacerdotes que no estén bajo silencio. Y mañana, si todavía persistes, te irás con mi bendición.

El hizo una marcada reverencia y salió.

El sol estaba alto y Morgana se apercibió de que había olvidado hacer las salutaciones al amanecer; bueno, tenía el permiso de la Señora para ausentarse y, en cualquier caso, había dejado de ser una de las jóvenes sacerdotisas para las cuales faltar a este servicio era motivo de castigos y culpas. Aquel día debía supervisar a alguna de las jóvenes en la preparación de tintes para los atavíos rituales, nada que no pudiera esperar algún tiempo.

—Iré a las cocinas —dijo— y recogeré un poco de pan para llevárnoslo. Podemos cazar aves acuáticas si te place. ¿Eres aficionado a la caza?

El asintió sonriendo.

—Quizá si le llevara a mi madre algún presente de aves acuáticas, estaría menos enojada conmigo. Me gustaría tener paz con ella —repuso casi riendo—. Cuando está encolerizada resulta temible. De pequeño solía creer que, cuando no la tenía delante, ella se desprendía de su mortalidad para convertirse en la Diosa misma. Pero no debería hablar así de ella, veo que le eres muy devota.

—Le soy tan devota como a una madre adoptiva —alegó Morgana lentamente.

—¿Por qué no iba a ser así? Es tu tutora. Tu madre, si mal no recuerdo, fue la esposa de Cornwall, y ahora lo es del Pendragón... ¿Verdad?

Morgana asintió. Hacía mucho tiempo que apenas podía recordar a Igraine y ahora, en ocasiones, le parecía no haber tenido madre. Había aprendido a vivir sin la necesidad de madre alguna salvo la Diosa y tenía muchas hermanas entre las sacerdotisas; así pues, no le hacía falta ninguna terrenal.

—No la veo hace muchos años.

—Vi a la reina de Uther sólo una vez, y a distancia; es muy hermosa, mas parece fría y distante. —Lancelot rió intranquilo—. En la corte de mi padre crecí entre mujeres exclusivamente interesadas en hermosos vestidos, joyas, sus hijos pequeños y, a veces, de no estar casadas, en encontrar marido... No sé mucho de mujeres. Tú no eres como ellas. No te pareces en nada a ninguna que haya conocido antes.

Morgana percibió cómo se sonrojaba. Le recordó en voz baja:

—Soy una sacerdotisa como tu madre.

—Oh, pero eres tan distinta a ella como la noche del día —repuso él—. Es grande, terrible y hermosa, uno no puede más que amarla, adorarla y temerla. Ante ti puedo sentir que eres de carne y hueso, aún real, pese a todos los misterios que te rodean. Vistes como una sacerdotisa y pareces una de ellas, pero cuando te miro a los ojos veo a una mujer real a quien podría tocar. —Reía alegremente y Morgana puso sus manos entre las de él, riendo a su vez.

—Oh, sí, soy real, tanto como el suelo bajo tus pies o los pájaros de aquel árbol.

Caminaron juntos por la orilla, conduciéndole Morgana durante un corto trecho, evitando cuidadosamente la vía procesional.

—¿Es un lugar sagrado? —preguntó él—. ¿Está prohibido subir a Tor de no ser sacerdotisa o druida?

—Sólo está prohibido en los grandes festejos —contestó ella—, y ciertamente puedes venir conmigo. Yo puedo ir adonde quiera. Ahora en Tor únicamente hay ovejas pastando. ¿Te gustaría subir?

—Sí —respondió—. Recuerdo que una vez siendo niño la escalé. Creía que estaba prohibido y, por tanto, seguro de que si alguien me descubría sería castigado. Aún recuerdo la vista desde la cima. Me pregunto si es tan enorme como me pareció de pequeño.

—Podemos ascender por la vía procesional, si te place. No es tan empinada, porque va dando vueltas a Tor, pero es más larga.

—No —repuso él—. Quisiera trepar por la ladera, pero —dudó—, ¿no será demasiado empinada para una mujer? He subido por terrenos más escarpados cazando, pero ¿podrás conseguirlo con esas largas faldas?

Riendo, le confesó que la había escalado a menudo.

—Y, en cuanto a las faldas, estoy acostumbrada a ellas —le dijo—, y si me impiden el ascenso, no vacilaré en recogérmelas sobre las rodillas.

El sonrió lenta y jovialmente.

—La mayoría de las mujeres que conozco se considerarían demasiado recatadas para enseñar las piernas desnudas.

Morgana se ruborizó.

—Nunca creí que el recato tuviese mucho que ver con descubrirse las piernas para trepar, seguramente los hombres saben que las mujeres tienen piernas. No puede ser una ofensa a la decencia ver lo que deben ser capaces de imaginar. Ya sé que algunos sacerdotes cristianos dicen eso, pero ellos parecen considerar el cuerpo humano como obra del demonio y no de Dios, y piensan que nadie puede ver el cuerpo de una mujer sin ansiar poseerlo.

El apartó la vista, de lo que Morgana dedujo que, tras la externa seguridad que aparentaba, seguía siendo tímido; y aquello le agradó. Juntos comenzaron el ascenso; ella, que era fuerte y resistente debido a continuas carreras y caminatas, llevaba un ritmo que a él le produjo asombro y que tras los primeros momentos, le costó igualar. Casi a mitad de la ascensión, Morgana se detuvo; y mostró una clara satisfacción al escuchar sus jadeos cuando su propia respiración era todavía fácil y desahogada. Se recogió los faldones en torno a la cintura, dejando tan sólo el refajo cubriéndole las rodillas, y continuó por la parte más rocosa y empinada de la ladera. Nunca había tenido reparos en desnudar sus piernas, mas ahora, sabiendo que él la miraba, no pudo evitar la conciencia de que eran fuertes y torneadas; y se preguntó si, después de aquello, la consideraría poco recatada. Ya en la cima, pasó el borde de la colina, sentándose a la sombra del anillo de piedras. Un minuto o dos más tarde, Lancelot llegó y se dejó caer jadeando.

Cuando pudo hablar de nuevo, dijo:

—Supongo que he cabalgado demasiado sin andar o escalar lo suficiente. A ti no te falta el aliento.

—Bueno, estoy acostumbrada a subir hasta aquí y no siempre lo hago por la vía procesional —repuso ella.

—Y en la Isla de los Sacerdotes no hay ni sombra del anillo de piedras —dijo él señalando.

—No. En su mundo sólo están la iglesia y la torre. Si quisiéramos escucharlas con el espíritu, podríamos oír las campanas de la iglesia; son sombras aquí y en su mundo nosotros lo seríamos. A veces me pregunto si ésa es la razón de que eviten ir a la iglesia y hagan grandes ayunos y vigilias en nuestros días sagrados, porque sería demasiado terrible sentir que aún tienen atisbos de la Visión, captando a su alrededor las idas y venidas de los druidas y el susurro de *sus* himnos.

Lancelot se estremeció como si una nube hubiese cubierto el sol por un instante.

—¿Y tú tienes la Visión? ¿Puedes ver más allá del velo que separa los mundos?

—Todos la tenemos —contestó Morgana—, pero yo la he perfeccionado más que el resto de las mujeres. ¿Lo entiendes, Galahad?

Volvió a estremecerse y repuso:

—Te ruego que no me llames por ese nombre, prima.

Ella se rió.

—¿Así es que, incluso viviendo entre cristianos, conservas la vieja creencia del pueblo de las hadas, de que si alguien conoce tu verdadero nombre puede gobernar tu espíritu a voluntad? Tú conoces mi nombre, primo. ¿Cómo deseas que te llame, Lance?

—Como quieras, excepto por el nombre que me puso mi madre. Aún temo su voz cuando lo pronuncia con cierto tono. Creo haber mamado ese miedo de su pecho...

Se acercó a él colocándole un dedo sobre la marca que tenía entre las cejas y era sensitiva a la Visión. Sopló levemente sobre ésta y percibió su asombro, porque el anillo de piedras que había ante ellos pareció haberse disuelto en sombras. Tenían enfrente ahora la cima de Tor, donde había una pequeña iglesia de adobe y argamasa alzándose bajo una torreta de piedra que ostentaba el tosco dibujo de un ángel.

Lancelot se santiguó rápidamente cuando una hilera de formas vestidas de gris se les acercaron, o eso parecía.

—¿Pueden vernos, Morgana? —Su voz fue un ronco susurro.

—Tal vez algunos nos vean como sombras. Unos cuantos pueden considerarnos de los suyos o pensar que están cegados por el sol y ven lo que no es —le respondió, conteniendo el aliento, porque cuanto le había revelado era un Misterio del que no debía hablarle a uno no iniciado. Pero nunca en su vida se había sentido tan cerca de alguien; comprendió que no podría ocultarle secretos y le hizo aquel regalo, diciéndose que la Señora lo quería para Avalon. ¡Qué Merlín podía llegar a ser...!

Oía el leve sonido de un cántico: *Oh Cordero de Dios que quitas el pecado del mundo, ten piedad de nosotros...*

Él cantaba suave y bajamente cuando la iglesia desapareció y el anillo de piedra volvió a erguirse ante ellos.

Le advirtió:

—Por favor. Es una ofensa a la Gran Diosa cantar eso aquí; el mundo que ella ha hecho no es maligno y ninguna sacerdotisa suya permitirá que un hombre lo considere así.

—Como gustes. —Quedó en silencio y de nuevo la

sombra de una nube pasó por su rostro. Su voz era tan melodiosa y dulce que cuando dejó de cantar anheló volverle a oír.

—¿Tocas el arpa, Lance? Tienes una hermosa voz, como para ser un bardo.

—Me enseñaron de niño. Luego sólo he tenido la instrucción normal que conviene al hijo de un noble —respondió Lancelot—. Me enseñaron a amar tanto la música que estoy descontento con los sonidos que produzco.

—¿Es cierto? En la preparación del druida se ha de ser bardo antes que sacerdote porque la música constituye una de las claves de las leyes del universo.

Lancelot suspiró.

—Es una tentación; una de las pocas razones que puedo considerar para abrazar tal vocación. Mas mi madre me tendría aquí en Avalon sentado y tocando el arpa mientras el mundo se desploma a nuestro alrededor, los sajones y los salvajes del norte incendian, arrasan y saquean, ¿has visto alguna vez una aldea tras el paso de los sajones? —Rápidamente, él mismo respondió a la pregunta—. No, no la puedes haber visto, estás aquí refugiada en Avalon, lejos del mundo donde esas cosas están ocurriendo, pero yo debo pensar en ellas. Soy un soldado y me parece que en estos tiempos defender esta bella tierra evitando el saqueo y el pillaje es la única tarea que cuadra a un hombre. —Su expresión era ausente, estaba pensando en aquellos horrores.

—Si la guerra es tan mala —dijo Morgana—, ¿por qué no refugiarse aquí? Muchos de los viejos druidas murieron en el último gran acto mágico que evitó que este lugar sagrado fuera profanado, y no tenemos bastantes niños para entrenarlos en su lugar.

El suspiró.

—Avalon es hermosa y, si pudiera hacer que todos los reinos fueran tan pacíficos como Avalon, gustosamente me quedaría aquí por siempre para tocar el arpa, hacer música y hablar con los espíritus de los grandes árboles... pero no me parece propio de un hombre ocultarse aquí a salvo mientras otros, fuera, deben sufrir. Morgana no hablemos de eso ahora. Te ruego que hoy me dejes olvidar. El mundo exterior está en plena contienda y he venido buscando un día o dos de paz, ¿no me los concederás?

La voz, profunda y musical, tembló levemente y el dolor que había en ella la hirió tan profundamente que creyó por un momento que iba a echarse a llorar. Cogió la mano de Lancelot y se la apretó.

—Vamos —le dijo—. Querías saber si la vista era como la recordabas...

Le separó del anillo de piedras y fueron a contemplar el Lago. El agua brillaba, rizándose suavemente bajo la luz, extendiéndola por toda la Isla; mucho más abajo, un pequeño bote, que desde aquella altura no parecía mayor que un pez, rompía la superficie. Otras islas, indistinguibles en la niebla, se detectaban como diminutas formas casi ocultas por la distancia y el mágico velo que separaba a Avalon del mundo.

—No muy lejos de aquí —dijo él— hay una vieja fortaleza fantasma y la visión desde la muralla es tal que desde allí puede verse Tor y el Lago, y hay una isla con forma de dragón enroscado. —La señaló con mano firme.

—Conozco el lugar —repuso Morgana—. Está en una de las viejas líneas de fuerza mágica que cruzan la tierra; me llevaron allí una vez para que sintiera la energía de la tierra. El pueblo de las hadas conocía esas cosas, yo puedo sentirlas un poco, sentir los estremecimientos de la tierra y el aire. ¿Puedes tú? También tú llevas esa sangre por ser hijo de Viviane.

El dijo en voz baja:

—Es fácil sentir los poderes de la tierra y el aire estremeciéndose aquí, en esta isla mágica. —Apartó la mirada del paisaje confesando a la par que bostezaba y se desperezaba—. La escalada me ha afectado más de lo que podía esperar. Sólo tengo fuerzas para sentarme al sol y comer un poco del pan que has traído.

Morgana le condujo al centro del anillo de piedras.

Juzgó ella que si era sensitivo, captaría el inmenso poder que allí había.

—Tiéndete en la tierra y ésta te colmará de su fuerza —le indicó, pasándole un trozo de pan que había untado generosamente de mantequilla y miel de abeja antes de envolverlo en piel de ciervo.

Comieron despacio, lamiendo la miel que se escurría por sus dedos. El le cogió la mano bromeando, y chupó un resto de miel que le quedaba en un dedo.

—Qué dulce eres, prima —dijo riéndose, y ella percibió que todo su cuerpo revivía con aquel contacto.

Le cogió la mano entonces para devolverle el gesto y, súbitamente, la dejó caer como si quemase; para él quizá no era más que un juego mas no así para ella. Se apartó escondiendo su encendido rostro en la hierba. El poder de la tierra parecía fluir por su interior llenándola con la fuerza de la propia Diosa.

—Eres hijo de la Diosa —le dijo finalmente—. ¿No sabes nada de sus Misterios?

—Muy poco, aunque en una ocasión mi padre me contó cómo fui concebido, hijo del Gran Matrimonio entre el rey y la tierra. Supongo que pensó obligarme con ello a ser leal a la tierra de Bretaña que es padre y madre para mí... He estado en el gran centro de los viejos Misterios, la magnífica Avenida de Piedras de Karnak, donde una vez se halló el antiguo Templo; allí se da el poder como aquí. Puedo sentirlo en este sitio —admitió. Volviéndose hacia ella la miró a la cara—. Eres como la Diosa de este lugar —dijo admirativamente—. Sé que en el viejo culto, los hombres y mujeres venían juntos a ponerse bajo su poder, aunque a los sacerdotes le habría gustado prohibirlo, como les gustaría derribar todas estas arcanas piedras que nos rodean, y las de Karnak... Ya han conseguido hacerlo con algunas, pero la tarea es demasiado costosa.

—La Diosa lo impedirá —repuso Morgana simplemente.

—Es posible —contestó Lancelot y se incorporó para tocar la medialuna azul de su frente—. ¿Es en ese lugar donde me tocaste para hacerme ver el otro mundo? ¿Tiene eso alguna relación con la Visión, Morgana, o es otro de los Misterios de que no puedes hablar? Bueno, no te preguntaré más. Pero me siento como si hubiese sido trasladado a una de las viejas fortalezas fantasma donde, según dicen, cien años pueden pasar en una noche.

—No tanto tiempo —le corrigió Morgana riendo—, aunque es cierto que allí el tiempo discurre de modo distinto. Mas he oído que algunos bardos pueden todavía ir y venir del país de los elfos... Se han adentrado más en las nieblas que Avalon, eso es todo. —Y mientras hablaba se estremeció.

Lancelot dijo:
—Acaso cuando vuelva al mundo real los sajones hayan sido derrotados...
—Y ¿te lamentarías de que ya no hubiera razón para tu vida?

Él sonrió, movió la cabeza y cogió una de las manos de Morgana entre las suyas. Al cabo de un instante, preguntó con voz queda:
—¿Has ido alguna vez a los fuegos de Beltane para servir a la Diosa?
—No —contestó Morgana calmosamente—. Seré virgen mientras la Diosa lo quiera; casi con seguridad me reservará para el Gran Matrimonio. Viviane no me ha hecho conocer sus designios, o los de la Diosa. —Inclinó la cabeza y el cabello le cayó sobre el rostro, sintiéndose intimidada ante él, como si creyera que podía leer sus pensamientos y apreciar el deseo que la embargaba cual una repentina llama. ¿Se desprendería de su custodiada virginidad si él se lo pidiera? Nunca antes la prohibición le había parecido tan dura; resultaba ahora como una espada de fuego interpuesta entre ellos. Se produjo un largo silencio, las sombras iban ocultando el sol y no había otro sonido que el de los pequeños insectos que zumbaban en la hierba. Finalmente Lancelot la atrajo hacia sí dándole un dulce beso, ardiente como el fuego, en la medialuna que llevaba en la frente. Su voz fue suave y apasionada.

—Todos los Dioses me prohíben tomar lo que la Diosa ha marcado para sí, querida prima. Dejaré que sigas siendo sagrada como la Diosa misma. —La apretó con más fuerza; ella pudo notar su temblor, y una felicidad tan grande que parecía dolor fluyó por sus entrañas.

Nunca había sabido lo que era ser feliz, no desde que dejó de ser pequeña y despreocupada. La felicidad era algo de difuso recuerdo antes de que su madre la cargase con el peso de su pequeño hermano. Y aquí en la Isla, donde la vida ascendía a los libres espacios del espíritu, había experimentado la exaltación y los deleites del poder tanto como el sufrimiento, y la pugna del dolor y las ordalías; mas nunca conoció la pura felicidad de ahora. El sol parecía brillar con más luminosidad, las nubes atravesaban el cielo como grandes alas contra el esplendente aire, cada brote de trébol en la herida rielaba con su propio fulgor interno, fulgor que ella misma parecía irradiar también. Se vio reflejada en los ojos de Lancelot y supo que era hermosa, y que la deseaba, y que su amor y respeto por ella eran tan grandes que contendrían el deseo con ataduras. Sintió que iba a estallar de júbilo.

El tiempo se detuvo. El gozo la embargaba. El sólo le acariciaba la mejilla suavemente y ninguno de los dos quería nada más. Ella jugueteaba con sus manos sintiendo la dureza de las palmas.

Mucho tiempo después, la atrajo hacia sí y la cubrió con la capa. Yacían uno junto al otro sin apenas rozarse, dejando que la energía del sol, de la tierra y del aire los llenara de armonía. Ella se durmió, sin sueños, pero consciente de que sus manos seguían entrelazadas. Le parecía como si en alguna ocasión, muchísimo tiempo atrás, hubiesen yacido así, satisfechos, intemporales, en interminable y jubilosa paz, como si formaran parte de las erguidas piedras que siempre habían estado allí; como si a la vez recordase y experimentase la misma situación. Luego despertó y, viéndole dormido, se puso a memorizar cada línea de su rostro con ansiosa ternura.

El sol había declinado desde el cenit, cuando él despertó, sonriendo y desperezándose como un gato. Todavía inmersa en una gozosa burbuja, le oyó decir:

—Iremos a cazar aves acuáticas. Me gustaría hacer las paces con mi madre, soy tan feliz que no soporto el estar en discordia con ningún ser viviente, mas acaso los espíritus de la naturaleza nos envíen algún ave cuyo destino sea procurar una feliz comida...

Ella sonrió, tomándole la mano.

—Te llevaré adonde pescan las aves acuáticas, y si ésa es la voluntad de la Diosa, no atraparemos nada para no tener que sentirnos culpables por haber perturbado su destino. Pero hay *mucho* barro y deberás quitarte las botas de montar y yo habré de recogerme el vestido nuevamente. ¿Usas un arma arrojadiza como los pictos, pequeñas flechas envenenadas o las laceas para retorcerles el pescuezo?

—Creo que sufren menos cuando se les echa la red para inmediatamente quebrarles el cuello —repuso Lancelot pensativo, y ella asintió.

—Traeré red y lazo.

No vieron ninguna según descendían de Tor, bajando en pocos minutos lo que les costara más de una hora subir. Morgana se introdujo en la casa donde se guardaban las redes y lazos, y le llevó dos; recorrieron en silencio la orilla hasta encontrar las cañaveras del otro extremo de la Isla. Descalzos, vadearon el agua, ocultándose en las cañaveras, y extendieron las redes. Sobre ellos estaba la gran sombra de Tor y el aire helado; las aves acuáticas ya comenzaban a bajar en bandadas para alimentarse. Al cabo de un momento, una empezó a pugnar y a aletear, la pata atrapada en la red de Morgana; ésta se movió con rapidez, la cogió y en segundos le retorció el cuello. Pronto, Lancelot atrapó otra, luego otra; iba atándolas con una tira de cañaveras.

—Es suficiente —dijo—. Es un buen deporte, pero en día así no me gustaría matar más que lo imprescindible; ya hay una para mi madre y dos para Merlín. ¿Deseas otra para ti?

Ella negó con la cabeza.

—No como carne —respondió.

—Eres tan pequeña —dijo él—, que supongo no necesitas comer demasiado. Yo soy grande y me entra hambre con facilidad.

—¿Tienes hambre ahora? Es demasiado pronto para las fresas, pero acaso encontremos algunas bayas de invierno.

—No —dijo—, ahora no; la cena será suficiente para mi apetito.

Llegaron a la orilla, empapados. Morgana se quitó la sobretúnica de piel de ciervo y la puso a secar en un matorral, porque de no hacerlo se atiesaría; se quitó también la falda, exprimiendo el agua, y quedándose, sin darse cuenta, sólo con el blusón de lino. Encontraron los zapatos donde los habían dejado, pero no se los pusieron, se sentaron cogidos de la mano para ver nadar a las aves acuáticas que, de vez en cuando, se zambullían para atrapar un pez.

—Qué quietud —dijo Lancelot—. Es como si fuésemos los únicos seres vivos en el mundo, fuera del tiempo, el espacio y todo cuidado o problema, de pensamiento de guerra, batalla, reinos o discordia...

Ella dijo, con voz trémula al pensar que aquellos momentos dorados estaban terminando:

—¡Quisiera que este día durase para siempre!

—Morgana, ¿estás llorando? —le preguntó con repentina solicitud.

—No —contestó con sequedad, pero una lágrima cayó de sus ojos, haciendo estallar el mundo en un prisma de colores. Nunca había sido capaz de llorar; nunca había derramado una sola lágrima de temor o dolor en todos aquellos años de ordalías obligadas para convertirse en sacerdotisa.

—Prima Morgana —dijo él abrazándola, acariciando su mejilla. Ella se volvió aferrándose, hundiendo el rostro en su túnica. El percibió su calidez; ella oía el precipitado latir de su corazón. Al cabo de un momento, le puso la mano bajo la barbilla, le levantó el rostro y sus labios se encontraron.

Le susurró:

—Quisiera que no estuvieras comprometida con la Diosa.

—También yo —repuso con dulzura.

—Acércate, acércate, déjame tenerte así. He jurado que no tomaría...

Ella cerró los ojos, ya no le importaba. El voto parecía estar a un millar de leguas y años de distancia, ni siquiera la idea de la cólera de Viviane podía disuadirla. Años más tarde se preguntó qué habría ocurrido si hubieran continuado así unos minutos más; sin duda la voluntad de la Diosa, en cuyas manos se hallaban, habría coincidido con la de ellos. Pero cuando volvieron a besarse, Lancelot se envaró, como si escuchase algo más allá de lo audible.

Morgana se apartó, incorporándose.

—Morgana, ¿qué es eso?

—No oigo nada —repuso ella, aguzando el oído sobre el suave ruido del agua, el viento que mecía las cañaveras y el ocasional salto de un pez. Luego, lo captó. Era como una leve respiración... como un llanto.

—Alguien está sollozando —dijo Lancelot, desdoblando las largas piernas rápidamente para levantarse—. Por aquí cerca hay alguien herido o extraviado, debe ser una muchacha...

Morgana le siguió rápidamente, descalza, abandonando la falda y la túnica sobre el matorral. Era posible que una de las sacerdotisas más jóvenes se hubiese perdido por allí, aunque se suponía no debían abandonar el recinto anexo a la Casa de las Doncellas. Aun así, las jóvenes son jóvenes y no se podía confiar en que respetasen todas las reglas. Una de las viejas sacerdotisas dijo una vez que la Casa de las Doncellas estaba destinada a muchachas cuyo único cometido en la vida era derramar cosas, romper cosas y olvidar cosas; éstas eran las reglas de su vida diaria, hasta que habían derramado, roto y olvidado todo cuanto podían y entonces quedaba lugar en sus vidas para un poco de sabiduría. Y ahora que Morgana era una sacerdotisa plena, y comenzaba a instruir a las jóvenes, en ocasiones le daba la razón a la anciana, aunque creía que ella nunca había sido tan tonta y distraída como las muchachas que ocupaban ahora la Casa de las Doncellas.

Siguieron el sonido. Era confuso, a veces desaparecía durante algunos instantes para volver luego con más claridad. La niebla estaba comenzando a expandirse desde el Lago en densos zarcillos y Morgana no estaba segura de si era una bruma surgida de la humedad y el próximo atardecer o si era la niebla remota del velo que circundaba el reino mágico.

—Allí —exclamó Lancelot, precipitándose de súbito en la niebla. Morgana le siguió y vio vagamente, saliendo desde las sombras a la realidad y volviendo a desvanecerse, la figura de una joven con el agua hasta los tobillos, que lloraba.

*Sí*, se apercibió Morgana, *realmente está allí, y no es una sacerdotisa*. Era muy joven y francamente bella; parecía blanca y dorada, la piel tan pálida como el marfil con una leve tintura de coral, los ojos de un azul cielo, su cabello largo y claro brillaba a través de la niebla como el oro. Llevaba un vestido blanco que infructuosamente trataba de mantener fuera del agua. Y, de algún modo, las lágrimas que derramaba parecían no producir la menor distorsión en su rostro, de modo que, llorando, aún parecía más bonita.

Dijo Morgana:

—¿Qué te sucede, pequeña? ¿Te has perdido?

Los miró mientras se acercaban, y dijo en voz baja:

—¿Quiénes sois? No creí que nadie pudiera oírme aquí. Llamé a las hermanas y ninguna me oyó. Luego la tierra comenzó a moverse, y lo que había sido tierra firme se convirtió en agua, y me encontré dentro de ella, rodeada de cañaveras y tuve miedo... ¿Qué sitio es éste? Nunca lo había visto y llevo en el convento casi un año...

—Y se persignó.

Morgana comprendió al momento lo que había ocurrido. El velo había disminuido de espesor, como ocurría en ocasiones en lugares de poder tan concentrado, y la niña había sido lo bastante sensitiva como para darse cuenta. Se producía una momentánea Visión, de modo que alguien podía percibir el otro mundo como sombra o breve atisbo; pero *introducirse* en el otro mundo era extraño.

La niña dio un paso, pero la pantanosa superficie cedió bajo sus pies y se detuvo aterrorizada.

—Quédate quieta —le dijo Morgana amablemente—. La tierra es un poco insegura aquí. Yo conozco el camino. Te ayudaré a salir, querida.

Pero, antes de que avanzara extendiendo la mano, Lancelot se adelantó y recogió a la niña, llevándola a tierra firme para dejarla en el suelo.

—Tienes los zapatos mojados —le dijo—. Quítatelos y ponlos a secar.

Le miró sorprendida; había dejado de llorar.

—Eres muy fuerte, ni siquiera mi padre es tan fuerte. Creo haberte visto antes en alguna parte, ¿puede ser?

—No lo sé —repuso Lancelot—. ¿Quién eres? ¿Quién es tu padre?

—Mi padre es el Rey Leodegranz —respondió— y me estoy educando en el convento. —La voz comenzó a temblarle de nuevo—. ¿Dónde está? No puedo ver el edificio por ningún lado, ni la iglesia.

—No llores —le dijo Morgana, dando un paso adelante que hizo retroceder a la niña.

—¿Eres del pueblo de las hadas? Llevas ese signo azul en la frente. —Levantó la mano santiguándose de nuevo—. No —prosiguió titubeante—, no puedes ser una diablesa, porque no te desvaneces cuando hago la señal de la cruz como las hermanas decían que pasaría; pero eres pequeña y fea como son los del pueblo de las hadas.

Lancelot declaró con firmeza:

—No, desde luego ninguno de nosotros es un demonio y creo que podemos encontrar el camino de vuelta al convento. —Morgana, con el corazón afligido, vio que él ahora miraba a la intrusa como la había mirado a ella pocos minutos antes, con amor, deseo y casi veneración. Se volvió hacia Morgana y le dijo con ansiedad—. Podemos ayudarle, ¿verdad?

Y Morgana se vio como debían verla Lancelot y la extraña doncella dorada: pequeña, oscura, con el bárbaro signo azul en la frente, el blusón embarrado hasta las rodillas, los brazos indecentemente desnudos, los pies mugrientos y el pelo suelto. *Pequeña y fea como los del pueblo de las hadas. Morgana de las Hadas.* Así se burlaban de ella desde la niñez. Se despreció, aborreciendo su pequeño y oscuro cuerpo, los miembros medio desnudos, la embarrada piel de ciervo. Cogió la húmeda falda del matorral y se la puso, súbitamente consciente de su desnudez, colocándose la sucia piel de ciervo. Por un instante, mientras Lancelot la miraba, sintió que la veía fea, bárbara y extraña, en contraste con aquella exquisita criatura dorada que pertenecía a su propio mundo.

El tomó la mano de la chica gentilmente, con una inclinación respetuosa.

—Ven, te mostraremos el camino de regreso.

—Sí —dijo Morgana sombría—, te mostraré el camino. Sígueme muy de cerca, porque el terreno es traicionero y podrías extraviarte para no volver a aparecer durante mucho tiempo. —En un momento de furia se vio tentada de conducirlos al lado intransitable; podía hacerlo, sabía cómo llevarlos hasta allí para que se ahogaran o erraran para siempre entre la niebla.

Lancelot le preguntó:

—¿Cómo te llamas?

La joven rubia respondió:

—Me llamo Ginebra.

—Qué nombre más hermoso y apropiado a la dama que lo lleva —oyó a Lancelot murmurar, y sintió un acceso de cólera tan fuerte que creyó que iba a desmayarse.

Supo que aquella cólera le duraría hasta la muerte. Y en aquel momento terrible, la deseó. Todo color había desaparecido, perdiéndose entre las nieblas, el lodo y las funestas cañaveras, y se había llevado a la felicidad con él.

—Vamos —dijo con voz renuente—. Te enseñaré el camino.

Cuando se volvió para apremiarlos, los oyó riendo juntos a sus espaldas y se preguntó, en pleno acceso de odio, si se reirían de ella. Oyó la pueril voz de Ginebra diciendo:

—Pero *tú* no perteneces a este lugar horrible, ¿verdad? *Tú* no te pareces a los del pueblo de las hadas, no eres pequeño ni feo.

No, pensó ella, es hermoso y yo *pequeña y fea*. Las palabras ardieron en su interior. Olvidó que se parecía a Viviane y que para ella Viviane era hermosa. Escuchó cómo Lancelot se expresaba:

—No, no, me gustaría de verdad volver contigo, pero prometí cenar esta noche con un pariente y mi madre ya está bastante enojada conmigo; no quiero que también el viejo caballero se enfade. Y no pertenezco a Avalon...
—Al cabo de un momento—: No, ella es, bueno, prima por parte de mi madre o algo así y nos conocemos desde que éramos niños, eso es todo.

Ahora sabía que estaban hablando de ella. Así pues, todo cuanto había existido entre los dos había quedado reducido en segundos a un distante vínculo familiar. Luchando obstinadamente contra las lágrimas que la sofocaban, sabiendo que el llanto la haría aún más fea a sus ojos, pisó tierra seca.

—Allí está tu convento, procura seguir el sendero o volverás a perderte en las nieblas, Ginebra.

Vio que la muchacha había ido apoyada en el brazo de Lancelot. Le pareció que a él le costaba trabajo dejarla ir.

—¡Gracias! ¡Oh, gracias! —dijo la muchacha.

—Es a Morgana a quien debes agradecérselo —le recordó Lancelot—. Ella es quien conoce los senderos que entran y salen de Avalon.

Ginebra le dirigió una tímida mirada de soslayo y le hizo una reverencia precipitada.

—Os doy las gracias, Lady Morgana.

Morgana respiró profundamente, cubriéndose con el manto de sacerdotisa, encanto que podía invocar cuando quería; pese a las mugrientas y rotas prendas, los pies desnudos, el pelo revuelto en húmedas guedejas sobre los hombros, supo que de súbito parecía alta e imponente. Hizo un distante gesto de bendición y se volvió, sin decir ni una palabra, para llamar a Lancelot con otro ademán. Comprendió, sin comprobarlo, que el temor y el miedo habían vuelto a los ojos de la joven, pero se movió silenciosamente, con el imperceptible deslizarse de una sacerdotisa de Avalon, oyendo los renuentes pasos de Lancelot tras los suyos.

Un momento después se volvió y las nieblas se habían cerrado, la muchacha se había desvanecido entre ellas. Lancelot preguntó, estremecido:

—¿Cómo has hecho eso, Morgana?

—¿Como hice qué? —repuso ella.

—De repente te pareces tanto a... a mi madre. Alta, distante, remota y no del todo real. Como una diablesa. Has asustado a la pobre niña. No debiste hacerlo.

Morgana contuvo su ira. Dijo con voz indiferente y enigmática:

—Primo, soy lo que soy.

Y se volvió, acelerando el paso. Sentía frío, cansancio y un malestar interno; ansiaba el aislamiento de la Casa de las Doncellas. Lancelot parecía quedarse muy atrás, pero ya no le importaba. Desde allí podría encontrar el camino por sí mismo.

## XIII

En la primavera del año siguiente, en medio de una de las torrenciales y tardías tormentas del invierno, Merlín llegó bien entrada la noche a Avalon. Cuando le dieron la noticia a la Señora, ésta se asombró.

—En una noche así pueden ahogarse hasta los sapos —dijo—. ¿Qué le trae con tal tiempo?

—No lo sé, señora —respondió el joven aprendiz de druida portador del mensaje—. Ni siquiera pidió la embarcación, vino él mismo por los senderos ocultos y dijo tener que veros esta noche antes de que os acostarais. Ordené que le dieran ropa seca, las suyas estaban en el estado que podéis imaginar. Igualmente habría pedido alimentos y vino, pero preguntó que si podía cenar con vos.

—Dile que es bienvenido —repuso Viviane, manteniendo una expresión cuidadosamente neutra. Había aprendido muy bien el arte de ocultar los pensamientos, pero cuando el joven se marchó, permitióse mostrarse perpleja y preocupada.

Mandó llamar a su sirvienta, solicitando comida que no fuese tan frugal como de costumbre, sino compuesta de vino y viandas en honor de Merlín, y que avivasen el fuego.

Tras un momento, escuchó sus pasos en el exterior. Al

entrar se dirigió directamente al fuego. Taliesin se hallaba ya cargado de espaldas, el pelo y la barba completamente canos y tenía un aspecto incongruente con la verde túnica de un bardo novicio, excesivamente corta, de forma que los huesudos tobillos sobresalían del borde inferior del atavío. Se situó junto a él ante el fuego, se dio cuenta de que todavía temblaba y dispuso un plato de comida y buen vino de la propia Avalon, en una copa de plata labrada, a su lado.

Se acomodó en un pequeño taburete cercano, probando el pan y los frutos secos mientras le observaba comer. Cuando él apartó el plato disponiéndose a saborear el vino, le dijo:

—Contádmelo ahora todo, padre.

El anciano le sonrió.

—Nunca creí que te oiría llamarme así, Viviane. ¿O acaso crees que estoy chocheando y he tomado las santas órdenes de la Iglesia?

Ella negó con la cabeza.

—No —respondió—, pero fuisteis el amante de mi madre, que fue Señora antes que yo, y engendrasteis a dos de mis hermanas. Hemos servido juntos a la Diosa y a Avalon durante más años de los que pueda enumerar, acaso ansiara el consuelo de una voz paternal esta noche... no lo sé. Me siento vieja esta noche. Pa... Taliesin. ¿Es que vos me consideráis demasiado vieja para ser vuestra hija?

El anciano druida sonrió.

—Eso nunca, Viviane. No tienes edad. Aunque yo la sepa o pudiese calcularla de quererlo, me sigues pareciendo una muchacha. Incluso ahora podrías tener cuantos amantes quisieras.

Ella negó con un ademán.

—Estad seguro de que jamás encontré a un hombre que me supusiese algo más que necesidad, deber o una noche de placer —le confesó—. Y sólo una vez, creo, hubo uno que me igualase en poderío. —Reía—. Aunque, si hubiese sido diez años más joven, ¿creéis que me hubiese

convenido ser reina del Rey Supremo y a mi hijo el trono?
—No creo que Galahad, ¿cómo quiere que se le llame ahora? ¿Lancelot? No pienso que tenga la madera de los reyes. Es un visionario, una caña mecida por el viento.
—Pero, de haber sido engendrado por Uther Pendragón...
Taliesin sacudió la cabeza.
—Es un seguidor, Viviane, no un líder.
—Aun así. Eso le sucede por haber crecido en la corte de Ban, como bastardo. Si hubiese crecido como hijo de un rey...
—¿Y quién habría regido Avalon durante estos años, si tú hubieses elegido una corona en las tierras cristianas?
—Si hubiese regido al lado de Uther —repuso ella—, no habrían sido tierras cristianas. Creí que Igraine tendría ascendiente sobre él y lo usaría en favor de Avalon.
—No tiene sentido enfadarse cuando ya cayeron las últimas nieves del invierno, Viviane. Es de Uther de quien vengo a hablarte. Está agonizando.
Levantó la cabeza mirándole fijamente.
—Ya ha ocurrido, pues. —El corazón se le desbocó—. Es demasiado joven para morir...
—Condujo a sus hombres a la batalla, cuando un hombre de sus años más sabio lo hubiese dejado a los generales; fue herido y le entraron fiebres. Ofrecí mis servicios para sanarle, mas Igraine lo prohibió, y también los sacerdotes. De cualquier modo, no habría podido hacer nada; ha llegado su hora. Lo vi en sus ojos.
—¿Cómo se comporta Igraine como reina?
—Prácticamente como habías previsto —contestó el viejo druida—. Es hermosa, digna, piadosa y está siempre doliéndose por la pérdida de sus hijos. Dio a luz a otro el día de Todos los Santos; vivió solamente cuatro días. Y el sacerdote de la casa la convenció de que era un castigo a sus pecados. Ni el menor atisbo de escándalo la ha rozado desde que se desposó con Uther, salvo el nacimiento de aquel primer niño, tan temprano. Pero eso basta. Le pregunté qué sería de ella tras la muerte de

Uther y, después de mucho llorar, me contestó que se retiraría a un convento. Le ofrecí el refugio de Avalon, donde podría estar cerca de su hija, pero repuso que no le parecía apropiado para una reina cristiana.

La sonrisa de Viviane se endureció un poco.

—Nunca pensé que escucharía eso de Igraine.

—Viviane, no debes culparla, ni siquiera con el pensamiento, por lo que tú misma tramaste. Avalon la expulsó cuando más la necesitaba, ¿le recriminarías a la muchacha el haber encontrado consuelo en una fe más sencilla que la nuestra?

—Sin duda eres el único hombre de toda Bretaña que puede hablar de la Reina Suprema como de una muchacha.

—Para mí, Viviane, incluso tú a veces eres una niña, la misma que se subía a mis rodillas para tocar las cuerdas del arpa.

—Y ahora apenas puedo tocar. Mis dedos han perdido flexibilidad con los años —replicó Viviane.

El negó con la cabeza.

—Ah, no, querida —dijo, extendiendo sus delgados y nudosos dedos—. Al lado de éstas, tus manos son jóvenes; yo diariamente taño el arpa con ellas y tú podrías hacer lo mismo. Tus manos eligen ejercer el poder y no la música.

—¿Qué habría sido de Bretaña si no lo hubiera hecho? —se encolerizó con él.

—Viviane —le respondió con un toque de severidad—, no te censuro. Simplemente hablo de cuanto es.

Ella suspiró, apoyando la barbilla en las manos.

—Decía bien cuando afirmé que esta noche necesitaba un padre. Porque acaba de llegar a nosotros lo que temíamos y hemos urdido durante años. ¿Qué es del hijo de Uther, padre mío? ¿Está preparado?

—*Debe* estarlo —repuso Merlín—. Uther no sobrevivirá al solsticio de verano. Ya se están reuniendo los carroñeros, como hicieron durante la agonía de Ambrosius. En cuanto a su hijo, ¿no le has visto?

—De vez en cuando percibo un destello suyo en el espejo mágico —respondió ella—. Parece fuerte y saludable, pero eso sólo me dice que puede desempeñar el papel de rey cuando haya de hacerlo. Vos le habéis visitado, ¿no?

—A petición de Uther, iba de vez en cuando a ver cómo se educaba. Vi que tenía los mismos libros en latín y griego que tanto enseñaron a tu hijo de estrategia y campaña; Ectorius es romano hasta la médula, las conquistas de César y las hazañas de Alejandro son parte de su ser. Es un hombre culto y ha adiestrado a sus hijos para la guerra. El joven Caio fue herido en combate el pasado año; Arturo estaba airado por no haber podido ir, pero es un obediente hijo de Ectorius e hizo lo que le mandaron.

—Si es tan adepto a Roma —inquirió Viviane—, ¿estará dispuesto a someterse a Avalon? Porque ha de gobernar a las Tribus, asimismo, y a los pictos.

—Me ocupé de ello —repuso Merlín— porque le induje a reunirse con algunos del pequeño pueblo, argumentando que eran aliados de los guerreros de Uther en esta contienda para defender nuestra isla. Con ellos aprendió a disparar los dardos élficos y a moverse silenciosamente por los brezales y los páramos. —Dudó, añadiendo significativamente—: Puede acechar al ciervo y no teme andar con ellos.

Viviane cerró los ojos por un instante.

—Es tan joven...

—La Diosa elige siempre a los hombres más jóvenes y fuertes para conducir a sus guerreros —repuso Taliesin.

Viviane inclinó la cabeza.

—Así sea —dijo ella—. Se le hará una prueba. Traedle aquí si podéis antes de que Uther muera.

—¿Aquí? —Merlín sacudió la cabeza—. No hasta que la prueba se haya realizado. Sólo entonces podremos mostrarle el camino a Avalon y los dos reinos en que ha de gobernar.

De nuevo Viviane acató.

—A la Isla del Dragón, pues.

—¿Al arcano Desafío? Uther no lo llevó a cabo cuando lo entronizaron.

—Uther era un guerrero; era suficiente con hacerle señor del dragón —dijo Viviane—. El muchacho es joven y su sangre no ha corrido. Debe ser probado y juzgado.

—Y si fracasa...

Viviane apretó los dientes.

—No debe fracasar.

Taliesin aguardó hasta que volvió a encontrar la mirada de ella, entonces repitió:

—Y si fracasa...

Ella suspiró.

—No hay duda de que Lot estará dispuesto, si llega el momento.

—Deberías haber tomado a uno de los hijos de Morgause para educarlo en Avalon —dijo Merlín—. Gawaine es un candidato, es apasionado y pendenciero, un toro, cuando el hijo de Uther es un ciervo. Pero hay madera de rey en Gawaine, creo, y también es nacido de la Diosa, Morgause era igualmente hija de tu madre y sus hijos tienen sangre real.

—No confío en Lot —repuso la Dama vehemente— y en Morgause aún menos.

—Pero Lot comanda el clan de los hombres del norte, y creo que las Tribus lo aceptarían.

—Pero los que apoyan a Roma, nunca —dijo ella—, y entonces habría dos reinos en Bretaña, siempre guerreando entre sí, y ninguno de ellos lo bastante fuerte como para expulsar a los sajones y a los salvajes del norte. No. Ha de ser el hijo de Uther, y no debe fallar.

—Será según los designios de la Diosa —dijo Merlín con rigidez—. Has de considerar que es un error que quieras imponer tu voluntad sobre la de ella.

Viviane se cubrió el rostro con las manos.

—Si fracasa... si fracasa todo habrá sido para nada —repuso tercamente—; todo cuanto he hecho contra Igraine y contra aquellos a quienes amo. Padre, ¿habéis tenido la premonición de que fallará?

El anciano sacudió la blanca cabeza y su voz se cubrió de un tono compasivo.

—La Diosa no me ha hecho conocer su voluntad —respondió—, y fuiste tú quien predijo que ese muchacho tendría poder para conducir a toda Bretaña. Te prevengo contra el orgullo, Viviane, contra la creencia de que sabes qué es lo mejor para cada hombre y mujer vivientes. Has regido bien Avalon...

—Pero soy vieja —repuso ella levantando el rostro y mostrando pesar en sus ojos— y está pronto el día...

Merlín bajó la mirada; también él debía acatar esa ley.

—Cuando ese día llegue, lo sabrás; no ha llegado todavía, Viviane.

—No —concedió ésta, pugnando con la súbita desesperación que desde hacía ya algún tiempo quemaba su cuerpo y atormentaba su mente—. Cuando llegue, y no pueda ya ver lo que tenga delante, sabré que es el momento de cederle a otra el gobierno de Avalon. Morgana todavía es joven, y Cuervo, a quien quiero bien, se ha ofrecido al silencio y a la voz de la Diosa. No ha llegado todavía, pero si llega demasiado pronto...

—Cuando llegue, Viviane, será el momento apropiado —repuso Merlín. Se levantó, alto e inseguro, y Viviane vio que se apoyaba pesadamente en el báculo—. Así pues, llevaré al muchacho a la Isla del Dragón con el deshielo de primavera y entonces veremos si está preparado para ser rey. Le entregarás la espada y la copa, como señal del vínculo eterno entre Avalon y el mundo exterior.

—La espada, al menos —dijo Viviane—. La copa no sé.

Merlín accedió.

—Eso lo dejo a tu sabiduría. Tú, y no yo, eres la voz de la Diosa. Sin embargo, no serás la Diosa para él.

—Se reunirá con la Madre cuando salga triunfante y tomará de sus manos la espada de la victoria. Mas antes, habrá de probarse a sí mismo y encontrarse con la Doncella Cazadora... —El destello de una sonrisa cruzó por su rostro—. Y no importa qué suceda después de eso —declaró—, no nos arriesgaremos como hicimos con Uther e Igraine. Aseguraremos la sangre real, no importa lo que ocurra luego.

Cuando Merlín se hubo marchado, se quedó sentada largo tiempo observando las imágenes en el fuego, viendo únicamente el pasado, sin buscar vislumbres del futuro entre las nieblas del tiempo.

También ella, hacía tantos años que no podía recordar cuántos, había entregado su doncellez al Astado, el Gran Cazador, Señor de la vívida danza espiral. Apenas dedicó un pensamiento a la virgen que tomaría parte en la futura entronización, sino que dejó vagar la mente por otros sucesos del pasado y las otras veces que había desempeñado el papel de la Diosa en el Gran Matrimonio...

... nunca había sido para ella más que un deber; a veces agradable, otras desagradable, mas siempre había sido obligada, poseída por la Gran Madre, que había regido su vida desde que llegó aquí. De súbito envidió a Igraine, y otra parte de su mente se preguntó por qué envidiaba a una mujer que había perdido a todos sus hijos ya fuera por muerte o por necesidades de educación, y ahora iba a padecer como viuda y a terminar su vida tras los muros de un convento.

*Lo que envidio en ella es el amor que ha conocido. No tengo hijas, y mis hijos me son extraños. Nunca amé. Ni siquiera he conocido lo que es ser amada. Temor, respeto, reverencia... eso es cuanto me ha sido dado. Jamás el amor. Y hay veces en que pienso que lo hubiera entregado todo por una mirada de cualquier ser humano, como la que Uther dirigiese a Igraine en la boda.*

Suspiró débilmente, repitiendo a media voz lo que había dicho Merlín: «Bueno, no tiene sentido enfadarse cuando ya cayeron las últimas nieves del invierno». Levantó la cabeza y su sirvienta llegó sin hacer ruido.

—¿Señora?

—Tráeme a... No —se corrigió, cambiando de idea súbitamente—, dejemos que duerma.

*No es cierto que nunca haya amado o sido amada. Amo a Morgana desmedidamente y ella me ama.*

Ahora, aquello también debía terminar. Pero según la voluntad de la Diosa.

## XIV

El reflejo más pálido de la luna nueva veíase al oeste de Avalon. Morgana ascendía lentamente el sendero espiral con los pies descalzos, tan silenciosa y pálida como la luna virgen. El pelo despeinado, la sencilla túnica sin cinturón. Sabía que los guardas y las sacerdotisas la vigilaban, calladamente, impidiendo que alguna persona sin autorización perturbase su silencio con una palabra no consagrada. Bajo la negra cortina del pelo, llevaba los párpados entrecerrados. Seguía el camino sin equivocarse, puesto que no le era necesario ver. Cuervo la seguía en silencio, descalza como Morgana, desceñida, el pelo sin peinar sobre el rostro.

Más y más hacia arriba, hacia el crepúsculo que paulatinamente se iba oscureciendo; apenas había algunas estrellas en la cúpula índigo sobre sus cabezas. El anillo de piedras se mostraba gris y sombrío, sin más que un pálido y solitario destello en su interior; era un fuego fatuo, una brujería o sortilegio lo que brillaba en el mágico círculo.

Con el último fulgor de la luna, reflejada por un instante en el brillante Lago, una silente doncella sacerdotisa fue hacia ellas, sólo una muchachita ataviada de lana sin teñir, cuyo pelo tonsurado no era más que un mechón oscuro. Ofreció una copa a Morgana y ésta la aceptó bebiendo en silencio, luego se la entregó a Cuervo, quien apuró las últimas gotas. La plata y el oro rielaban a la luz agonizante. Morgana tomó de manos invisibles la gran espada de empuñadura en cruz, sofocada por el inesperado peso. Descalza, con frío, pero sin ser consciente de ello, trazó un círculo bajo el anillo de piedras. A sus espaldas, Cuervo tomó la larga lanza, clavándola en el centro del fuego fatuo. La luz brotó en el trocito de cáñamo que había en ésta y fue llevada, en pos de Morgana, recorriendo todo el círculo, una leve línea de pálido fuego fatuo circundando la tiniebla. Al volver al centro, vieron la cara de Viviane que se hallaba junto a la más tenue de las luces; sin edad, intemporal, flotando incorpórea en el aire como la esplendente faz de la Diosa. Aunque Morgana sabía que era el efecto de una sustancia luminosa untada en mejillas y frente contra la oscuridad del círculo y los ropajes, nunca dejaba de cortarle el aliento.

Incorpóreas, brillantes manos depositaron algo en las de Morgana y luego en las de Cuervo. Morgana masticó el punzante amargor de la madera, obligándose a tragar aquello sin ceder a la náusea. La quietud descendió. Rutilaban los ojos en la oscuridad, mas no podían distinguirse las facciones. Se sintió como si se encontrara entre la multitud de multitudes que estuvieran reunidas en la cima de Tor, pero no pudo descubrir una sola cara. Incluso la incorpórea faz de Viviane se había desvanecido en la oscuridad. Podía percibir el calor del cuerpo de Cuervo junto al suyo, aunque no hubiera ningún contacto entre ambas. Procuró mantener la mente en calma y meditación, sin abandonar el ejercitado silencio, sin saber por qué había sido llevada allí.

Pasó el tiempo; las estrellas volvieron a brillar contra aquel cielo siempre crepuscular. *El tiempo*, pensó Morgana, *discurre de modo distinto en Avalon, o acaso no existe*. Muchas noches, en aquellos largos años, había recorrido los senderos espirales que suben a Tor, sondeando los misterios del espacio y el tiempo dentro del círculo pétreo. Empero aquella noche parecía más extraño y oscuro, más cargado de misterio; nunca antes había sido destacada de las otras sacerdotisas para desempeñar la parte principal de un ritual. Entendió que lo que le habían dado, el festín mágico, era una hierba usada para fortalecer la Visión; no menguaba su poder o su magia.

Al cabo de un rato, en la negrura, empezó a ver imágenes en su mente, pequeñas formas coloreadas que parecían estar a gran distancia. Vio correr a una manada de ciervos. Vio de nuevo la gran oscuridad que descendiera sobre la tierra cuando se puso el sol y sopló un frío viento, temió que llegara el fin del mundo; pero las sacerdotisas más viejas le habían explicado, cuando se reunían en el patio, que el Dios de la Luna estaba ocultando el resplandor de la Diosa y ésta corría gozosamente a unirse a los gritos de las mujeres para espantarlo. Luego le explicaron cómo se movían el sol y la luna, y por qué, en ocasiones, uno de ellos cruzaba la faz del otro; que estaba en el curso de la naturaleza y que las creencias del pueblo llano acerca de la faz de los Dioses eran símbolos con los que tal pueblo, en el estado actual de su evolución, necesitaba visualizar las grandes verdades. Algún día todos los hombres y las mujeres conocerían las verdades interiores, mas por ahora no las necesitaban.

Observó con la Visión interna, al igual que hiciera en vida, mientras una y otra vez las estaciones del año orbitaban el gran anillo de piedras; observó el nacimiento, la fecundidad y por último la agonía del Dios; contempló las grandes procesiones subiendo en espiral hacia el robledal que allí había antes del anillo pétreo. El tiempo era transparente y dejó de tener significado cuando los componentes del pequeño y oscuro pueblo llegaron, maduraron y fueron masacrados; luego las Tribus, y tras éstas los romanos, y los altos extranjeros de las costas de Gaul, y después de ellos... cesó el tiempo, y ella vio solamente el movimiento de las gentes y la expansión del mundo, hielos que llegaban, retrocedían y volvían de nuevo, vio los grandes templos de Atlántida cubiertos ya para siempre por los océanos, vio nuevos mundos que se alzaban y caían... y silencio, y más allá de la noche, las grandes estrellas titilaban, colgaban,...

Escuchó a sus espaldas un espectral gemido y se le heló la sangre. Lo profirió Cuervo, con una voz que nunca le había oído; Cuervo, quien en una ocasión, cuando ambas servían en el Templo, cogió una lámpara a punto de rebosar y, escaldada por el aceite hirviendo, se sentó sofocando los gritos con las manos mientras le vendaban las heridas, porque no podía romper el voto, entregada su voz a la Diosa. Las cicatrices le quedarían para siempre; en una ocasión, mirándola, Morgana pensó: *El voto que yo hice era poca cosa al lado de eso y estuve próxima a romperlo por un hombre moreno y de dulce voz.*

Y ahora Cuervo, en la noche sin luna, gritaba con fuerza, un agudo y estentóreo grito, como el de una mujer de parto. Por tres veces el grito sacudió Tor y Morgana se estremeció otras tantas, sabiendo que incluso los sacerdotes de la otra isla que descansarían como les era obligado debieron despertar en sus aisladas celdas, santiguándose, al escuchar aquel chillido fantasmal que resonaba entre los mundos.

Tras el grito, silencio, un silencio que le parecía a Morgana repleto de respiraciones, incluso de respiraciones contenidas de los iniciados invisibles que ahora rodeaban el pavoroso aislamiento de las tres inmóviles sacerdotisas. Luego, con un sofocado esfuerzo, como si su voz se hallara incapacitada debido al largo silencio, Cuervo articuló:

—Ah... siete veces la Rueda, la Rueda con trece radios, ha girado en el firmamento... siete veces la Madre ha dado a luz a su oscuro hijo...

Nuevamente el silencio, más profundo por el contraste, salvo por el sofocado respirar de la profetisa en trance. Esta gritó:

—Ah, ah, ardo, ardo, ha llegado la hora, ha llegado la hora... —y se interrumpió de nuevo en el denso silencio, preñado de terror.

»¡Ellos corren! Ellos corren en primavera bramando, ellos corren; ellos luchan y eligen rey; ah, la sangre, la sangre, y el más grande de todos ellos corre, y la sangre que mancha su cornamenta es su orgullo...

De nuevo el silencio y Morgana, contemplando en la oscuridad que había tras sus párpados la marcha primaveral del ciervo, vio otra vez la casi olvidada imagen que viera en el cuenco de plata, un hombre entre los ciervos pugnando y luchando...

»Es el hijo de la Diosa, él corre, él corre... el Astado debe morir... y el Astado debe ser coronado... la Virgen Cazadora debe atraer al rey hacia ella, debe entregar su doncellez al Dios... ah, el viejo sacrificio, el viejo sacrificio... ardo, ardo...»

Y las palabras comenzaron a sobreponerse unas sobre otras para morir en un largo gemido. A sus espaldas, con los ojos cerrados, Morgana vio que Cuervo caía al suelo sin sentido y boqueaba, único sonido en el hondo silencio.

Una lechuza ululó en alguna parte; una, dos, tres veces.

De entre la oscuridad emergieron varias sacerdotisas silenciosas y oscuras, con azules centelleos en la frente. Levantaron a Cuervo con ternura para llevársela. Se llevaron también a Morgana, y ella sintió que la cabeza le palpitaba apoyada cuidadosamente sobre el pecho de una mujer. Luego no supo nada más.

T<small>RES DÍAS MÁS TARDE</small>, cuando hubo recobrado parte de sus energías, Viviane la mandó llamar.

Morgana se levantó e intentó vestirse, pero estaba aún débil y aceptó la ayuda de una de las jóvenes sacerdotisas, contenta de que estuviera bajo silencio y no hablase. El largo ayuno, la terrible náusea, producto de las hierbas rituales, la fuerte tensión de la ceremonia, aún atenazaban su cuerpo. La noche anterior, había tomado un tazón de sopa y un poco de pan mojado en leche por la mañana, pero todavía sentía náuseas y vahídos por el prolongado esfuerzo tenía palpitaciones en la cabeza y con el ciclo de la luna oscura había sangrado más de lo que nunca había sangrado anteriormente; comprendió que esto también podía ser un efecto secundario de las sagradas hierbas. Enferma e indiferente, deseaba que Viviane la dejara recuperarse en paz, pero cumplió su voluntad como hubiese cumplido la de la Diosa, si ésta se hubiera dignado a pedírselo de forma manifiesta. Cuando estuvo vestida, con el pelo recogido y anudado con una correa de piel de ciervo y la media luna azul de la frente vuelta a pintar con tinte fresco, fue por la senda hasta la casa donde moraba la Suprema Sacerdotisa.

Y, como tenía tal privilegio ahora, entró sin llamar ni anunciar su presencia. De algún modo, en esta casa siempre visualizaba a Viviane aguardándola sentada en una silla como si fuese la Diosa en su oscuro trono, pero aquel día Viviane estaba trajinando en el otro extremo de la estancia y el fuego permanecía apagado. Llevaba una sencilla túnica de lana sin teñir con la caperuza echada sobre el pelo, y por vez primera comprendió Morgana que Viviane era una sacerdotisa, no ya de la Doncella o de la Madre, sino de la arcana hechicera a quien también se nombraba como Vieja Corva Muerte. Tenía aspecto sombrío y macilento, y Morgana pensó: *Desde luego, si los ritos hicieron que Cuervo y yo enfermásemos, siendo ambas jóvenes y vigorosas, ¿qué no debe haberle ocurrido a Viviane, que ha envejecido al servicio de aquella a la que todos servimos?*

Luego Viviane se dio vuelta y le dedicó una sonrisa, una amorosa sonrisa, y Morgana volvió a experimentar el resurgimiento del amor y la ternura. Mas, como era conveniente a una sacerdotisa más joven en presencia de la Dama, aguardó a que Viviane hablase primero.

Le indicó que tomase asiento.

—¿Te has recobrado, pequeña?

Morgana se dejó caer en el banco y comprendió que

incluso aquel breve paseo la había fatigado. Sacudió la cabeza.

—Ya lo sé —dijo Viviane—. A veces cuando no saben cómo vas a reaccionar, te ofrecen demasiada. La próxima vez no la tomes toda, calcula la que te sea suficiente para procurarte la Visión, pero no tanta como para enfermar. Tienes ese derecho ahora; has alcanzado la etapa en la que la obediencia puede ser atemperada por tu propio juicio.

Por alguna razón, aquellas palabras resonaron una y otra vez en la mente de Morgana: *atemperada por tu propio juicio, atemperada por tu propio juicio.* Pensó: *Todavía estoy enferma por las drogas que me han dado.* Y sacudió la cabeza, impaciente, para deshacerse de aquellos sonidos y escuchar a Viviane.

—¿Qué entendiste de la profecía de Cuervo?

—Muy poco —confesó Morgana—. Me resultó misteriosa. No estoy segura de por qué me encontraba allí.

—En parte —repuso Viviane— para conferirle tu fortaleza; ella no es fuerte. Todavía sigue en el lecho y estoy preocupada. Sabía qué cantidad de hierbas podía tomar y, aun así, resultó excesiva; vomitó sangre y todavía sigue haciéndolo. Pero no morirá.

Morgana extendió la mano para estabilizarse; sintió náuseas y una repentina arcada la sacudió dejándola pálida y trastornada. Se levantó sin excusarse, salió tambaleándose y vomitó el pan y la leche que tomara por la mañana. Escuchó a Viviane pronunciar su nombre y cuando terminó, aferrada al marco de la puerta y aún con arcadas, descubrió a una joven sacerdotisa con un trapo para limpiarle la cara; estaba húmedo y olía levemente a hierbas. Viviane la sujetó cuando volvió a entrar, luego le dio una copa pequeña.

—Bebe despacio —le advirtió.

Se quemó la lengua y durante un momento se incrementó la sensación de náusea, era un fuerte y espirituoso destilado de las Tribus del norte, que lo llamaban agua de la vida. No lo había probado más que una o dos veces.

Después de tomarlo, sintió calor expandiéndose por el estómago vacío y a los pocos minutos estuvo mejor, más fuerte, casi eufórica.

—Un poco más —le dijo Viviane—. Fortalecerá tu corazón. ¿Te sientes mejor ya?

Morgana asintió.

—Gracias.

—Esta noche podrás comer —le anunció Viviane; y en el extraño estado en que Morgana se encontraba, aquello sonó como una orden, como si Viviane pudiese mandar sobre su estómago—. Así. Hablemos de la profecía de Cuervo. En época arcana, mucho antes de que la sabiduría y la religión de los druidas llegase aquí desde los sumergidos templos del continente occidental, el pueblo de las hadas, del cual ambas hemos nacido, tú y yo, Morgana mía, moraba aquí en las costas del mar interior; y antes de que aprendiesen a sembrar centeno y a cosecharlo, vivían recolectando los frutos de la tierra y cazando ciervos. En aquellos días no tenían rey, sino reina, la cual era su madre, mas aún no la consideraban Diosa. Y como vivían de la caza, la reina sacerdotisa aprendió a invocar al ciervo y pidió a sus espíritus que se sacrificaran y muriesen por la vida de la Tribu. Pero un sacrificio debía ser pagado con otro, el ciervo moría por la Tribu y uno de los de la Tribu debía morir por la vida del ciervo o, al menos, concederles la posibilidad de tomar aquella vida por la que habían dado, si lo deseaban. Así se mantenía el equilibrio. ¿Comprendes esto, querida mía?

Morgana escuchó aquella desacostumbrada expresión de cariño y se preguntó confusamente, en aquel estado de náuseas y ebriedad: *¿Me está diciendo que seré sacrificada? ¿Ha sido mi vida elegida por la Tribu?*

*No importa, estoy entregada a la Diosa para la vida o la muerte.*

—Comprendo, Madre. Eso me parece, al menos.

—Así pues, la Madre de la Tribu elegía cada año a su consorte. Y, dado que éste había convenido en dar su vida por la Tribu, la Tribu le ofrecía sus vidas. Aunque los niños de pecho se murieran de hambre, él vivía en la abundancia y podía yacer con todas las mujeres de la Tribu para que, siendo el más fuerte y el mejor, procrease a los vástagos. Además, la Madre de la Tribu era a menudo vieja para tener hijos, y por tanto él podía hacer su elección entre las jóvenes doncellas, y ningún hombre de la Tribu podía interferir en ella. Y luego, cuando el año había pasado, todos los años en la misma época, debía ponerse la cornamenta de ciervo y una piel del mismo sin curtir para que los ciervos le creyesen uno de los suyos, y debía correr con la manada cuando la Madre Cazadora los conjuraba a marchar. Pero para aquel entonces el rebaño ya había elegido al Rey Ciervo y en ocasiones éste olía al extraño y le atacaba. El Astado, pues, moría.

Morgana sintió de nuevo aquel escalofrío en la espina dorsal que experimentara cuando, en Tor, el ritual fue representado ante sus ojos. *El rey del año ha de morir por la vida de su pueblo.* ¿Estaba aún la droga alterando su mente para que pudiese comprenderlo todo con tal claridad?

—Bueno, los tiempos han avanzado, Morgana —observó Viviane con sosiego—, y ahora esos viejos ritos no son necesarios, porque el centeno crece y el sacrificio es increíble. Sólo en épocas de peligro, la Tribu exige un líder semejante. Y Cuervo ha vaticinado que viviremos una época de peligro. Así pues, una vez más, se efectuará la prueba y alguien correrá un riesgo mortal por el pueblo elegido, y este pueblo le seguirá hasta la muerte. ¿Me has oído hablar del Gran Matrimonio? —Morgana asintió—. Lancelot nació de él.

»A las Tribus del pueblo de las hadas y a todas las Tribus del norte les ha sido conferido un gran líder y el elegido habrá de afrontar el rito arcano. Y si sobrevive a la prueba, lo que dependerá, hasta cierto punto, de la intensidad con que la Doncella Cazadora pueda hechizar al ciervo, entonces se convertirá en el Astado, el Rey Ciervo, consorte de la Virgen Cazadora, coronado con la cornamenta del Dios. Morgana, te dije hace años que tu doncellez pertenece a la Diosa. Ahora ella la demanda en sacrificio al Dios Astado. Has de ser la Virgen Cazadora y la prometida del Astado. Has sido elegida para tal servicio.

Había gran quietud en la estancia, como si se hallasen de nuevo en ritual en el centro del anillo de piedras. Morgana no se atrevió a romper el silencio. Por fin, sabiendo que Viviane aguardaba algún ademán de aceptación, ¿cuáles habían sido las palabras, tanto tiempo atrás?, *es una carga demasiado pesada haber nacido sin desearlo*, inclinó la cabeza.

—Le pertenezco en cuerpo y alma, que se cumpla en mí su voluntad —susurró—. Y vuestra voluntad es la suya, Madre. Así sea.

## XV

Desde que llegó allí, Morgana no había abandonado Avalon más que dos o tres veces y sólo en breves incursiones campestres hasta las orillas del Mar Estival; así pues, pudo apercibirse de los lugares cercanos que retenían, pese a no ser utilizados, el viejo poder.

Ni el tiempo ni el lugar eran ya cosas que le interesaran. Había sido sacada de la Isla al amanecer y en silencio, cubierta por una capa y un velo para que ningún ojo no iniciado pudiese ver a la consagrada, y transportada en una litera cerrada para que ni aun el sol tocase su rostro. En menos de un día de viaje desde el recinto de la Isla Sagrada, había perdido toda conciencia del espacio, el tiempo y la dirección, sumida en la meditación y apenas consciente del comienzo del trance mágico. En algunas ocasiones había luchado contra la llegada del estado de éxtasis. Ahora lo saludaba, abriendo por completo su mente a la Diosa, implorando interiormente que llegase a ella el instrumento, para poseerla en cuerpo y alma, de forma que en todo pudiese actuar como la Diosa misma.

Anochecía; una luna casi llena apareció tenuemente por entre los cortinajes de la litera. Cuando los porteadores se detuvieron, sintió que ésta la bañaba con fría luz, como el beso de la Diosa, y se sintió debilitada por el inicio del éxtasis. Ahora desconocía dónde se encontraba, y no le importaba. Iba a donde la llevaban, pasiva, cegada, en trance, comprendiendo sólo que iba a encontrarse con su destino.

Se hallaba en el interior de una casa, luego la pusieron en manos de una extraña mujer, que le proporcionó pan y miel, que Morgana no tocó puesto que no debía romper el ayuno hasta tomar los alimentos rituales. En cambio, bebió agua con ansia. Había un lecho, situado de forma que la luz de la luna caía sobre él. La extraña mujer fue a cerrar los postigos de madera y Morgana la detuvo con un gesto imperioso. Yació gran parte de la noche en trance, percibiendo la luz como un visible tacto. Finalmente se durmió, aunque entre convulsiones, entrando y saliendo del sueño como si fuese un viajero desasosegado, con un aleteo en su mente de extrañas imágenes: Su madre, inclinada sobre la rubia cabeza de Gwydion, su blanco pecho y el rojizo cabello eran más repulsa que bienvenida; de alguna forma, ella era solamente una bestia a inmolar, y la Señora de Avalon la conducía, atada al extremo de una cuerda, hacia algún lugar, y se oía decir con enfado: *No necesitáis tirar, ya voy.* Cuervo gritaba inaudiblemente. Una figura astada, medio hombre, medio animal, descorría repentinamente una cortina, precipitándose en su estancia.

Despertó casi incorporada pero nadie había allí, únicamente la luz de la luna y la extraña mujer durmiendo tranquilamente a su lado. Volvió a tenderse y durmió, esta vez profundamente y sin sueños.

Como una hora antes del amanecer, la despertaron. Ahora, en contraste con la inconsciencia y el trance del día anterior, se hallaba del todo lúcida y completamente consciente del aire fresco, de la niebla con tinte rosáceo allí donde el sol se levantaría, del fuerte olor de las pequeñas y morenas mujeres con sus prendas de piel mal curtidas. Todo era nítido y de brillantes colores, como acabado de nacer de la mano de la Diosa. Las morenas mujeres susurraban entre sí, sin tener en cuenta que podían molestar a la extraña sacerdotisa; las oía, pero sólo conocía algunas palabras de aquel lenguaje.

Momentos después, la más vieja de ellas, la que le había dado la bienvenida la noche anterior y compartido su cama, se acercó a Morgana con un recipiente de agua fresca. Morgana hizo una reverencia en agradecimiento, saludo usado entre las sacerdotisas, y luego se preguntó por qué lo había hecho. La mujer era vieja; su pelo largo, enmarañado y recogido con un prendedor de hueso, era ya casi del todo cano, y en la oscura piel se distinguían descoloridas manchas azules. Las prendas que vestía eran del mismo cuero imperfectamente teñido y curtido que las de las demás, pero llevaba encima una capa de piel de ciervo, el pelaje aún adherido, pintada con símbolos mágicos; en torno al cuello dos gargantillas, una de hermosas cuentas ambarinas que ni las de la propia Viviane podían superar, y la otra de fragmentos de asta alternándose con exquisitas barras engastadas en oro. Se conducía con la autoridad de Viviane y Morgana adivinó que se trataba de la Madre tribal y sacerdotisa del pueblo.

Con sus propias manos, la mujer empezó a preparar a Morgana para el ritual. La desnudó por completo pintándole las plantas de los pies y las palmas de las manos con tinta azul, renovando la media luna de la frente; en el pecho y en el vientre le trazó una luna llena y justo encima del vello púbico de Morgana dibujó la luna oscura. Fugazmente, separó las piernas de la muchacha: Morgana, sin ruborizarse, supo por qué lo hacía. Para este rito la sacerdotisa debía ser virgen. Pero la sacerdotisa tribal no encontraría nada inadecuado; Morgana estaba intacta, pero sintió un repentino momento de pánico, al tiempo que fue consciente de que sentía una atroz ansiedad. Bueno, estaba adiestrada para marginar a la ansiedad y, al cabo de un instante, ésta la dejó.

El sol estaba elevándose cuando la condujeron al exterior, vestida con una capa como la de la anciana, pintada con signos mágicos, la luna y las astas del ciervo.

Se daba cuenta de la rígida aspereza del cuerpo pintado y una parte de su mente, muy remota, observaba perpleja, con cierto desprecio, aquellos símbolos de un misterio mucho más viejo que la sabiduría druida en la cual la habían instruido tan cuidadosamente. Aquello fue momentáneo y se desvaneció en seguida; la creencia de arcanas generaciones investía este rito con poder y sacralidad propios. Vio la redonda casa de piedra a sus espaldas; enfrente tenía otra de la que sacaban a un hombre joven. No pudo verlo con claridad; el sol naciente le daba en los ojos y sólo pudo apreciar que era alto, de pelo rubio y fuerte complexión. *No es uno de su propio pueblo*, pensó. Mas no le estaba dado hacer preguntas. Los hombres de la tribu y especialmente un anciano con fibrosos y abultados músculos de herrero, ennegrecido como su propia forja, pintaban el cuerpo del joven con tintura azul de la cabeza a los pies, cubriéndolo con una capa de pieles sin curtir, untándole el cuerpo con grasa de ciervo. En la cabeza le colocaron una cornamenta; a una ronca voz de mando, agitó la cabeza para que se aseguraran de que no iba a soltarse, por mucho que se moviera. Morgana levantó la mirada para observar el orgulloso balanceo de aquella joven cabeza y, de súbito, una oleada de cautela recorrió su cuerpo, paralizándole las piernas, adentrándose en su más profundo interior.

*Este es el Astado, este es el Dios, el consorte de la Virgen Cazadora...*

Le anudaron el pelo con una guirnalda de fresas carmesíes y la coronaron con las primeras flores primaverales. El preciado collar de oro y hueso le fue reverentemente quitado a la Madre de la tribu del cuello y colocado en torno al suyo; sentía la magia en su peso. Tenía los ojos deslumbrados por el sol naciente. Le pusieron algo en las manos, un tambor de piel curtida y atirantada alrededor de un aro. Como si procediera de otra parte, escuchó el sonido al golpearlo con la mano.

Se hallaban en una colina que dominaba un valle repleto totalmente de tupida floresta, vacío y silencioso, pero dentro del cual podía sentir la vida, los ciervos moviéndose con sigilo sobre sus esbeltas patas, los animales trepando a los árboles y los pájaros anidando, lanzándose, resurgiendo a la vida con el primer influjo de la luna llena de primavera. Se volvió por un instante a mirar atrás, hacia la colina. Sobre ellos, destacándose en blanco contra la creta, se encontraba una monstruosa figura, no podía distinguir si humana o animal ya que tenía la vista nublada, ¿era un ciervo en carrera, un hombre caminando?

No podía ver al joven que estaba a su lado, sólo el alentar de la vida en él. Había una solemne y expectante quietud en toda la colina. El tiempo se paró, volviendo a hacerse transparente, algo en lo que, una vez sumergida, podía moverse libremente. El tambor volvía a estar en las manos de la vieja corva, pero no recordaba habérselo entregado. Todavía con los ojos deslumbrados por el sol, notó la cabeza del Dios entre las manos y lo bendijo. Había algo en su rostro... Antes de que fueran levantadas las colinas, había conocido aquel rostro, aquel hombre, su esposo, desde antes del principio del mundo. No oía sus propias palabras rituales, tan sólo el surgimiento de una fuerza que estaba tras ellos: *Avanza y vence... corre con el ciervo... rápido y fuerte como las mareas primaverales... sean por siempre loados los pies que te trajeron hasta aquí...* No era consciente de estar hablando, únicamente del poder, de sus manos bendiciendo, de la fuerza expandiéndose desde su cuerpo, *a través de* éste como si el propio sol se derramase dentro de ella y del hombre que tenía ante sí. *Ahora ha sido roto el dominio del invierno y la vida nueva de la primavera te acompañará trayéndote la victoria... la vida de la Diosa, vida del mundo, sangre de la tierra nuestra Madre, derramada por su pueblo...*

Levantó las manos bendiciendo el bosque, la tierra, percibiendo las oleadas del poder surgiendo de sus manos como luz visible. El cuerpo del joven refulgía como el suyo a la luz del día; en derredor, nadie se atrevió a hablar hasta que, haciendo retroceder velozmente las manos, advirtió que el poder los embargaba a todos liberando el cántico que se alzaba por doquier. No podía oír las palabras, tan sólo el ronco zumbar del poderío de éstas:

*La vida surge en la primavera, los ciervos corren en el bosque y nuestra vida con ellos. El Rey Ciervo los abatirá, el Rey Ciervo, el Astado bendecido por la Madre, triunfará...*

Se vio arrastrada hacia la última muesca de la tensión, un arco tensado con la flecha del poder que había de ser lanzada. Tocó al Astado, liberando la fortaleza y, como si ésta corriese por todos ellos, se encontraron impelidos, corriendo como el viento colina abajo, como si las mareas primaverales los impulsaran. Tras esto, sintiendo que el poder la abandonaba, Morgana cayó al suelo y quedó tendida en silencio, la fría humedad la calaba hasta los huesos. Mas no se daba cuenta al hallarse en el trance de Visión.

Yació como muerta, pero una parte de ella continuó con los otros, corriendo, bajando velozmente la colina junto a los hombres de la tribu, volando hacia el Astado. Gritos que parecían ladridos, como si procedieran de sabuesos, se dejaban oír tras ellos y una parte de sí supo que las mujeres gritaban, alentando a los perseguidores.

Muy alto en el cielo se encontraba el sol, la gran Rueda de la Vida hilando en la bóveda celeste, siguiendo infructuosamente a su divino consorte, el Hijo Oscuro...

La vida de la tierra, las pulsantes mareas de la primavera fluían y batían en los corazones de los corredores. Luego, como el reflujo sigue al flujo, desde la iluminada ladera la oscuridad del bosque se cerró sobre ellos, enguyéndolos; y dejaron de correr para andar con pies sigilosos y veloces, imitando el delicado paso del ciervo; *eran* el ciervo, en pos de la cornamenta del Astado, portando las capas conjuradas para confinar al ciervo, los collares significando la vida como una cadena interminable, vivir, nutrirse, reproducirse y morir, y ser comido para alimentar a los hijos de la Madre.

*... contén a tus hijos, Madre, el Rey Ciervo debe morir para que viva y se alimente el Hijo Oscuro...*

Negrura, la vida interior del bosque cerrándose sobre ellos; silencio, el silencio del ciervo... Morgana, consciente ahora de la floresta como vida y del ciervo como corazón del bosque, lanzó su poder y su bendición por y sobre la floresta. Una parte de sí yacía en la iluminada ladera, en trance, exhausta, dejando que la energía vital del sol fluyese por su interior, cuerpo, sangre y ser interno, y otra parte corría con los ciervos y los hombres hasta que fueron uno... fundidos en uno... la oleada de la vida que eran los silenciosos ciervos en la maleza, las pequeñas ciervas, suaves y esbeltas, corriendo con ellos como corrían por su cuerpo las mareas vitales que eran los hombres, deslizándose con sigilo y resolución por entre las sombras...

Sintió que en alguna parte del bosque el Rey Ciervo levantaba la cabeza, olfateando el viento, rastreando el olor del enemigo, uno de los suyos, uno de la extraña tribu de la vida... no sabía si el Rey Ciervo cuadrúpedo y el bípedo a quien había bendecido, eran uno en la vida de la Madre Tierra y su destino estaba en manos de la Diosa. La cornamenta respondiendo a la sacudida de la cornamenta, olfateaban para percibir toda la vida de la floresta, rastreando algo extraño, la presa, el predador, el rival donde no puede haber ninguno.

*Ah, Diosa...* había partido, abalanzándose a través de la vegetación, los hombres precipitándose en pos con sigilo, corriendo, corriendo... correr hasta que el corazón lata como si fuese a estallar en el pecho, correr hasta que la vida del cuerpo sobrepase todo conocimiento e idea; precipitarse, buscar y ser buscado, correr con el curso del gran sol y el surgimiento de las mareas primaverales, correr con el flujo de la vida...

Yaciendo inmóvil, la cara contra el suelo y el sol quemándole la espalda, el tiempo ora arrastrándose ora corriendo, Morgana comenzó a distinguir, desde tan lejos que parecía una visión anterior percibida alguna vez en algún lugar hacía mucho tiempo, al alto y fibroso joven, aferrando el cuchillo, cayendo, cayendo entre los ciervos, entre sus afiladas pezuñas. Ella supo que estaba gritando muy fuerte, y simultáneamente comprendió que su grito había llegado a todas partes haciendo que el Rey Ciervo se detuviera a media carga, al oírlo. Hubo un momento en el que todo se detuvo, y en ese terrible instante vio al joven ponerse en pie, jadeando, cargando con la cabeza baja, balanceando la cornamenta, testuz con testuz, mientras pugnaba y se debatía aferrando al ciervo con sus fuertes manos y vigoroso cuerpo... un cuchillo hendiendo, la sangre vertiéndose sobre la tierra, ambos sangraban; sangre en las manos, procedente de un largo tajo en el costado, sangre cayendo a tierra, sacrificio ofrendado a la Madre cuya vida debía alimentarse de su sangre... y entonces la sangre del Rey Ciervo se precipitó sobre él en torrente cuando la hoja encontró el corazón, y los hombres en derredor se acercaron con las lanzas...

Lo vio cuando lo traían de vuelta, cubierto por la sangre de su gemelo y rival, el Rey Ciervo. En torno a él, los pequeños y oscuros hombrecillos estaban acuchillando, poniéndose la piel aún caliente sobre los hombros. Volvieron triunfantes, los fuegos se elevaban en el crepúsculo que iba ya descendiendo; y cuando las mujeres levantaron a Morgana, ésta observó sin sorpresa que el sol se estaba poniendo; se tambaleaba como si también ella hubiese estado corriendo todo el día con el cazador y el ciervo.

De nuevo la coronaron con el carmesí de la victoria. Le trajeron al Astado, sangrando, lo bendijo y marcó la frente del joven con la sangre del ciervo. La cabeza fue separada con la cornamenta que abatiría al próximo Rey Ciervo; la que llevara el Astado aquel día, rota y astillada, fue arrojada al fuego. Pronto se produjo olor a carne asada y ella se preguntó si sería la del hombre o la del animal.

Los sentaron uno junto al otro y les sirvieron los primeros trozos de carne, rezumando sangre y grasa. Morgana sintió que se le iba la cabeza, el rico sabor de la carne era excesivo para ella después de su largo ayuno; por un instante temió que le volvieran las náuseas. A su lado, él comía con ansia y, a la luz del fuego, percibió que tenía las manos finas y fuertes... parpadeó, captando en un extraño momento de redoblada Visión que las serpientes rodeaban sus manos y después desaparecían. A su alrededor los hombres y mujeres de la tribu compartían, en el festín ritual, el himno del triunfo, cantado en un arcano lenguaje que Morgana apenas podía entender:

*Ha triunfado, ha dado muerte...*
*... la sangre de nuestra Madre está vertida sobre la tierra...*
*... la sangre del Dios está esparcida sobre la tierra...*
*... y él se levantará y reinará para siempre...*
*... ha triunfado, triunfará siempre, hasta el fin del mundo...*

La vieja sacerdotisa que la había pintado y ataviado aquella mañana, acercó una copa de plata a sus labios; el extraño licor punzó su garganta quemándole las entrañas. Fuego, que dejaba un raro sabor a miel. Se hallaba ya ebria a causa de la sangre de la carne, y de la muy poca carne había probado en los últimos nueve años. Sintió vértigo cuando se la llevaron, la desnudaron ornamentando la piel con más pinturas y guirnaldas, marcándole la frente con la sangre del ciervo muerto.

*La Diosa recibe a su esposo y le dará muerte otra vez al final de los tiempos, de ella nacerá el Hijo Oscuro que abatirá al Rey Ciervo...*

Una chiquilla, pintada de azul de la cabeza a los pies, corría a través de los campos llevando un gran plato del que caían gotas y Morgana escuchó el grito que la iba siguiendo:

—¡Los campos están bendecidos; danos alimento, Oh Madre Nuestra!

Y por un instante, una pequeña parte de Morgana,

aturdida, ebria y sólo a medias en sí, pensó fríamente que de seguro había de estar loca. Ella, una mujer civilizada y educada, princesa, sacerdotisa y emparentada con la estirpe real de Avalon, instruida por los druidas, estaba allí pintada como un salvaje y oliendo a sangre recién derramada, soportando aquella bárbara pantomima...

... luego todo se desvaneció cuando la luna llena, serena y orgullosa, se alzó de entre las nubes que estuvieron ocultándola a la vista. Bañada la piel en su luz, Morgana sintió que el resplandor de la Diosa fluía en torno, *a través de ella*... ella sólo era Morgana, ella no tenía un nombre real, sacerdotisa, doncella y madre... anudaron una guirnalda de rojas fresas en sus muslos; el crudo simbolismo la asaltó con súbito temor y percibió el entero peso de la virginidad cruzando y fluyendo a través de sí como la marea primaveral. Una antorcha brilló ante sus ojos y la condujeron hacia las tinieblas, el silencio resonando sobre y tras ella, a una caverna. Rodeándola, en las paredes, pudo contemplar los símbolos sagrados allí dibujados desde el principio del tiempo, el ciervo y la cornamenta, el hombre con las astas en la frente, el vientre abultado y los senos henchidos de La Que Da la Vida...

La sacerdotisa llevó a Morgana hasta un lecho de piel de ciervo. Brevemente sintió frío y pánico, y se estremeció. La anciana hizo un gesto de compasión, rodeó a Morgana con los brazos y la besó, y ésta se aferró a ella, aterrorizada, como si los protectores brazos de la mujer fueran los de su propia madre... luego la vieja le sonrió besándola de nuevo y, tras bendecirla, se marchó.

Quedó allí tendida sintiéndose rodeaba por la vida de la tierra; parecía expandirse, llenar la caverna con los trazos garabateados sobre ella; y, presidiendo, la gran figura de yeso, hombre o ciervo... la invisible luna del exterior fluía por su cuerpo con el brillo de la Diosa en su interior, cuerpo y alma. Extendió los brazos y a su mandato supo que fuera de la caverna, a la luz de los fuegos de la fertilidad, hombre y mujer, se entrelazaron con las pulsantes mareas de la vida, fundiéndose. La chiquilla pintada de azul que derramase la sangre de la fecundidad, se encontraba yaciendo en brazos de un cazador viejo y fibroso; y Morgana la vio debatirse y gritar colocándose bajo el cuerpo de éste al irresistible impulso de la naturaleza. Vio sin ver, los ojos cerrados contra el resplandor de la antorcha, escuchando los gritos.

Ahora él se hallaba a la entrada de la caverna, ya no portaba la cornamenta en la frente, su pelo resplandecía, su cuerpo estaba pintado de azul y bañado en sangre, sobre la blanca piel como la de la enorme figura de yeso que dominaba la caverna, el Astado, el esposo. Se movía aturdido, desnudo salvo por la guirnalda que le rodeaba los muslos. Se arrodilló junto a ella y, a la luz de la antorcha, turbada, pudo observar que no era más que un muchacho y no del pequeño pueblo oscuro, sino alto y rubio... *¿Por qué han elegido rey a uno que no es de los suyos?* Aquel pensamiento cruzó su mente como un relámpago y desapareció; luego, no pensó nada.

*Ahora es el momento en que la Diosa recibe al Astado.* Se estaba arrodillando al borde del lecho de pieles, oscilando, cegado por la luz de la antorcha. Ella le alcanzó y, tomando sus manos, le atrajo hacia sí, experimentando la suave calidez y el peso de su cuerpo. Tenía que guiarle. *Soy la Gran Madre que todo lo sabe, doncella, madre y omnisciente, conduciendo a la virgen y a su consorte...* confusa, aterrorizada, exaltada, apenas consciente, sintió cómo la fuerza vital los embargaba a ambos, moviendo sus cuerpos sin la intervención de sus voluntades; le guió con violencia a su interior, hasta que ambos se debatieron sin saber qué fuerza los atenazaba. Oyó gritar desde la lejanía, escuchando cómo la voz ascendía y resonaba en el silencio, desconociendo quién de ellos era el que gemía. La antorcha crepitó dejándolos a oscuras cuando toda la arrebatada furia de su joven vida estalló.

El gimió desplomándose sobre ella, inerte a excepción del entrecortado aliento. Le hizo a un lado, sosteniendo su peso entre los brazos, acunándole con rendida ternura.

Notó que la besaba. Luego, poco a poco, espaciadamente, su respiración fue normalizándose hasta quedar en calma. Después supo que dormía en sus brazos. Le besó el pelo y la suave mejilla con repentina devoción y también se quedó dormida.

Cuando despertó se hallaba bien entrada la noche; la luz de la luna iluminaba la caverna. Completamente exhausta, con todo el cuerpo dolorido, echó hacia atrás su empapado pelo, contemplando a aquella luz el pálido cuerpo extendido a su lado que aún dormía bajo el agotamiento. Era alto, fuerte, hermoso, aunque no pudiera distinguir claramente sus rasgos a la tenue luz, y la mágica Visión la había abandonado; no quedaba ahora más que el fulgor de la luna sin rastro de la imperante faz de la Diosa. Volvía a ser Morgana, no la sombra de la Gran Madre; volvía a ser ella misma con la clara conciencia de cuanto había ocurrido.

Recordó fugazmente a Lancelot, al que amase, a quien quiso ofrendar este don. Y ahora se lo había entregado, no a un amante sino a un extranjero sin rostro... no, no debía pensar así. No era una mujer, era una sacerdotisa y había otorgado la fuerza de la Virgen al Astado y se le había impuesto tal sino antes de que los muros del mundo fueran trazados. Había aceptado su suerte como sacerdotisa de Avalon, y comprendió que algo de crucial importancia había acaecido la pasada noche.

Tenía frío y yacía cubierta con las pieles de ciervo. Arrugó un poco la nariz al percibir su olor; habían esparcido hierbas dulces sobre éstas, para evitar así las pulgas. Dado su conocimiento de las marcas, juzgó que faltaría una hora para el amanecer. A su lado, el muchacho sintió que se movía y se incorporó somnoliento.

—¿Dónde estamos? —preguntó—. Ah, sí, ya recuerdo. En la caverna. Bien, ya está amaneciendo. —Sonrió y la atrajo hacia sí; ella permitió que la volviese a besar, arrollándola con sus fornidos brazos—. La noche pasada fuiste la Diosa —murmuró—, pero me despierto descubriendo que eres una mujer.

Ella sonrió levemente.

—¿Y tú no eres el Dios, sino un hombre?

—Creo que he sido el Dios ya bastante tiempo y me parece algo presuntuoso para un hombre de carne y hueso —declaró, apretándola aún más—. Estoy contento de no ser más que un hombre.

Ella repuso:

—Tal vez haya un tiempo de ser Dios y Diosa, y otro de ser únicamente de carne y hueso.

—La noche pasada me producías temor —confesó—. Te consideraba la Diosa, más grande que la vida misma... ¡y eres tan pequeña! —De súbito parpadeó y dijo—: Hablas mi lengua, no me había dado cuenta, no eres de esa tribu, ¿verdad?

—Soy una sacerdotisa de la Isla Sagrada.

—Y la sacerdotisa es una mujer —comentó él—. ¿Crees que la Diosa se enojaría conmigo si prefiriese a la mujer?

Ella rió, contestando:

—La Diosa es sabia en el proceder de los hombres.

—¿Y lo es su sacerdotisa?

De súbito la timidez la invadió.

—No, nunca he conocido a un hombre anteriormente —le dijo—; y no fui yo, sino la Diosa.

El inquirió en la oscuridad, abrazándola:

—Puesto que el Dios y la Diosa han disfrutado del placer, ¿por qué no habrían de hacerlo el hombre y la mujer? —Sus manos eran cada vez más elocuentes.

—Parece justo —le respondió.

Esta vez pudo vivirlo con plena conciencia: la suavidad y la dureza, las fuertes y jóvenes manos, y la sorprendente gentileza tras aproximación tan audaz. Rió alegre ante el inesperado placer, por completo abierta a él y sintiendo su gozo como propio. Nunca había sido tan feliz en toda su vida. Agotados, yacían entrelazados, acariciándose en la placentera fatiga.

Finalmente, con la creciente luz, él suspiró.

—Pronto vendrán a buscarme —dijo— y aún queda mucho más; van a llevarme a algún otro sitio para entregarme una espada y otras cosas. —Se incorporó sonriendo—. Quisiera lavarme y conseguir prendas dignas de un hombre civilizado, desprendiéndome de esta sangre y tinte azul... ¡Cómo se sucede todo! Anoche ni siquiera imaginaba que me cubrirían por completo de sangre. Mira, también tú estás cubierta por la sangre del ciervo.

—Creo que vendrán a recogerme, me asearán y entregarán ropa limpia —añadió ella—; y también a ti, de inmediato.

El suspiró con leve y juvenil melancolía. Tenía voz de barítono, aún no determinada del todo, ¿cómo podía ser tan joven, aquel joven gigante que había luchado con el Rey Ciervo dándole muerte con un cuchillo de pedernal?

—Creo que no volveré a encontrarte —dijo—, porque eres una sacerdotisa dedicada a la Diosa. Pero quiero confesarte que —se inclinó para besarla— has sido la primera. No importa cuántas mujeres pueda tener, porque te recordaré toda la vida, te amaré y te bendeciré. Te lo prometo.

Había lágrimas en sus mejillas. Morgana alcanzó sus ropajes para secarle las lágrimas tiernamente, acunándole la cabeza contra sí.

Ante aquel gesto, él pareció dejar de respirar.

—Tu voz —susurró— y lo que acabas de hacer, ¿por qué creo conocerte? ¿Es debido a que eres la Diosa y en ella todas las mujeres son la misma? No... —Se enervó tomándole el rostro entre las manos. En la creciente luz, ella percibió que los rasgos juveniles se endurecían convirtiéndose en los de hombre. Estaba pensando que ella también creía conocerle, cuando oyó su enronquecido grito—. ¡Morgana! ¡Eres Morgana, mi hermana! ¡Ah, Dios, Virgen María! ¿Qué hemos hecho?

Ella se cubrió los ojos con las manos, lentamente.

—Hermano mío —musitó—. ¡Ah, Diosa! ¡Hermano! Gwydion...

—Arturo —murmuró éste.

La agarró con fuerza y, tras un momento, él sollozó, todavía aferrándola.

—No es extraño que me pareciera conocerte desde antes de la creación del mundo —dijo, gimiendo—. Siempre te he amado y esto... Ah, Dios, ¿qué hemos hecho?

—No llores —le dijo ella, impotente—, no llores. Estamos en manos de la que nos trajo aquí. No importa. Aquí no somos hermano y hermana, sino hombre y mujer ante la Diosa, nada más.

*Y nunca volví a saber de ti. Hermano mío, mi pequeño, el único a quien tuve en mis brazos como a un niño pequeño. Morgana, Morgana, te dije que cuidases del niño, y se marchó abandonándonos, y él lloraba durmiéndose en mis brazos. Y yo no sabía.*

—Todo está bien —afirmó ella de nuevo—, no llores hermano mío, mi amado, mi pequeño, no llores; todo está bien.

Mas, aun cuando estaba consolándolo, la desesperación se apoderó de ella.

*¿Por qué nos hicisteis esto? Gran Madre, Señora, ¿por qué?*

Y no supo si clamaba a Viviane o a la Diosa.

## XVI

Durante todo el largo camino hasta Avalon, Morgana yació en la litera con palpitaciones en la cabeza, con aquella pregunta dando vueltas en su mente: *¿Por qué?* Se hallaba exhausta tras los tres días de ayuno y el prolongado día del ritual. Vagamente se apercibió de que el festín nocturno y el encuentro amoroso habían sido planeados para relajar aquella tensión; y así lo habrían hecho, devolviéndola a la normalidad, de no haber sido por la sorpresa de la mañana.

Se conocía lo bastante para saber que, cuando la impresión y el cansancio desaparecieran, se haría presente la ira y deseaba reunirse con Viviane antes de que ésta estallara, mientras aún pudiese mantener una mínima apariencia de calma.

En esta ocasión tomaron por la ruta del Lago y se le permitió, tras requerirlo personalmente, caminar parte del trayecto; ya había dejado de ser la Doncella ritualmente protegida para la ceremonia, para volver a convertirse en una de las sacerdotisas asistentas de la Dama del Lago. Cruzando el Lago de vuelta en la barca, se le pidió que invocase las nieblas para que se formara la puerta de Avalon; se levantó para hacerlo casi con negligencia, ya que consideraba este Misterio como parte de su vida.

Cuando elevó los brazos para llevar a cabo la invocación, tuvo un repentino y paralizante momento de duda. Había sido tan grande el cambio en su interior, ¿retenía aún la fuerza para configurar la entrada? Tan intensa fue su rebelión que titubeó por un momento y los hombres de la embarcación se quedaron mirándola con cortés preocupación. Se sintió penetrada por aquellas miradas, y sintió por un instante una intensa vergüenza, como si todo lo ocurrido la noche anterior hubiese dejado en su rostro la marca de la lujuria. El sonido de las campanas de la iglesia se extendía quedamente por el Lago y de súbito Morgana se vio retornando a la infancia, oyendo al Padre Columba hablar gravemente de la castidad como medio de aproximación a la santidad de María, Madre de Dios, que en el milagro concibió al Hijo sin ni siquiera una mácula de pecado mundano. Incluso en aquella época Morgana pensaba: *¿Cómo puede ninguna mujer dar a luz a un hijo sin haber conocido hombre?* Mas con el tañer de las santas campanas percibió que algo en su interior se derrumbaba y que las lágrimas afloraban a sus ojos.

—Señora, ¿estáis enferma?

Sacudió la cabeza, diciendo con firmeza:

—No, me encontré débil durante un momento. —Suspiró hondo. Arturo no estaba en la barca; no, por supuesto que no, Merlín se lo había llevado por el Sendero Oculto. La Diosa es Una, María la Virgen, la Gran Madre, la Cazadora... y yo tengo parte en su grandeza. Descartó aquello con un gesto y volvió a levantar los brazos, haciendo que cayese rápidamente la cortina de niebla a través de la cual llegarían a Avalon.

Aunque la noche estaba llegando y Morgana sentía hambre y cansancio, emprendió el camino inmediatamente hacia la casa de la Dama. Pero al llegar a la puerta una sacerdotisa la detuvo cuando iba a entrar.

—La Señora no puede ver a nadie en este momento.

—Eso es absurdo —replicó Morgana, advirtiendo que los principios de la ira iban abriéndose paso por entre el misericordioso aturdimiento, y esperando que éste durase hasta que se hubiera enfrentado a Viviane.

—Soy su pupila; pregúntale si puedo entrar.

La sacerdotisa se marchó regresando inmediatamente para anunciar:

—La Dama ha dicho: «Indícale a Morgana que se vaya en seguida a la Casa de las Doncellas, hablaré con ella cuando llegue el momento adecuado».

Entonces la rabia surgió con tal fuerza que Morgana estuvo a punto de apartar a la mujer del camino y penetrar por la fuerza en la casa de Viviane. Pero la cautela la detuvo. No sabía qué castigo se le aplicaría a una sacerdotisa que desafiara la jurada obediencia y, en mitad de la creciente cólera, una débil y fría voz racional le dijo que no era conveniente descubrirlo de aquella forma. Inspiró profundamente; imponiendo en su rostro el gesto exigido a una sacerdotisa, se inclinó con sumisión y se alejó. Las lágrimas que había contenido cuando oyó las campanas de la iglesia en el Lago estaban aprestándose a salir y durante un instante, cansada como estaba, deseó dejarlas correr. Ahora, por fin sola en la Casa de las Doncellas, en la quietud de su estancia podría llorar si quería; mas las lágrimas no afluyeron, únicamente la decepción, el dolor y una cólera que no tenía forma de expresar. Era como si su cuerpo y alma se hallasen por completo atenazados en un gran nudo de angustia.

PASARON diez días antes de que Viviane mandase a buscarla; la luna llena que brillaba cuando se produjo el triunfo del Astado había menguado en el firmamento hasta tornarse un agonizante reflejo. Pero cuando una de las jóvenes sacerdotisas le llevó el mensaje de que Viviane requería su presencia, Morgana mantenía latente la ira.

*Ha manejado los hilos de mi vida como yo lo haría con las cuerdas del arpa.* Las palabras resonaron de tal modo en su mente que, en un principio, al escuchar música de arpa en el interior de la morada de Viviane, la consideró un eco de tan amargos pensamientos. Luego creyó que era Viviane quien la tocaba. Pero en los años que llevaba en Avalon, había aprendido bastante sobre música y conocía el sonido del arpa de Viviane; la anciana era, como mucho, una pasable tañedora.

Prestó atención ahora, preguntándose a su pesar quién era el músico. ¿Taliesin? Sabía que antes de ser Merlín había sido el más grande de los bardos, de renombre en toda la extensión de Bretaña. Le había escuchado tocar a menudo en los grandes días de festejos y en los más solemnes de los rituales, pero ya sus manos habían envejecido. La habilidad no había disminuido, mas ni en sus mejores momentos extrajo sonidos tales; aquél era un nuevo arpista, uno a quien nunca había escuchado. Y comprendió, incluso antes de verla, que aquel arpa era mayor que ninguna de cuantas tocase Taliesin, y los extraños dedos del músico hablaban con las cuerdas como si las encantase.

Viviane le contó una vez un viejo relato de un país lejano acerca de un bardo cuyas cuerdas hacían que el anillo de piedras girase a su compás y que los árboles dejasen caer las hojas en señal de emoción; y cuando bajó al país de los muertos, los severos jueces se aplacaron permitiendo que su amada se reuniese con él. Morgana permaneció inmóvil ante la puerta como si toda ella se disolviera en la música. De pronto, sintió que el llanto retenido durante diez días podía retornar, disolviendo la rabia en lágrimas si ella lo consentía, lágrimas que se lo llevarían todo, dejándola tan débil como una muchachita. Abruptamente empujó la puerta y entró sin ceremonias.

Taliesin, el Merlín, se encontraba allí, pero no era él quien tocaba; tenía las manos cruzadas sobre las piernas y se inclinaba hacia adelante escuchando atentamente. También Viviane, con sencilla vestimenta de casa, se hallaba sentada, no en el sitio acostumbrado, sino más alejada del fuego; había cedido el asiento de honor al extraño arpista.

Este era un joven ataviado con la túnica verde de los bardos, afeitado a la usanza romana, con el pelo rizado y más oscuro que el óxido de hierro. Tenía los ojos hundidos bajo una frente que casi parecía venirle grande, y aunque Morgana por algún motivo esperaba que fuesen negros, en verdad eran de un sorprendente color azul. Frunció el ceño debido a la interrupción, las manos detenidas en mitad de un acorde.

Viviane pareció igualmente descontenta, mas ignoró la descortesía.

—Ven aquí, Morgana, siéntate a mi lado. Sé que eres aficionada a la música y pensé que querrías escuchar a Kevin el Bardo.

—Le oí desde el exterior.

Merlín sonrió.

—Ven a escucharle, pues. Es nuevo en Avalon, mas creo que quizá tenga mucho que enseñarnos.

Morgana fue a sentarse junto a Viviane en el pequeño banco. La Dama del Lago dijo:

—Mi pupila Morgana, señor; también pertenece al regio linaje de Avalon. Tenéis ante vos, Kevin, a quien será la Señora en años venideros.

Morgana hizo un gesto de perplejidad; nunca antes imaginó que fuese aquello lo que Viviane le tenía reservado. Pero la ira refrenó el impulso de agradecimiento. *Piensa que diciendo una palabra amable o lisonjera correré a lamerle los pies como un cachorrillo.*

—Puede que ese día esté lejano, Señora de Avalon, y puede que vuestra sabiduría continúe guiándonos mucho tiempo —le replicó Kevin afablemente.

Hablaba la lengua de ellos como si la conociera muy bien, aunque pudo apreciar que no era la suya propia por un ligero titubeo y reflexión anterior a las palabras, empero el acento era casi perfecto. Bueno, después de todo, tenía oído para la música. Contaría, conjeturó Morgana, unos treinta años, tal vez algo más. Pero no le miró demasiado fijamente tras la primera sorpresa que le produjo el azul de los ojos; tenía la vista puesta en la gran arpa que sostenía con la rodilla.

Como había supuesto, era incluso mayor que la que Taliesin tañía en los festejos. Estaba hecha de una brillante madera de color rojo oscuro; completamente distinta a la pálida madera de sauce con la que se construían las arpas de Avalon, y se preguntó si era aquello lo que le daba la sedosa tonalidad. El arqueado borde presentaba una línea tan grácil como la de una nube, las clavijas estaban talladas en un curioso y pálido hueso, y se encontraba pintada y adornada con caracteres rúnicos desconocidos para Morgana, quien había aprendido, como cualquier mujer educada, a leer y escribir con caracteres griegos. Kevin prosiguió el minucioso escrutinio y pareció algo menos molesto al decir:

—Estáis admirando a mi dama. —Recorrió con las manos en una caricia la oscura madera—. La denominé así cuando me la construyeron; era el presente de un rey. Es la única mujer, sea doncella o matrona, cuyas caricias nunca me cansan y cuya voz nunca me hastía.

Viviane sonrió al arpista.

—Pocos hombres pueden jactarse de semejante lealtad proveniente de una dama.

Sonrió él con gesto cínico.

—Oh, como todas las mujeres, ella responderá a cualquier mano que la acaricie, mas creo que sabe que soy yo quien mejor la hace vibrar al tacto, y siendo lujuriosa como todas las mujeres, creo que es a mí a quien más ama.

Viviane replicó:

—Habláis como si no tuvieseis en buena opinión a las mujeres de carne y hueso.

—Porque, en verdad, no la tengo, señora. Excepción hecha de la Diosa. —Hablaba con ligera sorna, pero sin escarnio—. Me alegro de no tener más que a esta Mi Dama, que nunca me reprocha si la abandono, siempre es la misma dulce amante.

—Quizá —repuso Morgana, levantando la mirada— la tratáis mucho mejor que a una mujer de verdad y os recompensa como es su deber.

Viviane frunció el ceño, y Morgana se dio cuenta de que se había excedido en comentario tan audaz. Kevin levantó los ojos del arpa para encontrarse con los de Morgana. Por un momento, mantuvo la mirada y ella se sorprendió de su amarga hostilidad y sintió que él entendería la ira que la embargaba, porque la había conocido y había luchado contra ella.

Iba a hablar, pero Taliesin le hizo un ademán y él volvió a inclinar la cabeza sobre el arpa. Morgana se dio cuenta entonces de que tocaba de modo distinto a la mayoría de los arpistas, quienes sujetaban los pequeños instrumentos cruzados sobre el cuerpo, tañéndolos con la mano izquierda. Este colocó el arpa entre las rodillas y se inclinó sobre ella. Aquello la sorprendió, pero cuando la música comenzó a inundar la habitación como luz de luna en ondas desde las cuerdas, olvidó la extrañeza, y vio que la expresión de Kevin cambiaba tornándose serena y distante, libre de la ironía de sus palabras. Decidió que le gustaba más cuando tocaba que al hablar.

No había ningún otro sonido en la estancia, únicamente el arpa llenándola por entero, como si los oyentes hubiesen dejado incluso de respirar. El sonido lo absorbía todo y Morgana dejó caer el velo sobre su rostro permitiendo que las lágrimas brotasen. Le parecía que en la música podía distinguir el influjo de la primavera, la dulce conciencia que colmó su cuerpo cuando yacía aquella noche a la luz de la luna, aguardando la llegada del amanecer. Viviane se le acercó y, como hacía cuando Morgana era sólo una niña, le cogió la mano acariciándole los dedos. Morgana no pudo detener el llanto. Se llevó la mano de Viviane a los labios y la besó. Pensó con una demoledora sensación de pérdida: *Es vieja, ha envejecido desde que estoy aquí...* Anteriormente, siempre le había parecido que Viviane carecía de edad, que era inmutable como la misma Diosa. *Ah, pero también yo he cambiado y he dejado de ser una chiquilla... en una ocasión me dijo, a mi llegada, que un día iba a odiarla tanto como la amaba, y entonces no pude creerla...* Luchó contra los sollozos, temerosa de emitir algún sonido que la delatase y, sobre todo, interrumpiera el fluir de la música. Reflexionó. *No puedo odiar a Viviane.* La rabia se fundió en una pena tan grande, que por un instante creyó deshacerse en lágrimas. Por ella misma, por los cambios que había sufrido, por Viviane, que había sido tan hermosa, el rostro de la Diosa misma y que ahora se encontraba tan cercana a la corva Muerte; y por saber que ella, como Viviane, con el implacable paso de los años se vería encorvada; por el día en que escaló Tor con Lancelot y yacieron al sol, ansiando que la tocase sin saber con claridad qué deseaba; y por algo que había perdido irrevocablemente. No sólo la virginidad, sino una confianza y una fe que ya jamás volvería a tener. Y Morgana comprendió que Viviane a su lado lloraba también quedamente, oculta por el velo.

Levantó la mirada. Kevin se hallaba inmóvil, únicamente los dedos alentaban sobre las cuerdas; luego la susurrante locura de la música vibró hasta el silencio. El arpista levantó la cabeza y sus dedos recorrieron el cordaje, pulsándolo en una alegre melodía, una canción para los que siembran el centeno en los campos, con ritmo de baile y letras muy ajenas a lo decoroso. En esta ocasión cantó. Su voz era fuerte y clara, y Morgana, con el pretexto de la festiva música, se retrepó comenzando a observarle las manos, apartando el velo e ingeniándose para enjugar las lágrimas delatoras al hacerlo.

Luego observó que, a pesar de tamaña habilidad, había algo extrañamente defectuoso en aquellas manos. Parecían algo deformadas, y al estudiarlas vio que uno o dos dedos carecían de la segunda falange, de forma que tañía diestramente con las puntas, y que no tenía dedo meñique en la mano izquierda. A lo largo de las manos, hermosas y ágiles como parecían al estar en movimiento, se destacaban extrañas y pálidas manchas. Cuando sostuvo el arpa en el suelo inclinándose para afirmarla, la manga se le subió dejando al descubierto una muñeca en la cual pudo ver horrendas manchas blancas, como cicatrices de quemaduras o macilentas marcas de heridas. Ahora que le miraba con mayor atención a la cara, pudo ver que estaba cubierta por una fina trama de cicatrices que se extendían a lo largo de la barbilla y la línea de la mandíbula. El sintió que lo estaba mirando, y levantó la cabeza encontrando sus ojos de nuevo y sosteniéndolos con dura y enojada fijeza. Morgana apartó la vista, sonrojándose; considerando que la música había sosegado su alma, no deseaba herir sus sentimientos.

—Bien —dijo Kevin abruptamente—, a mi dama y a mí nos complace siempre cantar para quienes aman su voz, pero supongo que no fue para que os entretuviera por lo que me llamasteis aquí, señora; ni vos, Lord Merlín.

—No del todo —repuso Viviane con su rica y grave voz—, pero nos habéis deleitado de tal manera que lo recordaré durante muchos años.

—Y yo —añadió Morgana. La audacia que había mostrado ante él se había convertido en timidez. No obstante, se adelantó para mirar de cerca la gran arpa y dijo—: Nunca antes vi ninguna hecha de esta forma.

—Eso puedo creerlo —repuso Kevin—, porque hice que siguieran mi propio diseño. El arpista que me enseñó el oficio se llevó las manos a la cabeza horrorizado como si yo hubiera blasfemado ante sus Dioses, y juró que produciría tan sólo un impío clamor, sólo válido para espantar al enemigo. Como las grandes arpas de guerra, de dos veces la altura de un hombre, las cuales eran llevadas en carretas hasta lo alto de las colinas de Gaul y allí quedaban emplazadas para que el viento provocase tan espectrales sonidos que afirman que hasta llegaron a acobardar a las legiones romanas. Bueno, toqué una de esas arpas de guerra y un rey agradecido me permitió construir una de la exacta forma que yo eligiese...

Taliesin le interrumpió.

—Dice la verdad —le indicó a Viviane—, aunque no

lo creí al oírlo por primera vez, ¿qué hombre mortal podría tañer uno de aquellos monstruos?

—Yo lo hice —repuso Kevin—, y de ese modo el rey permitió que me construyeran esta dama. Poseo una más pequeña de igual diseño, mas no es tan hermosa.

—Ciertamente es hermosa —dijo Morgana—. ¿De qué están hechas las clavijas? ¿De hueso de foca?

Movió la cabeza.

—Me dijeron que están talladas de los colmillos de una gran bestia que habita en las lejanas tierras cálidas del sur —dijo—. Sólo sé que es un material delicado y suave, aunque fuerte y duradero. Es más costoso que el oro, pero menos aparente.

—La sostenéis de modo distinto a como lo he visto hacer antes...

—Sí —contestó Kevin con su torcida sonrisa—, tengo poca fuerza en los brazos y hube de experimentar hasta descubrir la forma de sostenerla mejor. He visto que observabais mis manos. Cuando tenía seis años, los sajones incendiaron la casa donde vivía y me sacaron demasiado tarde. Nadie creyó que sobreviviría, pero los sorprendí a todos; y dado que no podía caminar o luchar, me relegaron diciendo que con estas manos —las extendió ante sí con bastante indiferencia— tal vez pudiese hilar y tejer entre las mujeres. Mas mostré poca disposición para aquello y, un día, un viejo arpista que pasaba, a cambio de un cuenco de sopa, se puso a divertir a un lisiado. Cuando me enseñó las cuerdas, intenté tocarlas. Extraje música, en cierto modo, y así él se ganó el pan de aquel invierno y el siguiente enseñándome a tocar y cantar, afirmando que me había dado el medio de subsistir con la música. Por tanto, durante diez años no hice más que sentarme en un rincón a tocar, hasta que las piernas finalmente tuvieron fuerza suficiente para permitirme aprender a caminar de nuevo. —Se encogió de hombros y sacó un paño de detrás para envolver el arpa y guardarla en un estuche de cuero bordado con signos—. Me hice entonces arpista de una aldea y con el tiempo de un rey. Cuando el viejo rey murió, sabiendo yo que su hijo no tenía oído para la música, pensé que era mejor abandonar aquel reino antes de que empezara a mirar codiciosamente el oro de mi arpa. Después llegué a la isla de las druidas y allí estudié el oficio de bardo, para por último ser enviado a la Isla de Avalon, donde me encuentro —añadió, con un encogimiento de hombros final—, mas aún no me habéis dicho por qué me necesitáis vos, Lord Merlín, o estas damas.

—Porque soy viejo —dijo Merlín— y los sucesos que hemos desencadenado esta noche acaso no se cumplan en plenitud hasta la próxima generación. Y para cuando ese momento llegue, yo me habré ido.

Viviane se inclinó hacia adelante y le preguntó:
—¿Habéis recibido alguna advertencia, padre?
—No, no, querida mía. No desperdiciaría la Visión en tal asunto; no consultamos a los Dioses para que nos revelen si el invierno que viene traerá nevadas.

»Por la misma razón que te hizo traer a Morgana, yo convoqué a Kevin el Bardo, para que haya alguien más joven que yo que continúe lo que acaso ocurra cuando me haya marchado. Escucha, pues, mis nuevas: Uther Pendragón agoniza en su castillo, y donde cae el león los buitres se agolpan. Y nos ha llegado noticia de que hay un gran ejército concentrándose en los condados de Kent, donde los aliados han decidido que es ahora el momento de levantarse arrebatándonos el resto de Bretaña. Han solicitado mercenarios de tierra adentro, al norte de Gaul, para que se les unan y así derribar a nuestro pueblo deshaciendo cuanto Uther crease. Y éste es el momento de luchar tras el estandarte que tantos años nos ha costado alzar. No hay mucho tiempo, deben tener un rey y ha de ser ahora. No hay otra luna que perder o caerán sobre nosotros. Lot aspira al trono, pero los hombres del sur no le seguirán. Hay otros, el Duque Marcus de Cornwall, Uries al norte de Gales, pero ninguno podrá obtener apoyo fuera de sus tierras y bien podemos ser como el asno que se muere de hambre entre dos balas de forraje sin decidir cuál comerse primero... Debemos apoyar al hijo de Pendragón, pese a ser joven.

Repuso Kevin:

—Nunca oí que Pendragón tuviese un hijo. ¿O ha reconocido al que su esposa le diese a Cornwall poco antes de que estuvieran desposados? Uther debe haber anhelado profundamente el matrimonio, si ni tan siquiera pudo esperar a que ella tuviese al hijo antes de llevársela al lecho...

Viviane levantó la mano.

—El joven príncipe es hijo de Uther —dijo ésta— y nadie ha de ponerlo en duda, ni lo pondrán cuando le vean.

—¿Es cierto eso? Entonces Uther hizo bien ocultándolo —afirmó Kevin—, porque siendo hijo de la esposa de otro hombre...

Viviane le acalló con un ademán.

—Igraine es mi hermana y pertenece al linaje regio de Avalon. Este hijo de Uther e Igraine es aquel cuya venida fue predicha, el rey que fue y será. Ya ha tomado la cornamenta y ha sido coronado por las Tribus.

—¿Qué rey de Bretaña creéis que aceptará a un muchacho de diecisiete años como Rey Supremo? —inquirió Kevin escéptico—. Podría ser tan bravo como el fabuloso Cuchulain y todavía querrían a un guerrero de mayores habilidades.

—En cuanto a eso, fue adiestrado para la guerra y los cometidos del hijo de un rey —dijo Taliesin—, aunque desconoce que su sangre es real. Mas creo que la última luna llena le procuró una intuición sobre su destino. Uther fue honrado por encima de cualquier rey anterior a su tiempo; este muchacho, Arturo, será colocado aún más alto. Le he visto en el trono. La interrogante no es si le aceptarán, sino qué podemos hacer para establecerle con la majestad propia de Rey Supremo, para que todos los reyes en discordia unan sus fuerzas contra el sajón en vez de luchar entre sí.

—He encontrado el modo de hacerlo —intervino Viviane— y se llevará a cabo con la luna nueva. Tengo una espada para él, una espada legendaria, jamás blandida por un héroe vivo. —Se interrumpió un momento, luego prosiguió lentamente—. Y por tal espada le exigiré una prenda. Le haré jurar lealtad hacia Avalon, no importa lo que piensen los cristianos. Luego, tal vez, la marea cambie y Avalon retorne de las nieblas para ser los monjes quienes se adentren en las sombras y las brumas, mientras Avalon vuelve a brillar a la luz del mundo exterior.

—Un plan ambicioso —repuso Kevin—, pero si el Rey Supremo de Bretaña jurase lealtad a Avalon...

—Fue planeado antes aun de que naciese.

—El chico ha sido educado por un cristiano. ¿Hará tal juramento? —dijo Taliesin lentamente.

—¿Qué peso tendrían todos esos discursos sobre los Dioses para un muchacho, comparados con una espada legendaria para conducir a su pueblo y que promete grandes hazañas? —contestó Viviane, encogiéndose de hombros—. Sea como sea, hemos ido demasiado lejos para detenernos ahora; todos estamos comprometidos. Dentro de tres días volverá a aparecer la luna nueva y bajo tales auspicios recibirá la espada.

Poco más había que decir. Morgana, sentada en silencio, escuchaba a la vez excitada y arredrada. Pensó que llevaba demasiado tiempo en Avalon, demasiado tiempo ocultándose entre las sacerdotisas de Avalon sin ocuparse más que de las cosas sagradas y la secreta sabiduría. Habíase olvidado del mundo exterior. De alguna manera, nunca se había hecho a la idea de que Uther Pendragón, esposo de su madre, fuera Rey Supremo de toda la Bretaña, como su hermano lo sería en algún momento. *Pese a que,* consideró con una nota de aquel nuevo cinismo, *pende la sombra de una duda sobre su nacimiento.* Tal vez los reyes rivales saludasen a un candidato sin lealtades hacia ningún partido o facción, un hijo del Pendragón, apuesto y ecuánime, que sirviese como un símbolo en torno al cual todos se agruparan. Un candidato a Rey Supremo que ya había sido aceptado por las Tribus, por el pueblo picto y por Avalon... Pero entonces Morgana se sintió deprimida, recordando la parte que ella había desempeñado en aquello. Y ese recuerdo le devolvió la ira, de modo que, cuando Taliesin y Kevin se levantaron para marcharse, se le hizo presente el motivo que la llevó diez días antes a intentar enfrentarse a Viviane.

El arpa de Kevin encerrada en su ornamentado estuche de cuero era difícil de transportar, al ser de un tamaño muy superior al de las demás. Cuando Kevin cargó con tal peso, dio la impresión de que era demasiado para él, que tenía una rodilla rígida y un pie que le arrastraba. *Es feo*, pensó Morgana, *un hombre feo y grotesco; pero cuando tañe, ¿quién podría pensar en eso? Hay algo en este hombre que ninguno de nosotros conoce.* Y luego recordó lo que Taliesin había dicho, y supo que estaba viendo al próximo Merlín de Bretaña; de la misma manera en que Viviane la había designado a ella para ser la próxima Señora del Lago. Tal declaración no la había emocionado; pero si Viviane la hubiese hecho antes de la jornada que cambió su vida, se habría sentido orgullosa y excitada. Ahora quedaba ensombrecida por lo que le había ocurrido.

*Con mi hermano, mi hermano. No importa que fuésemos sacerdote y sacerdotisa, Dios y Diosa uniéndonos bajo el poder del ritual. Porque por la mañana cuando despertamos y éramos hombre y mujer... eso era real, eso era pecado.*

Viviane se encontraba ante la puerta, viéndoles salir.

—Para ser un hombre con semejantes lesiones, se mueve bien. Es una suerte para el mundo que haya sobrevivido a ellas sin convertirse en un pordiosero de los que vagan por las calles, o en un tejedor de esteras de juncos en el mercado. Una habilidad como ésa no debe permanecer oculta en la oscuridad, ni siquiera en la corte de un rey. Voz y manos tales pertenecen a los Dioses.

—Ciertamente es portentoso —convino Morgana—, pero me pregunto si es sabio. El Merlín de Bretaña no sólo debe ser instruido y portentoso sino también sabio. Y virtuoso.

—Yo le dejaría ese asunto a Taliesin —repuso Viviane—. Que sea lo que deba ser. No me incumbe procurarlo.

Y de repente la cólera rebosó en Morgana.

—¿Reconocéis realmente algo en la faz de la tierra que no consideréis de vuestra incumbencia, señora? Pensé que creíais que vuestra voluntad era la de la Diosa y todos nosotros marionetas para serviros.

—No debes hablarme de esa manera, pequeña —le advirtió Viviane, mirándola asombrada—. Difícilmente puedes querer ser tan insolente conmigo.

Si Viviane hubiese respondido a sus palabras con arrogancia, habría hecho explotar la cólera de Morgana; su gentileza la contrarió. Dijo:

—Viviane, ¿*por qué?* —notando, avergonzada, que las lágrimas volvían a afluir y la sofocaban.

Ahora la voz de Viviane era fría.

—¿Acaso te he dejado demasiado tiempo entre los cristianos y sus sermones sobre el pecado, después de todo? —le dijo—. Piensa, pequeña. Perteneces al linaje real de Avalon, como él. ¿Podía haberte entregado a un plebeyo? ¿O debía ofrecerte al Rey Supremo?

—Y os creí cuando dijisteis... creí que era el designio de la Diosa...

—Y así fue —repuso Viviane amablemente, pero sin avenirse—, pero aun así no podía entregarte a nadie indigno de ti, Morgana mía. —Su voz era tierna—. El era tan joven cuando partiste que creí que nunca te reconocería. Lamento que tú le hayas reconocido, mas, en cualquier caso, tendrías que saberlo más tarde o más temprano. Y él no necesita saberlo durante algún tiempo.

Morgana contestó, el cuerpo envarado por la rabia:

—El ya lo sabe. Lo sabe. Y creo que estaba aún más horrorizado que yo.

Viviane suspiró.

—Bueno, no hay nada que pueda hacerse pues —dijo—. Lo hecho, hecho está. Y en este momento la esperanza de Bretaña es de mayor importancia que tus sentimientos.

Morgana se marchó sin esperar a oír más.

## XVII

La luna se veía menguante en el cielo; por este tiempo, así les decían a las jóvenes sacerdotisas en la Casa de las Doncellas, la Diosa oculta su rostro a la humanidad, tomando consejo de los cielos mismos y de los Dioses que se hallan tras los Dioses que conocemos. También Viviane guardaba reclusión con la luna menguante, y su intimidad era atendida por dos jóvenes sacerdotisas.

Pasó la mayor parte del día en la cama, yaciendo con los ojos cerrados y preguntándose si era, después de todo, como Morgana pensaba que era; ebria de poder, creyendo que todas las cosas estaban bajo su mando para jugar con ellas como quisiera.

*Cuanto he hecho*, pensó, *lo hice para salvar esta tierra y a su gente de la rapiña y la destrucción, del regreso a la barbarie, de un saqueo mayor del que Roma sufrió con los godos.*

Ansiaba llamar a Morgana, anhelando su antigua unión. Si de veras la muchacha había llegado a odiarla, sería el mayor precio que hubiera pagado por cualquier cosa que hubiera hecho. Morgana era el único ser humano al que había amado plenamente. *Es la hija que le debía a la Diosa. Pero, lo hecho, hecho está y no puedo volverme atrás. La línea real de Avalon no debe contaminarse con sangre vulgar.* Pensó en Morgana con la remota esperanza de que algún día la joven llegaría a entenderlo; mas, fuera o no así, Viviane sabía que había hecho lo que debía.

Durmió poco aquella noche, sumida en sueños caóticos y visiones, pensando en los hijos que había apartado de ella, en el mundo exterior en el que Arturo había cabalgado junto a Merlín, ¿habría llegado a tiempo hasta su agonizante padre? Durante seis semanas Uther Pendragón estuvo postrado en Caerleon, desfalleciendo, recuperándose luego; empero, no parecía probable que fuese a vivir mucho tiempo más.

Cercano el amanecer, se levantó y se vistió, tan en silencio que ninguna de las sacerdotisas que la cuidaban se apercibió. ¿Dormía Morgana en la Casa de las Doncellas o yacía también despierta y acongojada, o sollozando? Morgana nunca había llorado ante ella hasta el día en el que el arpa de Kevin conmovió sus corazones e, incluso entonces, ocultó sus lágrimas.

*¡Lo hecho, hecho está! Ya no puedo evitarlo. Pero con todo mi corazón desearía que hubiese habido otro modo...*

Salió en silencio al jardín que había tras sus aposentos. Los pájaros estaban despertando; flores de manzanos, suaves y aromáticas, pendían de los árboles que dieron nombre a Avalon.

*Darán sus frutos en días venideros, como lo que yo estoy haciendo dará su fruto en la estación propicia. Pero yo nunca más volveré a florecer ni a dar frutos.* El peso de los años fatigaba su mente. *Me hago vieja; incluso ahora, a veces, la Visión me falla, la Visión que me fue dada para guiar a esta tierra.*

Su madre no vivió hasta tan avanzada edad. Llegaría un momento —de hecho, ya se avecinaba— en el que debiera dejar su carga y su sagrado oficio, entregando el gobierno real de Avalon a la próxima Señora para permanecer tras ésta en las sombras como la hechicera o como la vieja y corva Muerte misma.

*Morgana no está preparada todavía. Vive aún según el tiempo mundano, se estremece y solloza por lo que no puede evitarse.* Enumeró mentalmente a todas las sacerdotisas, jóvenes y ancianas, de Avalon. A ninguna podía confiarle el gobierno de aquella tierra. Morgana algún día alcanzaría la talla adecuada; mas aún no. Cuervo... Cuervo podría haber tenido esa fuerza. Pero Cuervo dio su voz a los Dioses; Cuervo era para la divina locura de los mundos del más allá, no para el sobrio consejo y el juicio de éste. ¿Qué sería de Bretaña si moría antes de que Morgana alcanzase la plenitud de sus facultades?

El cielo todavía estaba en tinieblas, aunque al este la niebla iba iluminándose con el alba. Mientras contemplaba la luz, ésta se intensificó; las rojas nubes se formaron lentamente, adquiriendo el aspecto de un dragón rojo, enroscándose por todo el horizonte. Entonces una gran estrella fugaz llameó en el cielo, empañando al rojo dragón; su esplendor cegó a Viviane por un instante, y cuando pudo ver de nuevo, el dragón había desaparecido y las nubes eran blancas ante el sol naciente.

Viviane sintió estremecimientos en la espina dorsal. Un portento semejante no podía ser visto dos veces en la vida, debía haber cubierto a toda Bretaña. *Así se va Uther*, pensó. *Adiós al dragón que extendió sus alas sobre nuestra costa. Ahora los sajones caerán sobre nosotros.*

Suspiró y luego, sin previa advertencia, el aire formó ondas y hubo un hombre ante ella en el jardín. Tembló, no con el temor que una mujer hogareña pudiera sentir por un intruso —Viviane no temía a ningún hombre viviente—, sino porque hacía mucho que no se encontraba con un verdadero Enviado de este tipo. Una visión que la visitaba, sin ser convocada, debía de ser poderosa.

*Poderosa como la estrella fugaz, un portento que nunca había visto en toda mi vida...*

Durante un momento no reconoció al hombre que tenía ante ella; la devastadora enfermedad había encanecido el pelo rubio, encogido los anchos hombros y vencido la espalda; la piel se veía amarillenta y los ojos hundidos por el dolor. Incluso así, Uther Pendragón parecía, como siempre, más grande que la mayoría de los hombres;

y aunque sólo había tenues ruidos en el jardín, oía el trino de los pájaros a través de su voz, y veía los árboles florecidos a través de su cuerpo. A pesar de ello, parecía que le hablaba como siempre le había hablado, con aspereza, sin amabilidad.

*Así pues, Viviane, nos encontramos por última vez. Hay un vínculo entre nosotros, aunque yo no lo haya deseado; no hemos sido amigos, cuñada. Pero confío en tu Visión, porque tus palabras siempre fueron ciertas. Y tú eres la única que puede lograr que el próximo Rey Supremo de Bretaña pueda tomar lo que es legítimamente suyo.*

Ahora vio que cruzaba su pecho la marca de una gran herida. ¿Cómo había podido morir Uther Pendragón, yaciendo enfermo en Caerleon, de una herida y no de su larga enfermedad?

*He muerto como un guerrero debe morir; las tropas aliadas volvieron a romper su palabra y mis ejércitos no pudieron hacerles frente hasta que me dejé ver en el campo de batalla. Luego se reunieron, pero Aesc, el jefe de los sajones —no le concederé el nombre de rey a ese salvaje—, avanzó matando a tres de mis guardias; yo lo abatí antes de que su cuerpo de guardia acabase conmigo. Ganamos la batalla. La próxima será para mi hijo. Si llega hasta el trono.*

Viviane se oyó a sí misma decir en el silencio:

—Arturo es rey por la vieja línea real de Avalon. No necesita la sangre del Pendragón para ocupar su legítimo lugar como Rey Supremo.

Esto, que habría hecho que Uther en vida estallase de cólera, sólo provocó una irónica sonrisa y por última vez pareció escuchar su voz.

*Sin duda se necesitaría algo más que tu magia, cuñada, para hacer que los reyes menores de Bretaña así lo vieran. Puedes desdeñar la sangre del Pendragón, pero es eso lo que Merlín ha de reivindicar para llevar a Arturo a mi trono.*

Y entonces, ante sus ojos, la silueta de Uther Pendragón se desvaneció y ante ella se irguió otro hombre a quien Viviane sólo había visto en sueños. Y en un momento de debilidad, Viviane supo por qué ningún hombre había sido para ella más que el deber, una vía hacia el poder o una noche de placer; por un instante se halló en una tierra inundada antes de que el anillo de piedras fuera levantado en Tor, y en torno a sus brazos tenía doradas serpientes enroscadas... la lívida media luna le ardía entre las cejas y lo *conoció*, con un conocimiento que iba más allá del tiempo y el espacio... Gritó, un gran lamento de duelo por lo que no había conocido en su vida, y la agonía de una privación insospechada hasta el momento. Luego el jardín quedó vacío y los pájaros trinaron alocadamente en el húmedo silencio de la niebla que ocultaba el sol naciente.

*Y lejos en Caerleon, Igraine, sabiéndose viuda, llora por su amor... es ella quien se duele por él ahora...* Viviane se apoyó en la corteza del gran árbol mojada por el rocío, recostándose, embargada por un inesperado pesar. El nunca la había conocido. Ella le disgustaba, sin llegar a confiárselo hasta el momento de su muerte, cuando cae el disfraz de toda una vida. *Diosa, sé misericordiosa... ha pasado una vida y no he llegado a conocerlo... pasado, pasado de nuevo, ¿lo conoceré cuando volvamos a encontrarnos o continuaremos ciegos, pasando uno junto al otro como extraños?* Pero no hubo respuesta, sólo silencio, y Viviane ni siquiera pudo sollozar.

*Igraine llorará por él... Yo no puedo...*

Se repuso con celeridad. No era momento de afligirse por un amor que era como un sueño dentro de un sueño; el tiempo volvió a pasar por ella y volvió a pensar en la visión con ligera angustia. No pudo ahora encontrar en sí pena alguna por el hombre muerto, tan sólo desesperación; debía haber adivinado que se las arreglaría para morir en el momento más inconveniente posible, antes de proclamar a su hijo frente a los reyezuelos que se disputaban la corona de Rey Supremo. ¿Por qué no había permanecido en Caerleon, por qué se había dejado llevar por el orgullo mostrándose una vez más en la batalla? ¿Había siquiera llegado a ver a su hijo? ¿Llegó a tiempo Merlín?

Ya no podía hacer volver al Enviado; no había medio de convocarlo de nuevo para hacerle preguntas mundanas. Uther había llegado hasta ella en el momento de su muerte; Igraine bien podía no saberlo nunca. Mas se había ido.

Viviane miró hacia arriba. No había ningún signo de media luna en el cielo; quizá aún pudiera ver algo en su espejo. ¿Llamaría a Cuervo? No, no quedaba tiempo para eso, y Cuervo quizá no consintiera romper su silencio por una visión de asuntos del mundo exterior. ¿A Morgana? Temía encontrarse con los ojos de Morgana.

*¿Vivirá toda su vida como yo lo he hecho, con un corazón muerto en su cuerpo?*

Suspiró profundamente y se volvió para abandonar el jardín. Hacía aún mucho frío y humedad; el sol seguía oculto por la niebla. Nadie pudo verla caminar rápidamente por el sendero secreto hasta el Sagrado Manantial donde se inclinó para beber, apartándose el cabello, formando un cuenco con las manos. Más tarde fue al estanque del espejo. Durante tanto tiempo había servido allí al relicario que había llegado a dar por supuesto su poder de Visión; mas ahora, cosa que no le era habitual, rezó.

*Diosa, no me quites el poder, todavía no, no por un tiempo. Madre, sabes que no lo pido para mí, sino para que esta tierra esté a salvo hasta que pueda ponerla en las manos que he preparado para salvaguardarla.*

Durante un momento sólo vio ondas en el agua del estanque y apretó los puños como si pudiera forzar la Visión. Luego, lentamente, las imágenes empezaron a formarse. Contempló a Merlín recorriendo la tierra por sus ocultos caminos, no como un druida o bardo, como es digno del Mensajero de los Dioses; ahora debía ser como un mendigo o un buhonero, o como un simple juglar. El rostro empezó a moverse y a cambiar, y vio a Kevin el Bardo, a veces con el blanco atavío del Mensajero de Avalon, a veces con ropajes de noble enfrentándose a los sacerdotes cristianos... y había una sombra tras su cabeza, estaba rodeado de sombras, la sombra de la arboleda de cedros; lo observó con la sagrada copa de la regalía druida... vio al joven Arturo, la frente aún manchada por la sangre del ciervo al que había matado y a Morgana riendo, con una corona de flores, la cara manchada de sangre... No quería verlo y pugnó ferozmente por apartar los ojos, mas sin atreverse a romper el flujo de las visiones. Contempló una villa romana y a Arturo entre dos muchachos, uno de los cuales era Lancelot, su hijo menor; supuso que el mayor era el hermano adoptivo de Arturo, Caius, hijo de Ectorius... contempló a Morgause rodeada por sus hijos; uno por uno se fueron arrodillando a los pies de Arturo. Más tarde vio la barca de Avalon, con negros paños cual un palio y a Morgana en la proa, sólo que Morgana era más vieja... era más vieja y sollozaba.

Con impaciencia, Viviane pasó la mano por la superficie del agua. No tenía tiempo que perder allí, buscando una orientación en visiones que no parecían tener significado por el momento. Bajó deprisa la colina hasta su morada y llamó a las sacerdotisas que la atendían.

—Vestidme —dijo cortésmente— y enviad a buscar a Merlín; debe estar cabalgando hacia Caerleon y traed hasta mí al joven Arturo antes de que la luna haya pasado un día más en el cielo. No hay tiempo que perder.

## XVIII

Mas Arturo no llegó con la luna nueva a Avalon.
Morgana, en la Casa de las Doncellas, vio nacer la luna nueva, pero no rompió el ayuno de la luna oscura. Se sentía débil y sabía que de hacerlo conseguiría enfermar. Bueno, quizá se sentía mal por la espera. A veces se encontraba así cuando los ciclos mensuales iban a empezar; después mejoraría. Y más tarde, aquel mismo día, se sintió mejor al tomar un poco de leche y pan. Por la tarde, Viviane envió a buscarla.

—Uther yace muerto en Caerleon —le dijo—. Si lo deseas puedes ir con tu madre.

Morgana lo consideró brevemente, y después negó con la cabeza.

—Yo no amaba a Uther —repuso— e Igraine lo sabe bien. Quiera la Diosa que alguno de sus sacerdotes consejeros la consuele mejor de lo que yo podría.

Viviane suspiró. Tenía aspecto cansado y envejecido, y Morgana se preguntó si ella se sentiría también enferma por la tensión posterior al oscurecimiento de la luna. Viviane dijo:

—Lamento tener que decirlo, pero creo que tienes razón. Te habría enviado a ella, de ser necesario. Quedaría tiempo de que retornases a Avalon, antes... —se interrumpió y luego dijo—: Sabes que Uther, en vida, mantuvo acorralados a los sajones, aunque batallando constantemente; sólo hemos disfrutado de unas cuantas lunas de paz. Ahora, me temo que será peor; pueden llegar incluso a las puertas de Avalon. Morgana, eres ya una sacerdotisa plena, has visto las sagradas armas...

Morgana afirmó con un signo y Viviane asintió diciendo:

»Puede llegar un día en que la espada haya de ser blandida en defensa de Avalon y de toda Bretaña.

Morgana pensó. *¿Por qué me dice esto? Soy una sacerdotisa, no una guerrera; no puedo tomar la espada en defensa de Avalon.*

—¿Recuerdas la espada?

*Descalza, aterida, trazó el círculo con el peso de la espada en la mano, oyendo a Cuervo, la silente, gritar de terror...*

—La recuerdo.

—Entonces tengo una tarea para ti —dijo Viviane—. Cuando esa espada sea llevada a la batalla, debe ir circundada con toda la magia que poseemos. Has de hacer una vaina para la espada, Morgana, introduciendo en ella todos los hechizos que conocemos, para que aquel que la porte en la batalla no pierda sangre alguna. ¿Podrás lograrlo?

Había olvidado, pensó Morgana, que podía haber una tarea tanto para una sacerdotisa como para una guerrera. Y con su habilidad para completar un pensamiento, Viviane repuso:

—Así, tú también tendrás parte en la contienda para defender a nuestro país.

—Así sea —dijo Morgana, preguntándose por qué Viviane, la gran sacerdotisa de Avalon, no asumía por sí misma aquella tarea. La otra mujer no respondió a aquel pensamiento, pero dijo:

—Para esto has de trabajar en presencia de la espada; vamos, Cuervo te ayudará, en el silencio de la magia.

Aunque procuró recordar que era tan sólo un recipiente del poder y no el poder mismo, ya que éste provenía de la Diosa, Morgana era lo bastante joven como para sentirse exaltada al ser conducida en silencio al lugar secreto en el que había de hacerse una obra como aquélla, rodeada por las sacerdotisas que debían anticiparse a cualquiera de sus necesidades para que no rompiera el silencio que aportaría el poder necesario para formular los hechizos. La espada yacía ante ella sobre un paño de lino; junto a ésta la copa de bajos bordes, forjada en plata y ribeteada con cuentas de oro. Estaba llena de agua del Manantial Sagrado; no para beber —la comida y el agua le estaban prohibidas—, sino para que pudiera mirarla y ver las cosas requeridas por la obra que debía hacer.

El primer día cortó, usando la espada, un forro de piel de cierva. Era la primera vez que disponía de útiles adecuados para trabajar y disfrutó cosiendo el forro con una aguja especial de hierro; se enorgulleció, aun a sabiendas de que era pueril, de no proferir ninguna queja al pincharse una o dos veces. No pudo contener un sofocado suspiro de puro placer cuando le mostraron la inapreciable pieza de terciopelo carmesí, teñida con colores que, según le dijeron una vez, costaban más por onza que comprar una villa y contratar a hombres para que cultivasen la tierra durante un año. Esta cubriría la piel de cierva y aquí debía obrar, con las hebras de oro y seda que le dieran, los mágicos hechizos y sus símbolos.

Pasó el primer día dando forma a las vainas de piel de cierva y terciopelo, y antes de dormir, en profunda meditación sobre lo que debía hacer, casi en trance, se hizo un ligero corte en el brazo y roció la piel de cierva con la sangre.

*¡Diosa! ¡Gran Cuervo! La sangre ha sido vertida sobre la vaina, para que no sea necesario que caiga ni una gota en ella cuando sea portada en la batalla.*

Durmió convulsa, soñando que se hallaba en una alta colina que dominaba toda la Bretaña y cosía hechizos, uniéndolos como luz visible al tejido de la tierra misma. Más abajo, el Rey Ciervo corría y un hombre trepaba la colina hacia ella, tomando la espada de su mano...

Despertó sobresaltada, pensando: *¡Arturo! Es Arturo quien blandirá la espada, él es el hijo del Pendragón...* Y mientras yacía en la oscuridad, reflexionó en que ése era el motivo por el que Viviane se lo había encomendado a ella, hacer la mágica vaina para la espada que portaría como símbolo de todo su pueblo. Fue él quien vertió la sangre de su virginidad y era ella, también de la línea real de Avalon, quien debía forjar los hechizos protectores, salvaguardando la sangre real.

Trabajó durante todo aquel día en silencio, mirando la copa, dejando que las imágenes surgieran, deteniéndose de vez en cuando para aguardar la inspiración del flujo meditativo; obró sobre los cuernos de la luna, para que la Diosa pudiera siempre observar la espada y guardar la sangre real y sagrada de Avalon. Estaba tan envuelta por el mágico silencio que cada objeto en el que posaba los ojos, cada movimiento de sus consagradas manos, se tornaba en poder para el hechizo; parecía a veces como si una luz visible siguiera sus dedos cuando ella marcaba el cuarto creciente, la luna llena y el cuarto menguante, porque todas las cosas han de hacerse según su orden. Luego, sabiendo que un Rey Supremo de Bretaña debe gobernar una tierra cristiana y porque cuando los primeros seguidores de Cristo que llegaron a Bretaña se reunieron con los druidas, obró hermanando los símbolos cristianos y druidas, la cruz en los tres círculos alados. Trabajó en el terciopelo carmesí los signos de los elementos mágicos, tierra, aire, agua y fuego, y luego sostuvo la copa ante sí; en ella, las visiones se movían y enroscaban, entrando y saliendo de la oscuridad: la vara y la vasija de tierra, la serpiente de la curación, las alas de la sabiduría y la llameante espada del poder... en ocasiones parecía que la aguja y la hebra atravesaran su propia carne o la carne de la tierra, horadando cielo y tierra, sangre y cuerpo... signo sobre signo y símbolo sobre símbolo, la tierra marcada por su sangre y el agua del Manantial Sagrado. Trabajó durante tres días, durmiendo poco, comiendo un poco de fruta seca, bebiendo sólo el agua del Manantial. Había veces en las que, a gran distancia de su propia mente, le parecía ver sus dedos trabajando sin voluntad consciente; los hechizos se tejían por sí mismos, sangre y huesos de la tierra, sangre de su doncellez, fortaleza del Rey Ciervo que murió derramando su sangre para que el vencedor no hubiera de fenecer...

Terminó al ponerse el sol del tercer día. Cada pulgada de la vaina estaba cubierta de símbolos entrelazados, algunos de los cuales ni siquiera reconocía; seguramente procedían directamente de las manos de la Diosa actuando por medio de las suyas. La levantó, introdujo la espada, la sopesó en las manos y dijo en voz alta, rompiendo el silencio ritual:

—Está hecho.

Ahora que la larga tensión finalizaba, se dio cuenta de que se encontraba exhausta, débil y enferma. El ritual y el prolongado uso de la Visión podían producirlo; también, sin duda, había interrumpido su ciclo, que usualmente llegaba con la luna oscura. Decían que aquello traía suerte, ya que las sacerdotisas se mantenían apartadas para resguardar su poder durante ese tiempo y, en su caso, el rito de la reclusión coincidía con la luna oscura, cuando la misma Diosa se recluye para salvaguardar la fuente del poder.

Viviane llegó, y tomó la vaina. No pudo reprimir un pequeño grito de asombro al mirarla, e incluso a Morgana, que le había dado forma con sus manos, le parecía llena de magia, algo que sobrepasaba la humana factura. Viviane sólo la palpó brevemente antes de envolverla en un largo y blanco paño de seda.

—Lo has hecho bien —le dijo, y Morgana pensó, con la mente alterada: *¿Cómo piensa que puede juzgarme? También yo soy sacerdotisa, he ido más allá de sus enseñanzas...* y la escandalizaron tales pensamientos.

Viviane le acarició la mejilla con gentileza.

—Ve a dormir, querida mía; te has agotado en esta gran obra.

Morgana durmió larga y profundamente, sin sueños; pero, después de medianoche, se despertó repentinamente a causa de un clamor de campanas de alarma, campanas de alarma, campanas de iglesia, un terror de la infancia. *¡Los sajones están sobre nosotros! ¡Levantaos y tomad las armas!*

Le parecía haber despertado a causa de un sobresalto, y no se hallaba en la Casa de las Doncellas, sino en una iglesia y sobre el altar de piedra había un juego de armas; y sobre un bastidor cercano yacía un hombre vestido con una armadura, cubierto por un manto. Sobre su cabeza continuaban los repiques y el clamor, dispuestos a despertar al muerto... no, el caballero muerto no se movía, con una plegaria para hacerse perdonar, extrajo la espada... y despertó del todo esta vez, a la luz de su estancia y a la quietud. Ni siquiera las campanas de la otra isla penetraban en el silencio de la cámara con suelo de piedra. Había soñado las campanas, el caballero muerto y la capilla con ardientes cirios, las armas sobre el altar, la espada, todo. *¿Cómo he llegado a ver eso? La Visión nunca me asalta si no lo deseo... ¿Fue entonces sólo un sueño?*

Más tarde, aquel día, fue convocada; de modo consciente, recordaba algunas de las visiones que habían flotado sin ser del todo vistas por su mente mientras confeccionaba la vaina en presencia de la espada. Caída a tierra en un meteoro, un estrépito de truenos, un estallido de luz; extraída, humeante aún, para que la forjaran los pequeños y cetrinos herreros que moraron en la creta antes de que el anillo de piedras fuera levantado; poderosa, un arma para un rey, rota y vuelta a forjar en la larga forma de la hoja, moldeada y templada a sangre y fuego, endurecida... *una espada por tres veces forjada, sin ser arrancada del vientre de la tierra y, por tanto, dos veces sagrada...*

Le habían dicho el nombre de la espada: Excalibur, la que corta el acero. Las espadas de hierro meteorítico eran escasas y preciadas; ésta bien podía ser el precio de un reino.

Viviane le indicó que se cubriera con el velo y la siguiese. Según descendían lentamente por la ladera de la colina, vio la alta figura de Taliesin el Merlín con Kevin el Bardo a su lado, de andares titubeantes y grotescos. Parecía más desgarbado y feo que nunca, tan fuera de lugar como una bola de sebo adherida al borde de una palmatoria de plata labrada. Y junto a ellos, Morgana reconoció impresionada aquel esbelto y musculado cuerpo, aquel luminoso cabello dorado.

Arturo. Aunque, por supuesto, sabía que la espada era para él. ¿Qué más natural que ir allí a recibirla?

*Es un guerrero, un rey. El hermanito al que tuve en mi regazo.* Le parecía irreal. Pero entre aquel Arturo y el muchacho que ahora caminaba con expresión solemne entre los dos druidas, ella vio alguna huella del joven que había tomado para sí la cornamenta del Dios Astado; a pesar de que estaba quieto y grave, ella percibió el vaivén de los cuernos, la desesperada lucha a muerte y su llegada hasta ella manchado por la sangre del ciervo, convertido ya en un hombre, un guerrero, un rey.

A una indicación de Merlín, reclinó una rodilla ante la Señora del Lago. Su cara era reverente. *No, por supuesto,* pensó, *no ha visto antes a Viviane, sólo a mí y en la oscuridad.*

A continuación, percibió la presencia de Morgana; el reconocimiento se mostró en sus móviles rasgos. Se inclinó también ante ella, pronunciando su nombre. *Al menos,* pensó con irrelevancia, *le han educado con maneras apropiadas al hijo de un rey.*

Ella inclinó la cabeza. La había reconocido aun con el velo. Quizá debiera arrodillarse ante el rey. Pero una Señora de Avalon no reverencia a ningún poder humano. Merlín lo haría y, asimismo, Kevin si se lo solicitaban; Viviane nunca, porque no sólo era la sacerdotisa de la Diosa, sino que asumía a la Diosa de un modo que los sacerdotes masculinos, servidores de un Dios, no podrían conocer o comprender. Así pues, Morgana nunca volvería a arrodillarse.

La Dama del Lago extendió la mano hacia él, pidiéndole que se levantara.

—Has hecho una larga jornada —le dijo—, y estás fatigado. Morgana, llévale a mi casa y dale algo de comer antes de hacer lo que es preciso.

Sonrió, no como si fuese un rey, no como el Elegido, sino como un muchacho hambriento.

—Os lo agradezco, señora.

En el interior de la casa de Viviane dio las gracias a la sacerdotisa que le trajo alimentos, y se dedicó a comer. Cuando hubo saciado parcialmente su hambre, le preguntó a Morgana:

—¿Vives aquí tú también?

—La Dama habita sola, pero es atendida por sacerdotisas que la sirven por turnos. Viví aquí con ella cuando me correspondió.

—¡Tú, la hija de un rey! ¿*Sirviendo?*

Ella repuso con austeridad:

—Debemos servir antes de mandar. Ella misma sirvió cuando era joven y, en ella, yo sirvo a la Diosa.

El consideró aquello.

—No conozco a esta Gran Diosa —repuso finalmente—. Merlín me contó que la Dama es de tu... de nuestra familia.

—Es hermana de Igraine, nuestra madre.

—Entonces es mi tía. —Pronunció las palabras como si no acabaran de encajar—. Todo esto me resulta extraño. De alguna forma siempre procuré creer que Ectorius era mi padre y Flavilla mi madre. Por supuesto conocía la existencia de algún secreto, y ya que Ectorius no me hablaba de ello, pensé que debía ser algo vergonzoso, que era un bastardo o algo peor. No recuerdo a Uther, mi padre. Ni a mi madre; realmente no, aunque a veces, cuando Flavilla me castigaba, solía soñar que vivía en otra parte, con una mujer que me mimaba, para luego hacerme a un lado, ¿se parece Igraine, nuestra madre, a ti?

—No, es alta, de pelo rojizo —respondió Morgana.
Arturo suspiró.
—Entonces supongo que no la recuerdo en absoluto. Porque en mis sueños era alguien como tú, *eras tú.*
Se interrumpió; la voz le temblaba. *Terreno peligroso,* pensó Morgana, *no nos atrevemos a hablar de eso.*
—Toma otra manzana, son de la isla —dijo con calma.
—Gracias —la cogió y le dio un bocado—. Es todo tan nuevo y extraño. Tantas cosas me han ocurrido desde... desde... —Le faltó la voz—. Pienso en ti todo el tiempo. No puedo remediarlo. Era cierto cuanto dije, Morgana, que te recordaría toda mi vida, que pensaría siempre en ti y te amaría porque fuiste la primera.
Temió decir algo duro e hiriente. En vez de eso las palabras fueron amables, aunque distantes.
—No debes pensar en mí de esa forma. Para ti no soy una mujer, sino una representación de la Diosa y es una blasfemia que me recuerdes sólo como a una mujer mortal. Olvídame y recuerda a la Diosa.
—Lo he intentado... —Se detuvo, apretando los puños, luego prosiguió gravemente—. Tienes razón. Es así como he de pensarlo; sólo como una más de las extrañas cosas que me han sucedido desde que me recogieron de casa de Ectorius. Misteriosas, mágicas cosas. Como la batalla con los sajones... —Adelantó el brazo y retiró la túnica para mostrar un vendaje de resina de pino ya ennegrecido—. Fui herido allí. Fue como un sueño, mi primera batalla. El Rey Uther... —Bajó la mirada y tragó saliva—. Llegué demasiado tarde. No llegué a conocerlo. Yacía de cuerpo presente en la iglesia, y lo vi muerto, las armas sobre el altar; me dijeron que ésa es la costumbre, cuando un valiente caballero ha muerto sus armas le custodian. Y luego, mientras el sacerdote cantaba el Nunc Dimittis todas las campanas de alarma tañeron, anunciando un ataque de los sajones. Los vigilantes entraron en la iglesia y le quitaron las cuerdas de las campanas al monje que tocaba a difuntos, para dar la alarma; todos los reyes

tomaron las armas y salieron. Yo no tenía espada, sólo el puñal, pero le arrebaté la lanza a uno de los soldados. Mi primera batalla, pensaba; pero entonces, Cai, mi hermano adoptivo, hijo de Ectorius, llamado realmente Caius, me dijo que se había dejado la espada en su estancia y corrí a buscarla. Y supe que eso sólo había sido un pretexto para dejarme fuera de la contienda. Así pues, en vez de correr hacia los alojamientos, me dirigí a la iglesia y tomé la espada del Rey del altar de piedra... Bueno —dijo en su descargo—, luchó con ella contra los sajones durante veinte años, ciertamente se alegraría de que volvieran a utilizarla contra éstos, mejor que dejarla inútilmente sobre una vieja piedra. Luego, salí, e iba a entregársela en el lugar donde nos reuníamos todos ante el ataque, cuando vi a Merlín y éste me dijo con la voz más resonante que nunca haya escuchado: «¿De dónde cogiste esa espada, muchacho?».

»Y me enojé porque me había llamado *muchacho*, después de cuanto había hecho en la Isla del Dragón; le respondí que era una espada para luchar contra los sajones, no para estar depositada sobre viejas piedras; entonces Ectorius se acercó y me vio portándola en la mano, y él y Cai se arrodillaron ante mí, ¡así ocurrió! Me sentí tan extraño... Le dije: "Padre, ¿por qué os arrodilláis, por qué hacéis que mi hermano se arrodille? Oh, levantaos, es terrible". Merlín anunció con aquella pavorosa voz: "El es el rey, justo es que lleve la espada". Y los sajones llegaron a las murallas, oíamos los cuernos, no hubo tiempo de hablar sobre espadas u otras cosas; Cai aferró la lanza, yo blandí la espada y partimos. No recuerdo mucho sobre la batalla, supongo que nunca es posible hacerlo. Cai fue herido, mal herido, en la pierna. Más tarde, mientras Merlín me vendaba el brazo, me contó quién era yo. Es decir, quién había sido mi padre. Ectorius llegó y dijo que sería un buen caballero para mí como lo fuera para mi padre y para Ambrosius; me sentía tan avergonzado... y lo único que me pidió fue que hiciera a Cai mi chambelán cuando tuviese una corte. Por supuesto le respondí que estaría encantado, después de todo es mi hermano. Quiero decir que siempre pensaré en él como en mi hermano. Se formó un gran alboroto en torno a la espada, pero Merlín le contó a todos los reyes que era el destino lo que me llevó a cogerla del altar, y te lo aseguro, le escucharon". —Sonrió, y a Morgana su confusión le produjo una oleada de amor y compasión.

Las campanas que la habían despertado... Había visto, pero sin saber qué.

Ella bajó la mirada. Desde ahora habría siempre un lazo entre ellos. ¿Iba a fallar siempre cada golpe que él recibiera como en aquella vez? ¿Y si una espada llegaba al corazón?

—Y ahora parece que voy a recibir otra espada —dijo Arturo—. ¡No teniendo ninguna, de repente poseo dos muy especiales! —Suspiró y repuso casi quejándose—: No veo qué relación tiene esto con ser rey.

A PESAR DE las veces que había visto a Viviane con el atavío de Suprema Sacerdotisa de Avalon, Morgana siempre se asombraba. Observaba a Arturo, que se hallaba entre ellas, mirando a todas partes, y vio que un asombro semejante se reflejaba en sus ojos. Se hallaba en silencio, de nuevo atemorizado. Al menos, pensó Morgana, sintiendo náuseas otra vez, no le habían hecho guardar el ayuno mágico. Quizá debería haber comido con él, pero el pensar en comida la hacía sentirse mal. El trabajar prolongadamente con la magia podía dar lugar a eso; sin duda Viviane se encontraba agotada.

—Vamos —dijo Viviane e inició la marcha. La Dama de Avalon precedía incluso a un rey en aquel lugar; pasó frente a la casa, a lo largo de la margen del Lago y entró en el edificio en el que vivían los sacerdotes. Arturo caminaba calladamente junto a Morgana y, por un instante, casi esperaba que extendiera la mano, como hacía de pequeño, tomando la suya... pero ahora, aquella pequeña mano que había sostenido, era la de un guerrero, mayor que la suya, endurecida por la larga práctica con la espada y otras armas. Tras Arturo y Morgana iba Merlín, con Kevin a su lado.

Bajaron un estrecho tramo de escaleras y un denso olor a subterráneo los rodeó. Morgana no vio a nadie encender luces, pero de repente hubo un tenue fulgor en la oscuridad y una pálida luminosidad en derredor. Viviane se detuvo tan abruptamente que chocaron con ella; por un momento, Morgana se sorprendió de sentirla solamente leve y menuda, el cuerpo de una mujer normal, no una remota imagen de la Diosa. La Dama le cogió a Arturo la muñeca con una mano pequeña y morena, que no llegaba a rodearla.

—Arturo, hijo de Igraine de Avalon y del Pendragón, rey de toda la Bretaña por derecho —dijo—, observa los objetos más sagrados que hay en toda tu tierra.

La luz relumbró sobre el oro y las joyas de la copa y el plato, sobre la larga espada y las hebras carmesíes, doradas, plateadas. Y de la vaina, Viviane extrajo la larga y oscura hoja. Las piedras brillaban difusas en la empuñadura.

—La espada de la Sagrada Regalía de los druidas —añadió quedamente—. Júrame ahora, Arturo Pendragón, Rey de Bretaña, que cuando seas coronado tratarás con igual justicia a druidas y a cristianos, y que serás guiado por la sagrada magia de aquellos que te llevaron al trono.

Arturo hizo ademán de coger la espada con los ojos muy abiertos; Morgana pudo ver en éstos que sabía qué clase de espada era. Viviane hizo un rápido gesto previniéndole.

—Es letal tocar los objetos sagrados sin estar dispuesto —le indicó—. Arturo, jura. Con esta hoja en la mano no habrá jefe o rey, pagano o cristiano, que te oponga resistencia. Mas ésta no es espada para un rey que se vea obligado a oír sólo a los sacerdotes cristianos. Si no juras, puedes marcharte ahora, portando las armas que obtengas de tus seguidores cristianos y sabiendo que el pueblo que mira a Avalon sólo te seguirá cuando nosotros se lo ordenemos. ¿Vas a jurar sabiendo que obtendrás su alianza por medio de las armas sagradas de Avalon, Arturo?

El la miraba algo ceñudo, la pálida luz destellando en su pelo que parecía casi blanco. Dijo:

—Sólo puede haber un gobernante en esta tierra; no debo ser regido desde Avalon.

—Ni tampoco has de serlo por los sacerdotes que harán de ti un peón —repuso Viviane con calma—. Pero no te urgiremos. Decide si vas a tomar esta espada o si la rehúsas para gobernar en tu propio nombre, despreciando la ayuda de los Viejos Dioses.

Morgana observó que aquello dio en el blanco, los ciervos y los Viejos Dioses le habían dado la victoria, y en consecuencia había sido aclamado rey por aquel pueblo. Fueron los primeros en aclamarle. Respondió de inmediato:

—Dios me impediría despreciar... —y se interrumpió, tragando saliva—. ¿Qué debo jurar, señora?

—Sólo esto: tratar justamente a todos los hombres, sigan o no al Dios de los cristianos, y reverenciar siempre a los Dioses de Avalon. Porque, digan lo que digan los cristianos y llamen como llamen a su Dios, todos los Dioses son Uno y todas las Diosas Una. Jura sólo corresponder a esas verdades y no aferrarte a unos para despreciar a otros.

—Has visto —añadió Merlín, con profunda y resonante voz en el silencio— que yo he reverenciado a Cristo y me he arrodillado ante el altar compartiendo sus santos alimentos.

Arturo dijo, turbado:

—Eso es cierto, mi señor Merlín. Y sois, creo, el consejero en quien más he de confiar. ¿Me conmináis a jurar?

—Mi señor y rey —contestó Merlín—, sois joven para gobernar y acaso vuestros sacerdotes y obispos presuman que deben manejar incluso la conciencia de un rey. Mas yo no soy un sacerdote, sino un druida. Y afirmo únicamente que la sabiduría y la verdad no son propiedad exclusiva de nadie. Preguntad a vuestra conciencia, Arturo, si sería errado tratar justamente a todos los hombres cualesquiera sean los Dioses que adoren, en vez de jurar alianza a uno solo.

Arturo dijo con sosiego:

—Bien, entonces, juraré y tomaré la espada.

—Arrodíllate, pues —dijo Viviane—, en señal de que un rey es un hombre y una sacerdotisa, incluso una suprema sacerdotisa, es una mujer y los Dioses están por encima de todos nosotros.

Arturo se arrodilló. La luminosidad de su rubio cabello, pensó Morgana, era como una aureola. Viviane depositó la espada en su mano; las manos se cerraron en torno a la empuñadura. Suspiró profundamente.

—Tomad esta espada, mi rey —prosiguió Viviane—, y llevadla con justicia. No fue hecha con hierro arrancado del seno de la tierra, nuestra madre; es sagrada, forjada con metal que cayó de los cielos, hace tanto tiempo que ni siquiera la tradición de los druidas lo determina con exactitud, porque fue forjada antes de que hubiera druidas en estas islas.

Arturo se levantó con la espada en la mano.

—¿Qué os gusta más? —inquirió Viviane—. ¿La espada o la vaina?

Arturo contempló admirativamente la vaina ricamente trabajada, mas dijo:

—Soy un guerrero, mi señora. La vaina es hermosa, pero prefiero la espada.

—Incluso así —repuso ésta—, mantened la vaina siempre a vuestro lado; fue hecha con toda la magia de Avalon. Mientras portéis la vaina, aun cuando seáis herido, no derramaréis bastante sangre para que peligre vuestra vida; tiene conjuros que restañan la sangre. Es un objeto raro, preciado y mágico.

El sonrió, casi reía francamente tras el rompimiento de la larga tensión.

—¡Ojalá la hubiese tenido cuando recibí esta herida de los sajones! ¡Sangré como una oveja en el matadero! —dijo.

—Entonces no erais rey, mi señor. Mas ahora la vaina mágica os protegerá.

—A pesar de todo, mi rey —dijo la melodiosa voz de Kevin el Bardo, en sombras tras Merlín—, os aconsejo que contéis con maestros en armas y no dejéis de practicar con ellas.

Arturo rió entre dientes mientras se ajustaba al cinto la vaina y la espada.

—No lo dudéis, señor. Mi padre adoptivo me enseñó a leer con un viejo sacerdote que se servía de uno de los Evangelios, de cómo el Maligno tentó a Jesús diciéndole que el Señor habíale encomendado ángeles para custodiarlo y Jesús le respondió que no estaba bien tentar a Dios. Un rey no es más que huesos y carne y recordad que cogí mi primera espada de donde Uther yacía muerto. No penséis que tentaré a Dios de esa manera, señor druida.

De alguna forma, con la espada de la Sagrada Regalía en la cintura, Arturo parecía más alto, más imponente. Morgana pudo verle coronado y vestido como un rey, en el gran trono... y por un instante, fue como si a su alrededor la pequeña estancia se hallase repleta de hombres armados, ataviados ricamente, nobles, apiñándose alrededor de él, sus compañeros... luego se desvanecieron y volvió a ser únicamente un joven de incierta sonrisa, poco hecho aún a su rango.

Se volvieron para abandonar la capilla subterránea. Pero antes de salir de la cámara, Arturo se volvió para mirar los restantes objetos de la regalía que yacían en sombras. En su rostro podía percibirse la inseguridad, una pregunta casi visible. *¿Hice bien o estoy blasfemando contra el Dios a quien me enseñaron a loar como al Unico?*

La voz de Taliesin fue grave y gentil.

—¿Sabéis cuál es mi mayor deseo, mi señor y rey?

—¿Cuál, Lord Merlín?

—Que un día, no ahora porque aún la tierra no está preparada ni tampoco quienes siguen a Cristo, que un día el druida y el sacerdote rindan culto unidos; que en su gran iglesia la santa Eucaristía sea celebrada con esta copa y este plato como recipientes del pan y el vino, en señal de que todos los Dioses son Uno.

Arturo se santiguó y replicó casi en un susurro:

—Amén, Lord Merlín, que el Santo Jesús lo haga posible algún día en estas tierras.

Morgana sintió una comezón recorriéndole los antebrazos y se oyó decir, sin saber que hablaba hasta que la Visión habló a su través:

—Ese día llegará, Arturo, mas no como pensáis. Cuidad de cómo hacéis que ese día llegue, porque puede ser un signo de que vuestro trabajo está hecho.

Arturo replicó con tono quedo:

—Si ese día llega alguna vez, señora, será también un signo de que he realizado aquello para lo que ascendí al trono y estaré contento de que así haya sido.

—Cuidad de lo que habláis —dijo Merlín con gran suavidad—, porque las palabras son como sombras premonitorias de lo que ha de suceder, y al pronunciarlas hacemos que se cumplan, mi rey.

Morgana parpadeó cuando salieron a la luz del día. Se tambaleó y Kevin alargó la mano para sujetarla.

—¿Estáis enferma, señora mía?

Movió la cabeza con impaciencia, ansiando que se disipara la nube que tenía en los ojos. Arturo la miró, turbado. Pero ya todos se encontraban en el exterior y su mente retornó a los asuntos del momento.

—Seré coronado en Glastonbury, en la Isla de los Sacerdotes. Si os es posible dejar Avalon, señora, ¿estaréis allí?

Viviane le sonrió y dijo:

—Creo que no. Pero Merlín irá con vos. Y Morgana si lo desea —añadió y Morgana se preguntó por qué hablaría así la Dama y por qué sonreía.

»Morgana, pequeña, ¿irás con ellos en la barca?
Morgana asintió. Permaneció de pie en la proa mientras el bote se dirigía hacia la orilla, portando solamente a Arturo y a Merlín, y cuando estuvieron cerca, vio a varios hombres armados aguardando a Arturo. Notó el espanto reflejado en sus ojos cuando la barca de Avalon salió de entre la niebla, y reconoció a uno de ellos. Lancelot no había cambiado mucho desde su encuentro dos años atrás, únicamente parecía más alto, más apuesto, con un rico atavío carmesí, portando espada y escudo.

El también la reconoció e hizo una reverencia.

—Prima —le dijo.

—Conoces a mi hermana, Morgana, Duquesa de Cornwall, sacerdotisa de Avalon —indicó Arturo—. Morgana, éste es mi más querido amigo, nuestro primo.

—Ya nos hemos encontrado. —Lancelot se inclinó sobre su mano y de nuevo, a pesar de su resentimiento, Morgana sintió un acceso de aquel anhelo que ya nunca la abandonaría.

*El y yo estábamos hechos el uno para el otro; debí haber tenido valor aquel día, aunque significara romper un voto...* Pudo ver en sus ojos, en la ternura del tacto de su mano, que él también recordaba.

Luego suspiró, levantó la vista y los demás le fueron presentados.

—Mi hermano Cai —dijo Arturo. Cai era alto, moreno, romano hasta la médula, y vio cuando le hablaba a Arturo, con natural deferencia y afecto, que allí Arturo tenía ciertamente a dos poderosos jefes para conducir a sus ejércitos. Los demás caballeros le fueron presentados como Bedwyr, Lucan y Balin, cuyo nombre hizo que Morgana, y también Merlín, levantaran la mirada sorprendidos: era el hermanastro del hijo mayor de Viviane, Balan. Balin tenía el pelo rubio y anchas espaldas, iba mal vestido pero se movía con una elegancia y agilidad semejantes a las de Lancelot. Sus vestiduras eran pobres pero las armas y escudo eran brillantes y bien cuidados, y parecían haber sido utilizados adecuadamente.

Morgana se alegró de dejar a Arturo con sus caballeros; pero antes él le tomó la mano, se la llevó ceremoniosamente a los labios y la besó.

—Ven a mi coronación si te es posible, hermana —dijo.

## XIX

Pasados algunos días Morgana partió, acompañada de una representación del pueblo de Avalon, para asistir a la coronación de Arturo. Nunca, en todos los años pasados en Avalon, salvo en la ocasión en que disipó las nieblas permitiendo a Ginebra encontrar el convento de nuevo, había puesto el pie en la Isla de los Sacerdotes, Ynis Witrin, la Isla de Cristal. Le pareció que el sol brillaba con curiosa intensidad, sin el menor parecido con la suave y brumosa luz solar de Avalon. Hubo de recordarse que para la mayor parte del pueblo de Bretaña *aquél* era el mundo real y la tierra de Avalon únicamente un sueño encantado, como si fuera el reino de los prodigios. Para ella lo real era Avalon y el mundo en que se encontraba sólo un tosco sueño del cual, por alguna razón, no llegaba a despertar.

Por todo el espacio situado delante de la iglesia, parecían haber brotado multicolores tiendas y pabellones, como extrañas setas. Morgana creía que las campanas de las iglesias tañían día y noche, hora tras hora, en un repicar que le alteraba los nervios. Arturo la recibió y, por vez primera, se encontró con Ectorius, el buen caballero y guerrero que había adoptado a su hermano, y a Flavilla.

Para esta aventura en el mundo exterior, siguiendo el consejo de Viviane, Morgana había abandonado los azules ropajes de sacerdotisa de Avalon y la moteada sobretúnica de piel de ciervo, poniéndose un sencillo vestido de negra lana, con los bajos de lino blanco y un velo también blanco sobre el cabello trenzado. Pronto se dio cuenta de que su atuendo la hacía parecer una mujer casada; entre las bretonas, las jóvenes doncellas iban con el pelo suelto y vestían trajes tintados con brillantes colores. Todos la tomaron por una de las mujeres del convento de Ynis Witrin, cercano a la iglesia, en el cual las hermanas portaban prendas de semejante austeridad; Morgana nada dijo para sacarles de su sengaño. Ni, a pesar de levantar las cejas y sonreírle disimuladamente, tampoco lo hizo Arturo.

Este solicitó de Flavilla:

—Madre adoptiva, demasiadas cosas han de hacerse, los sacerdotes quieren hablarme sobre mi alma, el Rey de Orkney y el del norte de Gales quieren tener una audiencia conmigo. ¿Llevaréis a mi hermana con nuestra madre?

*Con nuestra madre,* pensó Morgana; *pero nuestra madre se ha tornado en una extraña para nosotros.* Buscó en su mente una posibilidad de alegría ante tal encuentro, y no la halló. Igraine había estado contenta al dejar que se llevaran a sus hijos, la niña de un primer matrimonio sin alegría, el hijo del amor del segundo, ¿qué clase de mujer podía ser entonces? Morgana se dio cuenta de que estaba endureciendo su mente y su corazón ante el primer encuentro con Igraine. *Ni siquiera recuerdo su rostro.*

Pero, al verla, comprendió que la habría reconocido en cualquier parte.

—¡Morgana! —Había olvidado, o recordaba sólo en sueños, la riqueza y calidez de la voz de Igraine—. ¡Mi querida niña! Aunque ya eres una mujer, en mi corazón te veo siempre como a una pequeña doncella, mas, cuán ajada y exhausta pareces, ¿te resulta pesada toda esta ceremonia, Morgana?

Morgana besó a su madre sintiendo cómo los sollozos sofocaban de nuevo su garganta. Igraine era hermosa y ella... de nuevo las palabras difusamente recordadas llegaron a su mente: *Pequeña y fea como una del pueblo de las hadas,* ¿la había considerado fea, también Igraine?

—Pero, ¿qué es esto? —Las ligeras manos de Igraine palparon la media luna de su frente—. Vas pintada como una del pueblo de las hadas, ¿es esto decente, Morgana?

Su voz sonó severa, al contestar:

—Soy sacerdotisa de Avalon y llevo la señal de la Diosa con orgullo.

—Entonces corre el velo sobre la marca, niña, u ofenderás a la abadesa. ¿Te alojarás conmigo en el convento?

Morgana apretó los dientes. *¿Habría la abadesa, de presentarse en Avalon, mantenido oculta la cruz por temor a ofenderme a mí o a la Dama?*

—No quisiera agraviaros, madre, pero no sería apropiado que me alojase dentro de los muros de un convento; ni a la abadesa le gustaría ni tampoco a la Dama, y estoy a las órdenes de la Señora, viviendo bajo sus leyes. —La idea de morar entre aquellos muros aunque sólo fuese durante las tres noches de la coronación, llamada a ir y venir, noche y día, por el repiqueteo de aquellas campanas le helaba la sangre.

Igraine pareció turbada.

—Bueno, será como deseas. Acaso puedas alojarte con mi hermana, la Reina de Orkney. ¿Te acuerdas de Morgause?

—Me complacería recibir a mi sobrina Morgana —dijo una suave voz, y Morgana levantó la mirada, encontrándose la viva imagen de su madre tal como la recordara desde la niñez: imponente, ataviada con ricas y brillantes sedas, enjoyada y con el pelo trenzado y recogido en una brillante corona sobre la frente—. Eras niña, ahora has crecido y eres además una sacerdotisa. —Morgana se vio estrechada en un cálido y fragante abrazo—. Bienvenida, sobrina, ven a sentarte junto a mí. ¿Cómo está nuestra hermana Viviane? Oímos grandes cosas de ella, como que es la fuerza motriz de los importantes acontecimientos que han traído al hijo de Igraine al trono. Ni tan siquiera Lot podría competir con alguien respaldado por Merlín, el pueblo de las hadas, todas las Tribus y todos los romanos. Así pues, tu hermano pequeño será rey. ¿Vendrás a la corte, Morgana, para aconsejarle, como Uther lo estuviera tan hábilmente por la Señora de Avalon?

Morgana sonrió, relajando el abrazo con Morgause.

—Un rey hará cuanto le parezca oportuno, tal es la primera lección que quienes le rodeemos debemos saber. Supongo que Arturo se parece lo bastante a Uther como para aprender sin recibir muchas lecciones.

—Sí, y ahora no cabe ninguna duda de quién fue su padre, pese a todos los comentarios que se hicieron entonces —repuso Morgause y respiró hondo con pronta constricción—. No, Igraine, no debes sollozar de nuevo, debería ser para ti motivo de alegría y no de pesar el que tu hijo se parezca tanto a su padre y sea aceptado en toda Bretaña, porque se ha propuesto gobernar todas las tierras y a todas las gentes.

Igraine parpadeó; había estado, pensó Morgana, llorando incesantemente aquellos últimos días.

—Me alegro por Arturo... —dijo, pero se le quebró la voz y no pudo seguir hablando. Morgana acarició el brazo de su madre, pero se impacientó; jamás, jamás, hasta donde le llegaba la memoria, había tenido su madre un pensamiento para sus hijos, sólo para Uther, Uther... Incluso ahora que estaba muerto y yacía en la tumba, su madre se apartaba de ella y de Arturo por el recuerdo de un hombre al que había amado lo bastante como para olvidarse de todo lo demás. Aliviada, se volvió hacia Morgause.

—Viviane me dijo que habías tenido hijos.

—Es cierto —repuso Morgause—, aunque la mayoría son todavía demasiado jóvenes para estar aquí entre mujeres. Mas el mayor ha venido a jurar lealtad al rey. Si Arturo muriese en la guerra, y ni siquiera Uther fue inmune a tal sino, mi hijo Gawaine es su pariente más cercano, a menos que *tú* tengas ya un hijo, ¿no, Morgana? ¿Han abrazado las sacerdotisas de Avalon la castidad como las monjas, para que a tu edad no le hayas dado a la Diosa un hijo o hija? ¿O acaso has padecido el destino de tu madre perdiendo a tus hijos recién nacidos? Perdóname, Igraine, no quise recordártelo.

Las lágrimas volvieron a Igraine.

—No debo sollozar contra la voluntad de Dios; tengo más que muchas mujeres. Una hija que sirve a la Diosa a la cual yo estuve entregada, y un hijo que mañana será coronado con los atributos de su padre. Mis restantes hijos yacen en el seno de Cristo.

¡*Por el nombre de la Diosa*, pensó Morgana, *qué extraña manera de considerar a un Dios atado a generaciones muertas!* Sabía que no era más que un modo de hablar, de consolar el quebranto materno, pero lo blasfemo de la idea la turbó. Al recordar que Morgause le había hecho una pregunta, sacudió la cabeza.

—No, no tuve ningún niño; hasta este año en Beltane reservé mi virginidad a la Diosa. —Se detuvo bruscamente, no debía decir más. Igraine, que era más cristiana de lo que Morgana pudiera suponer, se habría horrorizado al pensar en el rito en el que ella desempeñó el papel de la Diosa con su propio hermano.

Y luego un segundo horror se apoderó de ella, peor que el primero, de forma que sintió una oleada de náuseas que siguió a su conciencia. Estaba ya cercana la luna llena, y aunque la luna había menguado, crecido y vuelto a menguar, la sangría de la luna oscura aún no había llegado, ni dado señal alguna de su inminencia. La aliviaba pensar que no tendría aquella molestia durante la coronación y supuso que sería una reacción al gran conjuro; ninguna otra explicación se le había ocurrido hasta aquel momento.

*Un rito para la renovación y la fertilidad de las cosechas, la tierra y el vientre de las mujeres de la tribu.* Conocía aquello. No obstante, fue tal su orgullo y su ceguera que llegó a creer que acaso la sacerdotisa, la Diosa, quedaría exenta del propósito de tal ritual. Había visto a otras sacerdotisas enfermar y languidecer tras la ceremonia, hasta que comenzaban a ser lozanas y frescas mientras se iba gestando el fruto en su vientre; había visto a algunos niños nacer e incluso colaboró en el parto de algunos de ellos con sus adiestradas manos de sacerdotisa. Mas ni una sola vez, en su estúpida ceguera, se le pasó por la cabeza que también ella podía salir del ritual fecundada.

Percibió los penetrantes ojos de Morgause puestos en ella, respiró profundamente, bostezó de manera deliberada para encubrir el silencio.

—He estado viajando desde que el día despuntó y todavía no he desayunado —dijo—; estoy hambrienta.

E Igraine, disculpándose, mandó a su sirvienta a buscar pan y cerveza de centeno que Morgana se obligó a ingerir, aunque el alimento le provocase una ligera náusea cuya razón ahora conocía.

*¡Diosa! ¡Madre Diosa! Viviane sabía que esto podía ocurrir y no me lo evitó.* Sabía cuanto debía hacerse tan pronto como fuera posible; aunque no se podría realizar hasta que pasaran los tres días de la coronación de Arturo, ya que no tenía acceso a las raíces y hierbas que habría encontrado en Avalon, y no se atrevía a quedar postrada en aquellas circunstancias. Rehuía la postración y la violencia consiguientes, pero debía hacerse y sin demora, o para el solsticio de invierno le daría un hijo al hijo de su madre. Además, Igraine no debía saber nada de aquello, tal idea se le antojaría una maldad más allá de lo imaginable. Morgana se esforzó en comer y hablar de nimiedades y chismes como cualquier mujer.

Pero mientras hablaba, su mente continuaba trabajando. Sí, el delicado lino que llevaba había sido tejido en Avalon; en ninguna otra parte lo había igual, quizá debido a las plantas del Lago, las cuales daban fibras más fuertes, largas y blancas que las de ningún otro lugar. Pero en el fondo seguía pensando: *Arturo nunca debe saberlo, ya tiene bastante peso sobre su cabeza con la coronación. Si puedo soportar en silencio esta carga para dar tranquilidad a su alma, así lo haré.* Sí, le habían enseñado a tocar el arpa —qué tontería, madre, creer impropio de una mujer el hacer música—. Aunque en una de las Escrituras se dijese que las mujeres debían guardar silencio en la iglesia, era ignominioso considerar que los oídos de Dios se ofenderían porque una voz de mujer cantara sus alabanzas, ¿acaso la Madre no había alzado la voz en alabanza al saber que había quedado fecundada por el Espíritu Santo? Luego, cuando Morgana tomó el arpa en las manos, debajo de lo que cantó para su madre yacía la desesperación, porque sabía tan bien como Viviane que iba a ser la próxima Señora de Avalon debiendo ofrendar a la Diosa al menos una hija. Era impío abortar un hijo concebido en el Gran Matrimonio. Pero, ¿qué otra cosa podía hacer? La Madre del Dios Cristiano saludó al Dios que le otorgó un hijo; pero Morgana no sentía más que rabia, una callada amargura, contra el Dios que había tomado la forma de su desconocido hermano... Estaba acostumbrada a vivir en dos niveles al mismo tiempo; pero a pesar de ello, el esfuerzo hacía palidecer sus labios y le crispaba la voz. Se alegró de que Morgause la interrumpiera bruscamente:

—Morgana tiene una voz adorable, espero escucharla en mi corte. E, Igraine, también a ti espero verte muchas veces antes de que terminen los festejos, pero debo retornar para ver si atienden bien a mi hijo. Tampoco me agradan en exceso las campanas de la iglesia y las oraciones, y Morgana parece fatigada por el viaje. Creo que me la llevaré a mis tiendas para que descanse y se levante fresca por la mañana para ver a Arturo coronado.

Igraine no se preocupó de ocultar su alivio.

—Sí, debo asistir al oficio de mediodía —dijo—. Ambas sabéis que cuando Arturo sea coronado me recluiré en el convento de Tintagel, en Cornwall. Arturo me ha pedido que me quede con él, pero espero que pronto tenga a su reina y ya no me necesite.

Insistirían en que Arturo se casase, y pronto. Morgana se preguntó cuál de aquellos reyezuelos alcanzaría el honor de convertirse en suegro del rey. *Y mi hijo debería ser heredero de una corona. No, ni siquiera deseo pensar en eso.*

De nuevo, la amarga ira la sobrecogió, como si la ahogase, ¿por qué le había hecho aquello Viviane? ¿Sólo para que Arturo y ella realizasen la pantomima del Dios y la Diosa...? ¿No fue por nada más?

Igraine besó y abrazó a ambas, prometiendo verlas más tarde. Mientras caminaban hacia las brillantes tiendas de campaña, Morgause dijo:

—Igraine está tan cambiada que no la hubiese reconocido, ¿quién habría pensado que se haría tan devota? Sin duda acabará sus días en la hermandad de las monjas, y aunque me apena decirlo, me alegro de no ser una de ellas. No me siento llamada a un convento.

Morgana se obligó a sonreír y repuso:

—No, supongo que no; el matrimonio y la maternidad parece que os convienen más. Florecéis como las rosas silvestres en un seto, tía.

Morgause sonrió con pereza.

—Mi marido es bondadoso conmigo y me gusta ser reina —dijo—. El es un hombre del norte, y por tanto, no considera indigno tomar consejo de una mujer como esos necios romanos. Espero que Arturo no haya sido malcriado mientras habitaba en una hacienda romana; eso puede haberle hecho hábil para la guerra, pero si desprecia a las Tribus no gobernará. Incluso Uther fue lo bastante sabio como para reconocerlo y hacerse coronar en la Isla del Dragón.

—También lo es Arturo —afirmó Morgana. Era cuanto podía decir.

—Es verdad. Algo de eso he oído y creo que es inteligente. Yo, por mi parte, soy ambiciosa; Lot me pide consejo y todo marcha bien en nuestra tierra. Los clérigos no simpatizan conmigo y me acusan de no ocupar el lugar que corresponde a una mujer; sin duda me consideran algo así como una maléfica hechicera o bruja, porque no me siento pasivamente a hilar y tejer. Mas Lot presta poca atención a los clérigos, aunque su pueblo sea bastante cristiano... Para decir la verdad, a la mayoría no les importa quién sea el Dios de esta tierra en tanto crezcan las cosechas y tengan el estómago lleno. Creo que en parte tienen razón, un país gobernado por los clérigos es un país gobernado por unos tiranos que creen que su poder llega hasta el Cielo. Uther fue demasiado lejos en tal sentido; si quieres saber mi opinión, espero que Arturo tenga más juicio.

—Juró tratar con justicia a los Dioses de Avalon antes de que Viviane le entregase la espada de los druidas.

—¿Hizo tal cosa? —inquirió Morgana—. Me pregunto cuál ha sido el motivo que le ha llevado a eso. Pero basta de Dioses, reyes y demás, Morgana, ¿qué es lo que te aflige? —Y como Morgana no le respondiese—: ¿Piensas que no puedo distinguir a una embarazada cuando la veo? Igraine no se ha dado cuenta, ya que sólo tiene ojos para su dolor.

Morgana intentó disculparse vagamente.

—Bueno, puede que sea así; fui a los ritos de Beltane.

Morgause rió entre dientes.

—Si fue tu primera vez no podrás saberlo hasta dentro de una luna o así, pero te deseo buena suerte. Ya has pasado los mejores años para tener hijos, a tu edad yo ya tenía tres. No voy a decírselo a Igraine, es demasiado cristiana para aceptar un hijo de la Diosa ahora. Bueno, supongo que todas las mujeres envejecemos. También Viviane debe hallarse muy entrada en años. No la he visto desde que nació Gawaine.

—A mí me sigue pareciendo la de siempre —repuso Morgana.

—Y por tanto no vendrá a la coronación de Arturo. Bien, podemos arreglárnoslas sin ella. Mas no creo que la complazca estar demasiado tiempo entre bastidores. No dudo de que un día impondrá su voluntad y veremos el caldero de la Diosa en la celebración del amor cristiano en el altar de la corte, y no lamentaré que ese día llegue.

Morgana sintió un estremecimiento profético al ver mentalmente a un sacerdote alzando la copa de los Misterios ante el altar de Cristo, y con toda claridad vio ante sus ojos a Lancelot arrodillado, con el rostro iluminado como nunca lo había visto anteriormente... Sacudió la cabeza para borrar la indeseada Visión.

El día de la coronación de Arturo amaneció luminoso y espléndido. Durante toda la noche había estado llegando gente, de todas partes de Bretaña, para asistir a la coronación del Rey Supremo de Bretaña en la Isla de los Sacerdotes. Veíanse multitudes de hombrecillos oscuros; miembros de las Tribus ataviados con pieles, atuendos diversos y adornos con los apagados colores de las piedras del norte, de pelo cobrizo, altos y barbudos. Y, en mayor cantidad, romanizados de las islas civilizadas. Los había también rubios, altos y corpulentos, anglos y sajones de las tropas aliadas que se establecieron en el sur, en Kent, venidos a renovar la rota alianza. Las laderas estaban completamente repletas, ni siquiera en los festejos de Beltane había visto Morgana a tanta gente congregada en un mismo lugar, y se sintió sobrecogida.

Ocupaba ella un lugar privilegiado junto a Igraine, Lot, Morgause y sus hijos, y la familia de Ectorius. El rey Lot, esbelto, alto y encantador, se inclinó ante ella y después la abrazó, haciendo gran ostentación al llamarla pariente y sobrina; pero Morgana, mirando tras aquella superficial sonrisa, vio una sombría amargura en los ojos de Lot. Había urdido e intrigado tratando de impedir la llegada de este día. Ahora su hijo Gawaine iba a ser proclamado el heredero más próximo de Arturo, ¿satisfaría esto su ambición o continuaría maquinando para minar la autoridad del Rey Supremo? Morgana entrecerró los ojos ante Lot y descubrió que no le gustaba lo más mínimo.

Más tarde repicaron las campanas, un clamor se levantó a todo lo largo de las laderas que dominaban la llanura que se hallaba ante la iglesia y viose salir de ésta a un esbelto joven; el sol arrancando destellos de su esplendente cabello. *Arturo*, pensó Morgana. *El joven rey, como un héroe de leyenda con la gran espada en la mano.* Aunque no llegó a percibir las palabras desde donde se encontraba sentada, pudo observar cómo el sacerdote colocaba sobre su cabeza la espléndida corona de oro de Uther.

Arturo levantó la espada en la mano y dijo algo inaudible para ella. Pero fue repitiéndose de boca en boca, y cuando le llegó, experimentó el mismo estremecimiento que al verle retornar victorioso y coronado, después de haber vencido al Rey Ciervo.

*A todos los pueblos de la Bretaña*, había dicho, *mi espada para vuestra protección y mi mano para la justicia.*

Merlín se adelantó con los blancos ropajes de gala; junto al venerable Obispo de Glastonbury, parecía dócil y gentil. Arturo se inclinó levemente ante ambos, tomando a cada uno de ellos de una mano. *La Diosa lo ha iluminado para que haga eso*, pensó Morgana, y un momento después oyó a Lot decir lo mismo.

—Es condenadamente listo al poner a Merlín y al obispo uno junto al otro, en señal de que tomará consejo de ambos.

Morgause repuso:

—No sé quién le ha instruido, pero creedme, el hijo de Uther no tiene nada de tonto.

—Es nuestro turno —anunció Lot, poniéndose en pie y extendiendo la mano hacia Morgause—. Vamos, señora, no te dejes intimidar por ese grupo de ancianos y clérigos. No me avergüenza mostraros a mi lado como a un igual en todas las cosas. Fue Uther quien debió arrepentirse de no haber hecho lo mismo con tu hermana.

Morgause sonrió torvamente.

—Quizá haya sido una suerte para nosotros que Igraine no tuviera la suficiente fuerza de voluntad para insistir en ello.

Morgana se levantó llevada de un súbito impulso, y avanzó para acompañarlos. Lot y Morgause le hicieron una cortés indicación para que les precediera. Aunque no se arrodilló, inclinó la cabeza levemente.

—Os traigo el homenaje de Avalon, mi señor Arturo, y de aquellos que sirven a la Diosa.

A sus espaldas pudo oír a los sacerdotes murmurar y captó la presencia de Igraine entre las negras vestimentas de las hermanas del convento. Leyó el pensamiento de Igraine como si hubiese llegado a pronunciar las palabras: *Audaz, atrevida, ya de niña era testaruda.* Apartó de sí aquellos pensamientos. ¡Era una sacerdotisa de Avalon, no una de aquellas enclaustradas!

—Os doy la bienvenida, a vos y a Avalon, Morgana. —Arturo la tomó de la mano para hacerla ocupar un lugar cercano a él—. Os honro como a la única hija de mi madre y Duquesa de Cornwall por derecho, querida hermana. —El le soltó la mano y ella inclinó la cabeza para evitar desmayarse, porque se le habían enturbiado los ojos y sentía vértigos. *¿Por qué he de sentirme así ahora? Es obra de Arturo. No, no suya, es obra de la Diosa. Es su voluntad, no la nuestra.*

Lot se adelantó, arrodillándose ante Arturo, y éste le hizo levantarse.

—Bienvenido seáis, querido tío.

*El mismo querido tío,* reflexionó Morgana, *que, si no me equivoco, se habría alegrado de verle muerto cuando era un infante.*

—Lot de Orkney, ¿defenderéis vuestras costas de los hombres del norte y vendréis en mi ayuda si las costas de Bretaña se ven amenazadas?

—Lo haré, sobrino, lo juro.

—Entonces os conmino a mantener en paz el trono de Orkney y Lothian, y jamás lo reclamaré ni lucharé contra vos por él —dijo Arturo y se inclinó levemente para besar a Lot en la mejilla—. Que vos y vuestra dama gobernéis con bien y por mucho tiempo en el norte.

Lot, alzándose, solicitó:

—Os ruego que me permitáis presentaros a un caballero para vuestra compañía; os ruego le hagáis miembro de vuestros Caballeros, Arturo. Mi hijo Gawaine.

Gawaine era corpulento, alto y de fuerte complexión, como una versión masculina de Igraine y Morgause. Rojos rizos coronaban su cabeza, y aunque no era mucho mayor que Arturo —Morgana supuso que de hecho debía ser un poco más joven, debido a que Morgause aún no se hallaba desposada con Lot cuando Arturo nació—, era ya un joven gigante, de seis pies de alto. Se arrodilló ante Arturo y éste lo levantó para abrazarlo.

—Te saludo, primo. Gustosamente haré de ti el primero de mis Caballeros; espero que te reúnas y seas bien acogido por mis más queridos amigos —dijo, indicando con la cabeza a los tres jóvenes que se hallaban presentes a un lado—. Lancelot, Gawaine es tu primo. Este es Cai y éste Bedwir, son mis hermanos adoptivos. Ahora tengo Caballeros, como los tuviera Alejandro de Grecia.

Morgana permaneció de pie observando durante todo el día a los reyes de Bretaña que llegaban para jurar lealtad al trono y al Rey Supremo, comprometiéndose a unírsele en la guerra para defender las costas. El rubio rey Pellinore, señor de las Tierras del Lago, se presentó ante Arturo rogándole que le permitiese partir antes de que los festejos terminaran.

—¿Qué sucede, Pellinore? —inquirió Arturo sonriendo—. Vos, a quien consideraba mi más firme partidario, ¿me abandonáis tan pronto?

—He recibido noticias de mi tierra, señor, un dragón está asolándola y juro perseguirlo hasta darle muerte.

Arturo le abrazó entregándole un anillo dorado.

—No mantendré a ningún rey alejado de su pueblo cuando éste lo necesita. Id a cazar al dragón y luego traedme su cabeza cuando le hayáis dado muerte.

Estaba cercano el crepúsculo, cuando todos los reyes y nobles que habían ido a jurar lealtad al Rey Supremo terminaron su cometido. Arturo no era más que un muchacho y, sin embargo, había mantenido durante toda la prolongada tarde una imperturbable cortesía, hablando a cada persona que se acercaba como si fuese la primera. Sólo Morgana, adiestrada en Avalon a leer los rostros, podía distinguir trazas de cansancio. Pero al fin terminó aquello y los sirvientes comenzaron a traer el festín.

Morgana había esperado que Arturo se sentase a comer entre el círculo de jóvenes a quienes señalase como sus Caballeros, después de tan larga jornada; era joven y había cumplido su deber con plena atención. En vez de ello, se sentó entre los obispos y los reyes más viejos del Consejo de su padre; a Morgana le complació ver a Merlín entre ellos. Después de todo, Taliesin era su abuelo, aunque no estaba segura de que Arturo lo supiese. Cuando hubo comido, a la manera de un joven que todavía está creciendo, se puso en pie y empezó a hacer el recorrido entre los invitados.

Con su sencilla túnica blanca, ataviado únicamente con la corona de oro, permaneció entre los nobles ricamente vestidos como un blanco ciervo en la oscura floresta. Sus Caballeros iban a su lado: el corpulento Gawaine, y Caio, cetrino, con aquilinos rasgos de romano, y una sardónica sonrisa. Al acercarse, Morgana vio que tenía una cicatriz en la comisura de la boca, aún lívida y desagradable, que le atirantaba la expresión en un oblicuo rictus. Era una lástima, probablemente había sido bello antes de que le ocurriera. Lancelot, junto a él, parecía hermoso como una muchacha, pero no, en él había algo salvaje y viril, quizá felino. Morgause le miró con ojos codiciosos.

—Morgana, ¿quién es ese apuesto joven, el que está junto a Cai y Gawaine, el de ropaje carmesí?

Morgana rió.

—Vuestro sobrino, tía; Galahad, el hijo de Viviane. Mas los sajones le conocen por flecha encantada y generalmente le llaman Lancelot.

—¡Quién habría pensado que Viviane, que es tan poco relevante, iba a tener un hijo tan gallardo! Su hijo mayor, Balan, no lo es en absoluto; recio, fuerte y cordial, digno de confianza como un viejo perro, pero se parece a Viviane. Ningún ser vivo *la* consideraría hermosa.

Tales palabras le llegaron a Morgana al corazón. *Se dice que yo soy como Viviane, ¿me consideran fea, en consecuencia? La damisela afirmó que era pequeña y fea como una del pueblo de las hadas.*

—A mí Viviane me parece muy hermosa —dijo fríamente.

Morgause frunció el ceño.

—Es fácil ver que te han educado en Avalon, que se halla aún más aislada que la mayoría de los conventos. No creo que sepas lo que los hombres entienden por belleza en una mujer.

—Vamos —repuso Igraine contemporizando—, hay otras virtudes más importantes que la belleza. Lancelot tiene los ojos de su madre y nadie puede negar que los ojos de Viviane sean hermosos; ella tiene tal encanto que no se sabe, ni importa, si es hermosa o no, ya que seduce con sus hermosos ojos y su delicada voz. La belleza no es sólo tener un regio porte, una tez clara y rizos dorados, Morgause.

Morgause dijo:

—Ah, también tú estás fuera del mundo, Igraine. Eres una reina y todos consideran hermosa a una reina. Y te casaste con un hombre que te quería bien. La mayoría no somos tan afortunadas y es reconfortante saber que otros hombres admiran nuestra belleza. De haber pasado toda tu vida con el viejo Gorlois, también tú te enorgullecerías de tu clara tez y tu hermoso cabello y te esforzarías por eclipsar a aquellas que no tienen más que encanto, bonitos ojos y una dulce voz. Los hombres son como niños, no ven más que lo primero que desean, un pecho henchido...

—¡Hermana! —exclamó Igraine, y Morgause repuso con irónica sonrisa:

—Bueno, ha sido fácil para ti ser virtuosa, hermana, dado que el hombre a quien amabas era rey. Las demás no tenemos tanta suerte.

—¿No amas a Lot tras todos estos años, Morgause?
Esta se encogió de hombros.

—El amor es una diversión para ser practicada bajo los emparrados en verano y junto al hogar en invierno. Lot toma de mí consejos para todo y me deja gobernar la casa en tiempo de guerra, y cada vez que obtiene un botín de oro, joyas o finas prendas me deja elegir a mí primero. Por tanto, le estoy agradecida y nunca he tenido la sombra de un motivo para pensar que está educando al hijo de otro hombre. Mas eso no significa que deba cerrar los ojos cuando un joven tiene agraciados rasgos y hombros como los de un toro, o pone la mirada en su reina.

*No dudo*, pensó Morgana, algo disgustada, *que a Morgause esto le parecerá una gran virtud y que se considerará una reina muy virtuosa*. Por vez primera en muchos años se sintió confusa al reconocer que la virtud no podía ser definida de forma tan simple. Los cristianos valoraban la castidad sobre todas las demás virtudes, mientras que en Avalon la virtud más apreciada era entregar el cuerpo al Dios o a la Diosa en unión con todo el flujo de la naturaleza; para cada uno la virtud del otro suponía el más negro pecado e ingratitud hacia su propio Dios. Si uno tenía razón, el otro era necesariamente maligno. Le parecía que los cristianos estaban rechazando la más sagrada de las cosas que hay bajo el cielo, mas ellos no la tendrían por algo mucho mejor que una ramera. Si hablase de los fuegos de Beltane como de un deber sagrado para con la Diosa, incluso Igraine, que había crecido en Avalon, la miraría pensando que algún demonio hablaba por ella.

Volvió la mirada hacia los jóvenes que se acercaban: Arturo, rubio y de grises ojos; Lancelot, esbelto y grácil y el enorme Gawaine de pelo rojizo, que sobresalía entre los demás como un toro entre un par de finos caballos españoles. Arturo llegó e hizo una reverencia ante su madre.

—Mi señora. —Tras un momento, rectificó—: Madre, ¿ha sido este día largo para vos?
—No más que para ti, hijo mío. ¿Vas a sentarte aquí?
—Sólo un momento, madre. —Al tomar asiento, Arturo, pese a haber comido bien, tomó distraídamente un puñado de dulces que Morgana había dejado en su plato. Esto le hizo ser consciente de cuán joven era Arturo.
—Madre, ¿deseáis volver a desposaros? —dijo, masticando aún la pasta de almendras—. De ser así, encontraré al más rico y amable de los reyes para vuestra boda. El Rey Uriens de Gales del Norte ha enviudado; sin duda se alegraría de tener una buena esposa.
Igraine sonrió.
—Te lo agradezco, querido hijo. Pero, después de ser la esposa del Rey Supremo, no deseo serlo de un hombre inferior. Y amaba tanto a tu padre que no deseo reemplazarle.
—Bueno, madre, será como queráis —dijo Arturo—, pero temo que os encontréis sola.
—Es difícil hallarse sola en un convento, hijo, rodeada de mujeres. Y Dios está allí.
—Preferiría veros alojada en una ermita del bosque antes que en una casa llena de mujeres charlatanas —intervino Morgause—. Si Dios está allí, debe de resultarle difícil oír una sola palabra razonable.
Durante un instante Morgana contempló a la alegre madre de su infancia, cuando Igraine replicó:
—Imagino que, como cualquier marido, se pasará más tiempo oyendo a sus mujeres que hablándoles. Pero si una escucha con suficiente solicitud, se da cuenta de que la voz de Dios no se halla distante. ¿Has estado alguna vez lo bastante tranquila como para escucharle y atenderle, Morgause?
Esta, riendo, hizo una mueca semejante a la de un luchador que reconoce un golpe.
—Y, ¿qué hay de ti, Lancelot? —le preguntó sonriendo provocativamente—. ¿Estás ya prometido o quizá casado?

El sonrió negando con la cabeza.

—Ah, no, tía. Es seguro que mi padre, el Rey Ban, me encontrará una esposa. Pero, mientras tanto, deseo seguir a mi rey y servirle.

Arturo, sonriendo a su amigo, le dio una palmadita en el hombro.

—Con mis dos fornidos primos aquí, sin duda me hallo custodiado tan bien como cualquiera de los viejos césares.

Igraine le advirtió con suavidad:

—Arturo, me parece que Cai está celoso; ten una palabra amable para él.

Al escuchar esto, Morgana contempló la lúgubre cara llena de cicatrices de Cai. Era duro para él, en efecto; tras largos años pensando que Arturo era un desatendido hijo adoptivo de su padre, se encontraba ahora suplantado por un hermano más joven, quien se había convertido en rey; y veía a ese hermano rodeado de dos nuevos amigos a los que entregaba su corazón...

—Cuando esta tierra sea pacificada —dijo Arturo—, ciertamente encontraremos esposas y castillos para todos vosotros. Pero tú, Caio, seguirás a mi lado como chambelán.

—Eso me complace, hermano; perdonadme, debí decir mi señor y rey.

—No —contestó Arturo, volviéndose de inmediato para abrazar a Cai—. Que Dios me castigue, hermano, si alguna vez te pido que me llames así.

Igraine se emocionó.

—Arturo, cuando hablas de tal modo me parece estar oyendo la voz de tu padre.

—Por mi propio bien, señora, hubiese deseado conocerle mejor. Pero también sé que un rey no puede hacer siempre cuanto desea, como tampoco una reina.

Tomó la mano a Igraine y la besó. *Ya ha aprendido mucho sobre el oficio de rey*, pensó Morgana.

—Supongo —dijo Igraine— que ya te habrán indicado que debes tomar a una esposa.

—Oh, así lo supongo —repuso Arturo, encogiéndose

de hombros—. Todo rey, imagino, tiene una hija a la que le gustaría desposar con el Rey Supremo. Creo que pediré consejo a Merlín sobre con cuál debo hacerlo. —Buscó con los ojos los de Morgana y, durante un momento, parecieron presa de una terrible vulnerabilidad—. No sé demasiado acerca de las mujeres, después de todo.

Lancelot dijo afablemente:

—Bien, pues, debemos encontrarte la más hermosa de las mujeres del reino y la de más alta cuna.

—No —repuso Cai despacio—, puesto que Arturo declara muy sensatamente que todas las mujeres le parecen iguales, buscaremos a la de mejor dote.

Arturo rió entre dientes.

—Entonces te dejaré a ti la misión, Cai, y sin duda me casaré tan bien como he sido coronado. Te sugeriría que escucharas el consejo de Merlín y el de Su Santidad el Arzobispo, quien tendrá algo que decir al respecto. ¿Y qué será de vos, Morgana? ¿Habré de encontraros marido o seréis una de las damas de compañía de mi reina? ¿Quién ha de ser más encumbrada en el reino que la hija de mi madre?

Morgana acertó a decir:

—Mi señor y rey, estoy bien en Avalon. Os ruego no os preocupéis de encontrarme marido. *Ni incluso*, pensó furiosamente, *ni incluso aunque tenga un hijo. ¡Ni siquiera entonces!*

—Así ha de ser, hermana, os lo aseguro. Pero Su Santidad tendrá algo que decir acerca de ello. Piensa que todas las mujeres de Avalon son sacerdotisas maléficas o arpías.

Morgana no le contestó, y Arturo desvió la mirada hacia los otros reyes y consejeros casi con un sentimiento de culpabilidad. Merlín le observaba.

—Ya veo que he pasado todo el tiempo que me era permitido con mi madre, mi hermana y mis Caballeros; debo retornar a los asuntos de un rey. Señora. —Se inclinó ante Igraine, de manera más formal ante Morgause, pero cuando se aproximó a Morgana la besó en la mejilla. Ella se envaró.

*Madre, Diosa, en qué maraña estamos envueltos. Afirma que me amará siempre, y eso es lo único que no debe hacer. Si Lancelot sintiera eso...* Suspiró, e Igraine le cogió la mano.

—Estás cansada, hija. La larga permanencia bajo el sol esta mañana te ha agotado. ¿Estás segura de que no preferirías volver al convento conmigo donde hay tanta quietud? ¿No? Bien; Morgause, llévatela a tu tienda, si te place.

—Sí, querida hermana, vayamos a descansar. —Observó a los jóvenes alejarse, Arturo adecuando disimuladamente su paso al vacilante caminar de Cai.

MORGANA VOLVIÓ con Morgause a la tienda; mas hubo de permanecer atenta y cortés mientras Lot comentaba un plan del que Arturo le había hablado: la lucha a caballo, con tácticas de ataque que derribarían a las bandas armadas de incursores sajones y soldados de a pie, la mayoría de las cuales no eran tropas de batalla entrenadas.

—El chico es un maestro en estrategia —dijo Lot—. Bien puede funcionar; después de todo, fueron bandas de pictos y escoceses, y las Tribus, luchando a cubierto, las que lograron desmoralizar a las legiones. Eso me han contado; los romanos estaban acostumbrados a luchar ordenadamente y según reglas, y contra enemigos que aguardaban para dar batalla. Los jinetes siempre tienen ventaja sobre cualquier soldado de a pie; me han dicho que eran las unidades de la caballería las que obtenían las mayores victorias.

Morgana recordó a Lancelot, hablando con pasión de sus teorías sobre la lucha. Si Arturo compartía aquel entusiasmo y estaba dispuesto a colaborar con Lancelot para crear cuerpos de caballería, efectivamente llegaría el momento en que todas las hordas sajonas serían expulsadas del país. Luego reinaría una calma mayor que la de aquellos dos legendarios siglos de Pax Romana. Y, portando Arturo la espada de Avalon y la regalía druida, ciertamente la época siguiente sería un reino de prodigios... Viviane se refirió una vez a Arturo como a un rey de leyenda que blandiría una espada legendaria. *Y la Diosa volverá a regir esta tierra, no el Dios de los cristianos...* Se fue deslizando hacia la ensoñación, sin despertar a la realidad hasta que Morgause le tocó levemente el hombro.

—Querida, estás medio dormida, vete al lecho; te excusamos —le dijo, y envió a su doncella de compañía para que ayudara a Morgana a despojarse del vestido, a lavarle los pies y a peinarle el cabello.

Durmió larga y profundamente, sin sueños; el cansancio de muchos días descendió de súbito sobre ella. Pero cuando despertó, apenas sabía dónde se encontraba ni qué había ocurrido, únicamente sentía unas espantosas náuseas y la necesidad de salir de la tienda para vomitar. Cuando se incorporó, la cabeza le falló; Morgause estaba allí, una firme y amable mano para ayudarle a volver en sí. Tal era el recuerdo de Morgana desde su más temprana infancia, Morgause alternativamente amable y áspera. Ahora limpiaba la sudorosa frente de Morgana con una toalla húmeda, sentándose luego a su lado y pidiéndole a la sirvienta que le llevase una copa de vino.

—No, no lo quiero. Me volverán a entrar náuseas.

—Bébetelo —le indicó Morgause con obstinación—, y procura comerte este trozo de pan, porque está duro y no te provocará el vómito; debes tener algo en el estómago mientras dure tu estado. —Se reía—. De hecho, es algo en el vientre lo que acarrea todos estos problemas.

Humillada, Morgana apartó la mirada de ella.

La voz de Morgause era nuevamente amable.

—Vamos, hija, todas hemos pasado por esto. Estás encinta, ¿y qué más da? No eres la primera ni serás la última. ¿Quién es el padre, o no debo preguntarlo? Te vi mirando al apuesto hijo de Viviane. ¿Fue él el afortunado? ¿Quién podría culparte? ¿No? ¿Un hijo de los fuegos de Beltane, pues? Algo así había pensado.

Morgana apretó los puños contra la bien intencionada vivacidad de Morgause.

—No quiero tenerlo; cuando vuelva a Avalon sé cuanto he de hacer.

Morgause la miró preocupada.

—Oh, querida mía, ¿debes hacerlo? En Avalon darían la bienvenida a un hijo de la Diosa y tú eres del linaje regio de Avalon. Puedo decir que yo no lo he hecho nunca, te confieso que he sido muy cuidadosa de no quedarme embarazada de nadie que no fuese Lot, lo que no significa que haya dormido sola todo el tiempo que él estaba fuera, ocupado en sus batallas. Bueno, ¿por qué iba a hacerlo? Tampoco creo que él siempre haya yacido solo. Pero una vieja comadrona me dijo en una ocasión, y aseguro que conocía bien su oficio, que una mujer nunca debería intentar deshacerse del primer hijo que concibe porque, de hacerlo, se dañaría el vientre y ya no podría volver a tener otro.

—Soy una sacerdotisa y Viviane se hace vieja; no quiero que esto interfiera en mis deberes hacia el templo.
—E incluso, mientras afirmaba tal cosa, sabía que estaba ocultando la verdad; había mujeres en Avalon que continuaban sus cometidos hasta los últimos meses del embarazo, y a partir de entonces, las otras mujeres se dividían sus tareas con agrado para que ellas pudiesen descansar antes del parto; después, incluso tenían tiempo para amamantar a los niños antes de darlos en adopción. De hecho, algunas de las hijas eran educadas como sacerdotisas, cual lo fuera Igraine. La propia Morgause fue criada hasta los doce años en Avalon como hija adoptiva de Viviane.

Morgause la miró sagazmente.

—Sí, creo que todas las mujeres sienten eso cuando por vez primera llevan un hijo en el vientre, atrapadas, airadas, con algo que no pueden cambiar y a lo que temen. Sé que así le ocurrió a Igraine, y también a mí, e imagino que es igual para todas las mujeres. —Rodeó a Morgana con los brazos y la estrechó fuertemente—. Pero, querida niña, la Diosa es benévola. Mientras el niño vaya creciendo dentro de ti, también crecerá tu amor hacia él, aun cuando nada te importe el hombre que lo engendró. Pequeña, me casé a los quince años con un hombre mucho mayor, y el día que supe que estaba encinta sentí deseos de arrojarme al mar; me pareció que era el fin de mi juventud, el término de mi vida. Ah, no llores —añadió acariciando el suave cabello de Morgana—, pronto mejorarás. Nada tiene de agradable ir por ahí con el vientre hinchado, ni sentir continuamente deseos de orinar como un niño de pañales, pero el tiempo pasa y darle el pecho a un bebé es tan placentero como doloroso el parto. Yo ya he dado a luz a cuatro y gustosamente tendría otro, porque siempre he deseado tener una niña. Si no quieres que tu hijo crezca en Avalon, yo lo criaré por ti, ¿qué piensas de esto?

Morgana suspiró hondo tras los sollozos, levantando la cabeza del hombro de Morgause.

—Lo siento, te he mojado tu hermoso vestido.

Morgause se encogió de hombros.

—Mientras no le ocurra nada peor, no importa. ¿Ves? La náusea ha pasado, y durante el resto del día te sentirás bien. ¿Crees que Viviane te permitiría hacerme una visita? Puedes venir a Lothian con nosotros, si lo deseas; no has visto a los Orkney y un cambio te sentará bien.

Morgana se lo agradeció, mas le dijo que debía regresar a Avalon y, antes de irse, presentarle sus respetos a Igraine.

—Te aconsejo que no te confíes a ella —dijo Morgause—. Se está haciendo tan santa que se escandalizará o creerá que su deber es hacerlo.

Morgana sonrió débilmente. No tenía intención de confiarse a Igraine, ni a nadie más sobre aquella cuestión. Debía actuar antes de que Viviane pudiera enterarse. Agradecía el aviso de Morgause, su buena voluntad y consejos, mas se proponía no hacerle caso. Se dijo con fiereza que era privilegio suyo el elegir: era sacerdotisa y cualquier cosa que hiciera debía estar de acuerdo con su propio juicio.

Durante su despedida de Igraine, que fue tensa e interrumpida en más de una ocasión por aquella condenada campana que llamaba a las monjas a sus deberes, le pareció que Morgause se asemejaba más a la madre que recordaba que la misma Igraine. Esta se había hecho vieja, severa y piadosa, o así le parecía a Morgana, y se despidió de ella con alivio. Sabía que volver a Avalon era retornar a casa; ahora ya no tenía ningún otro hogar en el mundo.

Pero, si Avalon dejaba de ser su morada, ¿qué sucedería?

## XX

Empezaba a clarear el día cuando Morgana se deslizó en silencio fuera de la Casa de las Doncellas para adentrarse en las marismas vírgenes que había tras el Lago. Eludió Tor, entrando en una zona de bosque; con suerte encontraría lo que iba a buscar sin extraviarse entre las nieblas.

Conocía cuanto le era necesario, una simple raíz, la corteza de un matorral y dos hierbas. Encontraría todo aquello en Avalon. Podría haberlo recogido en las despensas de la Casa de las Doncellas, pero hubiera tenido que explicar para qué las quería y rehuía tener que hacerlo. No deseaba ni la burla ni la compasión de las demás mujeres, era mejor que las encontrara por sus propios medios. Algo conocía del saber popular sobre las hierbas y sobre las habilidades de las comadronas. Para eso no necesitaba ponerse a merced de ninguna otra persona.

Una de las hierbas que buscaba crecía en el jardín de Avalon; la recogió sin ser vista. Para obtener las otras habría de salir, y llevaba recorrida mucha distancia cuando se dio cuenta de que aún no había penetrado en las nieblas. Mirando a su alrededor, comprendió que se había adentrado en una parte de Avalon que no conocía, lo cual era un completo desatino. Llevaba diez años o más viviendo en Avalon, conocía cada otero y cada loma, cada sendero y casi cada árbol. Era imposible que pudiera extraviarse en Avalon, pero había sucedido; estaba errando por un bosque muy tupido, donde los árboles eran más viejos y estaban más juntos que los que siempre había visto; había matorrales, hierbas y árboles en los que jamás antes había puesto los ojos.

¿Era posible que se hubiese perdido de alguna forma entre las nieblas sin darse cuenta y se hallase ahora en la tierra firme que circundaba el Lago y la Isla? No; mentalmente volvió a trazar cada uno de los pasos de su andadura. No había niebla. En cualquier caso, Avalon era casi una isla, y de haber traspasado sus límites, sólo podía encontrarse con el agua del Lago. Había un sendero oculto y casi seco para los caballos, pero no lo veía por parte alguna.

Incluso el día en que ella y Lancelot descubrieron a Ginebra entre las nieblas, les rodeaban las marismas y no la floresta. No, no se hallaba en la Isla de los Sacerdotes y, a menos que hubiesen desarrollado la mágica facultad de caminar sobre el Lago sin hundirse, tampoco se encontraba en tierra firme. Ni estaba en lugar alguno de Avalon. Levantó la mirada, pretendiendo orientarse por el sol, pero no pudo descubrirlo; ya era pleno día, mas la luz era como un leve resplandor en el cielo, que parecía proceder de todos los sitios a la vez.

Morgana empezó a sentirse helada de espanto. No estaba, pues, en el mundo que conocía. ¿Era posible que dentro de la magia druida que había ocultado a Avalon del mundo, hubiese una zona desconocida y remota, un mundo circundante o más allá de Avalon? Observando los gruesos árboles, los centenarios robles y avellanos, helechos y sauces, supo que no se encontraba en ningún lugar que hubiese visto con anterioridad. Había un solitario y nudoso roble, más viejo de lo imaginable, en el que posiblemente no habría dejado de fijarse y reconocer. Ciertamente, un árbol tan viejo y venerable, habría sido considerado sagrado por los druidas.

—¡Por la Diosa! ¿Dónde estoy?

Fuera donde fuera, no debía permanecer allí. Debía

dirigirse hacia algún lugar que le resultase familiar, descubriendo por una señal en el terreno su anterior dirección, o debía acercarse adonde comenzaban las nieblas para así retornar al punto de partida.

Caminó despacio por entre el denso bosque. Vislumbró un claro y se dirigió hacia él. Se encontraba rodeado de avellanos, ninguno de los cuales, lo supo instintivamente, había sido nunca tocado, ni siquiera por el metal de un cuchillo druida, para cortar las varitas adivinatorias que podían hallar el agua, un tesoro oculto o cosas ponzoñosas. Había una arboleda de avellanos en la Isla de Avalon, pero ella conocía aquellos árboles; de allí había extraído su varita adivinatoria años atrás cuando comenzara a aprender tales cosas. Este no era el lugar. En el extremo de la arboleda en que se encontraba había una mata de las hierbas que estaba buscando. Bien, las cogería ahora, así sacaría algún beneficio de haber llegado hasta allí. Se arrodilló, recogiéndose las faldas para hacerse un cojín sobre el que trabajar, y empezó a excavar en busca de la raíz.

Por dos veces, mientras escarbaba en la tierra, tuvo la sensación de estar siendo observada; aquella tenue punzada en la espalda que acompañaba a todos cuantos habían vivido entre seres salvajes. Pero, cuando levantó la vista, pese a un indicio de movimiento entre los árboles, no pudo ver a nadie.

La tercera vez se demoró en levantar la vista tanto como pudo, diciéndose que no encontraría nada. Separó la hierba de la tierra y empezó a limpiar la raíz murmurando el conjuro adecuado a tal uso, una plegaria a la Diosa para restaurar la vida del matorral desenraizado, de forma que, mientras tomaba aquel matorral, otros crecieran en distinto lugar. Pero la sensación de ser observada se hizo más fuerte, y Morgana finalmente levantó la mirada. Casi invisible, al borde de los árboles, erguida entre las sombras, una mujer la observaba.

No era una de las sacerdotisas, nadie a quien Morgana hubiese visto nunca con anterioridad. Llevaba un vestido de un lúgubre gris verdoso, el color de las hojas del sauce cuando se hacen viejas y cenicientas a finales del verano, y una especie de oscura capa. Había un ligero destello dorado en su garganta. A primera vista, Morgana la creyó una de las del pequeño y oscuro pueblo con las que aguardase la muerte del Rey Ciervo. Pero el comportamiento de la mujer la hacía parecer bastante distinta a las del pequeño pueblo cazador; se conducía como una sacerdotisa o una reina. Morgana no podía calcular su edad, mas los ojos profundamente hundidos y las arrugas que los rodeaban le decían que la mujer no era joven.

—¿Qué estás haciendo, Morgana de las Hadas?

Un gélido temblor le recorrió la espalda. ¿Cómo sabía su nombre? Pero ocultando el temor con la destreza de una sacerdotisa, contestó:

—Si conocéis mi nombre, señora, seguramente sabréis qué estoy haciendo.

Con decisión, apartó los ojos de la negra mirada que estaba clavada en ella y siguió pelando la corteza. Cuando volvió a levantar la vista, casi esperando que la extraña mujer hubiese desaparecido de la misma forma que había llegado, la vio aún allí contemplando fríamente la labor que realizaba. Dijo, con los ojos ahora fijos en las sucias manos de Morgana y en la uña que ésta se había roto al cavar:

—Sí, puedo ver lo que estás haciendo y lo que pretendes hacer. ¿Por qué?

—¿Qué os va en ello?

—La vida es muy preciada en mi pueblo —repuso la mujer—, aunque ni damos a luz ni morimos con tanta facilidad como los de vuestra especie. Pero me maravilla que tú, Morgana, que desciendes del linaje real del Viejo Pueblo y, por consiguiente, eres pariente lejana mía, busques abortar el único hijo que jamás tendrás.

Morgana tragó saliva. Se puso en pie tambaleándose, consciente de la suciedad de sus manos cubiertas de tierra, de las raíces a medio pelar que sujetaba, de la falda arrugada por haberse arrodillado sobre el húmedo suelo, como una mocosa ante una Suprema Sacerdotisa. Pero preguntó desafiante:

—¿Qué os hace decir tal cosa? Aún soy joven. ¿Qué os lleva a pensar que si me deshago de este hijo no podré tener una docena más?

—Había olvidado que en quien la sangre de las hadas se ha diluido, la Visión desciende mutilada e incompleta —repuso la desconocida—. Les basta decir: he visto. Piénsatelo dos veces, Morgana, antes de rehusar lo que la Diosa te envió mediante el Rey Ciervo.

De súbito, Morgana comenzó a sollozar. Confesó balbuceante:

—¡No lo quiero! ¡No lo quería! ¿Por qué me ha hecho esto la Diosa? Si venís de parte de ella, ¿podéis entonces contestarme a esto?

La extraña mujer la miró con tristeza.

—No soy la Diosa, Morgana, ni tan siquiera su emisaria. Mi especie nada sabe de Dioses o Diosas, únicamente del seno de nuestra madre que está bajo nuestros pies y sobre nuestras cabezas, de la cual venimos y a la cual iremos a dar cuando nuestro tiempo termine. Por consiguiente, protegemos la vida y lloramos si la vemos extirpar. —Avanzó arrebatándole a Morgana la raíz de la mano.

—No necesitas esto —dijo, y la arrojó al suelo.

—¿Cómo os llamáis? —gritó Morgana—. ¿Qué lugar es éste?

—No podrías pronunciar mi nombre en tu lengua —respondió la señora, y repentinamente Morgana se preguntó en qué lenguaje estaban hablando—. En cuanto al lugar, es la arboleda de avellanos y es lo que es. Conduce a mi hogar. Y aquel sendero —señaló— te llevará al sitio de donde vienes, Avalon.

Morgana miró hacia donde señalaba con el dedo. Sí, había un camino por allí, mas juraría que no estaba cuando entró en la arboleda.

La señora se hallaba aún a su lado. De ella se desprendía un extraño olor, no el fuerte olor a cuerpo desaseado que desprendieran las viejas sacerdotisas tribales, sino una curiosa e indefinible fragancia, semejante a la de alguna hierba u hoja desconocida; un extraño, fresco y casi amargo aroma. Al igual que las hierbas rituales para la Visión, este olor le hacía sentir a Morgana lo mismo que si sus ojos estuvieran afectados por un encantamiento que le aguzara la vista hasta un extremo jamás experimentado, haciendo que todas las cosas le parecieran nuevas y límpidas.

La dama dijo con voz baja e hipnótica:

—Puedes permanecer aquí conmigo si lo deseas; te haré dormir de manera que des a luz a tu hijo sin dolor, y custodiaré la vigorosa vida que hay en tu interior y vivirá más tiempo que de permanecer entre los de tu especie. Porque veo su destino en tu mundo. Tratará de hacer el bien, y como la mayoría de los de tu especie, no conseguirá más que hacer daño. Pero si se queda aquí con mi pueblo vivirá más y más, dirías *tú*, para siempre; tal vez como un mago o un hechicero entre nosotros, habitando entre los árboles y los seres salvajes que nunca fueron domados. Quédate aquí, pequeña, entrégame al hijo que no quieres tener y luego regresa entre tu gente, sabiendo que es feliz y no hará daño.

Morgana sintió un repentino y mortal estremecimiento. Sabía que aquella a quien tenía enfrente no era del todo humana; ella misma tenía algo de su antiquísima sangre élfica, *Morgana de las Hadas*, el viejo nombre con el cual Lancelot la había vituperado. Se deshizo de la mano del hada y corrió, corrió hacia el sendero que aquélla le indicase, corrió desesperadamente como si la persiguiera un demonio. La mujer gritó a sus espaldas:

—Deshazte de tu hijo entonces, o estrangúlale cuando nazca, Morgana de las Hadas, para que tu pueblo tenga su propio destino, ¿y qué le sucederá al hijo del Rey Ciervo? El rey debe morir y ser abatido en su vuelta...

Pero la voz se perdió cuando Morgana se precipitó en las nieblas, dando tumbos al correr; las zarzas se le enredaban y la hacían caer mientras huía presa del pánico, hasta que traspasó las brumas hacia el suave sol y el silencio, y supo que se hallaba de nuevo en las familiares orillas de Avalon.


LA LUNA OSCURA en el cielo otra vez. Avalon se encontraba cubierta por la niebla y la bruma veraniega, pero Viviane había sido sacerdotisa tantos años que distinguía los cambios lunares como si fuesen los flujos de su propia sangre. Recorrió en silencio su casa y al cabo de un rato le dijo a una de las sacerdotisas:
—Tráeme el arpa.
Pero, al sentarse con la pálida arpa de madera de sauce sobre la rodilla, apenas acarició indolentemente las cuerdas, sin voluntad o ánimo de hacer música.
Cuando la noche comenzó a convertirse en mañana, Viviane se levantó tomando una pequeña lámpara. La sacerdotisa que la atendía llegó velozmente desde la estancia en la que descansaba, pero Viviane movió la cabeza sin hablar indicándole que volviese a la cama. Caminó, silente cual un espectro, por el sendero que bajaba a la Casa de las Doncellas y entró furtivamente, deslizándose sin el menor ruido, como un gato.
Ya en la habitación donde dormía Morgana, fue hasta los pies del lecho y contempló su rostro, tan parecido al suyo propio. Morgana, en sueños, tenía el aspecto de la pequeña que llegó a Avalon hacía tanto tiempo, y esto hizo que Viviane se estremeciera en lo más recóndito de su corazón. Bajo las negras pestañas de Morgana, había sombras oscuras, como magulladuras, y tenía los bordes de los párpados enrojecidos como si hubiese llorado hasta que el sueño llegó.
Sosteniendo en alto la lámpara, observó largo rato a su joven sobrina. Amaba a Morgana como jamás amase a Igraine, o a Morgause, a quien había criado dándole el pecho; como nunca amase a ninguno de los hombres que compartieron su lecho por una noche o por una estación.

Ni siquiera a Cuervo, a la cual tutelara en el proceder de una sacerdotisa desde los siete años, la había querido así. Sólo una vez había experimentado un amor tan intenso, un dolor interno como si cada aliento del ser amado fuese una agonía para ella, por la hija a la que dio a luz el primer año en que hizo votos de sacerdotisa, quien había vivido apenas seis meses y a la que Viviane, llorando por última vez, enterrase antes de cumplir los quince años. Desde el momento en que pusieron a la hija en sus brazos, hasta que ésta exhaló el último y débil suspiro, Viviane se estremecía cada vez que ella respiraba en una suerte de delirio mezcla de amor y dolor, como si la amada hija fuese una parte de su propio cuerpo, sintiendo cada momento de alegría o sufrimiento como suyos. Aquello ocurrió hacía una vida y Viviane sabía que la mujer que una vez había sido yacía enterrada en la arboleda de avellanos de Avalon. La mujer que se alejó sin lágrimas de aquella diminuta sepultura era ya por completo otra persona, que se mantenía apartada de toda emoción humana. Amable, sí; contenta, incluso feliz, a veces; pero no la misma mujer. Había amado a sus hijos, pero desde su nacimiento se había resignado a la idea de entregarlos a madres adoptivas.

Se había permitido amar a Cuervo un poco... mas había ocasiones en que Viviane había sentido en lo más recóndito de su corazón que la hija muerta le había sido restituida por la Diosa en la forma de la pequeña hija de Igraine.

*Ahora está llorando y es como si cada lágrima ardiese en mi corazón. Diosa, tú me entregaste a esta hija para amarla y debo abandonarla a este tormento... Toda la humanidad sufre, la misma Tierra gime bajo el tormento de sus hijos. Por tal sufrimiento, Madre Ceridwen, nos acercamos al tuyo...* Viviane se llevó rápidamente la mano a los ojos, sacudiendo la cabeza para que aquella única lágrima desapareciese sin dejar rastro. *También ella está entregada a cuanto debe ser; su sufrimiento ni siquiera ha empezado.*

Morgana se agitó volviéndose hacia donde ella estaba. Viviane, temiendo súbitamente que Morgana despertase y a la posibilidad de enfrentarse de nuevo con la acusación de aquellos ojos, se escabulló de la estancia y retornó en silencio a su morada.

Yacía en la cama intentando conciliar el sueño, mas no podía cerrar los ojos. Ya casi había amanecido, cuando vio una sombra que pasaba frente al muro y en la penumbra distinguió un rostro; era la corva Muerte, aguardándola, con el aspecto de una anciana cubierta de harapos y andrajos de sombras.

*Madre, ¿habéis venido a buscarme?*

*Todavía no, hija mía y mi otro ser, espero aquí para que puedas recordar que te aguardo, como a cualquier otro mortal...*

Viviane parpadeó, y cuando de nuevo abrió los ojos, el rincón estaba a oscuras y desierto. *Ciertamente no necesito recordatorio alguno de que me aguarda...*

Yació en silencio, esperando, como había sido enseñada a hacerlo, a que por fin el alba penetrara en la estancia. Incluso entonces aguardó hasta hallarse vestida, ya que no debía romper el ayuno de la luna oscura hasta que la media luna pudiese ser vista en el cielo crepuscular. Luego llamó a la sacerdotisa asistenta, ordenándole:

—Conducid a la dama Morgana hasta mí.

Cuando Morgana entró, observó que la joven se había vestido con el atavío de una sacerdotisa del más alto rango, el pelo recogido y trenzado, la pequeña hoja en forma de hoz pendiendo del cordel negro. La boca de Viviane formó una seca sonrisa, luego ambas se saludaron y Morgana tomó asiento a su lado.

—Por dos veces ha oscurecido la luna —dijo—; cuéntame, Morgana, ¿ha avivado tu vientre el Astado?

Morgana la miró fugazmente, la mirada de un pequeño animal asustado al encontrarse en una trampa. Luego repuso colérica y desafiante:

—Me dijiste que usase mi propio juicio; me he deshecho de él.

—No lo has hecho —dijo Viviane, afirmando la voz para lograr una completa distancia—. ¿Por qué has de mentirme? Sé que no lo has hecho.

—Lo haré.

Viviane percibió la fuerza de la muchacha; por un instante, cuando Morgana se levantó de la banqueta, le pareció que de repente se tornaba alta e imponente. Pero era una artimaña de sacerdotisa que Viviane también conocía.

*Se ha liberado de mí, ya no puedo seguir intimidándola.* Sin embargo dijo, invocando toda su antigua autoridad:

—No lo *harás*. La sangre real de Avalon no puede ser desechada.

Súbitamente, Morgana se desplomó, y por un momento Viviane temió que rompiese en salvajes sollozos.

—¿Por qué me hiciste eso, Viviane? ¿Por qué me has utilizado así? ¡Creía que me amabas! —Su rostro se contrajo, mas no pudo llorar.

—La Diosa sabe, pequeña, que te quiero como jamás quise a ningún otro ser humano en la tierra —declaró Viviane firmemente, con un lacerante dolor en el corazón—. Pero cuando te traje hasta aquí, te advertí: llegará un día en que me odiarás tanto como ahora me amas. Soy la Señora de Avalon y no tengo que dar explicaciones de lo que hago. Hago cuanto debo hacer, ni más ni menos, y así harás tú cuando llegue el momento.

—¡Ese momento nunca llegará! —gritó Morgana—, porque aquí y ahora te digo que me has utilizado y jugado conmigo como con una marioneta por última vez. ¡Nunca jamás, nunca!

Viviane mantuvo sosegada la voz, el tono de una sacerdotisa adiestrada que ha de conservar la calma aunque los cielos se le caigan encima.

—Cuídate de maldecirme, Morgana; las palabras que son fruto de la ira tienen una maligna forma de retornar cuando menos se las espera.

—Yo no pensaba maldecirte —repuso Morgana rápidamente—. Pero no seguiré siendo por más tiempo tu juguete. En cuanto a este niño por el que has movido cielo y tierra para que vea la luz, no lo tendré aquí en Avalon para que no puedas sentir satisfacción por lo que has llevado a cabo.

—Morgana... —dijo Viviane extendiendo la mano hacia la joven, pero ésta retrocedió.

—Quiera la Diosa tratarte como tú me has tratado, señora.

Sin otra palabra se volvió y salió de la habitación, sin despedirse. Viviane permaneció helada, como si las últimas palabras de Morgana fuesen realmente una maldición.

Cuando por fin pudo pensar con claridad, llamó a una de las sacerdotisas; era ya tarde y la luna, el más delgado inicio de la luna creciente, era visible en el cielo occidental.

—Dile a mi sobrina, la dama Morgana, que venga a atenderme; no le di permiso para marcharse.

La sacerdotisa se marchó, pero no regresó durante mucho tiempo; ya casi estaba oscuro y Viviane había llamado a la otra asistente para que le sirviese alimentos que rompieran el largo ayuno, cuando aquélla volvió.

—Señora —dijo haciendo una reverencia, y con palidez en el rostro.

Viviane sintió un nudo en la garganta, y por algún motivo recordó cómo una sacerdotisa profundamente desesperada, hacía mucho tiempo, tras el nacimiento de un hijo que no había deseado, se colgó con el ceñidor de uno de los robles de la arboleda. *¡Morgana! ¿Fue de eso de lo que la corva Muerte vino a advertirme? ¿Habrá atentado contra su propia vida?* Dijo con la boca reseca:

—Te ordené que me trajeras a la dama Morgana.

—No pude, señora.

Viviane se puso en pie con pavorosa expresión; la joven sacerdotisa retrocedió con tal rapidez que casi tropezó.

—¿Qué le ha sucedido a la dama Morgana?

—Señora —dijo la joven tartamudeando—, no estaba en su estancia y he preguntado por todas partes. Encontré... encontré esto en la habitación —añadió, mostrándole el velo y la túnica de piel de ciervo, la media luna y el cuchillo en forma de hoz que le fuera entregado a Morgana en la iniciación—. Y me dijeron en la costa que había solicitado la barca e ido hacia tierra firme. Pensaron que se marchaba siguiendo vuestras órdenes.

Viviane suspiró profundamente, recogiendo la daga y la media luna de manos de la sacerdotisa. Miró las viandas que había sobre la mesa, y una terrible sensación de debilidad la asaltó; se sentó a comer con rapidez un poco de pan y una taza de agua del Manantial Sagrado.

—No es culpa tuya y lamento haberte hablado con acritud —dijo después.

Permaneció con la mano puesta sobre el pequeño cuchillo de Morgana, y por vez primera en su vida, viendo cómo latía allí la vena, pensó en la facilidad con que podría segarla con la daga para contemplar cómo se le iba la vida. *Entonces la corva Muerte habría venido por mí y no por Morgana. Si quiere sangre, dejemos que sea la mía.* Morgana había dejado el cuchillo; no se colgaría ni se cortaría las venas. Sin duda, se habría ido con su madre en busca de consuelo y consejo. Algún día retornaría y, de hacerlo, quedaba en manos de la Diosa.

Cuando estuvo a solas de nuevo, salió de la casa y, bajo el pálido resplandor de la luna renovada, recorrió el sendero hasta el espejo.

*Arturo ha sido coronado y es rey*, pensó; *todo cuanto he urdido para ello en los últimos veinte años ha llegado a darse. Pero me veo sola y repudiada. Que se cumpla en mí la voluntad de la Diosa, pero que me permita ver una vez más el rostro de mi hija, mi única hija, antes de morir; que me conceda saber si le irá bien. Madre, en vuestro nombre.*

Pero la faz del espejo mostraba únicamente silencio, sombras, y más allá y a través de ellos, una espada en las manos de su hijo Balan.

HABLA MORGANA...

*Los pequeños y oscuros remeros no me miraron por dos veces; estaban acostumbrados a las idas y venidas de Viviane con tal vestimenta, y cualquier cosa que una sacerdotisa decidiese estaba bien a sus ojos. Ninguno de ellos se atrevió a hablar y, por mi parte, mantuve el rostro totalmente vuelto hacia el exterior.*

*Podría haber huido furtivamente de Avalon por el camino oculto. De esta manera, tomando el bote, Viviane de seguro se enteraría de que me había marchado... pero incluso ante mí misma temía reconocer que era el miedo lo que me alejaba del camino oculto, miedo a que mis pasos no me llevaran a tierra firme, sino hasta aquel desconocido país en el que extrañas flores y árboles crecen vírgenes para la humanidad, el sol jamás brilla, y los burlones ojos del hada ven claramente dentro de mi alma. Todavía conservaba las hierbas, en una bolsita atada a la cintura, pero mientras la barca se deslizaba con silenciosos remos por las nieblas del Lago, desanudé la bolsa y la dejé caer al agua. Parecía que algo refulgiera allí bajo la superficie del Lago, como una sombra, un destello dorado, acaso de joyas; mas aparté la vista sabiendo que los remeros me esperaban para que levantase las nieblas.*

*Avalon quedaba a mis espaldas, había renunciado; la Isla se distinguía con claridad a la luz del sol naciente, pero no me volví para dirigir una última mirada a Tor o al anillo de piedras.*

*No sería un peón de Viviane, dándole un hijo a mi hermano por algún secreto propósito de la Dama del Lago. De algún modo, nunca puse en duda que sería un hijo; si hubiera creído que iba a dar a luz una hija, hubiese permanecido en Avalon, entregándole a la Diosa la hija que le debía para su templo. Nunca, en todos los años transcurridos desde entonces, he dejado de lamentar que la Diosa me enviase un hijo, en lugar de una hija que la sirviera en el templo y en la arboleda.*

*Y así pronuncié las mágicas palabras por última vez,*

*como creí entonces, y las nieblas se disiparon y arribamos a las orillas del Lago. Me sentí como si despertara de un prolongado sueño. Me pregunté, mirando por vez primera a Avalon: «¿Es real?» y recordé lo que Viviane me contestase: «Es más real que ningún otro sitio». Pero ya no me lo parecía. Mirando hacia los lúgubres cañaverales, pensé: Sólo ellos son reales y los años en Avalon no son más que un sueño que desaparecerá en cuanto despierte.*

*Estaba lloviendo; caían frías gotas sobre el Lago. Cubriéndome la cabeza con la pesada capucha puse pie en la costa real. Observé por un instante cómo el bote desaparecía entre las nieblas y luego, resueltamente, me alejé.*

*Nunca puse en duda adonde debía dirigirme. No a Cornwall, aunque añoraba con toda mi alma la tierra de mi infancia, los largos brazos rocosos que se adentraban en el oscuro mar, los profundos y sombríos valles entre los acantilados de pizarra, aquella amada y semiolvidada costa de Tintagel. Igraine me habría dado la bienvenida allí. Pero se hallaba contenta entre los muros de un convento y me parecía mejor evitarle problemas. Tampoco pensé en ir con Arturo, aunque no me cabía duda de que me habría compadecido y dado refugio.*

*La Diosa nos había impuesto su designio. Volví a sentir dolor por lo que ocurrió aquella mañana. Lo que hicimos como Diosa y Dios fue ordenado por ritual, pero lo acaecido cuando el sol ya brillaba, había sido realizado por nosotros mismos. Aunque quizá también en aquello tuvo participación la Diosa. Es únicamente la humanidad quien hace distinciones de sangre y parentescos; los animales nada saben de tales asuntos, y después de todo, el hombre y la mujer pertenecen a la especie animal. Mas en deferencia hacia Arturo, que fue educado como cristiano, debía ocultar que había engendrado a un hijo al que consideraría un lamentable pecado.*

*En cuanto a mí, he de decir que había abandonado la forma de proceder de una sacerdotisa. El niño que ahora llevaba en el vientre —lo decidí con firmeza— no era fruto de ningún hombre mortal. Me había sido enviado por el*

*Rey Ciervo, el Astado, como estaba legitimado para el primer hijo de una sacerdotisa juramentada.*

*Así pues, encaminé mis pasos hacia el norte, sin temor al largo viaje por los páramos y los baldíos que finalmente me llevarían al reino de Orkney y a mi tía Morgause.*

Made in the USA
Middletown, DE
10 June 2016